雙城記

A TALE OF TWO CITIES
CHARLES DICKENS

狄更斯 著

前言

查爾斯・狄更斯（Charles Dickens，一八一二～一八七〇）是十九世紀英國最偉大的作家。他在自己的作品中，以高超的藝術手法，描繪了包羅萬象的社會圖景，塑造出衆多令人難忘的人物形象他的三十多年的創造生涯，爲英國文學和世界文學作出了卓越的貢獻。他的代表作《雙城記》，一百多年來在全世界盛行不衰，一直深受廣大讀者的歡迎。

狄更斯於一八一二年二月七日生於英格蘭漢普郡樸茨茅斯市效的波特西地區，一八一四年全家遷居倫敦。他的父親約翰・狄更斯是英國海軍軍需處的一名小職員，嗜酒好客，揮霍無度，經常入不敷出，在狄更斯十歲時，終因無力償還債務，進了監獄。

狄更斯十二歲便被迫輟學獨立謀生，在一家鞋油作坊當徒工，給鞋油瓶封口和貼標籤。童年時代這段艱苦的生活，從而使他對不幸的弱小者產生深深的同情。他只上過兩、三年學，主要靠自學獲得廣博的知識和文學素養。十六歲時，到倫敦的布萊克默律師事務所當抄寫員，學會速記後離開事務所，到「博士民事法院」當速記員，並爲《議會之鏡》報採寫有關議會活動的新聞報導。這些工作使他得以走遍倫敦的大街小巷，廣泛了解社會各方面的生活，也使他有機會了解法院和議會政治的骯髒內幕，爲他熟悉英國下層人民的生活，爲他後來的人道主義思想打下了基礎，也爲他一生的創作準備了豐富的素材。從一八二七年起，他以新聞記者的身分爲倫敦的《時事晨報》、《每月雜誌》等報刊撰稿，業餘則在大英博物館勤奮學習。

一八三三年，二十一歲的狄更斯懷著忐忑不安的心情，把他的第一篇以博茲署名的隨筆《明斯先生和他的表弟》投進了信箱，結果一舉成功，在同年的《月刊》十二期發表。此後他的作品不斷刊出，到一八三六年二月，結集成兩卷本的《博茲隨筆》問世，其中有隨筆、特寫，也有短篇小說。同年三月，他的第一部長篇小說《匹克威克外傳》開始在雜誌上連載。這部小說使他一舉成為最受大眾歡迎的作家，從此走上文學創作的道路，直至登上英國文學以至世界文學的峰巔。二十四歲，狄更斯和報社出版人的女兒凱瑟琳結婚，由於性格和情趣上的差異，給他的創作、特別是晚年生活帶來了不幸。

狄更斯一生勤奮，除刻苦寫作外，還編輯雜誌，組織劇團演出，登台朗讀自己的作品，等等。繁重的勞動、家庭和社會上的煩惱，以及對改革現實的失望，損害了他的身心健康。一八七〇年六月九日，正在寫作長篇小說《艾德溫・德魯德》的狄更斯因腦溢血猝然離世，六月十四日，安葬於倫敦威斯敏斯特教堂的「詩人之角」。

狄更斯在自己的三十多年創作生涯中，寫了十五部長篇小說（其中《艾德溫・德魯德》未完成），許多中短篇小說，以及隨筆、遊記、時評、戲劇等。雖然他是一位以反映現實生活見長的作家，他的作品一貫表現揭露和批評的鋒芒，貫徹他懲惡揚善的人道主義精神，但從他的創作思想和藝術風格看，顯然有一個變化發展、豐富完善的過程。

他的前期作品，如《匹克威克外傳》、《奧列佛・退斯特》、《尼古拉斯・尼克爾貝》、《老古玩店》、《巴納比・拉奇》等，觸及社會都較膚淺，只是對貧富懸殊、道德墮落、摧殘婦女兒童等社會不公和不良現象，進行溫和的批判和善意的嘲諷，作品洋溢著流滿幻想的樂觀情緒，受苦的「小人物」最終往往贏得「仁愛」的有錢人庇護，找到幸福生活；而且一般均採用流浪漢小說的形式，結構顯得鬆散冗長，有的完全是以主要人物串聯起來的短篇故事。

十九世紀的五、六十年代是狄更斯創作的後期，在這個時期內，特別是五十年代前後和六十年代上半葉，他的創作成就達到了頂峰。他的思想上最深刻、藝術上最完整的作品，都是在這十多年中完成的。他先後寫了《大衛．高柏菲爾》、《荒涼山莊》、《艱難時世》、《小杜麗》、《雙城記》、《遠大前程》、《我們共同的朋友》等著名長篇與未及完成的《艾德溫．德魯德》。狄更斯後期作品的題材範圍達到了前所未有的廣度和深度，全面揭示了英國的社會面貌：議會政治的黑暗、統治機構的昏憒、金錢社會的罪惡、人民大衆的貧窮。作品中樂觀主義精神已被嚴肅、沉重、苦悶的心情和強烈的憤懣所代替，幽默和諷刺逐漸減少，感傷和象徵相應增加，結構更加緊密，戲劇性有所加強。總之，主要是這一時期的創作使狄更斯成爲世界文壇最偉大的作家之一，使他的作品在世界各地得以長盛不衰。

《雙城記》是狄更斯最重要的代表作之一，在他的全部創作中占據著特殊的地位，同他的其它作品相比，它更能反映出作者的創作思想和藝術風貌。在某種意義上說，這部作品最富有狄更斯的特色，作者身上的戲劇氣質在這部作品中表現得最爲突出。狄更斯曾說，這部小說使他「深受感動，無比激奮」，並且渴望能親自在舞台上扮演西德尼．卡頓。《雙城記》自問世以來，深受讀者的歡迎，能和《大衛．高柏菲爾》相媲美，甚至有過之而無不及。

從藝術技巧看，狄更斯在本書中全面運用了象徵、寓意、嘲諷、誇張、對比、重複等等手法。從德華若酒店門口打破酒桶，到雷電交加的暴風雨之夜，都暗示著那血與火的日子即將來臨；象徵愛的金線、寓意歷程的足音，還有蒸蒸的霧氣和熊熊的烈火，伐木人和莊稼漢，能發出回聲的街角，整日編織的命運之神，無不具有浪漫主義的色彩和象徵主義的隱喻。

狄更斯的作品一向以幽默和風趣見長，而《雙城記》中更多的是嘲諷和誇張。如在講到宮廷裡那位有權有勢的大人時，作者寫道——

大人能夠毫不費勁地吞下許多吃的東西，因而有些對他不滿的人尖刻地認爲，他是在以相當快的速度吞食著法蘭西；不過，他早晨喝的這杯巧克力，除了廚子之外，如若沒有四個壯漢幫助，那是無論如何也灌不進他的嗓子眼裡去的。是的，要把那不勝榮幸的巧克力送入大人。中，得用四個壯漢。第一個壯漢侍從先把盛有巧克力的壺捧到大人跟前；第二個用他隨身帶來的專用小勺子調攪巧克力，使之起泡沫；第三個獻上那備受恩寵的餐巾；第四個則把巧克力從壺裡倒出。在大人看來，這些侍候他喝巧克力的侍從是一個也不能少的，否則他就不能在這令人羨慕的天下雄踞高位。要是他喝巧克力時只有三個人侍候，這種不成體統的場面就會在他的家徽上沾上深深的污點；如果是兩個人侍候，那他說得一命嗚呼了。

在寫到那位令人喪膽的「潑辣女人」吉蘿亭——斷頭台時，作者則完全用了一種調侃的語氣：「它是人門日常談笑的話題；它是治療頭疼的特效藥，防止頭髮發白絕對有效；它能使面色特別白嫩；它是國家牌剃刀，能把一切剃得一乾二淨，所有和吉蘿亭接吻的人，只消伸頭朝那小窗口裡看上一眼，就會　嚓一聲，掉進口袋。它是人類再生的標誌。它取代了十字架。人們摘去十字架，把它的模型戴在胸前。凡是十字架被摒棄的地方，它就受到人們頂禮膜拜，崇信有加。」——這簡直是一段精彩的「黑色幽默」。

狄更斯是一位語言大師，他的語言豐富多彩、明晰生動，無論寫人、寫景、寫事，運用得都恰到好處。本書中精彩的地方比比皆是。既有露西結婚前夜父女月下敘情的綿綿情意，法庭上檢察總長的濫調陳詞，也有對善惡愛恨的哲理思辯，對有權有勢之大人的辛辣嘲諷，還有攻占巴士底獄時的簡潔渲染，傑里和普羅斯太太的直率粗俗。在寫到台爾森銀行因循守舊，反對改革，不啓用新人時，文字也非常形象生動——

「在台爾森銀行各式各樣幽暗的大櫥小櫃之間，一些年邁的老頭鄭重其事地在辦公。每當雇用一個年輕人進倫敦台爾森銀行，他們總是把他藏起來一直放到老，像塊乾酪似的把他藏在一個陰暗的角落裡，直到他渾身有了十足的台爾森味，長滿斑斑青霉。」

《雙城記》發表至今一百三十多年，儘管由於價值標準和審美情趣的不同，在評論界有所爭議，但仍公認是狄更斯的一部代表作，深受全世界廣大讀者的歡迎。這一切都說明，狄更斯的地位是牢不可破的，《雙城記》的價值是不能否定的。

CONTENTS 目錄

第三部・暴風雨的蹤跡

初版序

當我和我的孩子們、朋友們一起演出威爾基·柯林斯先生的劇本《冰海深處》時，我開始有了這個故事的主要構想。

當時我就有一種強烈願望，想要親自把這種構想具體地表現出來；於是我刻意精心、興趣盎然地在我的想像中勾畫出故事人物的經歷和心境；而對於一個富於洞察力的讀者來說，這一切都是必不可少的。

故事在我的腦子中慢慢成熟，逐漸形成了現在這個樣子。在整個寫作過程中，故事完全攫住了我的心；我深深體驗到，本書中的人物所做的事情和他們所受的苦難，全都好像我的親身經歷一般。

凡是書中涉及（哪怕是略爲涉及）大革命前及大革命期間法國人民狀況的地方，材料均來自最可靠的目擊者，如實予以引述。我的一個希望是增添一點大家都樂於接受的形象的東西，來加深大家對那個恐怖時代的了解。

當然，像卡萊爾先生（托馬斯·卡萊爾，一七九五～一八八一，英國文學家、歷史家）那本輝煌巨著（按·指《法國大革命》）中所包含的哲理，那是誰也不能奢望再添加什麼的。

於倫敦塔維斯托克寓所

一八五九年十一月

第一部・復活

第一章、時代

那是最美好的時代，也是最糟糕的時代；那是個睿智的日子，也是個愚昧的日子；那是信心百倍的時期，也是疑慮重重的時期：那是陽光普照的季節，也是黑暗籠罩的季節；那是充滿希望的春天，也是讓人絕望的冬天；我們面前無所不有，我們面前一無所有；我們大家都在直升天堂，我們大家都在直下地獄——簡而言之，那個時代和當今這個時代如此相似，因而一些吵嚷不休的權威家也堅持認爲，不管它是好是壞，都只能用「最……」來評價它。

當時，英國的王位上坐的是一位大下巴的國王和一位容貌平常的王后❶；法國的王位上坐的是一位大下巴的國王和一位容貌姣好的王后❷。這兩個國家那些坐食俸祿的權貴們心中，有一點比水晶還要明澈，那就是大局已定，江山永固了。

那是我主耶穌降生後的一千七百七十五年。在那上天恩寵的幸福年代，英國正如當今一樣，非常信奉神的啓示。索斯科特太太❸剛剛過了她的二十五歲大壽，禁衛軍中一個未卜先知的士兵

---

❶ 指英王喬治三世及其王后夏洛特・索菲亞。

❷ 指法王路易十六及其王后瑪麗・安托瓦內特。

❸ 即喬安娜・索斯科特（一七五〇～一八一四），自稱是《聖經・新約・啓示錄》十二章中那個「身披日頭、腳踏月亮、頭戴十二星冠冕」的「婦人」，能知未來禍福，自成一教派，直到二十世紀初尚有影響。

早已預言她這位聖靈將降臨人間，宣稱諸事已安排就緒，倫敦和威斯敏斯特❹即將遭受滅頂之災。公雞巷的鬼魂用叩擊聲宣洩天機後被祓除❺，也只過去十二個年頭；而在剛過去的這一年中，又有精靈鬼怪用叩擊聲來宣洩天機了（驚人地毫無新穎之處）。不過也有一些世俗事件的消息，來自美洲大陸英國臣民的一次會議❻最近傳到了英國朝野。說來也怪，這些消息對於人類，要比公雞巷裡孵出的任何一隻小雞宣洩的天機重要得多。

總的說來，法國不如她那位一手持盾、一手執三叉戟的姊妹❼那麼熱衷於鬼神。可她濫發紙幣，揮霍無度，暢通無阻地走著下坡路。此外，她還在那些基督教牧師的指導下，以施行種種德政爲樂，諸如剁去一個青年的雙手，用鉗子拔掉他的舌頭，然後把他活活燒死，只因他看見五、六十碼外有一行滿身齷齪的修道士走過，沒有在雨中跪下向他們行禮致敬。很有可能，在那個受難者被處決之時，長在法國和挪威森林中的一些樹木已被伐木人——命運之神做上標記，準備砍倒鋸成木板，做成一種裝有口袋和刀斧，在歷史上曾令人膽戰心驚的活動裝置❽。很有可能，就在那一天，在巴黎近郊種著幾畝薄田的莊稼漢的簡陋外屋裡，也正停著幾輛製作粗糙的大車，在

---

❹ 按當時英國行政區劃分，威斯敏斯特爲倫敦以西另一城市，現爲倫敦市一行政區。

❺ 指發生在倫敦公雞巷33號的一件轟動一時的詐騙案。一個名叫威廉·帕森斯的人，詭稱該宅中每夜有鬼魂發出叩擊之聲，預告人間禍福。一七六二年騙局被拆穿，原來是他指使女兒所爲。此人被處以枷刑。

❻ 指一七七四年九月在費城召開的第一屆大陸會議。

❼ 相傳希臘神話的海神一手持盾，一手執三叉戟。英國以此爲其國家紋章，表示稱霸海上。

❽ 指法國大革命時發明的斷頭台。

那兒躲風避雨，車子濺滿污泥，豬在周圍拱嗅，家禽在上面棲息，這就是那個莊稼漢——死神留著用作大革命時押送死囚的囚車。可是那伐木人和莊稼漢雖然不停地幹活，卻默默無聲，連走起路來都躡手躡腳，誰也聽不見他們的腳步聲。由於對膽敢懷疑他們並已覺醒的人都要加上不信神明和有意謀叛的罪名，情況就更加如此了。

在英國，幾乎沒有多少可供國人誇耀的秩序與安寧了。每天晚上，堂堂的京城都有明火執仗的盜竊和攔路搶劫的案件發生。各家各戶都公開得到告誡：離家出城，須將家具送家具行倉庫保管。黑夜攔路搶劫的強盜乃是白天市區經商的買賣人，若是在當「大王」時被同行的生意人認出，受到指責，就豪爽地給他的腦袋送上一槍，然後逃之夭夭。七個強盜攔劫郵車，被押車的警衛打死三個：接著，「由於彈藥用盡」，警衛又被餘下的那四個強盜打死：之後，郵車被太太平平地洗劫一空。堂堂的倫敦市市長大人也在特恩海姆公園被一個強盜攔劫，當著他全體扈從的面，把這位顯赫人物搶了個精光。倫敦監獄裡的犯人和看守發生毆鬥，司法當局就用裝有實彈的大口徑短槍，朝他們一陣亂放。小偷在王宮的召見廳裡剪走王公大臣脖子上的鑽石十字架。武裝士兵到聖賈爾斯區❾搜查私貨，亂民向士兵射擊，士兵也向亂民開火，誰也不認爲這類事有多越乎常軌。在處理這些事件中，屢屢動用劊子手；儘管徒勞而有害，但仍照用不誤。一忽兒，絞殺幾大串各式各樣的罪犯；一忽兒，星期六吊死一個在星期二捕獲的盜賊；一忽兒，在新門監獄❿燒死成打剛抓到的人；一忽兒，又在威斯敏斯特大廈⓫門前焚燒小冊子。今天處決一個罪大惡極

❾倫敦一貧民區。
❿倫敦一著名監獄。
⓫倫敦古建築，當時英國高等法院所在地。

的殺人犯，明天又處決一名偷了農家孩子六便士的可憐巴巴的小偷。

所有這些事情，以及許許多多類似的事情，都發生在那令人難忘、已成過去的一七七五年，以及臨近這一年的時候。就在那兩個大下巴的男人和兩個容貌平常與容貌姣好的女子忙於這些事情，熱衷於用高壓手段來維持他們的神聖權利時，那伐木人與莊稼漢也在神不知鬼不覺地操勞著。公元一七七五年就這樣引領著這些赫赫人主和芸芸小民——其中包括本書所要記述的人物——沿著展現在他們面前的條條道路，向前走去。

第二章・郵車

十一月下旬一個星期五⓬晚上，我們這個故事裡的第一個出場人物正行進在多佛⓭大道上。當那輛多佛郵車費力地往射手山⓮爬上去時，對他來說，大道就在郵車前面，一直通向遠方。他和別的乘客一樣，跟在郵車旁邊，在泥濘中徒步上山。這並不是他們在這種情況下還有徒步活動腿腳的興致，只因山勢陡峭，道路泥濘，挽具和郵車又那麼沈重，馬匹已經三次駐步不前了，有一次竟拉車橫穿大道，打算抗命，把車拉回灰石南⓯。幸而轡繩、皮鞭、車夫和警衛聯合作戰，用實際行動駁斥了那種認爲牲畜也有理性的論點，使馬兒降服，重新執行自己的任務。

牠們低垂著頭，抖動著尾巴，在深深的泥淖中跋涉，踉踉蹌蹌地向前掙扎，彷彿隨時都會散了骨架似的。每當車夫小心地吆喝一聲「嗬——嗚！」勒住牠們，讓牠們停下來喘口氣時，那匹轅馬就使勁搖晃著頭和頭上的一切東西——像一匹特別善於表情達意的馬那樣——堅決不相信這輛馬車上得了射手山。每當轅馬這麼一鬧騰，我們這位乘客就會像其他膽小的乘客那樣，心中一驚，弄得心神不安。

⓬ 西方習俗，星期五爲不吉利的日子，因耶穌在星期五被其門徒猶大出賣。

⓭ 英國東南肯特郡一海港，去法國多由此處登船過海峽。

⓮ 倫敦東南約八英里處的一座山。

⓯ 離射手山約三英里的一個集鎮。

所有的低谷窪地裡都彌漫著騰騰霧氣，霧氣陰森森地往山上游蕩，像一個負罪的幽靈，想要找一個安息之地而毫無所得。這黏濕的寒霧在空中緩緩蒸騰，層層起伏，鋪蓋翻捲，猶如渾濁的海面上的波濤。霧很濃，除了翻騰的霧氣和幾碼內的路面，車燈什麼也照不到。精疲力竭的馬匹呼出的熱氣噴入霧中，彷彿那霧全是牠們噴出來似的。

除了我們那位乘客之外，還有兩位乘客也跟在郵車旁邊吃力地往山上爬著。三個人都裹得嚴嚴實實的，連額骨和耳朵都沒入衣帽之中，他們的腳上穿著過膝的長統靴。三個人中，誰也沒法根據眼前所見，說出另兩個人的相貌；人人都裹得這般嚴實，不僅躲開了同伴的肉眼，也躲開了他們的心眼。

那年月，行路人萍水相逢，全都互存戒心，不輕易相信人，因爲路上遇到的人，說不定就是一個強盜，或者是和強盜有勾結的人。說到勾結，既然每個驛站和每家酒店都可能有拿「大王」津貼的人——從店老板到最低微的在馬廄裡打雜的人——那這種事也就最有可能發生了。因此，在公元一七七五年十一月那個星期五的晚上，當多佛郵車費力地往射手山往上爬時，郵車上的那個警衛心裡就是這樣想的。當時，他站在郵車後部爲他專設的高座上，跺著雙腳，警覺地用一隻手按著前面的武器箱，裡面最底層是一把彎刀，上面放著六、七支實彈馬槍，最上層則是一支實彈大口徑短槍。

多佛郵車和往常一樣「友好親切」：警衛懷疑乘客，乘客既互相懷疑，也懷疑警衛；大家都懷疑別人。馬車夫則除了那幾匹馬之外，什麼也不相信；至於那幾匹牲口，他可以把手按在《新舊約全書》上憑良心起誓：這樣的跋涉，牠們是怎麼也吃不消的。

「喃——嗚！」車夫吆喝著：「好，好！再使把勁就到山頂啦！該死的，把你們弄上來眞夠嗆——喬！」

「啊！」警衛回答了一聲。

「你看現在幾點了，喬？」

「足有十一點十分了吧！」

「天啊！」車夫煩躁地叫了起來：「到現在還沒爬上射手山！嗬，嗬！走，走呀！」

那匹善於表情達意的轅馬正頂住不肯往上走，突然被狠狠抽了一鞭，驚得使勁往上一竄，另外三匹也跟著向前。於是，多佛郵車又掙扎著往上爬去，跟在車旁那幾個穿長統靴的乘客也咯吱咯吱地在泥淖中走著。郵車停下來的時候，他們也就收住腳步，而且緊緊挨著車子。要是這三人中，有誰膽敢邀另一個朝濃霧和黑暗中往前稍走幾步，那他準會被人當作強盜，挨槍子兒。

最後的這陣衝刺終於把郵車拖上了山頂。馬匹又停下來喘氣，警衛也下車來扳好制輪閘，準備下山。他打開車門，讓乘客上車。

「噓！喬！」車夫以警告的語氣叫了起來，從自己的車座上往下瞧。

「你說什麼，湯姆？」

兩人都側耳傾聽。

「我說，有匹馬小跑著上來了，喬。」

「我說有匹馬在飛跑，湯姆。」警衛回答了一聲，鬆開握著車門的手，敏捷地登上自己的位子，「先生們，以國王的名義，全體注意！」

他匆匆下了這道命令，就扳起那支大口徑短槍的擊鐵，作好射擊準備。

本書所要敘述的乘客，此時正站在馬車的踏腳板上，準備鑽進車廂；那另外兩位乘客也緊跟在他後面，等著上車。他還停留在踏腳板上，半在車內，半在車外，另兩人則還立在他下面的大道上。他們都看看車夫，再看看警衛，然後又看看警衛，再看看車夫，在側耳諦聽著。車夫回頭張望著，警衛也回頭張望著；就連那匹善於表情達意的轅馬也不再鬧騰，豎起耳朵，回頭張望著。

奮力前進的馬車轔轔聲突然中斷，加上深夜的寂靜，眞是萬籟俱寂。馬兒的喘息引得馬車微微顫動，彷彿它也在激動不安。乘客們的心在怦怦狂跳，也許都可以聽見心跳聲了。不過，不管怎麼說，在這一片寂靜中，人們的喘氣屏息和因期待而脈膊加快的情況，幾乎是可以分辨出來的。

狂奔的馬蹄聲很快就傳上山來。

「誰？」警衛扯開嗓門大聲喝道：「喂，站住！我要開槍了！」

有節奏的馬蹄聲突然中斷了，隨著踩踏泥淖和泥漿濺潑的聲響，濃霧中傳來一個人的喊叫：

「這是多佛郵車嗎？」

「這關你什麼事！」警衛反駁：「你是什麼人？」

「這是不是多佛郵車？」

「你打聽這個幹什麼？」

「如果是多佛郵車，我要找一位乘客。」

「哪個乘客？」

「賈維斯・洛瑞先生。」

我們講到的那位乘客立即表示，他就是賈維斯・洛瑞。

警衛、車夫，還有另外兩個乘客，都滿腹狐疑地看著他。

「站在原地別動，」警衛對著霧中的那個聲音喊道：「因爲我要是一失手，你這輩子就沒救了。姓洛瑞的先生直接答話吧！」

「有什麼事？」那乘客用有點發抖的聲音問道：「誰找我？是傑里嗎？」

——「要是這是傑里的話，我可不喜歡傑里的聲音！」警衛自言自語咕噥著，「他這副粗啞嗓門讓我受不了，這個傑里。」

「是的，洛瑞先生。」

「有什麼事？」

「台爾森銀行給您送來一份急件。」

「我認識這個送信的，警衛。」洛瑞先生說著，走下踏板，跨到地上——那另兩位乘客出於禮貌，更多的還是自己著急，從後面幫了他一把，然後便趕緊鑽進車廂，拉上車窗，「讓他過來吧，錯不了。」

「但願沒事！不過，我可他媽的拿不準。」警衛粗聲粗氣地自言自語，然後呼道：「嘿，那邊的！」

「哎，那邊的！」傑里答應，嗓音比先前更粗啞。

「慢慢走過來！聽見了嗎？要是你馬鞍上掛著手槍套，可別讓我瞧見你的手往那兒伸。我他媽的下手快得很，稍一出錯，你就得吃槍子兒了。還是讓我們看住你吧！」

一匹馬和一個騎馬人的身影從打著旋渦的霧氣中慢慢走過來，一直走到郵車旁那位乘客站著的地方。

騎馬人俯下身來，朝警衛瞥了一眼，把一小方折疊著的紙遞給那位乘客。他的馬喘著粗氣，連人帶馬，從馬的蹄子到騎馬人的帽子，全都沾滿了泥漿。

「警衛！」那乘客叫了一聲，語氣鎮定泰然。

全神戒備的警衛右手握槍舉著，左手按在槍筒上，眼睛盯著騎馬人，簡短地應了一聲：「先生。」

「用不著擔心！我來自台爾森銀行。你必定知道倫敦的台爾森銀行吧！我這是去巴黎辦事。給你一克朗[16]酒錢，我可以看一下這個嗎？」

「那你就快著點，先生。」

他藉著一邊的車燈光打開信，看了起來——開始是默讀，隨後就大聲念了起來：「『在多佛等著小姐。』你看，警衛，這信不長。傑里，你就說我的回覆是：『復活』。」

傑里在馬上不由一驚[17]！「這還眞是個怪得出奇的回覆。」他用極其粗啞的聲音說。

「把這個口信帶回去，他們就知道我已經收到這封信了，跟我的親筆回信一樣。要盡快趕回去，再見。」

說著，乘客打開車門，上了車。這回，他一點也沒得到那兩位同路人的幫助。他倆剛才還飛快地把自己的懷錶和錢袋偷偷藏進靴子裡，這時都假裝睡著了；因爲怕稍一多事會惹出麻煩，倒並無其它目的。

馬車又顚顚簸簸地繼續上路。開始下山了，更濃的霧團緊緊地包圍上來。

警衛不久就把自己的短槍放回武器箱，對箱裡的其它武器查看了一遍，又看了看插在腰帶上的幾把備用手槍，然後還查看了座位下面的一個小箱子，裡面有幾件鐵匠用的工具，一對火炬，還有一只火絨盒。

需要的東西他準備得一應俱全，萬一車燈被風雨打滅（這是常有的事），他只消鑽進車廂，

---

[16] 此處爲英國舊幣制的五先令硬幣。

[17] 因爲傑里暗中搞盜屍勾當，而盜屍者諢稱「復活人」。

小心不讓火鐮和火石打出的火星落在麥稈⓲上，就可以安安全全、毫不費力地（如果走運的話）在五分鐘之內把燈點著。

「湯姆！」一聲輕喚越過車篷傳了過來。

「哎，喬。」

「你聽見那句口信了嗎？」

「聽見了，喬。」

「你明白那是什麼意思嗎，湯姆？」

「一點也不明白，喬。」

「巧了，」警衛思忖著：「我也一點都不明白。」

獨自被留在濃霧和黑暗中的傑里這時已翻身下馬，不僅爲了讓他那匹精疲力竭的馬輕鬆一下，同時也爲了擦掉自己臉上的污泥，抖掉帽檐裡的積水，那裡面的水恐怕已積了快半加侖了。他把韁繩挽在濺滿泥漿的胳膊上，直到聽不見郵車車輪的轔轔聲，黑夜重歸寂靜，才牽馬轉身朝山下走去。

「從聖堂柵欄⓳一路跑到這兒，老太太，我信不過你那對前腿了，還是到了平地再上吧！」粗聲嘎氣的送信人說著，朝他那匹母馬瞥了一眼，「『復活』，這眞是個奇怪的口信。這對你可不利啊，傑里！我說，傑里！要是復活就這麼時興起來，你可就倒了八輩子的楣了，傑里！」

⓲ 當時郵車車廂裡多鋪麥稈，用以防潮保暖。

⓳ 指當時倫敦城的西門。

第三章・夜影

細想起來，這事實在奧妙。任何一個人，對別的人來說，都是深不可測的奧祕和難解之謎。每當我在夜間進入一座大城市時，就會有一種一本正經的想法：那些黑壓壓、鱗次櫛比的房子裡，都藏著各自的祕密；每幢房子的每間屋子裡，也都藏著它自己的祕密；而各間屋子裡無數胸膛中跳動著的每一顆心，就它自己的某些心緒來說，即使對最親近的另一顆心，也是一樁祕密！有些可怖的事情，甚至於死亡，就起因於此。我再也不能翻閱我所鍾情的這本可愛的書了，即使我希望能及時讀完它也是枉然。我再也不能凝望那深不可測的水流深處了，在光線射入的瞬間，我曾瞥見深埋裡面的珍寶，以及其他沉入其中的東西。這本書注定了在我僅僅讀完一頁後便會砰然合上，永不再開。當陽光在水面上嬉戲，而我茫然地站在岸邊的時候，這水注定了要被永恆的堅冰封死其中。我的朋友去世了，我的鄰人去世了，我的愛人、我的情之所鍾也去世了；那藏在每個人心中的祕密，也就被永遠牢牢地封存了，而我也將把心中的祕密一直帶進我的墳墓。當我走過這個城市的任何墓地時，在我看來，有哪位長眠者內心深處的奧祕比那些忙忙碌碌的居民更加神祕莫測？而在那些居民看來，又有哪位長眠者比我更神祕莫測呢？

說到這，我們那位騎在馬背上的信差也和國王、首相，或者倫敦的富商巨賈一樣，同樣擁有這種與生俱來、不可轉讓的遺產。擠在那輛笨重緩慢的舊郵車狹窄車廂裡的三位乘客也是如此。他們互爲不解之謎，就像各自坐在自己六匹馬或六十匹馬拉的馬車裡，彼此相距有一郡之遙，相互全不了解。

信差放鬆轡頭，讓馬兒緩步往回走，還不時停下來在路邊的小酒店裡喝上一杯，可是一直作出諱莫如深的樣子，還將帽子低壓眉間。那頂帽子和他的眼睛十分相稱；眼睛的表面黑溜溜地，但顏色和形狀都很淺薄，而且也靠得太近了——彷彿生怕隔得太遠，就會被人單個兒逮住，查出他幹了什麼見不得人的勾當似地。眼睛上面低扣著一頂三角痰盂似的舊三角帽，下面是一條裹住下巴和脖子、幾乎拖到膝蓋的大圍巾，使得藏在中間的眼睛顯得格外凶惡陰險。他停下來喝酒時，就用左手撩起圍巾，右手端起酒杯，一飲而盡；隨後便立即將圍巾重新裹緊。

「不成，傑里，不成！」信差騎在馬上，一路嘮叨著，「這對你不利，傑里。傑里，你是個本分的生意人，這對你的行當可不利啊！復活——你要不是喝醉了，那才怪哩！」

他捎的那個口信使他百思不得其解，他三番五次摘下帽子來直搔頭皮。除了頂上一塊禿得高低不平外，他的頭上長滿又硬又黑的頭髮，向上豎著的參差不齊，向下掛著的幾乎垂到又肥又大的鼻子。他的頭髮就像是鐵匠做的活兒，根本不像一頭頭髮，更像是牢牢釘在牆頂的鐵蒺藜，就連跳背遊戲⑳的能手也會望而卻步，把他看成世界上最危險的人，不敢從他的身上跳過。

信差加鞭催馬，往回趕路，要把這口信捎給聖堂柵欄旁台爾森銀行門房裡的值夜人，再由他傳給裡面更有權的管事人。由於這口信，他只覺得黑夜裡幻影幢幢。那母馬，由於牠自己的不自在，眼前也出現了種種幻影；一路上，幻影似乎還不少，每碰上一個，牠就驚得向後一退。

這時候，郵車正載著那三個彼此莫測高深的同伴，搖搖晃晃、顛顛簸簸、吱吱嘎嘎、跌跌撞撞地行進在單調乏味的旅途上。三位旅客睡眼惺忪，神思恍惚，眼前也出現了種種夜間的幻影。

郵車裡，浮現出台爾森銀行一片繁忙景象。那位在銀行工作的旅客——他一隻胳膊套在皮圈

⑳一人彎腰站立，雙手扶膝；另一人手按其背，分腿跳越過去的遊戲。

裡，以免在馬車顛簸得特別厲害時和旁邊的乘客相撞，因而被擠到角落裡去——正半閉著眼在座位上打盹。那些小小的車窗，從車窗照進來昏暗的車燈光，還有對座乘客臃腫的身形，全都變成了銀行，而且正在做一筆大生意。挽具的咯噹聲變成了錢幣的叮噹聲，五分鐘內承兌的票據甚至比台爾森銀行及其國內外全部分行在三倍時間內承兌的還要多。接著，他眼前又出現了台爾森銀行的地下保險庫。他知道，裡面藏有那麼多貴重的寶物和機密（對此他頗爲了解）。他帶著一串大鑰匙，手持一支光焰微弱的蠟燭，一間間地走，只見樣樣東西都像上次看到的一樣，安然無恙，穩穩妥妥，原封未動。

可是，雖說他眼前幾乎一直浮現那家銀行的情景，雖然他始終坐在郵車裡（暈暈乎乎，像服了麻醉劑一樣），卻還有另外一種思緒整夜纏繞著他：他正要前去把一個人從墳墓之中挖出來。

在他眼前浮現出來的衆多面孔中，到底哪一張是那個被埋之人的眞面目，他無法從那些夜間的幻影中認出。不過，他們全是一個年紀四十五歲左右男人的面孔，主要的區別在於他們的表情，以及憔悴枯槁的程度。驕傲，輕蔑，反抗，倔強，馴順，悲傷，一種表情接著一種表情；還有各種各樣下陷的面頰，死灰般的臉色，枯瘦的雙手和手指。不過臉龐大體上還是同一張，頭髮也總是個個都未老先衰地白了。打著盹的旅客對這個幽靈問了上百次

「埋了多久了？」

回答總是一樣：「快十八年了。」

「你已經完全放棄被人挖出的希望了嗎？」

「早就放棄了。」

「你知道要讓你復活嗎？」

「人家是這麼對我說的。」

「我想你是想活的吧？」

「我說不上。」

「要我帶她來見你嗎？你願意見她嗎？」

對這個問題的回答多種多樣，而且自相矛盾。有時灰心喪氣地回答：「等一等！要是馬上見到她，會要了我的命的。」有時又滿懷柔情，淚如雨下地說：「帶我去見她吧！」有時則瞪著眼，迷惑不解地說：「我不認識她，我不明白你說什麼。」

在想像中作了這麼一番交談之後，這位旅客又在幻覺中使勁地挖呀，挖呀，挖呀——一會兒用一把鐵鍬，一會兒用一把大鑰匙，一會兒用自己的雙手——要把這個可憐的人挖出來。終於挖出來了，臉上、頭髮上都沾著泥土；接著，突然倒地化成塵土。旅客一驚醒來，放下車窗，讓現實中的雨和霧打在自己的臉上。

可是，就在他睜眼出神地凝望著雨霧，凝望著車燈游移的光斑，以及那一顛一跳向後退去的路邊樹籬時，車外的幢幢夜影和車內的串串幻影又漸漸混成一片了。聖堂柵欄旁那家真的銀行，往日裡那些真的買賣，那些真的保險庫房，那封專差給他送來的真的快信，那捎回去的真的口信，全都一一在眼前隱現。那張幽靈般的面孔再次在其中顯現，於是他又跟他攀談起來——

「埋了多久了？」

「快十八年了。」

「我想你是想活的吧？」

「我說不上。」

挖——挖——挖，一直挖到兩個旅客中有一個不耐煩地用動作示意，要他拉上車窗。他把胳膊牢牢地套在皮圈裡，面對著那兩個昏睡的人形，揣摩起這兩個人來。但不久，他又神志恍惚地拋開了他們，重又溜進那家銀行和那座墳墓了。

「埋了多久了？」

「快十八年了。」

「你已經完全放棄被人挖出的希望了嗎？」

「早就放棄了。」

疲憊不堪的旅客一覺醒來，只見天已大亮，深夜的幢幢幻影早已不知去向。可是，那些話就像剛說過一樣，話音仍在他的耳邊縈繞——像他在現實生活中聽到過的一樣，清清楚楚地留在耳邊。

他拉下車窗，望著窗外剛剛升起的朝陽。車外是一片剛犁過的土地，地頭還留著從馬身上卸下的犁鐵。再遠處，是一片幽靜的矮樹林，林中還有許多火紅和金黃的葉子掛在枝頭。大地雖然寒冷潮濕，天空卻一片晴朗，太陽正冉冉升起，燦爛、寧靜而又美麗。

「十八年！」旅客望著太陽說道：「慈悲的造物主啊！被整整活埋了十八年啊！」

第四章．準備

郵車終於在午前平安抵達多佛，皇家喬治旅館的茶房頭兒照例走上前來，打開車門。他做得必恭必敬，因爲在這樣的隆冬季節，坐郵車從倫敦來這兒是件了不起的大事，應該向敢於冒險的旅客道賀致敬。

這時候，只有一位敢於冒險的旅客留下來接受道賀致敬了，另兩位已經在中途各自的目的地下了車。車廂裡，霉氣沖天，鋪的麥稈又濕又髒，氣味難聞，而且光線昏暗，很像一個大狗窩。那位旅客洛瑞先生抖著滿身的麥稈，從裡面鑽了出來，身上胡亂地裹著什麼毛茸茸的東西，帽檐耷拉著，兩腿沾滿泥漿，活像一隻大公狗。

「茶房，明天有開往加來[21]的郵船嗎？」

「有的，先生。要是天氣不變，風還順，就有船。下午兩點來鐘趕潮開船最好，先生。要床位嗎，先生？」

「我到晚上才睡。不過我還是要個房間；再叫個理髮匠來。」

「還要不要一份早餐，先生？是，先生。請這邊走，先生。帶協和號房間[22]！送先生的旅行包和熱水到協和，到協和把先生的靴子脫掉。（你進去就會看到是用上好的煤燒的爐子，先

---

[21] 法國北部海港城市，與多佛隔海相望。

[22] 當時旅館房間不用數字編號，而是各取雅號。

生。）叫理髮匠到協和去。喂，快給協和張羅張羅！」

協和號房間總是給乘郵車來的旅客留著的，而乘郵車來的旅客總是從頭到腳裹得嚴嚴密密的。皇家喬治旅館的人對這個房間特別感興趣，因爲所有進去的人都是一個樣，可是出來時就變成各式各樣的了。因此，當一位六十歲的紳士整整齊齊地穿著一身棕色衣服——衣服已經相當舊，但保管得非常好，袖口上有很大的方形翻邊，口袋上也有大袋蓋——去進早餐時，另一個茶房，兩個腳夫，幾個女傭人，還有女店主，都不約而同地在協和號房間和餐室之間的過道上轉悠。

那天上午，餐室裡除了這位身穿棕色衣服的紳士外，沒有別的人。他的餐桌給拉到壁爐跟前。他坐了下來，等人送上早餐。火光照在他的身上。他靜靜地一動不動坐著，簡直可以讓人替他畫像了。

他看上去整整齊齊，有條有理，雙手分別放在兩個膝蓋上，背心前襟裡有一只懷錶發出響亮的滴答聲，像在布道，彷彿要用它的莊重和長壽，跟爐火的輕佻與短命一比高低。他的腿長得很漂亮；他頗有點兒以此自負，腳上穿的是一雙質地很好的棕色長襪，既光滑又服帖。他的鞋子和鞋扣儘管普通，但也很整潔。他戴了頂光滑、捲曲、有點古怪的亞麻色假髮，假髮緊緊貼在頭上，大概是用眞頭髮做的，但看上去很像用蠶絲或玻璃絲做成的。他的襯衣雖沒有襪子那麼精細，卻白得像打在附近沙灘上的浪沫，或者像陽光照耀下遠處海面上的點點白帆。他長著一張慣於不動聲色、平靜安詳的臉，但古怪的假髮下那雙靈活明亮的眼睛仍使他顯得滿臉生輝。在流逝的歲月裡，這雙眼睛的主人一定吃了苦頭，付出了代價，才使他練就台爾森銀行的人那種老成持重的態度。他的臉上氣色很好，雖然有了皺紋，卻並沒有焦慮憂患的痕跡。這也許是因爲他們這些台爾森銀行信得過的單身職員，主要操持的是別人的事；而別人的事也許和買來的舊衣服一樣，穿脫都很隨便，用不著多動心思。

洛瑞先生很像端坐在那兒讓人畫像：他實在是睡著了，早餐送到時才把他驚醒。他一面往桌邊挪一挪椅子，一面對茶房說：

「請你們給一位年輕小姐準備一個房間，她今天隨時會來。她要是打聽賈維斯·洛瑞先生，或者只是打聽一位台爾森銀行來的先生，請你就來通知我。」

「是，先生。是倫敦的台爾森銀行嗎，先生？」

「是的。」

「是，先生。我們經常有幸接待貴行的先生，他們常常經過這兒，往來倫敦和巴黎之間，先生。台爾森銀行來來往往的人很多的，先生。」

「是的，我們是家英國銀行，也還眞像一家法國銀行哩！」

「是的，先生。我看先生自己不常這樣旅行吧，先生？」

「這些年來不大出門了。打從我們——打從我最後一次從法國回來，已經十五年了。」

「是嗎，先生？那時候我還沒上這兒來呢，先生。我們這些人那時候都不在這兒，先生。那時候喬治旅館是另一個老板，先生。」

「我想是這樣。」

「我敢說，先生，像台爾森這樣一家大銀行，別說十五年，早在五十年以前，也就生意興隆了吧？」

「該是這個年份的三倍，你說一百五十年還差不多。」

「眞的嗎，先生?!」

茶房張大了嘴巴，圓睜著雙眼，從桌邊往後倒退了幾步，把餐巾從右臂換到左臂，作出一副安閒自在的姿態，仔細打量著這位正在吃喝的客人，就像站在觀測台或者瞭望塔上一樣。這是古往今來任何一個年代的茶房都有的習慣。

洛瑞先生吃完早餐，就到海灘上去散步。狹長彎曲的多佛鎮躲開海灘，像一隻來自海上的鴕鳥，一頭鑽進白堊質的山崖中。海灘上一片荒涼，東一堆、西一攤，全是海上漂來的雜物，到處布滿鵝卵石。大海恣意地爲所欲爲，而它爲所欲爲的就是破壞。它對著這個市鎮咆哮，對著懸崖峭壁咆哮，瘋狂地沖擊著海岸；市鎮的空氣中瀰漫著一股濃烈的魚腥味，彷彿病魚都像病人下海洗海水浴那樣，到空中來洗空氣了。

海港裡捕魚的人不多，可是一到晚上，卻有很多人四處閒逛，朝海上張望；特別是在漲潮和臨近滿潮的時候。一些小商人，什麼買賣也不做，有時卻莫名其妙地發了大財。值得注意的是，這一帶沒有一個人能容得了點燃街燈的人㉓。

這一天，有時候天氣晴朗得可以看見法國海岸；可是到了下午，又變得霧氣重重。洛瑞先生的頭腦似乎也變得昏昏然了。天黑以後，他坐在餐室的壁爐前，像早上等早餐那樣，等待著送晚餐來。他神志昏昏地忙著在那火紅的煤塊中挖呀，挖呀，挖個不停。

對一個在火紅的煤塊中挖掘的人來說，晚飯後喝上一瓶上等紅葡萄酒，除了使他不想幹活之外，並沒有什麼害處。洛瑞先生閒坐了好半天，就在他像個氣色很好的老先生喝完一瓶酒，露出心滿意足的神情，倒出最後一杯酒時，狹窄的街道上傳來了一陣車輪聲，接著便轆轆地響進了旅館的院子。

㉓ 暗示這一帶多走私活動。

他放下這杯還沒沾唇的酒，說：「是小姐來了24！」

頃刻間，茶房進來報告，倫敦來的馬奈特小姐到了，很想見台爾森銀行的先生。

「這麼快？」

——馬奈特小姐已在路上吃過點心，現在什麼也不想吃。要是先生樂意而且方便的話，她很想馬上就見台爾森銀行來的先生。

台爾森銀行來的這位先生二話沒說，硬著頭皮把杯中的酒一飲而盡，理了理雙鬢上那古怪小巧的亞麻色假髮，跟著茶房走進了馬奈特小姐的房間。她的這個房間又大又暗，用黑色馬毛呢布置得像辦喪事的樣子，還擺著幾張漆黑笨重的桌子。這些桌子漆了一道又一道，使得每一塊桌面上都隱約地映出房間正中桌子上那對高大蠟燭的影子，彷彿它們是給深埋在黑色桃花心木的墳墓裡了，不把它們挖出來，就別指望它們會發出什麼光亮。

房間裡一片昏暗，什麼也看不清。洛瑞先生踩著破舊的土耳其地毯摸索前進；原以爲馬奈特小姐這會兒在隔壁房間裡，直到走過那對高大的蠟燭，才看見一位不到十七歲的年輕小姐站在燭台和壁爐之間的一張桌子旁等著他。她披著一件旅行斗篷，手裡還拎著那頂旅行草帽的緞帶。她個子不高，身材輕盈苗條，一頭濃密的金髮，一雙和他的目光相遇時帶著詢問神情的藍眼睛，還有一個功能獨特的前額（記著，它是那麼嬌嫩光滑），一會兒舒展，一會兒蹙皺，那表情，似困惑，似好奇，似驚訝，又似興致勃勃地全神貫注——四種表情全都包含在裡面了。

洛瑞先生看到這一切，眼前突然清晰地閃過一幅畫面：一個寒冷的冬日，海上狂風呼嘯，白浪滔天。他懷抱一個嬰兒，乘船渡過這個海峽。這畫面，就像呵在姑娘背後那面陳舊的穿衣鏡上

24 原文爲法語。

的熱氣，轉瞬就消失了。那鏡框上有一長排殘缺不全的黑色小愛神，全都缺臂少腿，有的還沒有頭；他們捧著盛滿死海之果㉕的黑色籃子，奉獻給黑色的女神。洛瑞先生必恭必敬地向馬奈特小姐鞠了一個躬。

「請坐，先生！」聲音十分清脆悅耳，略帶一點兒，眞的只有很少的一丁點兒外國腔調。

「吻你的手，小姐！」他照老式的禮節說，又鄭重其事地鞠了一躬，然後坐了下來。

「先生，昨天我收到台爾森銀行的一封信，告訴我一些消息——或者說是發現……」

「用詞無關緊要，小姐，這兩個詞都可以用。」

「……是有關我那可憐的父親留下的一點財產的事。我從來沒見過他——他去世已經很久了……」

洛瑞先生在椅子上挪動了一下，慌亂不安地看了看那排殘缺不全的黑色小愛神，彷彿他們那荒唐可笑的籃子裡有什麼助人的錦囊妙計似的！

「……提出說我有必要去一趟巴黎，找銀行的一位先生接洽，他是專爲這件事去巴黎的。」

「就是我。」

「我也是這樣想，先生。」

她對他行了一個屈膝禮（當時的年輕婦女都行這種禮），懇切地向他表示，她認爲他不僅在年歲上比她大得多，在見識上也比她廣博。她又向他行了一個禮。

「先生，我答覆銀行說，既然知情的人好心建議我有必要去一趟巴黎，我理當前往。不過我是個孤女，沒有能陪我前去的親友，要是有幸得到應允，旅途中能得到那位可敬的先生庇護，我

㉕相傳死海邊長有蘋果樹，但結的果實裡全是黑色的灰燼。

將感到十分榮幸。但是這位先生已經離開倫敦，不過我估計銀行會派出信使追上他，求他賞臉在這兒等我的。」

「我很榮幸，」洛瑞先生說：「能夠接受這一重托。我將更加樂意地完成這一重托。」

「我十分感激，先生，衷心感激！銀行方面告訴我說，這位先生會對我解釋這件事的詳細情況，而且說我一定要在心理上作好準備，因爲情況是非常出人意料的。我現在已經作好了最充分的準備；當然，我也急於想知道這是怎麼一回事。」

「當然！」洛瑞先生說：「是的，我……」

他沉默了一會，又理了理耳朵邊捲曲的亞麻色假髮，接著說道：

「眞不知道該從哪兒說起！」

他並沒有開始講述，猶豫間，看見了她閃閃的目光。那嬌嫩的前額舒展著，露出那種獨特的表情——不僅獨特，而且很美，富有個性——同時舉起一隻手，像是不由自主地想要抓住或者止住某個一閃而過的幻影。

「你一點都不認識我嗎，先生？」

「難道不是嗎？」洛瑞向前攤開雙手，面帶愛好爭論的笑容。

她本來一直站在椅子旁邊，這時若有所思地坐了下來，眉宇間，就在那小巧嬌嫩的鼻子上方——這鼻子眞是精緻、漂亮極了——表情越來越深沉了。他看著她陷入沉思，待到她重又抬起眼睛時，他才繼續說道：

「在你客居的這個國家裡，我看我最好還是把你當作英國小姐，稱呼你馬奈特小姐，可以嗎？」

「你請便，先生！」

「馬奈特小姐，我是一個生意人，我要完成的是一樁生意上的任務。在你聽我敘述時，你只要把我當成是一架會說話的機器就行了——眞的，我可不是別的什麼。如蒙許可，小姐，我將對你講一講我們一位客戶的故事。」

「故事?!」

他似乎有意搞錯了她所重覆的這個字眼，匆匆回答說：「是的，客戶！在銀行業務上，我們把和我們有來往的人通稱爲客戶。他是一位法國紳士，一位從事科學的紳士，一位很有成就的人——一位醫生。」

「不是博韋[26]人吧？」

「呃，是的，是博韋人。像你父親馬奈特先生一樣，這位先生是博韋人。也像你父親馬奈特先生一樣，這位先生在巴黎很有名。我有幸在那兒認識了他。我們的關係純屬生意上的往來，不過關係很密切。當時我在我們的法國分行，我在那兒已經——哦！工作二十年了。」

「當時——我是不是可以問一句，那是什麼時候，先生？」

「我說的是二十年前的事了，小姐。他娶了——一位英國太太——我是他的財產受托管理人之一。他的財產事務，像許多別的法國紳士和法國家庭一樣，完全交托給台爾森銀行經辦。同時，我現在是，或者說我一直是我們許多客戶這樣或那樣的受托人。這些純屬生意上的往來，小姐，當中談不上什麼友誼，沒有特殊的利害關係，也沒有感情之類的成分。在我的銀行業務生涯中，我經辦了一樁又一樁的業務，就像在我的工作日裡打發了一個又一個客戶一樣。總之，我沒有感情，我只是一架機器。讓我們言歸正傳……」

[26] 巴黎西北一小城。

「這是我父親的故事，先生，我想起來了！」那個獨特的皺起的前額，一直非常急切地對著他，「我父親去世後僅兩年，我母親也去世了，我成了一個孤兒，是你把我帶到英國的。我幾乎可以肯定，那就是你。」

洛瑞先生握住那信賴地朝他伸過來、略顯羞怯的小手，鄭重地把它舉到自己唇邊，然後又把這位年輕小姐徑直領回她的座位，用左手扶著她的椅背，右手一會兒摸摸自己的下巴，一會兒扯扯雙鬢的假髮，或者強調一下他說的話，並站在那兒俯視著她的臉。她則坐在那兒仰望著他。

「馬奈特小姐，那是我。我說到我這人沒有感情，我和別人的關係純屬生意上的往來。你只要想一想，打那以後我一直就沒有去看過你，你就會明白，我講到自己時的話有多眞實了。我沒去看。打那以後，你一直受台爾森銀行的監護，可我則一直忙於銀行裡其它方面的業務。感情！我沒有時間，沒有機會顧及感情。小姐，我把我的整個一生都耗費在開動一部巨大的賺錢機器上了。」

洛瑞先生把自己從事的日常工作作了這麼一番古怪的描述後，又用雙手持了持頭上那頂亞麻色假髮（其實這毫無必要，它那光亮的表面本來就非常服貼），恢復了他原來的姿態。

「我剛才說的，小姐（正如你剛才說的），都是你那令人婉惜的父親的故事。下面要說的就不一樣了。假如你父親死的時候並沒有眞死——別害怕！你怎麼嚇了一大跳!?」

她確實嚇了一大跳，雙手緊緊抓住他的手腕。

「求求你，」洛瑞先生用安慰的口氣說，從椅背上抽回左手，放到那抓住他求助的劇烈顫抖的手指上，「求求你別激動——這只是一樁生意上的事，像我剛才說的——」

她的神態使得他如此不安，他住了口，猶豫了一會兒，才又重新往下說：

「像我剛才說的，假如馬奈特先生沒有死；假如他是突然無聲無息地失蹤了；假如他是遭人綁架了；假如別人雖然沒法找到他，卻不難猜出他落到什麼可怕的地方；假如在他本國有個可以行使極大特權的仇人，那種特權，就我當年所知，就連海峽那邊最膽大的人也不敢悄聲議論：例如，塡上一份空白的密札㉗，就可以把任何人無限期地關在監牢裡；假如他的妻子乞求國王、王后、宮廷、教會告知一點他的消息，那顯然全是徒勞——那麼，你父親的身世就跟這位不幸的先生、這位博韋的醫生一樣了。」

「我求你再多告訴我一些，先生。」

「好的，我這就講。你受得了嗎？」

「我什麼都受得了，只要你別像現在這樣把我弄得疑惑不定。」

「你說話神態鎭靜，你！很鎭靜。這就好！」（儘管她的神態顯得並不像他說的那麼令人滿意）「這只是一樁生意上的事。把它看作一樁生意吧！一樁非辦不可的業務。假如這位醫生的妻子雖說膽識過人，勇氣可嘉，但在他的孩子出生前因此事遭受了極大的痛苦——」

「這小孩是個女兒吧，先生？」

「是個女兒。這……這……只是一樁生意上的事、不必難過。小姐，假如這位可憐的太太，在她的孩子出生前遭受了極大的折磨，使得她決心不讓這可憐的孩子再經受她飽嘗過的痛苦，便想方設法要她相信她的父親已經死了——別，別跪下！老天爺，爲什麼你要對我下跪？」

「因爲你講了眞情。啊，親愛的好心、善良的先生，因爲你講了眞情！」

「這……這……只是一樁生意上的事。你把我弄得心亂如麻了！心亂了，我還怎麼辦事呢？還是讓我們清醒清醒頭腦吧！要是不見怪，你是不是現在就說說，比如九乘九便士是多少，或者

㉗ 當時的法國國王賜給寵臣們的一種蓋了印章的空白逮捕令。

二十個幾尼❷是多少先令。這很有好處；我也就可以對你的精神狀況放心了。」

他把她輕輕扶了起來。她沒有直接回答他的要求，只是靜靜坐著，那雙一直緊緊抓住他的手腕的小手已經不再像原來那樣顫抖了。這一來，就讓賈維斯．洛瑞先生重又定下心來。

「這就對了，這就對了！拿出勇氣來！來辦事情！你面前還有許多事等著你去辦理；都是意義重大的事。馬奈特小姐，你的母親是這樣安排你的前程的。她一直到死——我認為她是因心碎而死的——始終都沒有放鬆尋找你父親，卻一無所獲。她去世時，你才兩歲。她盼望你長得健康美麗，生活得快樂幸福，不讓你的生活給蒙上烏雲，不讓你擔驚受怕，懸著一顆心，不知道父親究竟在獄中耗盡心力，還是仍在那兒挨著漫長的歲月。」

他說這番話的時候，以羨慕愛憐的心情，俯視著那頭飄垂的金髮，彷彿在他的想像中，這頭金髮也許已經變成花白了。

「要知道，你的父母並沒有多少財產，所有一切全都留給你母親和你了。在金錢或其它財產方面，到現在為止，沒有什麼新的發現。不過……」

他感到手腕被抓得更緊了，就沒有再說下去。那曾特別引起他注意的前額上的表情，現在已凝固成一種深沉的痛苦和恐怖。

「不過他已經——已經找到了。他還活著，大大變了樣，這很有可能；可能都快不成人樣了，儘管我們抱著樂觀的希望。人總算還活著。你父親已經被送到巴黎一個先前的老僕人家裡，所以我們現在就要去那兒。我呢，去認明他，只要我能做到；你呢，去使他恢復生活、情愛、責任、休息和安樂。」

---

❷舊英國金幣，一幾尼等於二十一先令。

一陣戰慄傳遍她的全身，而且從她的身上傳到他的身上。她用一種低微、清晰而又敬畏的音調說道，就像在說夢話：

「我是去看他的鬼魂啊！那是他的鬼魂吧——不是他！」

洛瑞先生默不作聲地撫摸著那雙抓住他胳臂的手，「好啦，好啦，好啦！你看，你看！現在事情都原原本本告訴你了。你已經走了一段去這位可憐的蒙受不白之冤的先生那兒的路，再走一程海路，一程陸路，你很快就能到達他本人的身邊了。」

她又用同樣的聲調悄聲說：「我一向自由自在，一向無憂無慮，他的鬼魂還從來沒有找過我呢！」

「只有一件事還得提醒你，」洛瑞先生加重了語氣，想要促使她注意，「找到他的時候，他已改用另一個名字；他自己原來的名字早就被人遺忘或者早就隱瞞下來了。現在去打聽他的眞名實姓，不僅無益，反而有害；要去追究這麼些年他是無人過問還是被人有意長期囚禁，也是有害無益的。現在，任何的刨根問底，都不僅無益，反而有害，因爲這是很危險的。最好是不管在什麼地方，不論用什麼方式，都不要提起這件事，而且無論如何得馬上把他轉移出法國。即使是我，作爲一個英國人，安全有保障，即使是台爾森銀行，對法國的信貸舉足輕重，也只好避而不談這件事。我身邊沒有帶明文談到這件事的片紙隻字，這完全是一項祕密服務項目。我所有的證件、帳目、備忘錄，全都包羅在『復活』這個詞裡了；這可以表示任何意思。可是怎麼啦？她一點也沒留神聽！馬奈特小姐！」

她一動不動，悄無聲息，依然坐在他的手的下方，甚至沒有仰倒在椅子裡，可完全失去了知覺；她兩眼睜開，定神地看著他，剛才的那種表情，看上去彷彿已經雕刻或烙印在她的前額上。她把他的胳臂抓得緊緊的，使得他不敢驟然抽身，生怕會傷著她，因而只得一動不動地大聲呼救。

一個模樣粗野的女人搶在僕役的前面跑進了房間。洛瑞先生雖然心急如焚，也看清了她渾身上下一片通紅，連頭髮也是紅的，穿一件式樣古怪的緊身衣，戴一頂非常奇特的軟帽，像近衛軍戴的特大號高皮帽，或者像一大塊斯提耳頓乾酪㉙。她當機立斷，用她壯實有力的手當胸一掌，把他推到最近的牆上，從而迅速解決了他從那可憐的年輕小姐手中脫身的問題。

「我眞以爲這一定是個男兒漢哩！」洛瑞先生撞到牆上時，上氣不接下氣地想道。

「嗨，瞧你們這幫人！」這女人衝著僕役們咆哮起來，「還不趕快去拿東西來！站在那兒盯著我幹嗎？我有什麼好看的，呃？幹嘛還不去拿東西？你們要是還不快去把鹽、冷水和醋拿來，我要叫你們好看！快去！」

大家立即分頭去拿那些甦醒劑了，她則輕輕地把病人放到一張沙發上，熟練而又溫柔地照料著她，管她叫「我的寶貝！」「我的小鳥！」還沾沾自喜、得意洋洋、小心翼翼地把她的金髮理順，讓它披在肩上。

「喂，你這個穿棕色衣服的！」她憤憤地轉向洛瑞先生說：「不把她嚇死，你就沒法和她說清你要說的話了嗎？你瞧瞧她，漂亮的小臉煞白，兩手冰涼。你就管這叫『銀行家』？」

洛瑞先生讓這個難以回答的問題弄得窘迫不堪，只好站得遠遠地看著，謙卑地勉強表示贊同。那個強健有力的女人用「我要叫你們好看」這種沒作進一步說明的神祕懲罰，把還站在那兒的僕役們攆走後，就有板有眼地用一套套方法，使受她照管的人甦醒了過來，然後她把女孩那低垂的頭靠在她的肩上。

㉙ 英國一種有青霉的優質白乳酪，即起司。

「但願她就會好起來！」洛瑞先生說道。

「就是好起來，也不會謝你這個穿棕色衣服的。我寶貝的小美人喲！」

「我希望，」洛瑞先生又謙卑地勉強表示贊同，說：「你能陪馬奈特小姐到法國嗎？」

「說得倒挺中聽的！」強健有力的女人回答說：「要是命裡注定我要飄洋過海，你想老天爺會讓我投生在這個島上嗎？」

這又是一個難以回答的問題，賈維斯·洛瑞先生只好退出房間去考慮了。

第五章・酒店

一大桶酒掉落在街心，摔破了。這事故發生在人們把它從大車上卸下來的時候；桶突然滾落下來，桶箍斷裂，木桶像胡桃殼似地四分五裂，剛好散落在酒店門前的石頭街道上。

附近一帶的人，有的扔下活兒，有的不再閒逛，全都趕到出事地點喝酒來了。街道上鋪的石頭，七高八低，大小不一，稜角凸出，彷彿存心要把一切走上前來的人都弄殘似的。這些石頭把酒圈成了一個個小酒窪，照著酒窪的大小，周圍全都擠滿了數目不一的搶酒喝的人。有的男人跪在地上，用雙手把酒捧起來啜飲，或者趁酒還沒有從指縫間流掉，捧給從他們肩上伸進頭來的女人吮吸。還有一些人，有男有女，用破陶杯在酒窪裡舀著，甚至有人用女人的頭巾去蘸，然後擠進小孩的嘴裡；爲了不讓酒流失，有的人用泥築起了小小的堤壩；還有旁觀者聽從高處窗口裡的指揮，奔走趕西，忙著攔截那些湧向新方向的涓涓細流；也有人在那些被酒浸透的酒桶板上下功夫，起勁地舔著，吮著，甚至津津有味地啃嚼那些被酒漬軟的木桶碎片。這裡沒有排水溝，酒不會流走，可是不僅所有的酒都被吮乾喝淨，連不少爛泥也一併帶走了，就像這條街上有了個清道夫似的；假如熟悉這條街道的人，真的相信會有奇蹟出現的話[30]。

在這場搶酒比賽中，男女老少的歡聲笑語響徹街市，極少野蠻粗俗，更多的是嬉戲和歡樂，其中蘊含著一種特殊的友誼，一種顯而易見、人人都想和別人交往的意願；特別是那些運氣較好

---

[30] 指這裡的街道從來沒有清道夫打掃。

或性格比較開朗的人，還引得他們互相嬉笑擁抱，彼此祝酒，不停地握手，甚至有十幾個人手拉著手跳起舞來。

待到酒已喝盡，那些酒流得最多的地方被手指挖出一個個小泥坑時，這場突如其來的歡鬧也就突如其來地停止了。那個原來在鋸木柴，把鋸子往柴堆中一扔，趕來喝酒的男人，這時又拉起了鋸子；那個把一小盆熱灰扔在門口台階上的女人，又回去端起盆子，烘烤自己和孩子凍僵的手腳去了；那些赤著胳臂、頭髮纏結成團，臉色蒼白的男人，剛才從地窖裡鑽出來，出現在冬日的陽光下，現在又鑽回地窖去了。街道又被愁雲慘霧籠罩；對這兒來說，這種淒慘的情景比陽光燦爛更加自然和諧。

灑出的酒是紅葡萄酒，它染紅了巴黎近郊這個聖安東尼區[31]狹窄街道的地面，也染紅了許多雙手，許多張臉，許多赤腳，許多木鞋。那鋸木柴的男人手上的紅色印到了木柴上；那哺育嬰兒的女人把染上紅色的頭巾重又纏到頭上時，紅色印上了額頭。那些貪婪地啃嚼過酒桶碎片的人，像老虎吃了活物般滿嘴通紅；一個滿嘴血紅、愛開玩笑的高大漢子，頭上搭一頂髒口袋似的睡帽，用手指蘸起和著泥的酒漿，在一堵牆上寫了個「血」字。

這種酒灑滿街心的石頭，許多人被它染得血紅的時日快要到來了。

籠罩在聖安東尼聖顏上的烏雲，被倏忽即逝的一縷微光驅散了一會兒，如今又黑沉沉地聚攏來了——寒冷、骯髒、疾病、愚昧和貧窮，是侍候在這位聖者座前的五位老爺，他們都是有權有勢的王公貴族，特別是最後那一位。那些在磨盤下（當然不是神話中那種能把老人磨成青年的神

---

[31] 巴黎近郊最貧困的工人區。一七八九年七月，聖安東尼區工人首先起義，和巴黎人民一起攻占了巴士底獄，開始了法國大革命。這個工人區有「革命聖地」之稱。

磨㉜）可怕地被磨了又磨的標準小民，在角落裡瑟瑟發抖，在門廊下躑躅徘徊，從窗口失神張望，在寒風中衣不蔽體地縮成一團。那折磨他們的磨盤，把青年人磨成了老頭，把小孩磨得臉老聲沉；無論在兒童還是成人的臉上，都深深地刻印著飢餓的舊痕新跡。飢餓到處橫行，飢餓被推出高樓大廈，鑽進掛在竹竿和繩子上的破衣爛衫；飢餓和麥稈、破布、木片、廢紙一起成了衣服鞋帽；飢餓也附在男人鋸下的小柴片上；飢餓從不冒煙的煙囪上朝下俯視著，從滿是找不出半點可供充飢的殘渣餘屑的垃圾堆的骯髒街道上冒出來。飢餓刻在麵包店老板的貨架上，存貨不多的每塊劣質麵包上都寫著「飢餓」二字；在臘味鋪裡，每一根待售的死狗臘腸上也有飢餓的印跡。在炒栗子的轉筒裡，飢餓的枯骨和栗子一起咯咯作響；飢餓碾成了粉末，撒在那一小碟用幾滴捨不得放的油煎出來的帶皮土豆上。

所有適合它逗留的地方，它都流連不去。它棲身在一條臭氣沖天、狹窄彎曲，和別的狹窄彎曲的街道相連的街道上：街上擠滿衣衫襤褸、頭戴睡帽㉝的人，人人身上都散發出一股破衣爛帽的臭味。一切看得見的東西都帶著淒楚的目光，看著這些臉帶病容的人。可是在他們那走投無路的神色中，還是流露出一種困獸猶鬥的情緒。雖然他們無精打彩，骨瘦如柴，他們當中仍然不乏冒著怒火的眼睛，不乏因強忍緊閉得發白的嘴唇，也不乏自己被絞或用作絞人的絞索似的緊鎖的雙眉。店鋪的招牌（數目幾乎和店鋪一樣多）上全都是表示貧窮的淒慘畫面。肉店畫的是皮包骨頭的肉，麵包店畫的是最粗劣的麵包，酒店信手亂畫了幾個酒客對著幾杯分量不足的薄酒發牢騷，或者交頭接耳湊在一起密談。除了工具和武器，沒有一樣東西有興隆的景象：只有刀具鋪的

㉜ 歐洲有傳說稱，古代有一神磨，能磨出青春、財富，使人返老還童，由窮變富。

㉝ 西歐習慣，出門必戴帽；貧民窮苦，沒有出門戴的帽，故戴睡帽。

刀斧鋒利閃亮、鐵匠鋪的鐵錘沉重有力、槍械鋪的槍械殺氣騰騰。讓人摔斷腿的石頭路面，到處是泥坑水窪。石頭雖然沒有走道，但會突然跑到你的家門口來。為了補缺，排水溝奔到了街心——這是指有水可排時，只是在大雨滂沱之後；可是緊接著，它就會怪病發作似的，衝進各戶人家。街上，要隔一段很遠的路，才有一盞粗陋的街燈，用繩子和滑輪吊著；到了晚上，點燈人把燈放下來點著，然後重又吊了起來，一束昏黃的燈光就在人們頭上無力地搖曳，彷彿是在海上。它們確實是在海上，這艘船和全體船員正面臨著暴風雨的危險。

總有一天，這個地區衣衫襤褸、骨瘦如柴的人們會因為整日無所事事，腹中飢餓難當，而對那點燈人的行當琢磨起來；久而久之，就會想到要將他的方法加以改進，用那些繩子和滑輪把人吊起來，來照亮他們處境的黑暗。不過，現在這種時候還沒有到來；每一陣掠過去的法國的風，都只是徒勞地吹動了稻草人[34]的破衣爛衫，因為那些歌喉婉轉、羽毛豔美的鳥兒並沒有引起警覺。

這家酒店就開在街角上，在外觀和等級上都比別的店高出一籌。酒店老板穿著黃馬甲、綠褲子，站在門外，看著人們在爭喝倒在地上的酒。「這跟我不相干，」最後他聳了聳肩說：「是市場送酒人幹的好事！讓他們另外再送一桶來。」

他一眼看見了那正在牆上塗字、愛開玩笑的高個子，隔街朝他喊了起來：

「喂，我說加斯帕，你在那兒幹什麼呀？」

那人像他們那幫人習慣的那樣，意味深長地指了指他鬧著玩寫的字。可是他碰了個壁，徹底失敗了。這在他們那幫人中也是常有的。

---

[34] 在英語中，稻草人和衣衫襤褸、骨瘦如柴的人為同一詞。

「又在幹什麼？想進瘋人院嗎？」酒店老板說著，穿過街去，抓起一把爛泥，把那個鬧著玩的字塗掉，「幹嘛寫在大街上？難道——告訴我——難道你就沒有別的地方好寫這種字了嗎？」

他一面勸，一面用一隻乾淨的手朝那愛開玩笑的人心口上點了點（也許有意，也許無心）。那人用手拍了一下對方的手，靈活敏捷地朝上一蹦，然後用一個誇張的舞蹈動作跳落地上，一隻髒鞋子便順勢從腳上甩到手中，他拿著舉了起來。如此看來，他這人是個愛開惡作劇式（不能說惡劣凶狠）玩笑的人。

「穿上，穿上！」酒店老板說：「去喝酒，喝酒去！」說著，在對方的衣服上擦乾淨滿是泥污的手。他這樣做完全是故意的，因為這手是因這高個子而弄髒的。然後他才重又穿過街道，回到酒店裡。

酒店老板三十來歲，粗脖子，像個雄糾糾的武夫。他一定火氣很旺，儘管天氣寒冷入骨，他仍未穿外衣，只把衣服搭在肩上。襯衫袖子高高捲到肘部，露出棕色的胳臂。一頭濃密捲曲的黑色短髮，沒戴帽子。他一身全都黝黑，眼睛很有神，而且兩眼之間間隔開闊。總的說來，從外表看，脾氣不錯，他也不見得能饒人；顯然，這是個意志堅強、決心堅定的人；這種人在兩邊是深淵的羊腸小道上，最好不要和他狹路相逢，因為他死也不會回頭的。

他走進店裡時，他的妻子德華若太太正端坐在櫃台後面。他太太年紀和他不相上下，身材粗壯，有一雙似乎什麼都不看卻什麼都不放過的眼睛，一隻大手戴著沉甸甸的戒指，臉色鎮靜，相貌堅毅，舉止從容不迫。德華若太太身上有一種品質，讓人可以由此斷定，她所經管的任何帳目都是不大會出錯的。生性怕冷的德華若太太身上緊裹著毛皮衣服，頭頸上還圍著一塊色彩鮮豔的披肩，不過一對大耳環倒沒有遮住。她面前擺著編織活，但沒有編織，而是捏著一支牙籤在剔牙。她用左手托著右肘，專心致志地剔著，丈夫進來時她沒有作聲，只是輕輕咳了一聲；這一聲咳嗽，加上她微微向上抬了抬那濃黑的眉毛，暗示她丈夫好好注意店裡酒客的情況，因爲就在他走到街對面去時，來了新顧客。

酒店老板轉眼朝四周打量，最後，目光停留在角落裡坐著的一位年老紳士和一位年輕小姐身上。店堂裡還有另外幾個顧客：兩個在玩紙牌，兩個在玩多米諾骨牌，三個站在櫃台旁，慢吞吞地呷著杯子裡的那一點兒酒。當他走到櫃台後面時，注意到那位老先生向那位小姐使了個眼色，意思是：「這就是我們要找的人。」

「你們他媽的到這兒來搞什麼鬼？」德華若先生自言自語地說：「我又不認識你們。」

他假裝沒看見這兩個陌生顧客，顧自跟站在櫃台旁喝酒的三位顧客攀談起來。

「怎麼，雅克㉟，」三人中的一個問德華若先生，「灑在地上的酒都喝光了嗎？」

「喝得一滴不剩了，雅克。」德華若先生回答。

待他們這樣互喚過這個名字後，正在用牙籤剔牙的德華若太太又輕輕咳了一聲，微微抬了抬眉毛。

「這班窮哥們，」三人中的第二個對德華若先生說：「是不大能嘗到酒味的；除了黑麵包和死亡，嘗不到別的味。是吧，雅克？」

「是的，雅克！」德華若先生回答。

在第二次這樣互喚這個名字時，德華若太太依舊泰然自若地在用牙籤剔牙；過後她又輕輕地咳了一聲，微微地抬了抬眉毛。

㉟十四世紀中葉法國農民暴動時，貴族對農民的蔑稱，從此成爲農民的諢名。此處爲法國大革命時期革命者互稱的暗號。

三個人中的最後一個放下喝乾的酒杯，砸了砸嘴，開口說話了。

「唉，越來越糟糕了！這班窮哥們嘴裡嘗的盡是苦味，他們過的總是苦日子，雅克。我說得對不對，雅克？」

「說得對，雅克。」德華若先生這樣回答。

第三次這樣互喚過這個名字後，德華若太太把牙籤放到一邊，眉毛高高抬起，在座位上輕輕地挪動了一下身子。

「行了！沒錯！」她丈夫嘟囔著說：「先生們，這是我太太。」

三位顧客一齊向德華若太太脫帽致敬，把帽子拿在手中揮動了三下。她低了低頭，朝他們很快的看了一眼，接受了他們的致意，然後就漫不經心地朝酒店看了一圈，不慌不忙地拿起編織活，聚精會神地織了起來。

「先生們，」她的丈夫說，眼睛一直留神地注視著她，「日安！剛才我出去時，你們在打聽，說是想要看看那個帶家具的單人套間。它就在六樓，樓梯口在緊靠這裡左首的那個小院子裡，」說著他用手指了指，「就在我酒店的窗口旁邊。我這會兒想起來了，你們當中有一位去過那裡，他可以領路。先生們，再見。」

他們付了酒錢，走了。德華若先生的眼睛一直留神著他那正在編織的妻子。

這時，那位年老的紳士從角落裡走了過來，要求和他說句話。

「遵命，先生！」德華若先生答應道，默默地跟他走到門邊。

他們的交談很簡短，但十分乾脆。老先生幾乎剛開口，德華若先生便大吃一驚，全神貫注地聽了起來。不到一分鐘，他就點點頭，走出門去。那位紳士對年輕小姐做了個手勢，也一齊跟出去。德華若太太手指靈巧地飛快編結著，眉毛一動也不動，好像什麼也沒看見。

賈維斯・洛瑞先生和馬奈特小姐就這樣走出酒店，跟著德華若先生來到樓梯口，就是剛才他指點那另外三個人進去的地方。樓梯口外面是個黑糊糊、臭烘烘的小院；這是個公用的總出入口，裡面有一大堆房子，住著許多人家。在通向陰森森的磚鋪樓梯的陰森森的磚鋪過道裡，德華若先生朝老主人的孩子單腿跪下，吻了吻她的手。這本是個文雅的動作，可是他做得一點兒也不文雅。頃刻之間，他的神情發生了十分明顯的變化，臉上已沒有溫和善良的表情，也不再有坦白直率的神態，一下子變成了一個詭祕、憤怒的危險人物。

「樓很高，不大好上，最好慢點兒。」開始上樓梯時，德華若先生用嚴峻的聲調對洛瑞先生說道。

「就他獨自一個人嗎？」洛瑞先生悄聲問道。

「獨自一個人！上帝保佑，誰能跟他住在一起呀？」對方同樣低聲回答。

「那他一直獨自一個人？」

「是的。」

「是他自己希望這樣？」

「是他自己要這樣做的。他仍和我第一次見到他時一樣。那之前他們找到我，問我是不是肯冒風險收留他，小心照顧他——現在他還和那時一模一樣。」

「他大變樣了嗎？」

「變了！」

酒店老板收住腳步，用手捶了捶牆，狠狠地咒罵了一句。這比任何正面回答都有力得多了。洛瑞先生和他的兩位同伴越爬越高，心情也越來越沉重了。

這樣的樓梯，連同它的附屬設施，在巴黎那些較老較擁擠的地區，在今天來說，該算是夠差的了；而在那個時代，對於尚未習慣、未變麻木的感官而言，眞是糟糕透了。住在這座又臭又髒的高樓裡的每戶人家——也就是說，開向這個公用樓梯的每一扇門內的房間——除了從各自的窗口扔出一部分破爛外，全都把垃圾倒在門口的過道裡。即使貧寒和窮困沒有用它們那無形的污穢玷污了空氣，這些垃圾不斷產生的難以控制、無法消除的大量臭氣也足以把空氣污染了；而這兩股污源合在一起，便更加難以忍受。一路上的空氣都這樣惡濁，樓梯又陡又暗又髒。

賈維斯．洛瑞先生變得越來越心神不定，他的年輕同伴也越來越激動不安，因而他們不得不兩次停下來歇息。每次都停在一扇淒慘的小格子窗前，僅存的一點沒變味的好空氣似乎都經過這裡逃之夭夭，而所有腐敗變質、令人作嘔的氣味，似乎都經過這裡緩緩爬了進去。透過鏽跡班班的鐵窗柵，不用眼看，光憑那氣味，就可以感覺出附近一帶的烏煙瘴氣、雜亂無章，在視力所及的範圍內，在比巴黎聖母院兩座高塔的尖頂更近更低的地方，已經沒有任何健康生活和高尚志趣的希望。

終於爬到了樓梯的盡頭，他們第三次停了下來。可要到那間閣樓，還得往上爬另一道更陡更窄的樓梯。酒店老板一直走在前面一點，而且總是走在靠近洛瑞先生一邊，好像生怕那位年輕小姐會向他提出什麼問題。直到這會兒，他才轉過身來，小心翼翼地摸著搭在肩上的外衣口袋，掏出一把鑰匙。

「這麼說門是鎖著的，朋友？」洛瑞先生吃驚地問。

「嗯，是的。」德華若先生冷冷地回答。

「你認爲有必要把這位不幸的先生這樣禁閉起來嗎？」

「我認爲有必要鎖上。」德華若先生緊皺起雙眉，湊近他的耳朵悄聲說。

「爲什麼？」

「爲什麼？因爲他被鎖著過了那麼多年，要是現在讓門開著不鎖，他會給嚇得——狂喊亂叫——發瘋——死掉——還有我說不上的災難。」

「這怎麼可能？」洛瑞先生叫了起來。

「這怎麼可能？」德華若先生悲憤地重覆了一句，「是啊！我們生活的雖然是個美好的世界，可這是可能的，還有許許多多這樣的事情都是可能的，不但可能，而且已經有了——有了，瞧你說的！天底下，哪兒都有，每天都有。魔鬼萬歲！我們還是繼續上去吧！」

這席對話是悄聲低語進行的，一個字也沒有傳到那位年輕小姐的耳中。但是這時，由於她過於激動，渾身顫抖不已，臉上顯得如此焦慮不安，尤其是這般畏懼驚恐，使得洛瑞先生覺得自己有責任勸說幾句，讓她恢復勇氣。

「鼓起勇氣來，親愛的小姐，勇敢些！這是辦業務！最糟糕的時刻就要過去了。隨後，你帶給他的一切好事、一切寬慰、一切幸福，就會開始。請我們的好朋友過來扶你一把吧！對了，朋友德華若，來吧，這是樁業務，只是辦一樁業務！」

他們慢慢地、輕輕地往上爬去。梯子很短，很快就到了頂上。由於這兒有個拐角，他們一眼就看見了三個人，他們都低著頭，緊湊在門邊，透過牆上的縫隙或窟窿，正聚精會神地朝房裡張望。聽到腳步聲到了跟前，他們連忙轉過身來，直起腰，這才讓人看出，原來就是剛才在酒店裡喝酒的那三個同名人。

「你們來得這麼突然，我把他們三個給忘了。」德華若先生解釋說：「好小子們，先離開一下，我們要在這兒辦點事。」

三個人擦身而過，悄悄地下樓去了。

這層樓看來沒有別的門了，等那三個人一走，酒店老板就徑直來到這扇門前。

洛瑞先生略帶怒意，低聲問他：

「你把馬奈特先生當作展覽品了？」

「你看見了，我只讓經過選擇的少數人看。」

「這樣做合適嗎？」

「我想是合適的。」

「這少數的人是什麼人？你是怎麼選擇的？」

「我選的是眞正的人，和我同名的人——我叫雅克——讓他們看看，對他們有好處。行了，你是英國人，那是另一碼事。請你們在這兒稍等一會兒。」

他打了個手勢，要他們靠後站，然後彎下腰，從牆縫朝裡張望。他很快又抬起頭來，在門上拍了兩、三下——顯然，這只不過是爲了弄出聲音，沒有別的用意。出於同種目的，他又用鑰匙在門上劃了三、四下，然後才笨手笨腳地把鑰匙插進鎖孔，儘量使勁轉動著鑰匙。

門在他手下慢慢地朝裡打開了。他朝房裡看了看，說了句什麼。一個微弱的聲音回答了句什麼。兩人都只說了一兩個詞。

他回過頭來，招呼他們進去。洛瑞先生用胳臂緊緊摟住姑娘的腰，撐持著她，因爲他發覺姑娘的身子直往下沉。

「這——這——這是樁業務，辦一樁業務！」他極力鼓勵著，臉頰上與業務無關的淚水在閃亮，「進來吧，進來！」

「我怕！」她哆哆嗦嗦地回答。

「怕!?怕什麼？」

「我說的是怕他，怕我父親。」

領路人打手勢叫他們快進去，而她卻是這個模樣，洛瑞先生逼得沒有辦法，只好拉住搭在他肩上那隻哆嗦的胳臂，讓它摟住自己的脖子，稍稍把她架起，連背帶扶，匆匆把她攙進房間。一進房間，他就把她放下，扶著她，讓她靠在自己身上。

德華若先生拔出鑰匙，關上門，從裡面把門鎖上，再拔出鑰匙，拿在手中。所有這些，他做得有條不紊，還儘量把聲音弄得又響、又刺耳。末了，他以均勻的步伐走過房間，走到窗口旁邊。他在窗前停下，轉過臉來。

這間閣樓原本是用來堆放木柴之類東西的，又黑又暗。因爲那個老虎窗式的窗戶其實是開在屋頂的一個門，外面裝著一個小吊車，用作從街上往裡吊東西。窗口沒安玻璃，而是像法國房子的任何門那樣，有兩扇中間關閉的門。爲了禦寒，一扇門緊緊關著，另一扇也只開著一條縫。因此，透進來的光線很少，剛進來的時候，簡直什麼也看不清；只有長年累月對這兒習慣了，才能使人具有在這種昏暗光線下幹細活的本領。此時，在這間閣樓上，確有一個人在幹細活。酒店老板站在窗前看著他。這是個白髮蒼蒼的老人，背朝著門，臉對著窗，坐在一張矮凳上，向前躬著腰，正忙著在做鞋。

第六章・鞋匠

「日安！」德華若先生俯視著那埋首做鞋的白髮老人的頭說。

那頭抬了頭，彷彿從遠處傳來的一個非常微弱的聲音作了回答：

「日安！」

「哦，你還在一個勁兒地幹活？」

沉默了許久，那頭又抬了抬，那微弱的聲音又答道：「是的——我在幹活。」這回，一對乾癟凹陷的眼睛朝問話的人看了看，然後又低下頭去。

那聲音微弱得可憐而又可怕。這無疑和長期幽禁及飲食粗劣有關，但主要還不是由於肉體上的衰弱，它的特別可哀之處在於它是孤棲獨處、言語久廢的結果。這聲音像是許久以前發出聲音的最後微弱無力的回音；它已經完全喪失了人類聲音的活力和生氣，使人感到彷彿是一度嬌艷的色彩消褪成了一點淡淡的漬痕；它是如此低沉抑鬱，簡直像發自地層深處。這聲音強烈地表達了一個絕望無救之人的心靈；一個在曠野裡孤獨飄零、飢寒交迫的遊子，倒斃前就是以這樣的聲音來追念家鄉和骨肉親友的。

他又默默地幹了幾分鐘活，那雙乾癟凹陷的眼睛又朝上看了看，既無興趣也無好奇，只有一種機械呆板的直覺，覺得那唯一天天見面的人站著的地方現在還沒空出來。

「我想要，」德華若說，眼光一直沒有從鞋匠身上移開，「讓光線多進來一點，稍微亮一點！你受得了嗎？」

鞋匠停下手裡的活計，漠然聽著，眼睛朝身旁的地板看了看，又以同樣的神情朝另一旁的地板看了看，然後抬頭看著說話的人。

「你說什麼？」

「稍微亮一點，你受得了嗎？」

「你要是讓亮光進來，我就只得受了。」

（說到「只得」兩字時，微弱無力地加重了一點語氣。）

原來開著的半扇窗門又開大了一點，然後就停在那個角度上。一條長方形光線落進了閣樓，照見了這個做鞋的人和他膝頭上一只未做完的鞋子。他停下手中的活。在他腳旁和坐的凳子上散亂地放著幾件常用的工具和一些碎皮。他的鬍子雪白，參差不齊，但不太長。臉頰下陷，目光明亮。即使烏黑的眉毛和蓬亂的白髮下那對眼睛生得不大，有了這瘦削凹陷的雙頰襯托，也就顯得大了，更何況它們生來就大，因而看上去就有點異乎尋常了。他那破舊不堪的黃色襯衣，領子敞開著，露出瘦削乾癟的軀體。他整個人，他那破舊的帆布外套，鬆鬆垮垮的襪子，以及身上所有的破爛衣著，由於長年接觸不到陽光和新鮮空氣，全都已經褪色，一律變成了舊羊皮紙似的黃色，簡直分辨不清哪樣是哪樣了。

他舉起一隻手來擋住眼前的光亮，那手上的骨頭看起來都像是透明似的。他放下手中的活，就這樣兩眼發楞呆坐著。他每次瞧著面前的人，總要先低頭朝自己這邊看看，朝那邊瞧瞧，好像他已經喪失了把方向和聲音聯繫起來的習慣；他每次都要這樣左顧右盼一番後才肯說話，可在這以後，往往又忘了開口了。

「你想要今天做完這雙鞋嗎？」德華若先生問著，打手勢要洛瑞先生走上前來。

「你說什麼？」

「你打算今天做完這雙鞋子嗎？」

「我說不上是不是打算這樣。我想是吧！我不知道。」

不過這一問，讓他想起了他的活計，他又埋頭幹了起來。

洛瑞先生悄悄走上前來，把姑娘留在門邊。他在德華若身旁站了一、兩分鐘。鞋匠抬頭看了看，他發現多了一個人，但並沒有表示驚訝；可是在他看著這個新出現的人時，卻不由自主地舉起一隻手，那哆嗦的手指伸到唇邊（他的嘴唇和指甲全都是鉛灰色的）；隨後那隻手又落回到活計上，重新埋頭做起鞋來。那表情和動作，都只是刹那間的事。

「瞧，有人看你來了。」德華若先生說。

「你說什麼？」

「來客人了。」

鞋匠像先前那樣仰頭看了看，但是手沒有離開活計。

「瞧！」德華若說：「這位先生是位行家，一眼就看出這鞋子做的好壞。把你正在做的那只鞋給他看看。拿著，先生。」

洛瑞先生接過了鞋。

「告訴這位先生這是什麼鞋，做鞋的人叫什麼名字。」

這次停頓的時間比以往更長，半晌後鞋匠才回答：

「我忘了你問我什麼了！你說什麼來著？」

「我說，你能不能說說這是什麼鞋，好讓先生知道。」

「這是只女鞋，是年輕小姐走路穿的鞋。這是時新的式樣；我以前沒見過這種式樣。我手頭有個鞋樣。」他朝那只鞋看了一眼，露出了一點悠忽即逝的得意神色。

「那麼做鞋人的名字呢？」德華若問。

現在他手中沒有了活計，就把右手指節放進左手掌心，然後又把左手指節放進右手掌心，後來又用手摸摸長滿鬍子的下巴，就這樣循環反覆，一刻不停。他經常說完話就陷入茫然狀態，要把他從茫然中喚醒，就像是要把一個奄奄一息的人從昏迷中喚醒，或者說像是千方百計要想留住個彌留之人的靈魂，希望他能最後道出某些隱情。

「你是問我的名字嗎？」

「是的，我問你的名字。」

「北樓一百零五號。」

「就這個嗎？」

「北樓一百零五號。」

他發出一種顯得有些疲憊的聲音，既非嘆息，也非呻吟，然後又埋下頭去幹活，直到沉默被再次打破。

「你的職業不是鞋匠吧？」洛瑞先生目不轉睛地盯著他問。

他那對乾癟凹陷的眼睛轉向德華若，彷彿想把這個問題轉給他；但是由於得不到對方的幫助，他看了看地板，只好又轉過去看那問話的人。

「我的職業不是鞋匠？是的，我的職業不是鞋匠。我——我是在這兒學的。我自己學的。我請求准許我——」

他又出了神，竟達數分鐘之久。在整個這段時間裡，雙手都反反覆覆做著前面說的那一套動作。後來，他的目光終於又慢慢轉回到剛才他茫然注視的那張臉上；當眼光停留在那張臉上時，他吃了一驚，於是又接著說話，就像是個剛剛睡醒的人，重又回想起頭天晚上的話題一樣。

「我請求准許我自學做鞋，費了很長時間，經過許多周折，才得到准許。打那以後，我就一直在做鞋。」

他伸手要回剛才從他手裡拿走的鞋時，洛瑞先生仍目不轉睛地看著他的臉問：

「馬奈特先生，你一點也不記得我了嗎？」

鞋掉落在地上，他坐在那兒定睛注視著問話的人。

「馬奈特先生，」洛瑞先生把一隻手放在德華若的胳臂上，「你一點也不記得這個人了嗎？看看他，看看我，馬奈特先生，從前的銀行職員，從前的業務關係，從前的僕人，從前的日子，你腦子裡難道一點都想不起來了嗎？」

這個被禁錮了多年的老囚犯坐在那兒，輪番地定睛打量著洛瑞先生和德華若。他的眉宇間籠罩著的愁雲漸漸消散了，那長期被湮沒、熱誠生動的靈秀之氣顯露了出來。但這股靈秀之氣很快又被愁雲籠罩，變得越來越淡，終於逝去了；不過它確實出現過。他的這種表情竟如此真切地重現在姑娘那年輕美麗的臉上。這時，她已順著牆根慢慢走到一個可以看清老人的地方，現在正站在那兒朝他打量著。起初，她提起了雙手；這也許是出於驚恐，也許是不忍心看他；但此時已朝他伸出迫不及待的顫抖的雙手，渴望把那張幽靈似的臉擁在她年輕溫暖的胸膛，用愛來使他重新獲得生命和希望——他那種表情竟如此真切地重現在她年輕美麗的臉上（只不過更爲強烈），彷彿是一道移動的光芒，從他的臉上轉到她的臉上。

陰暗又落到他的眉宇之間。他看著這兩個人，表情越來越淡漠；他的眼睛又像原來那樣黯然失神地時而看看地上，時而看看周圍。

末了，他深深地長嘆一聲，拾起鞋子，重又埋頭幹起活來。

「你認出他來了嗎，先生？」德華若悄聲問道。

「是的，不過只有一剎那。剛開始，我以為一點也沒有希望，可是毫無疑問，有那麼一會兒，我確實看見了我過去十分熟悉的那張臉。噓！讓我們再往後退退，別說話！」

姑娘已從閣樓的牆邊走過來，走到他坐的凳子跟前。她只要一伸手，就可以撫摸到他，而他竟一無所知，埋頭幹活。此情此景實在有些令人不寒而慄。

未說一句話，也沒有出一點聲音，她像個精靈，站在他的身旁，而他則只顧埋頭幹活。過了好半晌，他終於需要把手裡的工具換成鞋匠刀了。刀就在他身邊，但不是她站著的這邊。他拿起刀，正要重新埋頭幹活，突然看見了她裙子的下襬。他抬起眼睛，看到了她的臉。兩位站在一旁看著的人急忙走上前來，可是她用手勢止住了他們。她一點也不怕他用刀子傷害她，不過他們兩人實在有些擔心。

他用嚇人的眼神注視著她。過了一會，嘴唇囁嚅著像要說什麼，卻沒有發出聲來。他呼吸急促艱難，過了半晌，才聽見他說道：

「這是怎麼回事？」

滾滾熱淚流下她的臉頰，她把自己的雙手放在唇上親了親，向他送去一個吻，然後把雙手抱在胸前，彷彿抱著他那受盡磨難的被損壞的頭。

「你不是看守的女兒嗎？」

她嘆息著說了聲：「不是。」

「你是誰？」

她生怕自己一時還控制不住自己的聲音，沒有作答，而是傍著他在凳子上坐了下來。他往一旁退避，可是她伸出一隻手，放在他的胳臂上。這一來，他突然異常激動地一驚，一陣震顫通過他的全身。他輕輕地放下刀子，坐在那兒凝視著她。

她把那長長的金色捲髮匆匆撩到旁邊，讓它順著脖子披垂下來。他一點一點地伸過手去，托起她的頭髮看了又看。看著看著，又走了神，接著便深深嘆了口氣，重又埋頭幹起活來。

沒過多久，姑娘放開了他的胳臂，把手放到了他的肩上。他疑疑惑惑地朝那手看了兩、三次，似乎想要確定一下它是否真的在那兒，然後放下活計，伸手從胸前摸出一個用發黑的線拴著的小破布包。他小心翼翼地在膝頭上打開小包，裡面包著少許頭髮：不過是一、兩根長長的金色頭髮，那是他多年前在手指上繞好理順了的。

他又把她的頭髮拿在手中，仔細察看，「是一樣的。這怎麼可能!?那是什麼時候？這是怎麼回事呢!?」

那種專心致志的生動表情重又回到他的眉宇之間，他似乎漸漸意識到她也長著這種頭髮了。他把她轉過身來對著亮光，仔細地朝她察看著。

「那天晚上，我被人叫出去時，她曾把頭靠在我的肩上——她生怕我走，可我毫不在乎——當他們把我關進北樓時，我在袖子上發現了這幾根頭髮。『把這幾根頭髮留給我吧！它們也許能使我的靈魂飛出，但絕不可能幫助我的肉體脫逃。』這就是當時我說的話，我記得清清楚楚。」

他的嘴唇反覆動了許多遍，才把這番話說了出來。不過——他一旦找到了要說的話，那話也就連貫而來，雖然說得很慢。

「這是怎麼回事？——那是你嗎？」

他突然令人吃驚地抱住了她，兩位站在旁邊看著的人又嚇了一跳。可是她仍安安靜靜地坐在那兒，讓他抱著，只是悄聲說道：「我求你們了，兩位好先生，請你們別過來，別說話，別動！」

「聽！」他大叫起來：「這是誰的聲音？」

他這樣叫喊時，雙手放開了她，舉向自己的蒼蒼白髮，發瘋似地揪扯著。待這陣發作停息，除了做鞋外，一切都又從他的心中逝去了。他收拾起小布包，儘量在胸前推得更牢；但他還在打量她，淒然地搖著頭。

「不，不，不，你太年輕，太漂亮了！不可能！看看我這個囚犯，已成了什麼樣子！這雙手已不是她當年熟悉的那雙了，這張臉也不是她當年熟悉的那張了，這聲音也不是她當年聽熟的了。不，不！她——還有他——是在北樓的漫長歲月以前——那是多年以前了。你叫什麼名字呀，我溫柔的天使？」

看見他的語氣和態度溫和起來，女兒高興得在他的面前跪了下來，雙手祈求似地放在他的胸前。

「啊，先生，你以後自然會知道我的名字，會知道誰是我的母親，誰是我的父親，以及為什麼我對他們那悲慘淒苦的命運竟會一無所知。可是現在我不能告訴你，也不能在這兒告訴你。此時此地，我能對你說的只有：求你撫摸我，祝福我。吻我，吻我呀！哦！親愛的，親愛的！」

他那頭冰涼陰冷的白髮和她的光輝燦爛的金髮混在一起了，金髮溫暖、照亮了他的白頭，彷彿是自由之光照遍了他的全身。

「要是你在我的說話聲中，聽出——我不知道是不是這樣，不過我希望是這樣——要是你在我的說話聲中，聽出一種聲音，和你以前聽來如同美妙音樂的一種聲音有相似之處，那就為此哭泣、為此哭泣吧！要是你在撫摸我的頭髮時，產生了某種感覺，使你回憶起年輕自由時依偎在你胸前一顆可愛的頭，那就為此哭泣、為此哭泣吧！要是我對你說我們會有一個家，我要盡我所能孝順你，服侍你，從而在你那顆可憐的心痛苦得日漸枯萎時，使你回想起一個荒廢已久的家，那就為此哭泣、為此哭泣吧！」

她把他的脖子摟得更緊了，像搖孩子似地把他抱在懷中搖著。

「要是我告訴你，最親愛的人啊！你的苦難已到盡頭，我特地到這兒來接你脫離苦海，到英國去過和平安寧的生活，從而不再使你想起你的有為之年已被糟蹋，想起對你這般毒辣的法蘭西祖國，那就為此哭泣，為此哭泣吧！要是我告訴你我的名字，誰是我那還活著的父親，誰是我那已死去的母親，使你明白我為什麼不得不跪在可敬的父親面前，求他寬恕，由於我那可憐的母親為了愛我，向我隱瞞了他受難的眞情，所以我從未為他奔走，不曾為他徹夜不眠，通宵哭泣，那就為此哭泣，為此哭泣吧！為她哭泣，也為我哭泣吧！兩位好心的先生啊，感謝上帝吧！我覺得他那聖潔的眼淚濡濕了我的臉頰，他的抽泣嗚咽叩擊著我的心房。啊，看呀！為我們感謝上帝，感謝上帝吧！」

他倒在她的懷裡，臉埋在她的胸前；此情此景，如此感人肺腑，他曾經經受的奇冤大難如此令人不寒而慄，使得那兩位在旁看著的人不由得掩住了臉。

好大一陣子，閣樓裡寂靜無聲，他那急劇起伏的胸膛和不斷顫抖的軀體已經歸於平靜。這是暴風雨後必然到來的平靜——這是人性的標記，那叫做「生命」的暴風雨，最後必將歸於寧靜和沉默——那兩個人走上前來，把父女倆從地上扶起。原來，那位父親已經漸漸滑到地上，疲憊不堪、昏昏沉沉地躺在那兒。那位女兒也順勢躺下依偎著他，好讓父親的頭枕在她的胳臂上；她的頭髮披散在他的身上，替他遮住了亮光。

「要是不去驚動他，」當洛瑞先生連連擤了幾次鼻涕，俯下身來看他們的時候，她做了個手勢招呼他，「能立刻辦好離開巴黎的手續，那樣，就可以直接從這兒把他接走——」

「這得好好考慮考慮！他經受得住這趟旅行嗎？」洛瑞先生問道。

「總比留在這個城裡好，這裡對他來說眞是太可怕了。」

「說得對！」德華若說道，他正跪著一面察看，一面傾聽，「總比留在這兒好。不管怎麼說，馬奈特先生都是及早離開法國為好。要不要我去雇一輛馬車和幾匹驛馬來？」

「這是業務，」洛瑞先生說，他又恢復了他那有條不紊的態度，「要是有業務上的事要辦，還是我去辦為好。」

「那你們就去吧！讓我們留在這兒。」馬奈特小姐催促說：「你們看，他已經很平靜了，把他留給我照看，你們用不著擔心。有什麼好不放心的呢？最好把門鎖上，免得有人來打擾。我準保你們回來時，會看到他像現在一樣安靜。不管怎麼樣，我都會好好照看他，一直等到你們回來，然後我們就馬上把他帶走。」

洛瑞先生和德華若都不大贊成這個辦法，主張他們兩人中留下一個。可是天快黑了，時間緊迫，不但要去找好馬車，還得辦妥旅行證件。最後，他倆只好匆匆忙忙分了分工，趕緊分頭去辦各項事情了。

隨後，夜幕漸漸降臨，女兒把頭枕在硬梆梆的地板上，緊靠在父親身旁，守護著他。夜色愈來愈濃，他們倆都安安靜靜地躺著，直到一線燈光從牆縫中透了進來。

洛瑞先生和德華若先生已經做好旅行的一切準備，不僅帶來了旅行斗篷和別的衣著，還帶來了麵包、肉、酒和熱咖啡。德華若先生把這些吃的東西和拿著的燈放在鞋匠的板凳上（閣樓裡除了僅有一張草墊鋪的小床外，再沒有別的東西了），然後和洛瑞先生一起把囚徒喚醒，扶他站了起來。

他臉上一副驚恐不安和茫然不知所措的神情，再聰明的人也猜不透他心裡到底想什麼。他是不是已經知道發生了什麼事？他是不是還記得他們和他說的話？他是不是明白他已經獲得自由？這些全不是人的聰明才智所能解答的問題。他們想方設法跟他說話，可是，他那麼慌亂不安的神情和久久答不出話來的模樣，使他們對他的神志不清感到害怕，一致同意暫時不再去煩擾他。他時而有一種狂亂舉動，失神地用雙手緊抱自己的頭；這是以前不曾見過的。不過他一聽到女兒的聲音，就顯得有點高興，每當她說話時，他總是朝她轉過頭去。

他長期以來習慣於服從強制的命令，這時也以這種順從的態度吃喝了別人給他的東西，穿戴上給他的斗篷和衣著。他爽快地讓女兒挽住他的胳臂，還用雙手拉住——緊抓住——她的手。

他們開始下樓。德華若先生提著燈走在前頭，洛瑞先生則走在這小小行列的最後。他們沿著那長長的主樓梯剛走下幾級，囚徒就停了下來，目不轉睛地朝屋頂和四周的牆壁看著。

「你記得這地方嗎，父親？還記得上來的事嗎？」

「你說什麼？」

可是，她還沒來得及重覆，他就喃喃地作出了回答，彷彿她已經重複問了一遍似的。

「記得？不，我不記得了。那是很久很久以前的事了。」

很明顯，他已經不記得他是怎樣被人從監獄帶到這間房子裡來的了。他們聽見他在嘟囔著「北樓一百零五號」。當他朝四周察看時，顯然是在尋找那長期禁錮他的城堡的牆。下到院子裡了，他又本能地放慢了腳步，彷彿在等著放吊橋。這兒沒有吊橋，他只看到一輛馬車停在空曠的大街上。他馬上放開女兒的手，又緊緊抱住了自己的頭。

門口沒有人群聚集，就連那麼多窗戶裡也見不到一個人影；街上冷冷清清，異常寂靜，沒有任何一個偶爾過往的行人。只能見到一個人，那是德華若太太——她靠在門柱上顧自編織著，什麼也沒有看。

囚犯已經坐進馬車，她的女兒也跟著進去了，可是洛瑞先生的腳剛踏上馬車踏板，就停了下來。鞋匠淒淒切切地要起他的製鞋工具和沒做完的鞋來了。德華若太太馬上朝她的丈夫高喊，她去取來。說著，邊編織，邊穿過院子，走進暗處。她很快就拿來了那些東西，遞進車裡——然後立刻又靠在門柱上編織，什麼也沒有看。

德華若先生爬到車夫的座位旁，說了句：「去關卡！」車夫響亮地甩了一下鞭子，馬車就在黯淡搖曳的車燈光照耀下，轔轔地向前駛去。

在搖曳不定的車燈光照耀下——燈光在比較平坦的路上亮些，在坑坑窪窪的路上則暗些——馬車駛過了光明亮堂的店鋪，衣著鮮豔的人群，燈光輝煌的咖啡館和戲院，最後來到一個城門口。有幾個士兵提著燈，站在哨所那兒。

「拿出證件來，過路的！」

「請看吧，長官！」德華若先生一邊下車，一邊說著，隨後鄭重其事地把他拉到一邊，「這些就是車裡那位白髮老先生的證件，他們把他連同這些證件一起交托給我的。這是——」他放低了聲音。

那些軍用提燈中出現了一點騷動，接著，一隻穿著軍服的胳臂舉著一盞燈伸進馬車照了照，手臂的主人用異乎尋常的目光看了看白髮老先生。

「好了，走吧！」穿軍服的人說。

「再見！」德華若先生說。於是，馬車又繼續前行，在那短近的、越來越暗、搖曳不定的燈光照耀下，來到了廣袤無際的星空之下。

在這永恆不動、亙古不變之星光的蒼穹下，星星看上去離我們這個小小的地球是那麼遙遠，據有學問的人說，它們的光芒是否已經照見了我們這個地球——宇宙空間中一顆既有苦難又有業績的微粒——尚難肯定，到處都還是黑暗的幢幢夜影。從出發到黎明，在這整個寒冷不安的時刻裡，幻影又在洛瑞先生耳邊竊竊地問了起來——他坐在這個從墳墓裡挖出來的人面前，心裡想著，這人的哪些智能已經喪失殆盡，哪些還能恢復如初——依舊是個老問題：

「我想你是想復活的吧？」

依舊是那句回答：

「我說不上。」

第二部・金線

第一章・五年以後

即使在公元一七八〇年，聖堂柵欄門旁的台爾森銀行也算得上是個老式鋪面了，它又狹小、又陰暗、又難看、又不便。不僅如此，就它的風氣來說，也是個因循守舊的地方。行裡的那班股東們以它的狹小為榮，以它的陰暗為榮，以它的難看為榮，也以它的不便為榮。他們甚至誇口說，它的名氣就在於有這些特點。他們受著一種特殊的信念所激勵，那就是：遭反對愈少，受敬重愈小。這不是一種消極防守的信念，而是一種積極進攻的武器，他們就是用這來對付那些有更舒適的營業場所的同行。他們說，台爾森銀行不需要寬敞的場所，台爾森銀行不需要明亮的光線，台爾森銀行不需要裝點門面。諾亞克斯聯合銀行，或者史努克兄弟銀行也許需要；可是台爾森銀行，謝天謝地，不需要——

股東之中，不管哪一個人的兒子，膽敢提出改建台爾森銀行，一定會被父親剝奪繼承權。在這方面，這家銀行和這個國家極其相似，子民們只要一提出建議，想改進一下那些早就不得人心卻偏受尊重的法律和陳規陋習，就會被剝奪繼承權。

於是，台爾森銀行就得以成為洋洋自得的不方便的典型了。隨著輕輕地吱嘎一聲，把那扇冥頑不靈的門使勁推開，跌跌絆絆地跨下兩級台階，便進了台爾森銀行。待你清醒過來，會發現自己來到一間非常簡陋的小鋪子裡。這裡只有兩個小櫃台。當櫃台裡面那幾個年邁的老頭就著極其昏暗的窗光查驗你支票上的簽名時，他們拿著你的支票直打哆嗦，弄得像風吹殘葉般沙沙作響；

弗利特街[36]上的泥漿不斷地濺到窗上，再加上鐵窗柵和聖堂柵欄門的陰影，使得窗戶更加陰暗。如果你有事需要面見「行長」，那你就會被領進後面一間死囚牢房般的屋子。在那裡，你會想到你虛度的一生，直等到這位行長雙手插袋走進來；在那昏暗的光線中，你幾乎看不清他。

你的錢鈔進進出出的是蟲蛀的舊木頭的抽屜，在它們開關時，木屑就飛進你的鼻孔，鑽入你的喉嚨。你的鈔票霉味撲鼻，彷彿它們重又在迅速地霉爛成破布。你的金條銀錠被貯藏在鄰近一個很髒的地方，惡濁之氣使它們在一、兩天內就失去漂亮的光澤。你的契約文據就保存在由廚房和洗碗間改成的臨時保險庫裡，羊皮紙上的脂肪很快就會揮發殆盡，融入銀行的空氣中。你那些藏有家族文書的輕便箱子則被送進樓上一間巴米賽德式[37]的房間裡，那裡有一張巨大的從未在上面擺過酒筵的大餐桌，雖說已經是公元一千七百八十年，放在裡面的你昔日的情人和小兒女們寫給你的第一批書信，直到最近才從恐怖中解脫出來，這種恐怖來自那往窗子裡貪婪地窺視懸掛在聖堂柵欄門上示衆的人頭的眼睛[38]。這種殘忍野蠻的梟首示衆，眞可以跟阿比西尼亞人和阿散蒂人的殘暴行徑相媲美[39]。

---

[36] 舊譯艦隊街，係誤譯。

[37] 典出《一千零一夜》，富豪巴米賽德設宴請客，不擺眞酒菜，只虛作手勢請人吃喝，以此戲弄、作賤別人，後被一個窮人藉機教訓。詳見該書〈理髮匠第五個兄弟的故事〉。

[38] 英國十七世紀以前，處死犯人後多梟首懸於聖堂柵欄門上示衆。至作家所述年代，已停止在該處懸頭示衆。

[39] 阿比西尼亞即今之衣索匹亞；阿散蒂原爲一土著王國，在今之加納境內。此兩地的某些部落過去曾獵取別部落的人爲食。

的確，在當時，各行各業都把處死作爲一個好丹方，台爾森銀行也不例外。既然死亡是大自然用來消除萬物的靈丹妙藥，立法當局爲什麼又不能使用呢？於是，犯僞造罪者處死，使用假鈔者處死，私拆信件者處死，偷竊超過四十先令六便士者處死，在台爾森銀行前竊馬逃遁者處死，私鑄一先令者處死：總之，有四分之三的犯罪行爲要判處死刑。這對預防犯罪其實並沒有任何好處——幾乎可以說，事實適得其反——不過（就現世來說），這倒可以省卻處理每宗案件上的麻煩，不會留下尚需操心的與此有關的瓜葛。因而，當年的台爾森銀行也和它的同行其它大企業一樣，奪去了許多人的生命。假如在它門前落地的人頭不是偷偷地埋掉，而是一排排掛在聖堂柵欄門上，那銀行底樓那一點點陰暗的光線恐怕全都會被擋沒了。

在台爾森銀行各式各樣幽暗的大櫥小櫃之間，一些年邁的老頭鄭重其事地在辦公。每當雇用一個年輕人進倫敦台爾森銀行，他們總要把他藏起來一直放到老，像塊乾酪似地把他藏在一個陰暗的角落裡，直到他渾身有了十足的台爾森味，長滿斑斑青霉。只有這時候，他才能出頭露面、神氣活現地翻看大帳本，才能穿著短褲和皮護腿㊵，正式成爲該行的一員。

台爾森銀行的大門口總是坐著一個打雜的人——未經召喚，絕對不許入內——成了銀行的一塊活招牌。他有時幫著搬搬東西，有時跑腿送送信。營業時間他從來不會不在，除非差他外出辦事。要是另有差遣，他就讓兒子來頂替。他的兒子十二歲，是個討人嫌的淘氣鬼，長得跟他的父親一模一樣。人們都知道，台爾森銀行對這個打雜的人一向寬容大度。銀行總是寬容他那種地位的人，而時勢和潮流已把這個人推到了這個崗位上。他姓克倫徹；出生之後，在東部教區的豪茲

㊵ 當時一般銀行職員的穿著。

迪契區[41]教堂，在別人幫助下脫離黑暗，進入光明世界時，又獲得了傑里這樣一個稱呼[42]。

事情發生在白衣修士區[43]懸劍巷克倫徹先生的寓所，時間是安諾・多米尼[44]一七八〇年三月裡一個刮風的早上七點半鐘——克倫徹先生總是把我主誕生後多少年說成安娜・多米諾[45]多少年；顯然，他以爲基督紀元是從一位女士發明一種大衆化的牌戲算起，並以她的名字命名的。

克倫徹先生的寓所可不是在體面宜人的地區，即使把那間只有一小塊窗玻璃的斗室計算在內，也只有兩個房間。不過屋子收拾得很不錯。在這個三月裡刮風天的清晨，雖說時間尚早，他還躺在床上，房間已經收拾得乾乾淨淨。在一張粗笨的松木桌上，鋪著一塊雪白的抬布，上面擺著早餐用的杯盤。

克倫徹先生高臥在床，身上蓋著一條雜色碎布縫拼起來的被單，像個穿著雜色衣服的小丑回到了家中。起初他睡得很熟，繼而在床上輾轉反側；最後抬起身子，鐵蒺藜似的頭髮彷彿要把被單劃成碎片。這時，他惱怒地叫了起來：

「眞該死，一定又在搞那一套了！」

一個外貌整潔、手腳勤快的女人從屋角站了起來。看她那副慌慌張張、戰戰兢兢的樣子，他指的一定是她了。

---

[41] 倫敦東部一教區，爲窮人聚居之地。
[42] 指出生後舉行洗禮並命名。
[43] 爲當時倫敦一區，在弗利特街西面，爲一著名的藏污納垢之地。
[44] 拉丁文譯一音，意爲我主紀元、基督紀元，即公元。
[45] 即發明多米諾骨牌戲者。

「怎麼！」克倫徹先生說著，探頭到床外面找靴子，「你又在搞那一套了，是不是？」

用這作爲第二次道早安之後，他拾起一只靴子，朝那女人扔了過去，作爲第三次道早安。這是只沾滿污泥的靴子。它可以說明和克倫徹先生的家庭經濟狀況有關的奇怪現象：他經常在銀行下班時穿著乾淨的靴子回家，可是第二天早晨起床的時候，靴子上卻滿是污泥。

「怎麼，沒有打中！」克倫徹先生的語氣有所改變，「你在幹什麼，賤貨？」

「我只是在做做禱告。」

「做禱告！你還眞是個賢德女人哩！你幹嘛跪在那兒咒我？」

「我沒有咒你，我在爲你禱告。」

「你哪裡是在爲我禱告。就是眞的，我也不許！喂，小傑里！你媽眞是個賢德女人，她在咒你爹倒楣呢！兒子，你算是有了個盡職的好媽媽了。瞧你媽有多虔誠，兒子。她跪在地上，禱告上帝，要從她獨養兒子的嘴裡把僅有的一口麵包黃油都搶走哩！」

只穿著一件襯衣的克倫徹少爺聽了這話很生氣，轉身朝向母親，強烈反對把他的吃喝都搶走的任何禱告。

「你這個痴心妄想的婆娘，」克倫徹先生沒有意識到自己的話前後矛盾，「你那禱告值幾個錢？說說你禱告值幾個錢！」

「這只是出於一片誠心，傑里。沒有比這更多的價值。」

「沒有比這更多的價值！」克倫徹先生重覆了一遍，「這麼說，它值不了多少錢。管它值不值，我告訴你，我都不要人替我禱告，我受不了。我不希望你在我的背後搞鬼，弄得我倒楣。要是你非得讓自己下跪不可，那就替你的丈夫和孩子說點好話，別跟我們作對。要不是因爲我有個邪門的它婆，要不是因爲這個可憐的孩子有個邪門的媽，我上星期就能搞到一些錢，不至於挨咒罵，遭暗算，落入倒楣透頂的地步了。啊——眞——是——倒楣！」克倫徹一邊穿衣服，一邊嘀咕著，「要不是因爲你又是求神拜佛，又是搞這搞那的弄鬼，我這個本分的生意人，上個星期絕不至於倒那麼大的楣！小傑里，快穿上衣服。我的兒子，我去刷靴子，你好好看住你媽，要是看見她又想跪下，就來叫我。我告訴你，」他又轉身對老婆說：「照這樣子，我可眞撐不下去了。我走起來搖搖晃晃的，像輛出租馬車，人睏得老想睡，像吃了鴉片酊。我渾身像散了架似的，要不是還知道疼，我都要鬧不清哪個是我、哪個是別人了。而且，我的口袋裡並沒有因此見好。我眞疑心，你從早到晚搞那一套，就是爲了不讓我口袋裡見好一點。我再也受不了那一套啦！賤貨，現在你還有什麼話好說的！」

他咆哮著又加上這麼幾句：「嘿！好呀！你倒很虔誠，不會去損害你丈夫和兒子的利益，是不是？你還不會哩！」從他那飛轉的憤怒的砂輪上，迸發出另一些譏諷的火花。克倫徹先生連損帶罵地刷著靴子，準備上班。他兒子那一頭鐵蒺藜似的頭髮看起來比他父親的軟，一雙眼睛卻跟他父親一樣挨得很近。此時，他按照父親的吩咐，牢牢盯著母親。他不時從自己那間臥室兼盥洗室的小房間裡衝出來，壓低了聲音叫道：「你又想下跪了，媽——喂，爸爸！」等到引起了一場虛驚之後，他就放肆地大笑起來，飛奔回自己的小房間，把那可憐的女人弄得心神大爲不安。

克倫徹先生出來吃早餐時，氣還沒有全部消掉。他持別恨克倫徹太太作餐前禱告。

「賤貨！你想幹什麼？又來了嗎？」

他老婆解釋說，她只是做一個「飯前祈禱」。

「別搞了！」克倫徹先生說著朝四周打量了一下，彷彿很想看到由於他老婆的祈禱，麵包眞的會不翼而飛似的，「我可不想讓人禱告得沒了房子沒了家。我不能讓人把我餐桌上的吃喝全都禱告掉。閉嘴！」

傑里・克倫徹先生兩眼通紅，滿臉凶相，好像終夜參加過一場毫無樂趣的聚會似的。他吃早餐簡直不能叫吃，而是狼吞虎咽，就像獸籠裡的四足動物，邊吃邊狺狺吼叫。快到九點的時候，他收起怒氣沖沖的尊容，盡可能掩飾好自己的本相，擺出一副體體面面、一本正經的樣子，動身去幹他白天的行當。

儘管他愛說自己是個「本分的生意人」，他幹的那個行當很難稱之爲生意。他的全部本錢只有一張用斷了背的椅子改成的木板凳。每天早晨，小傑里就扛著這張板凳跟著父親去上班，他把它放在銀行緊靠聖堂柵欄門那頭的窗戶下，再去拾一把過住車輛上掉下的麥稈，墊在打雜工的腳下禦寒防潮，這一天的營寨就算安紮好了。

克倫徹先生據守在這個崗位上，在弗利特街和聖堂區一帶無人不知，無人不曉，和聖堂柵欄一樣有名——也可以說是——一樣醜陋難看。

九點差一刻，父子倆安營紮寨已畢，正好趕上把手舉起碰一碰三角帽，向走進台爾森銀行的那些年邁的長者致敬。就在三月裡這個刮風天的早晨，傑里據守在自己的崗位上，小傑里侍立一旁。在他不去門口發起襲擊，沒去作弄那些比他小，可供他欺侮的過路小孩並肆意在肉體上和精神上折磨他們時，他就乖乖侍立在父親身旁；父子兩人長得一模一樣，他們一聲不響地看著弗利特街上熙熙攘攘的過往行人和車輛。他們的兩顆頭互相靠得很近，就像他倆的那對眼睛，模樣活像一對猴子。老傑里捏著根麥稈咬了又吐，吐了又咬，小傑里滿溜著眼珠子，一直留神著他父親和弗利特街的每一樣東西——這樣，他倆的模樣就更像猴子了。

這時，台爾森銀行裡有個正式的內勤信差從門裡探出頭來，傳話說：

「要個送信的！」

「好哇，爸爸，有早活幹了！」

小傑里向父親道別後，就接替父親在板凳上坐下，開始對剛才父親嚼過的那根麥稈產生了興趣，也學著嚼了嚼，並且琢磨起來。

「老是一股臭味！他的手指上有股鐵鏽臭味！」小傑里咕噥著，「我爸打哪兒弄來這股鐵鏽臭味呢？他在這兒沒弄什麼鐵鏽呀！」

第二章・看熱鬧

「老貝利[46]你一定很熟悉吧？」一位年老的職員問送信的傑里。

「是——的，先生，」傑里不很情願地答道：「我是熟悉貝利那個地方。」

「那好。你也熟悉洛瑞先生吧！」

「我對洛瑞先生比對老貝利熟悉多了，先生。」傑里像法庭上一個不願回答問題的證人那樣答道：「像我這樣一個本分的生意人，當然更願意熟悉洛瑞先生，而不是老貝利。」

「那好。那你就找到那個證人入口處，把這張寫給洛瑞先生的字條拿給守門人看，他就會讓你進去。」

「到法庭裡面去嗎，先生？」

「到法庭裡面去。」

克倫徹先生的兩隻眼睛靠得更近了，彷彿是在互相詢問：

「你看這是怎麼回事？」

「我是不是要在法庭裡等著，先生？」兩隻眼睛磋商的結果，他提出了這個問題。

「我這就告訴你。守門的會把這張字條拿去交給洛瑞先生。你要打個打勢，引起洛瑞先生注意，讓他看見你站在哪兒。然後你要做的就是，在那兒等著，直到他叫你為止。」

---

[46] 英國倫敦中央刑事法庭的俗稱。

「就這些嗎，先生？」

「就這些。他想要身邊有個送信的。這張字條是告訴他，你已經去了。」

年老的職員慢條斯理地把字條摺好，在外面寫上收條人的姓名；克倫徹先生一直默不作聲地看著，直到他使用吸墨紙時，才開口發問道：

「我想，今天上午是審理僞造案吧？」

「叛國案！」

「那可是要開膛分屍的呢！」傑里說：「眞野蠻！」

「這是法律！」老職員轉過頭來，戴著眼鏡的眼睛吃驚地瞪著他，「這是法律！」

「我覺得，法律規定把人開膛分屍，太狠了，先生。把他處死已經夠狠的，開膛分屍，這就狠得出格了，先生。」

「一點也不！」老職員回答：「別說法律的壞話，還是留神留神你自己的胸口和嗓子，我的好朋友，讓法律自己去管好自己吧！這是我對你的忠告。」

「我的胸口和嗓子，是咱這工作簡直太辛苦了才得的病。」傑里說：「我一講你給評評，我這份養家糊口的差使有多辛苦。」

「得啦，得啦！」老職員說：「我們大家都是在掙錢糊口，只是路子不同，有的人辛苦，有的人輕鬆。這是信，去吧！」

傑里接過信，心裡暗罵：「你這個乾癟的糟老頭！」表面上卻恭恭敬敬地鞠了一個躬。出門時，他順便給兒子打了個招呼，說了要去的地方，就上路了。

當時，執行絞行的刑場在泰伯恩❹❼，紐蓋特監獄❹❽外面的那條大街，還沒獲得後來的那種臭名。不過那監獄卻是罪惡的淵藪，種種敗壞道德的事都發生在那裡，許多可怕的疾病也在那裡滋生，這些疾病還由犯人帶進了法庭，有時甚至從被告傳染到首席法官大人身上，把他拉下了法官席。不止一次，那戴黑帽子的法官在宣判犯人的死刑時，也一樣準確地給自己宣判了死刑，甚至死在犯人之前。除此以外，老貝利則是個著名的鬼門關，一個面如死灰的乘客，坐著馬車或大車，絡繹不絕地從這裡出發，顛顛簸簸地走向另一個世界❹❾。他們穿街過路，要走約莫兩英里半的旅程。然而，覺得這種作法可恥的好心公民即使有，也是寥寥無幾。風尚的威力是如此之大，因而在一開始時就應該有好的風尚。老貝利還以它的示眾枷❺⓪聞名遐邇。那是一種英明的古老刑具；用這種刑具進行懲罰，其使用之廣，誰也無法估量。還有鞭笞柱❺❶，也是一種可愛的古老刑具，施用這種刑罰，看起來既人道又溫和。老貝利的名產中還有一種用之極廣的法寶——收取血腥錢❺❷，這也是祖宗的智慧遺傳下來的一部分，它有組織地造成光天化日之下去犯最駭人聽聞的貪污詐騙罪。總而言之，老貝利那時是「凡現有的皆合理」❺❸這一格言的絕妙寫照；這句格言要

---

❹❼ 舊時英國倫敦刑場，位於泰晤士河支流泰伯恩河邊。
❹❽ 舊時倫敦一座著名監獄，一九〇二年毀。
❹❾ 當時死刑犯人受刑前要乘囚車遊街示眾去刑場。
❺⓪ 將犯人頸和雙手同時枷住示眾的一種刑具。
❺❶ 將犯人捆綁在上面進行鞭打的刑具。
❺❷ 指幹了傷天害理的事。如作偽證、誣害良善而得到的錢。
❺❸ 引自英國著名詩人波普（一六八八～一七四四）的長詩《人論》。

不是會被引伸出「凡以前沒有的皆不對」這種容易惹起麻煩的推論，那它就是不容置疑、顛撲不破的了。

在這個令人厭惡的審判現場，到處都是擠來擠去的人。送信人用慣於不惹眼地在人堆中擇路的本領，穿過了發出惡臭的人群，找到了要找的門，把信從門上的一個活板小窗遞了進去。當時，人們到老貝利來看熱鬧，就像到貝德蘭姆❺❹看熱鬧一樣，是要花錢的，只不過前一種娛樂收費要貴得多。因此，老貝利所有的門都有專人把守——而只有那些使罪犯進去的社會之門，卻是永遠敞開著的。

經過一番猶豫拖延，那門才很不情願地轉動鉸鏈，打開了一道窄小的縫，剛夠傑里・克倫徹先生側著身子擠進法庭。

「在審什麼？」他發現身旁有個人，就輕聲問道。

「還沒開始哩！」

「要審什麼？」

「叛國案。」

「要開膛分屍吧，呃？」

「是啊！」那人津津有味地說道：「先關在囚籠裡吊個半死，再放下來，讓他親眼看著自己被開膛，然後掏出五臟來燒了，最後才把頭砍下來，把身子剁成四塊。就這麼個判法。」

「你的意思是，假如查明他有罪吧？」傑里替他添了一個附加條款。

「嗨！他們會查明他有罪的，」那人說：「你用不著擔心。」

---

❺❹ 英國第一家精神病院伯利恆皇家醫院的俗稱。

說到這兒，克倫徹先生的注意力卻轉到守門人的身上；只見那人拿著字條，徑直朝洛瑞先生走去。洛瑞先生在一張桌子旁邊坐著，周圍是一群戴假髮的先生；坐在他近旁的一位戴假髮的先生是犯人的辯護律師，面前堆著厚厚一大疊文件。幾乎就在洛瑞先生的正對面，坐著另一位戴假髮的先生，雙手插在口袋裡。據克倫徹先生此時和後來觀察，那人全部的注意力似乎都集中在法庭的天花板上。傑里粗聲地咳了幾聲嗽，又揉揉下巴，打打手勢，終於引起站起來找他的洛瑞先生的注意。一見到他，洛瑞先生默默地點了點頭，就又重新坐下。

「他跟案子有什麼關係？」剛才和他攀談的那個人問道。

「我什麼都不知道。」傑里說。

「那麼，要是我可以問一句話，你跟這案子有什麼關係？」

「我也什麼都不知道。」傑里說。

法官進來了，法庭內引起一陣騷動，接著又安靜下來，這兩人的對話也被打斷。此時，被告席成了人們注意的中心。兩個原先一直站在那兒的獄卒走出去，把犯人帶進來，帶到被告席上。

除了那位頭戴假髮、看著天花板的先生之外，所有在場的人都眼睜睜地盯著犯人。大家呼出來的熱氣，像一排排浪，一陣陣風，一團團火，直朝他滾滾捲去。圓柱後面和角落裡，伸出一張張急切的臉，急著要看到他；後排座位上的人站起身來，連他的一根頭髮也不願放過；站著的人雙手按在前面的人肩膀上，用別人的身體支撐著自己——人們踮起腳尖，攀住壁架，蹬著隨便一點兒什麼東西，爲的是要把他從頭到腳看個仔細。傑里站在這些人中間，像紐蓋特監獄的一段帶鐵蒺藜的活牆頭，對準犯人噴去來時順路喝下的啤酒氣味，這氣味和別人的啤酒、杜松子酒、茶和咖啡等的氣浪混合在一起，直沖到犯人身上，最後撲在他身後的大玻璃窗上，形成混濁的霧氣和水珠。

這一片喧嘩和衆目睽睽的目標是一個二十五歲左右的青年，他身材勻稱，儀表堂堂，有一張曬成棕色的臉和一對黑色的眼睛，看起來是位年輕的紳士。他穿著一身樸素的黑色或深灰色的衣服，又長又黑的頭髮，用一條緞帶束在頸後，這主要是爲了不讓其礙事，而不是爲了修飾打扮。內心的情緒總是要透過人體的外表流露出來的，因此他在當前的處境下必然會產生的蒼白，還是從臉上的棕色中泛了出來，可見靈魂比太陽更有力量。儘管如此，他還是從容鎮定，向法官鞠了一個躬，然後就靜靜地站著。

那些盯著他看、向他噴氣的人的興趣，並不是要使人變得高尙。如果他面臨的刑罰不那麼可怕——如果那酷刑中有一項可以得到豁免——那就會相應地減少他的魅力了。那注定要被殘忍地開膛剁割的軀體是人們看熱鬧的目標，這即將被屠殺、被剁成幾塊的不朽的生靈，引起了人們的快感。不管這些形形色色的看客怎樣想方設法、自欺欺人，把這種興趣說得多麼冠冕堂皇，從根本上講，這和妖怪吃人的興趣是一樣的。

法庭上一片肅靜！昨天查爾斯·達內對於對他的起訴，曾申辯自己無罪。起訴書（振振有詞、廢話連篇）控告他是我們尊貴、英明、至善至美的國王陛下的叛逆，因他曾多次利用多種機會及多種手段，在法王路易發動的戰爭[55]中，助其反對前述尊貴、英明、至善至美的國王陛下，亦即他在前述尊貴、英明、至善至美的國王陛下的領土和法王路易的領土之間頻繁往來，窮凶極惡、背信棄義、奸邪狡詐以及用心險惡地向前述法王路易洩露前述尊貴、英明、至善至美的國王陛下準備派往加拿大及北美的兵力。傑里聽著聽著，被這許多法律術語弄得頭上的根根硬髮更像鐵蒺藜似地豎了起來；但在幾經折騰後，他終於明白了，那個再三提到的查爾斯·達內，就是站

---

[55] 指法國爲支持美國的獨立戰爭，於一七七八年向英國宣戰。

在他眼前正在受審的這個人。這一發現使他大爲心滿意足。陪審團正在宣誓就座，檢查總長先生也已安排就緒，準備發言了。

被告在衆人的心目中（他自己對這一點也很清楚）正在受絞刑、遭砍頭、被剁成四塊；但他既沒有因眼前的處境而畏畏縮縮，也沒有硬充好漢。他冷靜沉著、專心致志，嚴肅關切地注視著開審程序；他站在那兒，雙手擱在面前的木欄板上，神色那麼泰然自若，竟連木欄板上撒著的藥草葉子也一點沒有弄亂。整個法庭裡都撒著藥草，灑了酸醋，用以預防獄中的濁氣和瘟疫蔓延。

犯人頭頂上方懸著一面鏡子，朝他投下反光。許許多多邪惡和不幸的人曾被這面鏡子照過，後來就都離開這個鏡面，從人世間消失了。如果鏡子能重現它所照過的映象，像大海最終要將沉沒海中的死屍浮上海面那樣，那這個令人厭惡的地方就會成爲陰風慘慘，冤魂出沒的處所了。某些丟醜受辱的念頭一閃而過（這鏡子可能就是爲此而設），也許刺中了犯人的心。也許正因爲這樣，他挪動了一下身子；這使他覺察到有一束光線照在他的臉上，於是他抬起頭來。一看見鏡子，他的臉就刷地一下紅了，用右手把藥草往一旁推了推。

這一來，他的臉轉向了法庭的左邊，幾乎和他的視線平齊的地方。在法官席那邊的角落裡坐著兩個人；他的目光立即停留在他們身上。突然間，他的神色大變，因而使得所有原本注視著他的目光全都轉向了那兩個人。

看客們都注視著他們兩個人：一個是剛剛二十出頭的年輕小姐，另一個是位老紳士，顯然是這位小姐的父親。他的相貌頗爲特別，頭髮雪白，臉上有時有一種難以言喻的表情；並非激動，而是沉思默想。每當他的臉上出現這種表情時，就顯得很蒼老；可是當這種表情驅散消失時——像現在他和女兒說話時這樣——他又變成一個未過盛年的英俊男子。

他的女兒坐在他的身旁，一隻手挽著他的胳臂，另一隻手也按在那隻胳臂上。她對眼前的景象感到害怕，也對那個犯人滿懷憐憫，因而一直緊挨著他的父親。她眉宇間的神情，清楚地表明了她對被告面臨的厄運充滿恐懼和同情。這神情是如此引人注目，如此強而有力，如此自然流露，使得那些對犯人原無憐憫之心的看客也為之感動了。

於是，到處是一片竊竊私語之聲：「他倆是什麼人呀？」

送信的傑里按照自己的方式進行了一番觀察。他一面出神地吮著自己手指上的鐵鏽，一面伸長了脖子去打聽他們到底是什麼人。他周圍的人已經把這個問題傳過去，傳到靠那兩人最近的那個差役那裡，然後又從他那裡更慢地傳了回來，最後傳到了傑里的耳朵裡：

「是證人。」

「是哪一邊的？」

「反對一方的。」

「反對哪一方的？」

「反對犯人的。」

剛才也和大家一起朝那方向看的法官，這時已回過頭來；他靠在椅背上，定睛看著那個性命捏在他手裡的人。檢察總長先生站了起來，搓繩子，磨斧頭，給絞架釘上釘子。

第三章・失望

檢察總長先生不得不向陪審團申述，站在大家面前的這個犯人年紀雖輕，但在從事叛國活動方面已是個老手，因而理應剝奪其生命。他的種種通敵行爲並非始於今朝昨日，或者是去歲前年，而是早在多年以前就確鑿無疑地經常往來英法之間，從事他那不可告人的祕密勾當。倘若他的叛國活動都能得逞（幸而絕不會如此），他的罪惡勾當就不會被發覺了。多虧上天有靈，讓一個無畏無懼、無瑕無疵之人探知該犯的陰謀，震驚之餘，向陛下的首相和最尊貴的樞密院作了揭發。此愛國志士將親自出庭作證。就整體而論，他的立場和態度均屬高尚；他曾是該犯的朋友，但在這一又吉又凶之時，察覺出該犯的可恥行徑，便毅然決定將此不能再視之爲密友的賣國賊，奉獻於祖國的神聖祭壇。假如大不列顛也如希臘、羅馬一樣，明令要爲有利於公義之人立像，則此位傑出公民定能享有。不過，既然我國無此規定，他可能也就無法享有了。美德，正如詩人所讚（他深信許多詩章已逐字逐句湧向陪審團的舌尖，奪口欲出；對此高論，陪審團諸公卻面露愧色，表明他們對此類詩章一無所知），是具有感染力的，而愛國主義、或稱對祖國的愛這種光輝的美德尤其如此。爲國王（提到國王未免冒昧，但卻光榮）效忠的這位純潔無瑕、無可指摘的證人，以自己的崇高榜樣打動了該犯的僕人，促使他下了神聖的決定，去搜查他主人的桌子抽屜和衣袋，並藏匿起他的文件。

他（指檢察總長先生）準備聽取對這位可敬之人的種種非難。但就總體而論，他愛此僕人甚於愛自己的（檢察總長的）兄弟姊妹；敬他甚於敬自己的（檢察總長的）親生父母。他滿懷信心，籲請陪審團諸公亦起而效仿。此兩位證人提供之證詞，加上他倆所發現並即將在法庭出示之文件，表明該犯曾搜集陛下的海陸軍兵力、部署及備戰情況之詳盡資料表冊，並毫無疑問地屢將此類情報遞交敵國。雖然尚不能證明上述資料表冊為該犯手跡，但無關緊要。這確實反倒更有利於起訴，證明該犯精於防範之術。證據將回溯至五年前，在英軍與美軍初次交鋒之前數周，該犯就已從事此項罪惡活動。——出於上述種種理由，在座的忠誠（正如檢察總長先生所知）、盡職的（正如他們自己所知）陪審團諸公必須肯定無疑地判處該犯有罪，不管他們是否樂意，都應判處該犯死刑。該犯之頭若不落地，不但他們本人的頭無法安枕，他們妻室的頭無法安枕，就連他們兒女的頭也難以安枕；總而言之，誰都不能高枕無憂。檢察總長先生搜索枯腸，以他所能想到的一切名義，要求陪審團務必砍下該犯之頭，並莊嚴地宣稱，他業已把該犯當成死去的人了。

檢察總長先生發言完畢，法庭上響起一片嗡嗡之聲，彷彿有一大群綠頭蒼蠅擁在犯人周圍，等著他很快變成什麼腐爛的東西。嗡嗡聲平靜下來了，那位無可指摘的愛國志士出現在證人席上。接著，副檢察總長先生繼他的上司之後，對這位愛國志士作了查詢：

此人名叫約翰．巴塞德，是個紳士。至於他的靈魂如何純潔無瑕，他自己的敘述跟檢察總長先生的描述一模一樣——如果說有什麼不足，也許是太吻合了一點。他把他那高貴胸懷中的重任卸盡之後，本想謙恭告退，不料坐在洛瑞先生近旁、面前擺著一大疊文件的那位戴假髮的先生要求問他幾個問題。洛瑞先生對面的那位戴假髮的先生則依舊兩眼一直看著法庭的天花板。

他本人當過間諜嗎？沒有！他不屑回答這種荒謬的旁敲側擊。他靠什麼為生？自己的產業。產業在哪兒？他記不清楚了。什麼樣的產業？這與他人無關。是繼承來的遺產？是的，是遺產。是誰的遺產？一個遠親。很遠的遠親？相當遠。坐過牢嗎？當然沒有。從沒進過負債人拘留所嗎？——好，再問一遍。從沒進過？進過。幾次？兩、三次。不是五、六次？也許是五、六次。

職業是什麼？賦閒紳士。挨過踢嗎？可能挨過。經常挨踢？不經常。有沒有被人一腳踢下樓過？絕對沒有！有一次在樓梯頂上被人踢了一腳，是我自己摔下樓了。是因爲擲骰子作假挨踢的嗎？踢我的那個愛撒謊的醉鬼是這麼說的，不過那不是事實。你能發誓說那不是事實嗎？當然可以。有沒有靠賭博作假爲生？從來沒有。有沒有靠賭博爲生？沒有比別的紳士賭得更厲害。有沒有向這個犯人借過錢？借過。還過他嗎？沒有。你和這個犯人不過是泛泛之交，你是在馬車上、旅館裡和輪船上硬賴著要和他親近的嗎？不是。確實看到這個犯人帶著這些表冊了？當然。關於這些表冊，還知道些什麼？沒有了。比如說，是自己弄來的這些表冊？不是的。想從這次作證中得到什麼好處？不。不是受雇用，定期拿政府津貼，設圈套陷害人？絕對不是。或者是幹別的？絕對沒有。可以起誓？可以再三起誓。除了愛心，再沒有別的動機了？再也沒有了。

那位品行端正的僕人羅傑．克萊則在整個作證過程中一而再、再而三地不斷賭咒發誓。四年前，他開始給這個犯人當差，老老實實，忠心耿耿。當時，他在加來號郵船上問犯人是否要雇個貼身傭人，犯人就雇用他。他要求這個犯人雇用他，但並沒有求他開恩做好事的意思——從來沒有這樣想過。過了不久，他就對犯人起了疑心，開始注意他。旅途中，他在整理犯人的衣服時，多次發現犯人的口袋裡有和這些表冊差不多的東西。這些表冊是他從犯人的書桌抽屜裡拿來的。他並沒有預先把這些表冊放進裡面。他曾經看到犯人把和這些一樣的表冊拿給加來的幾位法國先生看。在加來和布洛涅[56]，都曾經給幾位法國先生看過和這差不多的表冊。他愛自己的祖國，不能容忍這樣的事情，所以就告發了。從來沒有人懷疑他偷過銀茶壺，他曾因一只芥末瓶受過誣告，但結果發現那只瓶只不過是鍍銀的。他認識前一個證人已有七、八年，不過這只是偶然的巧

---

[56] 位於法國北部，與加來同爲由法國過海峽去英國的重要港市。

合。他不認爲這是個特別奇怪的巧合；巧合多半是奇怪的。他的唯一動機，也是眞正的愛國主義，他認爲這絕不是奇怪的巧合。他是個眞正的英國人，希望有很多人都像他一樣。

那些綠頭蒼蠅又嗡嗡地響起來了。接著，檢察總長傳賈維斯・洛瑞先生作證。

「賈維斯・洛瑞先生，你是台爾森銀行的職員嗎？」

「是的。」

「在一七七五年十一月的一個星期五的晚上，你是否因公出差，乘郵車從倫敦到多佛？」

「是的。」

「郵車裡還有別的乘客嗎？」

「還有兩個。」

「他們是深夜在中途下車嗎？」

「是的。」

「洛瑞先生，認一認這個犯人。他是不是那兩個乘客中的一個？」

「我不能保證說他是。」

「他是不是像那兩個乘客中的一個？」

「他倆都裹得那麼嚴實，夜又那麼黑，我們又都沒說話，所以對這點也不能說什麼。」

「洛瑞先生，你再看看這個犯人，要是他穿戴得像那兩個乘客一樣，從他的身材、個頭來看，能說出他和那兩個乘客中的一個有什麼不像嗎？」

「不能。」

「洛瑞先生，你不能保證說，他不是那兩人中的一個嗎？」

「不能。」

「那麼你至少可以說他有可能是那兩人中的一個了？」

「是的。不過我記得他們兩個都——跟我一樣——十分害怕強盜，而這個犯人卻絲毫沒有害怕的神情。」

「你見過假裝害怕的人嗎，洛瑞先生？」

「當然見過。」

「洛瑞先生，再看看這個犯人，憑你的確切記憶，你以前見過他嗎？」

「見過。」

「什麼時候？」

「在那以後的幾天，我動身從法國回來時，在加來，這個犯人上了我乘坐的那艘郵船，和我同船回國。」

「他什麼時候上的船？」

「半夜稍過一點。」

「是夜深人靜的時候。在那不尋常的時刻上船來的，只有他一個乘客嗎？」

「碰巧只有他一個人。」

「不要管是不是『碰巧』，洛瑞先生。在那夜深人靜的時候，他是上船的唯一乘客嗎？」

「是的。」

「洛瑞先生，當時你是單身一個呢，還是有別的同伴？」

「有兩位同伴，一個先生和一位小姐。他們現在都在這兒。」

「他們現在都在這兒。你當時跟這個犯人交談過嗎？」

「可以說沒有。那天正遇上暴風雨，航行艱難，船顛簸得很厲害，我從啓程到登岸，差不多一直躺在沙發上。」

「傳馬奈特小姐。」

剛才引起大家注目的那位小姐從座位上站了起來，所有的目光又都落到她的身上。她的父親也和她一起站了起來，她的手挽著他的胳臂。

「馬奈特小姐，認一認這個犯人。」

面對著這樣的同情、這樣動人的青春和美貌，被告此時的心情比面對所有看熱鬧的人群要難受多了。他像是站在自己的墳墓邊緣，和她遙遙相對，即使在衆目睽睽之下，霎時間，也無法使他保持鎮定。他急忙伸出右手，把面前的藥草擺弄成想像中花園內花壇的模樣。他極力控制和穩定住自己的呼吸，使得雙唇不住地顫抖，唇上的血液都湧向了心頭。大綠頭蒼蠅的嗡嗡聲又響了起來。

「馬奈特小姐，你以前見過這個犯人嗎？」

「見過，先生。」

「在什麼地方？」

「就在剛才提到的那艘郵船上，先生，時間也同樣。」

「你就是剛才提到的那位小姐嗎？」

「哦，很不幸，我就是！」

她那滿懷同情的淒婉聲調被法官那很不悅耳的嗓音淹沒了，他聲色俱厲地說：「問你什麼就答什麼，不必加以議論。」

「馬奈特小姐，那次渡過海峽時，你和這個犯人交談過嗎？」

「交談過，先生。」

「回憶一下談的是什麼。」

在一片沉寂中，她怯生生地開始說道：

「這位先生上船以後——」

「你是指這個犯人嗎？」法官皺起眉頭問道。

「是的，大人。」

「那就說犯人。」

「這個犯人上船以後，注意到我的父親，」說著，她滿懷深情地把目光轉向站在她身旁的父親，「疲憊不堪，身體非常虛弱，我的父親已瘦得不成樣子。我生怕他呼吸不到新鮮空氣，就在甲板上離艙房梯子不遠的地方給他鋪了一張床，我自己就坐在他旁邊的甲板上照料他。那天晚上，船上只有我們四個人，沒有別的乘客。這位犯人好心地請求我允許他教我怎樣替父親擋住風寒，比我安置得更好。當時，我根本不知道船出港後會有怎樣的風浪，不懂得怎樣把父親安置好。他幫了我的忙。他對我父親的狀況非常關心，體貼備至。我深信他是真誠的。就在這樣的情況下，我們開始攀談起來。」

「讓我打斷你一下，他是一個人上船的嗎？」

「不是。」

「和他一起的還有幾個人。」

「有兩位法國先生。」

「他們在一起商量過什麼事情嗎？」

「他們一直談到最後一刻，兩位法國先生才不得不坐著他們的小船回岸上去。」

「他們有沒有傳遞過什麼文件，像這些表冊之類的東西？」
「是傳遞過一些文件，不過我不知道是些什麼文件？」
「形狀和大小像這些嗎？」
「有可能，不過我確實不清楚，雖然他們站在離我很近的地方輕聲交談。因爲他們是站在艙房梯子的頂上，就著掛在那兒的那盞燈的燈光。可是燈光很暗，他們說話的聲音又很低，我聽不見他們說了些什麼，只看見他們在翻看一些紙張。」
「好了，馬奈特小姐，現在說說犯人和你談話的內容。」
「犯人對我完全是以誠相見的——那是因爲當時我的處境非常困難——正像他完全出於好心善意，處處幫助我父親一樣。但願，」說著，她潸然淚下，「但願我今天不是對他以怨報德。」
綠頭蒼蠅又嗡嗡響了起來。
「馬奈特小姐，如果這個犯人不能充分理解你出來作證是出於義務——是迫不得已——無法逃避——是很不情願的，那在場者不會有第二個人和他同感。請繼續往下說。」
「他對我說，他這次出門是爲了處理一件非常困難、棘手的事情，這事可能會讓人引起麻煩，所以他用了化名。他說，爲了這件事，幾天前他去了按國，可能在今後很長一段時間之內，他還得經常往返於英法之間。」
「他說到有關美洲的事情嗎，馬奈特小姐？說詳細些。」
「他詳盡地跟我解釋了那場爭端57的起因，說是在他看來，錯在英國方面，太愚蠢了。他還開玩笑地加了一句說，說不定喬治・華盛頓還會和喬治三世一樣名垂青史哩！他說這些話並沒有

---

57 指美國反對英國殖民統治的獨立運動。

惡意，只是一種說笑，消磨時間罷了。」

每當演出一場非常引人入勝的戲劇，衆目所矚的主角臉上一出現特別強烈的表情，觀衆馬上會不自覺地加以模仿。當她發言作證的時候，當她停下來讓法官作筆錄，以及觀察被告律師和原告律師對她的證詞的反應時，她的眉宇間顯出了焦慮難耐和急切專注的神情。整個法庭裡的旁聽者臉上也都露出了同樣的表情，因而大多數人的前額彷彿都成了映照證人的一面面鏡子。這時，法官從筆錄上抬起頭來，對有關喬治・華盛頓的異端邪說怒目相加。

檢察總長先生此時向法官大人提出，爲了穩妥慎重和程序健全，有必要傳迅這位年輕小姐的父親馬奈特醫生。於是他就被傳訊了。

「馬奈特醫生，認一認這個犯人。你以前見過他嗎？」

「見過一次。是在他到我的倫敦寓所來訪的時候，大約是三年或三年半以前。」

「你是否能證明他就是和你同船的那個乘客？是否能說說他和你女兒談話的內容？」

「這兩點我都辦不到，先生。」

「你說這兩點都辦不到，有什麼特殊的原因嗎？」

他低聲回答道：「有。」

「你曾經很不幸地在你的祖國未經審判、甚至未經起訴，就遭到長期囚禁，是嗎，馬奈特醫生？」

他用一種感人肺腑的聲調答道：「是啊！長期囚禁。」

「剛才問到的那個場合，是你剛獲釋不久嗎？」

「他們告訴我是這樣。」

「你已經不記得當時的情況了嗎？」

「一點也不記得了。從某個時候——我甚至說不上到底是什麼時候——我給囚禁起來，我就幹了做鞋這一行。直到我發現自己和親愛的女兒同住在倫敦爲止，我腦子裡只有一片空白。等仁慈的上帝使我恢復了神志，她已經和我很親了，可是我連她是怎樣變得跟我親起來也說不清。這個過程，我一點也不記得了。」

檢察總長先生坐了下來，這父女倆也一起坐了下來。

隨後，這個案子出現了意想不到的轉機。現在的目的是要證明，這個犯人五年前在十一月份一個星期五的晚上，曾和某個尚未緝拿歸案的同犯一起搭乘從倫敦駛往多佛的郵車。爲了掩人耳目，該犯深夜在中途下車，但並未在下車的地方停留，而是從那兒往回走了十幾英里，到一個駐軍要塞和船廠搜集情報。

傳來了一名證人，他證實該犯當時確曾在那有要塞和船廠的市鎮，在一家旅館的咖啡室裡等候過另外一個人。犯人的律師仔細盤問了這個證人，但毫無結果，只問出他除了這次之外，從未在其它任何地方見過這個犯人。這時，那位在整個開庭過程中一直都望著天花板的戴假髮的先生在一張小紙條上寫了幾個字，揉成團，扔給了這位律師。律師抽空打開紙條一看，不由得充滿好奇地仔仔細細把犯人上上下下打量了一番。

「你還是認爲你肯定那人就是個犯人？」

證人表示這毫無疑問。

「你有沒有見過和這犯人很像的人？」

證人說，從未見過相像到會使他認錯的人。

「那麼請你好好看看那位先生，我那位博學的同行，」說著，他指了指剛才拋紙團給他的人，「然後再好好看看這個犯人。你怎麼說？他們是不是彼此很相像？」

對比之下，這位博學的同行外表除了有些懶散、不修邊幅外——姑且不說他放蕩不羈——他們長得一模一樣，不僅使證人，也使在場的每一個人都大吃一驚。辯護律師請求法官大人吩咐這位博學的同行摘掉假髮。法官不太情願地同意之後，他摘掉了假髮。他們就顯得更像了。法官大人問斯特里弗先生（犯人的辯護律師），下一步他們是否要按叛國罪審判卡頓先生（那位博學的同行）。斯特里弗先生回答法官大人說，不！不過他想請證人告訴他，發生過一次的事情是否會發生第二次。假如他能及早看到這個證實他過於輕率的例子，他是否會這麼自信？現在已經看到了這個例子，他是否還是那麼自信？等等，等等。這麼一來，結果是把這個證人像陶器似地砸得粉碎，把他在這個案子中的作用砸成了一堆廢料。

克倫徹先生在聽著證人作證時，美美地吮著手指上的鐵鏽，此刻他都快塡飽肚子了。現在他得好好聽一聽了。

斯特里弗先生正在爲犯人辯護，他的辯護詞像緊身衣似地一件件套到了陪審團先生們的身上。他對他們指出，那位愛國志士巴塞德實際上是個受雇於人的密探、賣國賊，一個厚顏無恥、靠作假證誣陷好人賺取血腥錢的壞蛋，是繼受人唾棄的猶大之後世界上最大的惡棍——他看上去確實很像猶大。他指出，那位品行端正的僕人克萊是巴塞德的狐朋狗黨，他們是一丘之貉。這幫善於僞造證件、起假誓、作僞證的騙子盯上了這個犯人，要拿他作犧牲，因爲他是法國血統，有些家族的事需要他多次渡過海峽去處理——至於是些什麼事務，爲了替他的親人著想，哪怕要犧牲自己的生命，他也不能公之於衆。那位年輕小姐的證詞所受到的歪曲、曲解，她作證時的痛苦神情，大家是有目共睹的，不能說明任何問題；他們的談話不過是少爺、小姐邂逅相遇時，無傷大雅地獻獻殷勤，說幾句客套話罷了——至於有關喬治·華盛頓的話，充其量只不過是句滑稽的玩笑而已，並沒有任何其它意義。要是政府想利用最庸俗的民族排外心理和恐懼心理來樹立威信，那結果只會適得其反，暴露出政府的弱點，而檢察總長先生偏偏想從中撈取稻草。這個案件，除了這種常常把水攪渾的卑鄙無恥、臭名遠揚的假證外，再沒有別的證據了。而這種情況，在我國的國事犯審判中已經屢見不鮮。

說到這裡，法官大人插話了（臉板得那麼凶，彷彿這不是事實似的），他說他不能坐在法官席上忍受這類含沙射影的指責。

接著，斯特里弗先生也叫來了幾個證人作證。於是，克倫徹先生只得再聽檢察總長先生把斯特里弗先生套在陪審團先生們身上的緊身衣又一件件脫下來，翻個裡朝外；他說，巴塞德和克萊要比對方想像的好上一百倍，而這個犯人則要壞一百倍。

最後，法官大人親自出馬，把那件緊身衣一會兒裡朝外，一會兒外朝裡，可是千翻萬覆不離其宗，還是在爲犯人剪裁壽衣。

終於，輪到陪審團進行討論。綠頭大蒼蠅又嗡嗡地響了起來。

卡頓先生始終坐在那兒，盯著法庭的天花板出神，就連這個群情激動的時刻也未能使他挪動位置和改變姿勢。當他的博學的同行斯特里弗一面收拾面前的文件，一面與鄰座低聲說話，不時焦急地朝陪審團張望時，當所有看熱鬧的人都開始走動，三三兩兩聚在一起聊天時，當法官大人本人也從座位上站起來，慢慢在台上踱來踱去，使觀衆疑心他心神不安時，唯有這個人依然靠在椅背上坐著，馬馬虎虎披著破舊的律師袍，凌亂的假髮剛才摘下過，現在又隨隨便便地扣在頭上，雙手揮在口袋裡，兩眼始終望著天花板。他這副大大咧咧的樣子，不但使他顯得不體面，也大大削弱了他和那犯人相像的程度（剛才大家把他倆放在一起比較時，由於他擺出一副一本正經的樣子，顯得比現在像多了），以致許多看熱鬧的人看見他現在這副樣子，都紛紛議論說，他們並不覺得這兩個十分相像。克倫徹先生也對身旁的人說了這個意見，還補充說：「我敢拿半個幾尼打賭，他是攬不到打官司生意的。他看上去不像個能打官司的人，是不是？」

然而，這位看似漫不經心的卡頓先生，對眼前發生的事實際上瞭如指掌。比如現在，馬奈特小姐的頭低垂在她父親的胸前，這個情況是他第一次發覺，並馬上叫了起來：「法警，快照顧一下那位年輕小姐，幫那位先生把她扶出去。沒見她快摔倒了嗎！」

在她被攙扶出去的時候，大家都對她非常憐憫，對她的父親也深表同情。讓他回憶起那遭囚禁的歲月，顯然使他十分痛苦。在他受到傳問時，看得出他內心非常激動。打那以後，使他變得蒼老的沉思，或者說是憂慮的表情，便像一片烏雲似地籠罩著他。他出去之後，陪審團人員回來了。停了片刻，首席陪審員代表陪審團發言。

陪審員沒有取得一致意見，要求暫時退席。法官大人（也許心裡還念念不忘喬治・華盛頓）對他們未能取得一致意見表示驚訝，不過還是欣然同意他們可以在監督與警衛下退席，接著他自己才退了席。這場審判整整延續了一天。此時，法庭裡已點上了燈。由於開始紛傳陪審團要退席很久，旁聽的人都陸續休息吃喝去了，犯人也退到被告席後面，坐了下來。

洛瑞先生在那位年輕小姐和她的父親出去時，也跟了出去，現在又重新露面。他對傑里打了個手勢。人們的興趣已經有所減弱，法庭裡人不多，傑里毫不費力地走了過來。

「傑里，你要是想吃點東西，就去吃吧！可是別走遠。陪審團進來時，你要保證能夠聽到，一分一秒也別落在他們後面，因爲我要你把判決的結果送回銀行去。我知道你是個跑得最快的信差，能遠遠趕在我前頭跑回聖堂柵欄門。」

傑里敲了敲剛好夠他用指節敲的窄腦門，用以感謝洛瑞先生的這番誇獎和一個先令。這時卡頓先生走上前來，碰了碰洛瑞先生的胳臂。

「那位年輕小姐怎麼樣了？」

「她難過極了！不過她父親正在安慰她，而且她一出法庭就覺得好些了。」

「我要把這個情況去告訴犯人。你知道，像你這麼一位體面的銀行界先生當衆去跟他說話，未免有點不方便。」

洛瑞先生臉紅了，彷彿他也意識到這正是使自己爲難的問題。卡頓先生向被告席外邊走去。法庭的出口也在這個方向。傑里睜大眼睛，伸長耳朵，豎起鐵蒺藜似的頭髮聽他講話。

「達內先生！」

犯人馬上走了過來。

「你一定急著想知道證人馬奈特小姐的情況吧！她就會好的。你已經看到她那副焦萬分的樣子了。」

「這是因我而引起的，我感到非常抱歉。你是否能這樣代我轉告她，並轉達我衷心的感謝？」

「可以！要是你要求我這樣做，我願意效勞。」

卡頓先生的態度滿不在乎得好像都有些傲慢無禮了。他站在那兒，轉身側對著犯人，胳臂肘靠在被告席的欄杆上。

「我請求你代爲轉告，並請接受我衷心的感謝。」

「達內先生，」卡頓先生說話時，仍然只用半個身子對著他，「你估計會有什麼結果？」

「最壞的結果。」

「這是最聰明的想法，事情最有可能是這樣。不過我認爲他們退席對你有利。」

在法庭出口的通道上是不允許多逗留的，所以傑里沒有聽見他們接下去說些什麼，便走開了。留下他們倆——相貌極其相似，舉止截然不同——肩並肩站在那兒。高懸在頭上的鏡子裡照出了他們的身影。

在滿布小偷和流氓的前廳裡，雖說有羊肉餡餅和麥酒解悶，一個半鐘點的時間還是過得緩慢難熬。嗓子沙啞的送信人吃了那種點心後，很不舒服地坐在一張長凳上打起盹來。忽然傳來一陣嘈雜的人聲，一股急速的人流擁向法庭的階梯，把他也捲了進去。

「傑里，傑里！」等他到了門口，洛瑞先生已經在那兒叫他了。

「在這兒，先生！要往回擠眞跟打架一樣。我在這兒，先生！」

洛瑞先生從人群中向他遞過來一張紙條，「快接住！你拿到了嗎？」

「拿到了，先生。」

草草寫在紙條上的是四個字——無罪釋放。

「這回要是你再送『復活』這個口信，」傑里轉身往外走的時候，嘴裡嘟噥道：「我就明白是什麼意思了。」

走出老貝利之前，他根本沒有機會再說什麼，或者說再想什麼，因爲人群亂烘烘地突然一擁而出，幾乎使他雙腿架空地衝了出去。嘈雜的嗡嗡聲衝到街上，彷彿那些失望的綠頭蒼蠅一窩蜂飛了出去，各自分頭到別的地方尋找腐屍臭肉去了。

第四章・慶賀

在法庭裡沸沸揚揚地泡了一整天的人們，連最後那幾個，都穿過燈光昏暗的過道，走得一乾二淨了。這時，馬奈特醫生、他的女兒露西・馬奈特、洛瑞先生和被告的辯護律師斯特里弗先生，一起圍站在查爾斯・達內先生的周圍——他剛剛獲釋——慶賀他死裡逃生。

哪怕在比這亮得多的燈光下，也很難認出這個一臉智力超群、身姿挺拔的馬奈特醫生就是巴黎閣樓上的那個鞋匠。可是無論是誰，即使沒有機會對他進行過深入細緻的觀察，即使沒有聽過他悲愴低沉的語調，也沒有見過那無端籠罩著他的茫然神情，只要朝他看上一眼，就沒有人會不再看他的。一種外在的原因，比如提到他多年來遭受的苦難，就經常會——像剛才被傳訊時那樣——從他的靈魂深處勾出那種茫然的神情；當然它們也會自行浮現出來，給他蒙上一層陰影，使那些了解他的身世之人難以理解，彷彿看見夏日的陽光，把遠在三百英里外的巴士底獄的陰影投射在他的身上。

只有他的女兒有力量從他心中驅除陰鬱的憂思。她是一條金線，把他受苦遭難前的「過去」和受苦遭難後的「現在」連接起來，她的語聲，她的容光，她的撫愛，幾乎總是能對他產生強大、有益的影響。當然，她的魔力也不是絕對，因爲她記得有幾次連她也無能爲力。不過這種情況爲數不多，也無關緊要，她相信以後不會再有了。

達內先生滿懷感激之情，熱烈地吻了他的手，接著轉身向斯特里弗先生衷心致謝。斯特里弗先生三十剛出頭，但看上去比實際年齡至少要大二十歲。他身材粗胖，聲音洪亮，紅光滿面，直來直去，從不拘泥於斯文禮節。在人們聚談時，他總是喜歡排開衆人到前面去（在精神上和行動上都是如此），搶先揮話；這正好說明他在實際生活中那種敢闖敢上的衝勁。

這時他仍然戴著假髮，穿著律師袍，挺胸凸肚，站在他的當事人面前，把個純樸老實的洛瑞先生都擠到了一邊。他說：「達內先生，我很高興能把你體體面面地解救出來。對你的起訴實在太卑鄙了，卑鄙到了極點！不過我們還是取得了勝利。」

「你對我的救命之恩，我終生感謝。」他的當事人握著他的手說。

「我使出了全身本領來救你，達內先生；我相信，我的本領也跟別人的一樣大。」

這很清楚，他是要人義不容辭地出來說聲：「你的本領大多了！」而洛瑞先生也確實這麼說了。他這樣說，也許並非完全出於無私，而是想趁機擠回原地。

「你這樣看嗎？」斯特里弗先生說：「對了！你在這兒整整待了一天，你應該最清楚。再說，你也是個代人辦理事務的。」

「正因爲是這樣，」洛瑞先生說道；這時，那位精通法律的律師像剛才把他擠到一邊那樣，又把他推回到這伙人裡面，「作爲代理人，我要求馬奈特醫生宣布結束這場談話，命令我們各自回家。露西小姐看起來不太舒服，達內先生擔驚受怕了一天，我們大家都累壞了。」

「你說的只能代表你自己，洛瑞先生，」斯特里弗先生說：「我可還得工作一個通宵哩！你說的只能代表你自己。」

「我代表自己說話，」洛瑞先生回答說：「也代表達內先生、露西小姐，還有——露西小姐，難道你不認爲我可以代表我們大家嗎？」他對著她直接提出這個問題，並且朝她的父親看了一眼。

她的父親變得臉色發呆，用一種非常奇特的目光望著達內，目光死死盯著，雙眉緊皺，並且現出厭惡了和信不過的神色，甚至還夾雜著幾分恐懼。他帶著這種令人難解的表情，神志又陷入了茫然。

「父親！」露西叫了一聲，把手輕柔地按在他的手上。

他慢慢地擺脫了那個陰影，朝她轉過身來。

「父親，我們回家好嗎？」

他長長地吁了一口氣，回答說：「好吧！」

被釋之犯人的朋友們以爲，這天晚上他是不會被釋放了——這印象是他自己造成的——於是都各自散去。過道裡的燈差不多全都熄滅了，一扇扇鐵門也都砰砰關上，這陰森森的地方變得空無一人，要到明天早上，大家對絞刑架、示眾枷、鞭笞柱和打印烙鐵的興趣才會重新使這兒人山人海。露西・馬奈特走在她的父親和達內先生中間，到了門外。他們叫來一輛出租馬車，父女倆坐上車先走了。

斯特里弗先生在過道裡和他們分手後，便衝回法庭的更衣室去了。另外還有一個人，剛才沒有跟他們聚在一起，也沒有和他們當中的任何一個人搭訕過一句，只挑了個陰影最濃的牆角站著。這時，他默不作聲地跟著大家走了出來，站在那兒，一直看著馬車離去，然後才走向站在人行道上的洛瑞先生和達內先生。

沒有人知道卡頓先生在這天的審判過程中所起的作用，也沒有人對他表示感謝。他已經脫去律師袍，可那外表並沒有因此好了多少。

「要是你知道公事人善良本性的衝動和公事公辦的外表發生衝突時，內心鬥爭是何等激烈，你一定會覺得很有趣，達內先生。」

洛瑞先生臉紅了，誠懇地說：「這一點你以前已經說過了，先生。我們這些替銀行辦事的人是身不由己的。我們不得不首先爲銀行著想，然後才能考慮自己。」

「我知道，我知道！」卡頓先生漫不經心地答道：「別見怪，洛瑞先生。我毫不懷疑，你跟別人一樣好；我敢說，你比別人好。」

「說實在的，先生，」洛瑞先生沒有理會他，顧自往下說：「我實在不明白，你跟這件事有什麼關係。請原諒，我比你虛長幾歲，所以也就冒昧這麼說了。我眞的不明白，這和你的公務有什麼關係。」

「公務！多謝了，我沒有什麼公務。」卡頓先生說。

「這眞遺憾，先生。」

「我也這麼想。」

「要是你有公務在身，」洛瑞先生接著往下說：「也許就會專心去辦事了。」

「哎呀，我的天哪！不——我不會的。」卡頓先生說。

「好啦，先生！」洛瑞先生被他這種滿不在乎的態度弄得火冒三丈，叫了起來，「公務是件好事，是件非常體面的事情。再說，先生，如果是公務逼得人隱忍克制，不能隨便說話，不能爲所欲爲，那麼像達內先生這樣一位寬宏大量的年輕紳士，一定會懂得如何去體諒別人的這種處境的。達內先生，晚安！上帝保佑你，先生！我想你今天大難不死，日後必有後福——來轎子！」

不僅對這位律師，也許對自己也有點生氣，洛瑞先生匆匆上了轎子，徑直回台爾森銀行去了。卡頓滿身葡萄酒氣，顯得不太清醒，這時哈哈大笑起來，轉身對達內說：

「你我碰在一起，這眞是個奇妙的緣分。現在，你和跟你長相一樣的人一起站在這街心的石頭上，你一定覺得這是個很不尋常的夜晚吧？」

「我好像還沒回到人世上來哩！」查爾斯．達內答道。

的。」

「我一點也不覺得奇怪；因爲方才你在黃泉路上已經走得相當遠了。你說話好像有氣無力似的。」

「我越來越感到我的確渾身無力了。」

「那你幹嘛不去吃點東西？我在那伙傻瓜討論你究竟應該屬於哪個世界！陽世還是陰間時，就已經吃過飯了。讓我帶你到離這兒最近的一家酒館去好好吃上一頓吧！」

他伸出手去挽住對方的胳臂，領他走下拉蓋特山，來到弗利特街，走過一段蓋有頂篷的路，進了一家酒館。他倆被帶進一個小房間。查爾斯·達內飽餐了一頓，又喝了些好酒，很快就恢復了體力。卡頓和他同坐一桌，在他對面也擺著一瓶葡萄酒，他對達內也是那副半似傲慢、滿不在乎的態度。

「你現在覺得你又回到人世了嗎，達內先生？」

「有關時間和空間，我腦子裡還是一片糊塗，不過現在好多了，已經有了人世的感覺。」

「那就應該大大知足了啊！」

他語帶辛酸，隨即又把自己的杯子斟滿——那是一只大杯子。

「對我來說，最大的願望就是忘掉我屬於這個世界。這個世界對我沒有一點用處——像這樣的酒除外——我對它也沒有用處。因此在這一點上，我們倆不太相像。說實在的，我漸漸覺得，我們倆，你跟我，無論在哪方面，都不太相像。」

查爾斯·達內被這驚心動魄的一天弄得喪魂失魄，覺得和這個跟自己相像、舉止粗魯的人坐在一起恍如夢中，他茫茫然不知如何回答，於是就乾脆不作回答了。

「現在你已經吃完飯了，」卡頓過了一會說：「爲什麼不乾一杯呢，達內先生？怎麼不祝杯酒？」

「爲誰的健康乾杯？爲誰祝酒呀？」

「得啦，不就在你嘴邊嗎！準是的，一定沒錯，我敢保證，就在你嘴邊上。」

「就爲馬奈特小姐乾一杯！」

「就爲馬奈特小姐乾一杯！」

卡頓乾杯的時候，兩眼直盯著他的朋友的臉，隨後他把酒杯朝背後一擲，杯子在牆上碰得粉碎。接著，按了按鈴，另要了一只。

「那位在黑暗中被扶上馬車的小姐眞漂亮，達內先生！」他說著，又把新拿來的高腳杯斟滿。

對方只是微微皺了皺眉頭，說了簡短的一個「是」字作爲回答。

「那個憐憫你，爲你流淚的可是位漂亮小姐啊！感覺怎麼樣？能得到這種同情和憐憫，即使受到性命攸關的審判，也是值得的吧！是不是，達內先生？」

達內還是一句話也沒有回答。

「我把你的口信傳給她，她聽了非常高興。當然，她沒有表現出來，不過我看得出。」

這麼一說，倒使達內及時想起，這位令人不快的伙伴在今天的危難中，曾經主動幫助過他。於是他把話題轉到了這一點上，爲此向卡頓表示感謝。

「我不需要任何感謝，也不値得別人感謝，」這就是卡頓漫不經心的回答，「第一，這算不了什麼；第二，我自己也不知道爲什麼那樣做。達內先生，請允許我問你一個問題。」

「非常樂意！就作爲我對你這番盛情的小小答謝吧！」

「你覺得我特別喜歡你嗎？」

「說實在的，卡頓先生，」對方非常窘迫地回答：「我從來沒有想過這個問題。」

「那麼你現在就想想這個問題吧！」

「從你的所作所爲看，你好像是喜歡我的；可是我覺得你並不喜歡我。」

「我也覺得我並不喜歡你！」卡頓說：「我開始覺得你的理解力是很強的。」

「不過，」達內一面站起來按鈴，一面說：「我希望這不會妨礙我叫人來結帳，也不妨礙我們雙方都不懷敵意地分手。」

卡頓答道：「一輩子都不會！」達內按鈴。「全部帳都你付嗎？」卡頓問，在對方作了肯定的回答後，他又說：「那就再給我拿一品脫這種酒來，酒保，到十點鐘時來叫醒我。」

付完帳，查爾斯・達內站起身來，向他道了晚安。卡頓也站了起來，但沒有道晚安，而是帶著一副咄咄逼人的神情說道：「最後再問一句，達內先生，你認爲我喝醉了嗎？」

「我覺得你一直在喝，卡頓先生。」

「覺得？你明明知道我一直在喝。」

「既然我不得不說，那就說我知道吧！」

「那你同樣還應該知道我爲什麼會這樣。我是個失意的苦工，先生。我不關心世上的任何人，世上也沒有任何人關心我。」

「太可惜了！你本來可以更好地運用你的聰明才智。」

「也許這樣，達內先生；也許並非如此。別因爲你頭腦清醒就自鳴得意，你還說不準它可能會落到什麼地步哩！晚安。」

當這位怪人剩下獨自一人時，他拿起一支蠟燭，走到牆上掛著的一面鏡子跟前，仔細地把自己打量了一番。

「你特別喜歡那個人嗎？」他喃喃地問鏡中的自己，「你幹嘛要特別喜歡一個跟你相像的人呢？你身上並沒有什麼可喜歡的，這你自己知道。啊，你這個混蛋！看你把自己糟蹋成什麼樣子了！你喜歡上這個人自有你的道理，從他身上，你可以看到你墮落前的模樣，你本來可以成爲什麼樣子！跟他對換一下，你是否也會像他那樣受到那對藍眼睛的青睞，像他那樣得到那張激動的小臉蛋的憐憫呢？說下去呀！乾乾脆脆地說出來吧，你恨這個傢伙！」

他向那一品脫酒尋求安慰，幾分鐘之內就把它喝得一乾二淨，隨即就伏在手臂上睡著了。他的頭髮披散在桌子上，那像長長的裹屍布般的燭淚滴落在他的身上。

第五章・胡狼

那是縱酒的年月[58]，多數人都狂飲無度。打那時以來，時光老人已經使這種風習起了很大的變化。如果在無損於其紳士聲譽的情況下，我們把當時一個人一夜之間所灌下的酒如實加以報導，在今天看來，就會覺得是荒誕不經的誇張。在嗜酒方面，博學的法律界當然也不會自甘落後於其他各界。那位衝勁十足、業務興隆、財源茂盛的斯特里弗先生也如在法律界進行的其他競爭一樣，在這方面絕不會落後於他的同僚。

斯特里弗是老貝利的寵兒，也是民事治安法庭的紅人。他已經小心謹慎地爬上了飛黃騰達之梯的最低幾級。如今，民事治安法庭和老貝利都不得不特意召喚這位大紅人，投入他們那急待的懷抱，因而每天都可以看見斯特里弗先生那張紅光滿面的臉兒，從一片花壇似的假髮中冒出，極力迎向高等法院首席法官的尊顏，像一株碩大無朋的向日葵，朝著太陽，突出在滿園爭艷的群芳之上。

律師界的人曾一度認爲，斯特里弗先生固然能言善辯，無所顧忌，機敏靈活，敢作敢爲，但他卻沒有從大量材料中取其精要的才能，而這是一個辯護律師至爲重要和不可或缺的條件。可是後來，發現他在這方面有了顯著進步。他的業務愈興隆，他把握精要的本領似乎變得愈大。不論他晚上和西德尼・卡頓先生對飲到多晚，第二天早上，他準能把自己的論點準備得有條有理。

---

[58] 十八世紀時，英國飲酒之風極盛。

吊兒郎當、前途無望的西德尼．卡頓是斯特里弗最得力的助手。每年從希拉里節開庭到米迦勒節開庭期[59]，這兩個人在一起喝下的酒，足以浮起一艘皇家兵艦。斯特里弗不管在哪兒辦案，都有卡頓跟著，而這位助手總是雙手插在口袋裡，兩眼直望著法庭的天花板。他倆一同去參加巡迴審判，甚至在巡迴途中，也依舊酣飲到深夜。謠傳有人看見卡頓大白天喝得踉踉蹌蹌，像隻浪蕩耽樂的貓兒，偷偷溜回自己的寓所。後來，關心此事的人們紛紛議論說，西德尼．卡頓雖然成不了獅子，卻是隻極好的胡狼[60]，甘居卑位，對斯特里弗竭盡忠誠。

「十點了，先生。」酒店侍者按照卡頓事先的吩咐，前來叫醒他，「已經十點了，先生。」

「什麼事？」

「已經十點了，先生。」

「你說什麼？晚上十點了嗎？」

「是的，先生。你吩咐我叫醒你的。」

「哦，我想起來了，很好，很好！」

他感到很睏，昏昏然又想睡去，可那侍者卻非常機靈，嘩啦嘩啦捅了足足五分鐘的火爐，弄得他只好站起身來，把帽子往頭上一扣，走出門外。他拐進聖堂區，在高等法院和紙樓[61]之間的

---

[59] 當時英國高等法院的開庭期一年分四期：希拉里節期（1月11日至31日），復活節期（4月15日至5月8日），三一節期（5月22日至6月12日），米迦勒節期（11月2日至25日）。

[60] 胡狼，犬科，狼形食肉動物，常尾隨獅子等大動物之後，吃其殘餘獵物，故相傳獅子捕獵時，胡狼常來相助。在英語中，獅子常可作名士、紅人解，胡狼則有卑賤的助手、爪牙、走狗之意。

[61] 倫敦古建築，因構造簡陋而得名。

人行道上來回走了兩趟，然後才轉身進入斯特里弗的事務所。

斯特里弗的書記員從來不參加這類討論，早就回家了，是斯特里弗親自來開的門。他穿著拖鞋，披著件寬鬆的睡袍，爲了舒適，還敞著領口。他的眼睛周圍有一圈放縱、倦怠、枯焦的印記，几屬他這類嗜酒貪杯的人臉上，都有這樣的眼圈。從傑弗里斯[62]的畫像起，所有縱酒時代畫像上的人物雖然經過各種藝術加工，仍然能找到這種痕跡。

「你來晚了一點，活字典。」斯特里弗說。

「跟平時差不多吧！也許晚了一刻鐘。」

他倆走進一間昏暗的屋子，四周擺著書，到處扔滿廢紙，爐子裡的火燒得正旺，爐架上一把水壺呼呼地冒著熱氣。在亂七八糟的廢紙堆中，一張桌子閃著亮光，桌子上擺著許多葡萄酒，還有白蘭地、朗姆酒、糖和檸檬。「看來你已經喝過一瓶了，西德尼。」

「我想我今晚喝了兩瓶。我跟今天的當事人一起吃了飯，或者應該說看他吃了飯——反正都一樣！」

「多虧你想出個好點子，西德尼，提出個面貌相像的問題。你怎麼會想到這一點？什麼時候想起來的？」

「我覺得他是個挺英俊的傢伙；我想，要是走運的話，我多半也該是這個樣子。」

斯特里弗先生哈哈大笑起來，笑得他那過早發福的大肚子直打顫。

「西德尼，還是開始幹活吧！開始幹活。」

胡狼繃起臉，解開衣服，走進隔壁房，拿來一大壺冷水，一只臉盆，還有一、兩條毛巾。他

---

[62] 傑弗里斯（一六四八～一六八九），英國大法官，生活放蕩，尤嗜酒，以殘酷聞名。

把手巾浸在水裡，擰到半乾，疊起放在頭上，樣子難看極了。隨後他坐到桌邊，說道：「開始吧！我準備好了。」

「今晚要歸納整理的材料不多，活字典！」斯特里弗先生翻檢著材料，愉快地說。

「有多少？」

「只有兩份。」

「先把最難搞的給我。」

「拿去，西德尼，幹起來吧！」

於是，獅子怡然自得地仰靠在酒桌一頭的沙發上，而胡狼則坐在堆滿文件材料的另一頭酒桌旁，酒瓶和酒杯也近在手邊。兩人都毫無節制地不時伸手到酒桌上拿酒喝，只是姿勢不同罷了：獅子多半是靠在沙發上，雙手插在腰帶裡，望著爐火出神，或者隨意翻閱一下那些不太重要的文件；胡狼則緊鎖雙眉，聚精會神地埋頭伏案工作，就連伸手去拿酒杯時，眼睛也不抬一下——常常要摸上好一會兒，才能把杯子送到嘴邊。有兩、三回，事情實在太棘手了，胡狼不得不站起身來，重新把毛巾浸濕。光顧過水壺和臉盆之後回來時，他的頭上纏著濕毛巾，樣子古怪得難以形容；加上那一臉嚴肅焦慮的神情，更加顯得滑稽可笑。

最後，胡狼終於爲獅子調製出一份緊湊的美餐，走上前去奉獻給大王。獅子小心謹慎地接了過去，在胡狼地幫助下，自己又作了一番選擇，加上幾句評語。經過反覆討論，獅子又把雙手揮進腰帶，靠在沙發上沉思默想起來。爲了提神，胡狼往喉嚨裡灌下一大杯酒，又去換了一把冷毛巾，然後著手調製第二份菜肴。這份菜肴做好後，又用同樣的方式拿去奉獻給獅子大王。直到凌晨三點才大功告成。

「現在完事了，西德尼，來一滿杯潘趣酒吧！」斯特里弗說。

胡狼從頭上摘下那塊一直在冒熱氣的濕毛巾，抖了抖身子，打了個呵欠，還打了個冷戰，照斯特里弗說的乾了一大杯酒。

「你今天對付那些官方證人，幹得眞漂亮，西德尼，每個問題都擊中要害。」

「我每次都幹得很漂亮，不是嗎？」

「我並沒有說不是這樣！是什麼讓你來火氣了？澆上點潘趣酒吧！再潤一潤。」

胡狼不高興地咕嚕了兩句，又照他的話做了。

「老什魯斯伯里學校❻❸的老西德尼・卡頓，」斯特里弗搖頭晃腦地歷數著卡頓的過去和現在，「還是那個蹺蹺板般的西德尼・卡頓，一會兒上，一會兒下，一會兒精神飽滿，一會兒垂頭喪氣。」

「唉！」另一個嘆了一口氣，回答說：「是呀！還是同一個西德尼，還是同樣不走運。就是在那會兒，我也老代別人做作業，很少做自己的。」

「爲什麼不做呢？」

「不知道！大概這是我的處世之道吧！」

他坐在那兒，雙手插在口袋裡，腿往前伸得直直的，兩眼望著爐火。

「卡頓，」他的朋友神氣活現地對他擺起架勢，站在他面前，彷彿那火爐是個能煉出持久努力的熔爐。他正準備做件好事，把老什魯斯伯里學校的老西德尼・卡頓推進爐門去煉上一番，「你那條處世之道永遠是條蹩腳之道。你既鼓不起幹勁，又沒有目標。你瞧瞧我吧！」

「咳，眞討厭！」西德尼稍顯輕快，溫和地笑了笑，說：「你別說教了！」

---

❻❸ 英國著名公學之一。

「瞧我以前是怎麼幹的？」斯特里弗說：「我現在又是怎麼幹的？，」

「照我看來，部分是靠雇用我的緣故吧！不過在這方面，你教訓我就像教訓空氣一樣，你花的時間實在不値得。你自己要幹什麼，你就幹去。反正你老是占先，而我總是落後。」

「我不得不向前奔；我不是一生下來就是富貴命，不是嗎？」

「我沒有參加你的誕辰盛典，不過我認為你是天生的富貴命。」說到這裡，卡頓笑了起來，於是兩人都笑了。

「不論是在進什魯斯伯里以前，在什魯斯伯里期間，還是離開什魯斯伯里以後，」卡頓繼續說：「你總是占你的先，而我，總是落我的後。甚至在巴黎學生區同學那時候，我們在一起學法語，學法國的法律，還有那些對我們沒有多大用處、雜七雜八的法國玩意兒時，你就處處得手，而我總是處處——落空。」

「可那是誰的錯呢？」

「憑良心說，我不能肯定這不是你的錯。你總是不斷地鑽呀，衝呀，擠呀，推呀，無休無止，弄得我毫無進取的機會，只好在一旁發霉生鏽。不過，在這種天快要亮的時候談論一個人過去的事，未免太煞風景了。在我離開之前，還是換個話題，說點別的吧！」

「好吧！那就為那位漂亮的女證人乾杯吧！」斯特里弗舉杯：「這下你該高興了吧？」

顯然沒有，他又變得垂頭喪氣了。

「漂亮的女證人！」他低頭看著自己的杯子嘟噥道：「今天一個白天，還有晚上，我已經見夠了證人，你說的漂亮的女證人是哪一個呀？」

「就是那位美麗如畫的醫生的女兒，馬奈特小姐呀！」

「她漂亮？」

「難道不漂亮？」

「是的。」

「哎呀，我的天哪！整個法庭都爲她傾倒了呢！」

「整個法庭都傾倒！誰讓老貝利來判定美醜的？她只不過是個金髮玩具娃娃罷了！」

「你知道嗎，西德尼？」斯特里弗用銳利的目光望著他，一隻手在紅光滿面的臉上慢慢抹了一把，說道：「你知道嗎？我當時就覺得，你很同情那個金髮玩具娃娃，而且你很快就發現她出了事。」

「很快發現出了事！要是一個姑娘，管她是玩具娃娃或者不是玩具娃娃，在一個男人鼻子底下兩三碼遠的地方暈過去，不用望遠鏡也能看到的。好，我跟你乾杯，可我並不覺得她漂亮。我現在不想再喝了，我要去睡覺了。」

當主人拿著一支蠟燭，把他送到樓梯口，照著他下樓時，黎明已經冷冷地從積滿污垢的窗戶透了進來。他走出門外，迎面撲來悲涼的空氣，天空陰沉沉的，河水黑森森的，整個景象猶如一片毫無生氣的荒漠。陣陣塵埃在清晨的疾風中團團飛旋，彷彿荒漠中的飛沙在遠處騰空捲起，前鋒已經開始彌漫這個城市。

渾身是無用的精力，周圍是空曠的荒漠，他在穿過一條僻靜的小巷時，收住了腳步。霎時間，他看到眼前出現了一片崇高志向、克己爲人的精神和堅忍不拔的意志構成的海市蜃樓。在這幻景中的美麗城市裡，有著無數虛無縹緲的亭台樓閣，嬌媚可人的人兒從那兒朝他頻送秋波，花園裡熟透了的生命之果纍纍垂枝，希望之泉在他眼前粼粼閃光。可是刹那之間，這番幻景就消逝無蹤了。他走進一群樓房的天井，爬上一間高高的閣樓，和衣倒在一張凌亂不堪的床上，無用的淚水濡濕了床上的枕頭。

太陽悲悲切切、切切悲悲地冉冉升起，它所照見的景物再也沒有比這個人更悲慘的了。他富有才華，情感高尚，卻沒有施展才華、流露情感的機會，不能有所作為，也無力謀取自己的幸福。他深知自己的癥結所在，卻聽天由命，任憑自己年復一年地虛度光陰，消耗殆盡。

第六章・成百的人

馬奈特醫生幽靜的寓所坐落在離索霍廣場不遠的一個寧靜的街角。打從那樁叛國案的審判之後，時間的洪流已奔騰了整整四個月，夾帶著人們對那案件的興趣和記憶，遠遠地流向了大海。在一個晴朗的星期天下午，賈維斯・洛瑞先生離開他居住的克拉肯韋爾區，沿著陽光明媚的大街，步行前去和馬奈特醫生共進晚餐。在業務上幾經交往之後，洛瑞先生成了這位醫生的朋友，而那幽靜的街角也就成了他生活中光明溫暖的處所。

在這個晴朗的星期天午後，洛瑞先生很早就朝索霍走去。這是出於三個習慣：第一，每逢晴朗的星期天，他常常在晚飯前陪醫生和露西出去散步；第二，在天氣不好的星期天，他作爲醫生家的好朋友，通常習慣和他們一起待在家裡聊天，讀書，看看窗外的景致，度過這一天；第三，他偶爾也有些小小的疑難需要解決，而他知道，按照醫生家的生活方式，這往往是解決這類問題的最好時刻。

在倫敦，再也找不出比馬奈特醫生的這個寓所更爲古雅別緻的角落了。沒有大道從這兒穿過，只有一條景象宜人、舒閒幽靜的小小林蔭道，從醫生的前窗下伸展開去。當年，牛津路以北建築物稀少，在如今已經不存在的田野裡，樹林茂密，野花遍地，山楂花盛開。在索霍，田園氣息可以生氣勃勃地自由翱翔，不必像無家可歸的乞兒般無精打采地在教區流浪。離這裡不遠處有許多南牆，一到季節，牆上的桃樹枝頭果實纍纍。

上半天，夏日的陽光明晃晃地照著這個角落，待街道曬得越來越熱的時候，這兒已是濃蔭覆蓋，儘管不遠處仍可見到一片白花花的陽光。這兒清涼、幽靜，令人心曠神怡。這是個回聲縈繞的奇妙處所，又是個遠離鬧市的避風港。

在這樣一個寧靜的停泊之處，應該有一葉靜靜的扁舟。實際上已經有了。醫生在一幢僻靜的大房子裡占了兩層樓。白天，據說樓裡有從事好幾種行業的人在幹活，可是整天聽不到什麼聲音，到了晚上，更是萬籟俱寂。屋後的院子裡有一株法國梧桐，綠葉婆娑，瑟瑟作響。據說，院子後面的那幢樓裡，有人在製造教堂用的大風琴，有人在雕鏤銀器，還有個什麼神祕的巨人在錘打金箔，他從前廳的牆上伸出一隻金晃晃的巨臂——彷彿他不但已把自己錘打成珍寶，還要把所有的來訪者都一一染上金色。所有這些手藝人，以及那個據說住在樓上的單身房客，還有那個在樓下有一間帳房的落泊的車飾製造商，幾乎都從未有人聽見或看見過。偶爾，有個把走錯路的工人披著外衣穿堂而過，或者有個陌生人探頭進來張望一下，有時也會隔著後院遠遠傳來一陣叮叮噹噹的聲響，還有那金色巨人的幾聲咚咚錘聲；然而這些都是偶然的例外，更經常的是屋後梧桐樹上麻雀的嘰喳聲和房前街角上的回聲，從星期天的清晨到星期六的晚上，響個不停。

馬奈特醫生在這裡接待的病人，都是那些知道他過去的名聲以及有關他的身世傳聞和他當年的聲響後，慕名而來的；他的科學知識，他在進行各種高難度試驗時的謹慎和熟練，也給他帶來了不少主顧；他有了足夠的收入。

在這個晴朗的星期天下午，當賈維斯·洛瑞先生拉響街角這所寧靜住宅的門鈴時，他所了解、思索、關心的，就是以上這些事情。

「馬奈特醫生在家嗎？」

等會兒就回來。

「露西小姐在家嗎？」

等會兒就回來。

「普羅斯小姐在家嗎？」

可能在家?!侍女吃不準普羅斯小姐的意思會是什麼，到底是承認在家呢，還是否認。

「我是老熟人了，」洛瑞先生說：「我自己上樓去吧！」

儘管醫生的女兒對她的祖國一無所知，她卻表現出生來就從那裡繼承了那種花錢少、辦事多的本領，這正是那個國家最有用、最可喜的特點之一。家具雖說簡單，卻點綴了許多雅緻的小裝飾品，儘管不值多少錢，但它們反映出的情趣和愛好，令人賞心悅目。屋子裡的所有物件，從最大到最小的，它們的位置布局，色調配置，錯落有致的變化和對照鮮明的層次，都出自精心構想，出自巧手、明眼、慧心，讓人一見就感到舒適愉快，同時也反映了主人的情感個性。因而當洛瑞先生站在那兒四下打量的時候，就連那些桌椅板凳似乎也都帶著他現在已十分熟悉的那種特別表情在問他：你覺得怎樣呀？

樓上和樓下一樣，都有三個房間，房門全敞開著，使得空氣可以自由流通。洛瑞先生從一個房間走進另一個房間，滿面含笑，注意到周圍所有的東西都有著引人想像的樣子。第一個房間最好，裡面有露西的鳥兒、花兒、書籍、書桌、做女紅用的工作抬和一盒水彩；第二個房間是醫生的診療室兼飯廳；第三個房間是醫生的臥室，院子裡的那株梧桐樹在裡面投下了時時變幻的斑駁樹影。在一個屋角，擺著那張已經廢置不用的鞋匠凳子和工具箱，就像擺在巴黎近郊聖安東尼區酒店旁邊那幢陰暗房子的五層樓上時一樣。

「眞奇怪，」洛瑞先生瞧著，停住了腳步說：「他還保存著這些會讓他難受的東西！」

「這有什麼好奇怪的呢？」這突如其來的問話，使他大吃一驚。

發問的是普羅斯小姐，就是那個從頭到腳一身紅，手勁很大的粗魯女人。他第一次認識她是在多佛的皇家喬治旅館，打那以後，他們之間的關係已有所改善。

「我本以爲——」洛瑞先生開口說道。

「得了！什麼你本以爲！」普羅斯小姐一講話，洛瑞先生就住了口。

「你好嗎？」女士接著厲聲問道——卻又像是要表示她對他並無惡意。

「我很好，謝謝！」洛瑞先生溫順地答道：「你好嗎？」

「沒什麼好提的！」普羅斯小姐說。

「眞的？」

「哎，眞的！」普羅斯小姐說道：「我爲我那小寶貝的事弄得心裡煩透了。」

「眞的？」

「看在老天的份上，別再說『眞的』了吧！要不你要把我煩死了。」普羅斯小姐說。她的性格（跟她的外形不一致）直截了當，可謂短小精悍。

「那麼，確實嗎？」洛瑞先生改口說。

「確實嗎，也是夠糟的，」普羅斯小姐答道：「不過總算稍爲好一點了。是啊，我心裡煩透了！」

「我可以問問是什麼原因嗎？」

「我不願讓那些配不上我的小寶貝的人，成打成打地跑到這兒追求她。」

「有成打成打的人來追求？」

「成百成百的人。」普羅斯小姐說。

這位女士的特點是（其實古往今來許多人都如此），你越是對她的說法表示懷疑，她就越要誇張地強調。

「我的天哪！」洛瑞先生說，這是他能想出的最最保險的話。

「打我的小寶貝十歲起，我就跟她住在一起了——或者說小寶貝跟我住在一起，還爲這付給我工錢；我向你起誓，要是我不用錢就能養活我自己和她，那她就完全可以不必付錢給我了。這眞叫人難受！」普羅斯小姐說。

洛瑞先生弄不清什麼使她難受，所以搖了搖頭；他把他身上這個至關重要的部位當作應付一切的法寶。

「各式各樣根本配不上我的小寶貝的人老是跑來糾纏她！」普羅斯小姐說：「當初是你開的頭——」

「是我開的頭，普羅斯小姐？」

「難道不是你？是誰讓她父親活過來的？」

「哦！要是那……就是開頭的話——」洛瑞先生說。

「我想，那總不能算是結尾吧？我說的是，當初你一開頭，事情就夠難受了。並不是對馬奈特醫生有什麼好挑剔的，他只是不配有這麼個女兒罷了。其實這也不能怪他，因爲無論在什麼情況下，都沒有人配有這樣一個女兒。可是打那以後，成群結隊的人就跟著他來了（對他我還能原諒），都想奪走小寶貝對我的愛，這可就兩倍三倍地使我難受了。」

洛瑞先生知道普羅斯小姐妒忌心很重。不過現在他也了解到，她雖然表面上刁鑽古怪，卻是個毫無私心的人——只有女人之中才有這樣的人——她們爲了純眞的愛戀和仰慕，甘願俯身爲奴，侍奉她們已經失去的青春，侍奉她們生來未有的美麗，侍奉她們從沒福氣受到的良好教養，侍奉她們慘淡一生中從來沒有過的光輝前程。洛瑞先生飽經滄桑，深深懂得最可貴的莫過於這種耿耿忠心，他十分崇敬這種不沾銅臭的奉獻。按照他心目中對人的善善惡惡的排列分等——我們大家都或多或少作過這種排列——他把普羅斯小姐列在許多太太、小姐之上，接近於下凡的天使，儘管她們在台爾森銀行有存款，無論在先天和後天方面都遠比普羅斯小姐優越。

「不管是現在還是將來，只有一個人配得上我的小寶貝，」普羅斯小姐說：「那就是我的弟弟所羅門，要是他在生活裡不曾犯過錯誤的話。」

爲此洛瑞先生再次問起普羅斯小姐的身世，結果得知她的弟弟所羅門是個毫無心肝的無賴。他刮走了她所有的一切去搞投機，弄得她一貧如洗，他卻一點也沒有悔恨內疚之心，丟下她顧自跑了。普羅斯小姐對所羅門依然堅信不疑（這樁小小的過失，只使她對他的信心略打折扣），這在洛瑞先生看來是件極不簡單的事，增加了他對她的好感。

「現在這兒正好只有我們兩個，你我又都是幫人辦事的人，」等他們走回客廳，和和氣氣地坐定之後，洛瑞先生說：「我要問你——醫生在和露西聊天的時候，從來沒有提起過他做鞋時的事嗎？」

「從來沒有提起過。」

「那他爲什麼還要把那張凳子和工具留在身邊呢？」

「哎！」普羅斯小姐搖著頭答道：「我可沒有說他心裡不曾想到過那些事。」

「你認爲他常想那些事？」

「是的！」普羅斯小姐回答。

「你猜想——」洛瑞先生剛開始說，普羅斯小姐就打斷了他。

「我從來不胡猜亂想，我壓根兒就沒有想像力。」

「我說得不對，那就換個說法：你以爲——你有時總會推測一下吧！」

「偶爾會。」普羅斯小姐說。

「你以爲——」洛瑞先生繼續說，明亮的眼睛中閃著笑意，親切地望著她，「馬奈特醫生對他受害的原因，以及害他的人是誰，是不是心中有數呢？」

「除了小寶貝告訴我的之外，我什麼也以爲不出來。」

「那麼她的看法是？」

「她認爲他心中是有數的。」

「別因爲我問了這些問題就生我的氣，我只不過是個愚鈍的替人辦事的人；你也一樣是個替人辦事的。」

「愚鈍？」普羅斯小姐心平氣和地問。

洛瑞先生很想去掉「愚鈍」這個自謙之詞，就答道：「不，不，不，當然不是！我們還是言歸正傳吧——馬奈特醫生根本沒有犯過任何罪，這我們都很清楚；可是他從來不提這件事，這不是很奇怪嗎？雖然多年前他跟我就有業務往來，如今關係又很密切，但我說的不是他沒跟我談，而是說他沒跟他可愛的女兒談。他是那麼全心全意地愛著她，而且還有誰能像她這樣深深地愛他呢？請相信我，普羅斯小姐，我跟你談這件事，並不是出於好奇，而是出於熱誠的關心。」

「好！就揀我最好的想法說吧！不過你會說，最好的也很糟。」普羅斯小姐聽他語帶歉意，口氣軟了些，「他是怕提那件事。」

「怕？」

「我總覺得，他爲什麼害怕，原因是明擺著的。那事想起來就讓人心驚膽寒。再說，他以前就是因爲這事兒弄得神志不清的。他不知道自己怎麼犯的病，怎麼醒過來的，也許他根本就拿不準自己還會不會再犯病。我總覺得，光這一點，就夠讓人傷腦筋的。」

這一席話比洛瑞先生本想知道的遠爲深刻些。「的確，」他說：「回想起來是很可怕的。不過，普羅斯小姐，使我心裡犯疑的是，馬奈特醫生把這一切都憋在心裡究竟好不好。說眞的，正是因爲這一點，常使我感到不安，所以我現在才跟你說出我的心事。」

「沒辦法，」普羅斯小姐搖搖頭說：「一搭到這根弦，他的心情馬上就變壞。還是隨它去的好。簡單一句話，不管你喜不喜歡，都得把它扔到一邊不去管它。有時候，他深更半夜從床上起來，我們在樓上聽見他在樓下自己房間裡走來走去，走來走去。這時小寶貝就知道，他的神志又回到他以前的牢房，在那裡走來走去，走來走去了。她趕忙跑下樓去，陪他一起走來走去，走來走去，一直到他平靜下來。可是他這樣焦躁不安，到底是什麼原因呢？他從來沒有跟她說過一句，她也覺得最好什麼都別提。他們一句話也不說，兩人一塊兒走來走去，走來走去，直到她的柔情和陪伴使他清醒過來爲止。」

儘管普羅斯小姐不承認自己有想像力，可是在她反覆說著走來走去這個字眼時，完全證明她是具有這種能力的，她敏銳地覺察到那種無休無止、被一種哀傷的念頭折磨的痛苦。

前面說過，這兒是一個能發出回聲的奇妙的街角。就在這時，回響起自遠而近的腳步聲，彷彿是由於剛才提到那令人困乏的來回踱步，觸發了這陣腳步聲。

「他們來了！」普羅斯小姐說著站起身來，打斷了這場談話，「現在我們這兒馬上就會有成百的人跟著來了！」

這個街角的傳聲效果非常奇特，是個使聲音聽起來非常奇妙的地方。此刻，當洛瑞先生站在敞開的窗前等候那父女倆時，他明明聽見了他們的腳步聲，卻彷彿覺得他們永遠也走不到了；腳步聲漸漸遠去，回聲逐漸消失，代之而起的是另一種永遠不會到來的腳步聲，分明已近在咫尺，卻又永遠逝去。不過，父女倆終於還是露面了，普羅斯小姐在門口迎接他們。

雖說普羅斯小姐粗魯，一身通紅，又帶些凶相，可是看上去倒挺有意思。當她的小寶貝來到樓上時，她幫她摘下帽子，用自己的手帕角兒揮了揮，吹去上面的灰塵，把她的斗篷摺好，放到一邊，又伸手撫平她那頭濃密的金髮，那副得意的樣子，彷彿她自己是個最自負、最標緻的美人，這是在撫持自己的頭髮。她的小寶貝看上去也挺有意思，她擁抱她，向她道謝，要她不必這樣操心——這點她只敢開玩笑地說說，要不，普羅斯小姐就會因此傷心，跑回自己的臥室去痛哭一場。醫生看上去也挺有意思，站在旁邊看著她倆，直說普羅斯小姐把露西給寵壞了，可是他的語氣和眼神，卻說明他和普羅斯小姐一樣寵她，而且，如有可能，還會寵得更厲害。洛瑞先生看上去也挺有意思，他戴著一頂小小的假髮，滿面春風地看著這一切，慶幸他這個單身漢福星高照，在垂暮之年找到了一個「家」。不過，並沒有成百的人跟著來觀看這些場面，洛瑞先生盼了又盼，盼了個空，普羅斯小姐的預言並沒有實現。

晚餐的時候到了，仍不見有成百的人到來。在這個小小的家庭裡，普羅斯小姐總管家務，她把一切都安排得井井有條。她備辦的飯菜雖然菜肴平常，但味美可口，配置得當，點綴得也很美觀，兼有英國和法國的風味，好得不能再好了。原來普羅斯小姐交朋友一向注重實際，她遍訪索霍和鄰近地區一些窮苦的法國人，用幾先令或半克朗的小錢，就能讓他們把烹飪的祕訣傳授給她。她從這些破落的高盧人子孫那裡學來了高超的技藝，使得那些操持家務的太太、小姐們把她奉為神明，或者以為她像灰姑娘的教母一樣有仙人法術，只要派人從園子裡拿來一隻雞、一隻兔、一兩棵菜，就能變成她想要的任何東西。

普羅斯小姐只是在星期日才和醫生父女同桌吃飯，平時她堅持不定時地在樓下廚房裡或者三樓她自己的房間裡進餐——她那房間是藍色的，除了她的小寶貝外誰也不許進去。這天，普羅斯小姐見到小寶貝那可愛的臉蛋和那一心要討她喜歡的乖模樣，心裡高興極了，所以這頓飯也吃得非常稱心愉快。

這天天氣悶熱，吃罷飯，露西提出應該到外面的梧桐樹下去喝酒，那樣他們就可以坐在露天了。家裡的一切向來都圍著她轉，以她爲中心的，於是他們就來到屋外的梧桐樹下，並由她拿來專門款待洛瑞先生的酒。一段時間以來，露西就自命是洛瑞先生的司酒侍女，一俟他們在梧桐樹下坐定，聊起天來，她就不斷地替他把酒杯斟滿。他們談天說地；神祕莫測的牆頭和屋角朝他們探頭窺視，梧桐樹在他們頭上以自己的方式對他們竊竊低語。

普羅斯小姐說的那成百的人還是沒有出現。他們坐在梧桐樹下的時候，達內先生來了，不過他是隻身一人。

馬奈特醫生待他友好親切，露西也是如此。可是普羅斯小姐突然從頭到腳全身抽搐，非常難受，於是就回自己的房間去了。她常受這種病的折磨，平時和熟人提起來時，她管這叫「抽一會兒筋」。

醫生此時興致極好，看上去也格外年輕。在這種時候，他和露西就顯得特別相像。他倆並排坐著，他的胳臂搭在她的椅背，她的頭倚在他的肩上，這時候找一找他們相似之處是挺有意思的。

這天他說了許多話，談的話題很多，興致顯得特別高。「請問，馬奈特醫生，」當他們坐在梧桐樹下，偶然談到倫敦的古建築時，達內先生順口問道：「你仔細參觀過倫敦塔[64]嗎？」

「露西和我去過那兒，不過只是走馬觀花地看一看。我們看了覺得它很有趣，別的也就沒什麼了。」

「你總還記得，我也去過那兒，」達內先生雖因憤慨脹紅了臉，還是含笑說道：「是以另一

---

[64] 倫敦著名古建築，原爲古堡，後作監獄用。

種身分去的。那種身分沒有條件能讓我細看。不過我在那兒時，他們告訴過我一樁很奇怪的事。」

「什麼事呀？」露西問道。

「在進行部分改建時，工人們發現了一座古老的地牢，是多年前建造的，早已棄置不用了。地牢內牆的每塊石頭上都有囚犯刻下的字跡——日期、姓名、怨訴和禱詞。牆角的基石上，有個囚犯大概是在臨刑前刻下了他的遺言，一共是三個字母。這三個字母是顫抖的手用很簡陋的工具匆匆刻下的。起初，大家把這三個字母看成是D、I、C，後來經過仔細辨認，才看清最後一個字母原來是G。不論是憑文字記載還是口頭傳說，都沒有找到有囚犯的名字是用這三個字母開頭的。這究竟是誰的名字，猜來猜去都毫無結果。最後，有人想到這幾個字母並不是人名的縮寫，而是一個完整的字：Dig（挖）。於是大家就仔細地在刻有這個字的石頭下方尋找，終於在一塊石頭、一塊瓦片，或者別的什麼鋪地材料的碎片下面找到一些紙灰和一個小皮盒或皮夾子的灰燼混在一起。這泣不知姓名的囚犯到底寫了些什麼，看來是永遠不會有人看到了，不過他確實寫了一些東西，並且把它藏起來，不讓獄卒看到。」

「父親！」露西突然驚叫起來，「你不舒服嗎?!」

原來馬奈特醫生突然驚跳起來，用手按著頭。他的模樣和神情讓大家都大吃一驚。

「不，親愛的，我沒有什麼不舒服，是大滴的雨點落下來，嚇了我一跳。我們還是進屋去吧！」

他很快就恢復了常態。雨果眞大滴大滴地落下來了，他讓大家看落在他手背上的雨點。可是他對剛才談到的發現隻字未提。當他們進屋時，洛瑞先生以那雙生意人的精明眼睛看出，或者察覺到，當馬奈特醫生轉臉看查爾斯・達內先生時，又出現了在法庭走廊上望著他時的那種獨特的神情。

可是，醫生恢復得那麼快，因而使得洛瑞先生都懷疑起自己那雙生意人的精明眼睛了。醫生在大廳裡金色巨人的胳臂下站住，對大家說，他到現在還是經不起一點兒風吹草動（將來可能經得起），剛才下了幾滴雨就嚇得他跳起來。他說話時鎮定自若，眞不亞於那金色巨人的胳臂。

喝茶時間到了。普羅斯小姐在備茶時，又「抽了一會兒筋」。還是不見有成百個人到來。卡頓先生踏著懶散的步子踱了進來，不過連他在內，也只有兩個人。

這天晚上悶熱異常，雖說他們坐在那兒，門窗都大開著，還是被熱得受不了。喝過茶之後，大家都坐到一個窗口前，眺望窗外的蒼茫暮色。露西坐在父親身旁，達內挨著她坐著，卡頓倚在一個窗口。窗帘又長又白，被捲進街角，帶來雷雨的狂風直刮到天花板上，像精靈鬼怪的翅膀似的，上上下下扇個不停。

「還在掉雨點，又大又沉，可是稀稀落落。」馬奈特醫生說：「雨來得很慢。」

「但肯定要來的。」卡頓說。

他們說話的聲音很低。人們在守候什麼時大多如此；在一間黑暗的屋子裡守候閃電的人也總是這樣說話的。

大街上，人們東奔西跑忙作一團，都想在暴風雨到來前找到躲雨的地方。這個能發出回聲的奇妙街角響起了來來往往的腳步聲，但並沒有人走過。

「人聲鼎沸，卻又沒半個人！」傾聽了一會之後，達內說道。

「這不是挺有意思嗎，達內先生？」露西說道：「有時候，我整個晚上都坐在這兒，一直胡思亂想──不過今天晚上這麼漆黑肅穆，哪怕是有了一丁點兒愚蠢的遐想，都會使我打哆嗦的──」

「讓我們也跟著打哆嗦吧，那我們就會知道是怎麼回事了。」

「這對你們來說算不得什麼。我覺得這種突然出現的念頭只有對產生它的人來說是激動人心的。這只能意會，不可言傳。有時候，我整個晚上都獨自坐在這兒傾聽，到最後我覺得，這些聲音正是將要走進我們生活中來的所有腳步的回聲。」

「眞要是那樣的話，有朝一日就會有一大堆人闖進我們的生活裡來了。」西德尼．卡頓悶悶不樂地插了一句。

腳步聲一直不斷，而且變得愈來愈匆忙急促。街角上到處反覆迴蕩著腳步的回聲，有的彷彿就在窗下，有的彷彿近在屋內，有的來了，有的去了，有的中途停下，有的 然而止；其實行人全在遠處的街角上，沒有一個近在眼前。

「這些腳步是注定衝著我們大家來的呢，還是我們各有各的份呢，馬奈特小姐？」

「我不知道，達內先生。我跟你說過，這只不過是我的一種愚蠢的遐想，是你要我說出來的。我常常獨自一人沉溺在這種遐想中；我想像，這些腳步聲屬於那些要走進我的生活，乃至我父親的生活中來的人。」

「讓他們進入我的生活吧！」卡頓說：「我可是從來不提什麼問題，也不訂什麼條件。有一股巨大的人流正朝我們直撲過來，馬奈特小姐！我看見他了——藉著這電光。」最後一句話是在一道耀眼的電光閃過，照出他倚在窗口的身影後加上的。

「我聽見他們來了！」一陣隆隆的雷聲過去，他又說道：「看，他們來了，迅猛、激烈、狂暴！」

他說的恰似猛沖直瀉、狂嘯怒吼的暴風雨。暴雨使他住了口，因爲狂風暴雨中什麼話也聽不見了。隨著傾盆大雨，雷電交加；雷聲隆隆，電光閃閃，大雨滂沱，一刻不停，眞是一場令人難忘的大雷雨，直到半夜才雲散雨止，月兒升上天空。

當聖保羅教堂的大鐘透過清新的空氣敲響一點時，洛瑞先生才在腳穿高統靴、打著燈籠的傑里護送下，動身回去他在克拉肯韋爾的寓所。在索霍到克拉肯韋爾的這段路上，有幾處地方非常冷僻，洛瑞先生擔心路上遇上劫賊，總是留下傑里幹這樁差使。不過要是在平時，他早在兩個小時之前就動身回家了。

「這夜眞是夠嗆，傑里！」洛瑞先生說：「這種黑夜，簡直能把死人從墳墓裡弄出來。」

「我從沒見過這樣的夜晚，老爺——也沒想到過——怎會有這種事呀！」傑里答道。

「晚安，卡頓先生。」這位生意人說：「晚安，達內先生。我們或許還會一起度過這樣的夜晚哩！」

*

或許，或許，還能看見巨大的人流猛衝直闖，狂嘯怒吼著，氣勢洶洶地朝他們撲過來呢！

第七章・侯爵老爺在城裡

宮廷裡一位有權有勢的大人，每兩星期在他豪華的府邸裡舉行一次接待賓客的盛會。此刻，大人正待在他的內室裡。對外面屋子裡那一大群崇拜者來說，這間內室是神殿中之神殿，聖堂中之聖堂。大人準備喝巧克力[65]了。大人能夠毫不費勁地吞下許多吃的東西，因而有些對他不滿的人尖刻地認為，他是在以相當快的速度吞食著法蘭西。不過，他早晨喝的這杯巧克力，除了廚子之外，如若沒有四個壯漢相幫，那是無論如何也灌不進他的嗓子眼裡去的。

是的，要把那不勝榮幸的巧克力送入大人口中，得用四個壯漢。這四個漢子渾身上下都裝飾得金光燦爛；他們的那個頭兒也遵照大人提倡的豪華派頭，認為衣袋裡若是少於兩只金錶，就會活不下去。第一個壯漢侍從先把盛有巧克力的壺捧到大人跟前；第二個用他隨身帶來的專用小勺子調攪巧克力，使之起泡沫；第三個獻上那備受恩寵的餐巾；第四個（就是有兩只金錶的那位）則把巧克力從壺裡倒出來。在大人看來，這些侍候他喝巧克力的侍從是一個也不能少的，否則他就不能在這令人羨慕的天下雄踞高位。要是他喝巧克力時只有三個人侍候，這種不成體統的場面就會在他的家徽上沾上深深的污點；如果是兩個人侍候，那他就得一命嗚呼了。

昨天晚上，大人出門赴便宴，席間還演出迷人的喜劇和大歌劇。大多數晚上，大人都要出門赴便宴，而且總是有迷人的人兒陪伴左右。

---

[65] 指巧克力飲料，當時在歐洲是一種高級飲料。

大人雖然整天跟國家大事和國家機密的枯燥文牘打交道，但他如此溫文風雅，如此多情善感，以致對喜劇和大歌劇的傾心遠勝於對整個法蘭西的關心。這種情況是法蘭西的大幸，也是所有得到類似恩寵的國家之大幸——比如說吧，在那個沉溺於尋歡作樂的賣國的斯圖亞特王朝[66]當權的不幸年代，英國的情況不就是這樣嘛！

對於一般的公務，大人有一種眞正高明的主張，那就是：一切聽其自然；而對於特殊的公務，大人則又有另一種眞正高明的主張，那就是：一切遵諸己意——有利於他的權勢與私囊。對於他之所好，一般的也罷，特殊的也罷，大人還有另一種眞正高明的主張，那就是：世界本爲他們而造。大人常作的訓諭是：「地和其中所充滿的，都屬於我。」[67]

然而大人漸漸發現，他的公私事務上都出現了有欠體面的捉襟見肘的現象，使他不得不結納一位稅收承包人。在國家財政方面，他一籌莫展，不得不包給比他能幹的人來辦。在私人財務方面，稅收承包人都很富有，而大人的家族經過幾代人的驕奢淫逸、揮霍無度，已經逐漸敗落了。爲此，大人趁妹妹還來得及脫去修女袍服（那是她所能穿的最便宜的時裝了）時，從修道院裡把她接了出來[68]，把她當作禮品，贈給一個非常富有卻出身低微的稅收承包人。這位稅收承包人握著一根頂上鑲有金蘋果的手杖，此時正在外屋的賓客之中，備受衆人的景仰——但是大人的那些血親貴冑卻是例外；這些人，包括這位稅收承包人自己的妻子，總是以極其高傲的態度鄙視他。

---

[66] 英國斯圖亞特王朝時期（一六〇三～一六四九、一六六〇～一七一四），號稱「歡樂的國王」的查理第二（一六六〇～一六八五在位）曾尋求法國的幫助，以求擺脫英國議會對他的約束。

[67] 見《聖經・新約・哥林多前書》第10章第26節，原文爲：「地和其中所充滿的，都屬於主。」

[68] 過去西歐有些貴族女子從小在修道院裡受教育。

這位稅收承包人是個極愛奢華的人。他的馬廄裡拴有三十匹駿馬，廳堂裡坐著二十四個男僕，他的妻子有六個貼身女僕侍候。而當他自稱能搜就搜，能刮就刮，除此之外一事不幹時——不管他的姻親關係怎樣有助於社會道德——在那天恭候於大人府邸的衆多顯要之中，他至少可以說是最爲實在的人。

因爲，府邸裡的房間雖說看上去富麗堂皇，所有的裝飾及陳設在風格和技巧上都反映了當時的最高成就，其實，這一切全是鏡花水月，是靠不住的。只消稍微想一想別的地方那些衣衫襤褸、頭戴睡帽的貧民（他們離這裡並不遠，巴黎聖母院的鐘樓和這貧富兩極的距離幾乎相等，兩地都能看見），就會知道事情是很不妙的——如果在大人的府邸裡有什麼人把這當回事想想的話。可是，這兒的陸軍軍官毫無軍事知識，海軍軍官對艦艇一無所知，有對政事一竅不通的文職官員，有庸俗透頂、色眼迷迷、胡說八道、生活放蕩的無恥教士；所有這些人都名不副實，但個個謊話連篇，裝出稱職的樣子。他們或近或遠，統統是大人圈子裡的人，因而全都安排了有油水的公職；諸如此類例子，眞是不勝枚舉。還有不少人，雖然和大人或當局沒有直接關係，但也和現實生活，或者和堂堂正正有意義的生活毫不相干。靠治療根本不存在的疾病的美味補藥發了大財的醫生，在大人的客廳裡對著那班顯貴病人獻著諂笑。還有在大人的招待會上逢人便喋喋不休，向人硬灌蠱惑人心的廢話的謀士，他們能爲國家的弊端想出種種糾正方法，卻從來不去認眞地想法做一點事情，根除哪怕是一樁罪惡行徑。

在大人府邸舉行的這次盛會上，企圖用空談改造世界，用紙板建造巴別塔[69]來登天的自欺欺

[69] 據《聖經》所載，示拿地方的人擬造一通天塔。上帝見後，變亂了他們的語言，塔未能建成，該地遂取名巴別乃變亂之意）。詳見《聖經．舊約．創世紀》第11章。

人的哲學家，正和一個傾心於點金術的自欺欺人的化學家交談。教養有素的優雅紳士在那個不尋常的時刻——以後也一直如此——對所有與人類休戚相關的問題都漠不關心，他們在府邸裡，也像往常一樣疲憊不堪。各色顯要人物的眷屬充斥於巴黎上流社會，即使那些混跡於大人身邊的追隨者中的密探們——約占那些體面客人的一半——也很難在這個圈子裡可愛的女性中間找到一個能在行爲風度、儀容外貌上都堪稱人母的妻子。說實在的，除了弄出一個麻煩的生命到人世來的那種簡單的行爲外——那離人母還差得遠哩——這班時髦女人哪裡知道做母親是怎麼回事啊！農婦們把那些不入時的嬰兒悄悄帶大，而妖嬈的六十歲奶奶、姥姥，都像二十一歲時那樣吃喝穿戴。

謀虛逐妄的瘤疾毒害了每一個趨奉大人的人。在最外面的一間屋子裡，有六個例外的人，近幾年來他們懷著朦朧的憂慮，覺得情況並不太妙。作爲一種可能可以匡正時弊的辦法，六個人中有一半參加了狂熱荒謬的「癲狂教派」[70]。當時他們曾在一起商量，他們是否應當口吐白沫，暴跳如雷，大吼大叫，甚至當場昏死過去——以此來樹立一個極其明白易懂，指向未來的路，作爲大人的嚮導。除了這幾個德爾維希[71]外，另外三個鑽進了另一教派，提出了一種莫測高深的所謂維護「眞理中心」的救世辦法。他們認爲人類的弊病在於脫離了「眞理中心」——這是無需過多證明的——但尚未脫離「周緣」，所以必須用齋戒禁食和請神邀鬼的辦法，防止人類飛出「周緣」，並且儘量把他們推回中心。於是這幫人便不厭其煩地扶乩、請神。據稱收穫很大，可惜肉眼總是看不見。

---

[70] 創立於十八世紀的法國一教派，舉行儀式時周身抽搐，亂跳狂叫。

[71] 即托缽僧。指伊斯蘭教蘇菲派教團成員，舉行儀式時，旋轉狂舞，大聲吼叫。

可以告慰的是，來大人府邸的所有賓客都穿戴得盡善盡美。如若末日審判將憑衣著服飾裁決，那麼這兒的每一位男女都是一貫正確的了。頭髮捲得那麼彎曲，撲了那麼多粉，梳得那麼高高的，皮膚保養美容得那麼細膩嬌嫩，佩劍是是那麼富麗堂皇，香氣是那麼清雅高貴，這一切肯定能使萬事不變，永世長存了。教養有素、優雅無比的紳士們身上佩帶著一些懸垂的小飾物，只消他們懶洋洋地舉起步來，這些小東西就會出聲鳴響。那些金鍊子像精緻的小鈴鐺般叮噹作響。清脆的鈴聲，還有絲綢錦緞和精紡麻布的窸窣之聲，在大氣中振起了一股輕風；這股寶氣香風，煽動了遠處聖安東尼區的貧民和他們輓輓肌腸中的餓火。

衣著是用來維持一切事物現狀的永不失效的萬應靈符。人人都爲參加一個永不散場的化裝舞會而喬裝打扮。參加舞會時，上自杜伊勒利宮❼❷的皇室，有大人和全體朝臣，有上下議院，各級法庭和整個社會（除去那些衣衫襤褸的窮人），一直到凶相畢露的劊子手。爲了有吸引力，按法定要求，劊子手在行刑時亦需「捲髮、撲粉，穿鑲金邊的上衣、淺口薄底鞋、長統白絲襪」。穿著這種華美服飾的巴黎先生（這是他的外省同行，如奧爾良先生一班人按照當時正統的風尚對他的稱呼）就站在絞刑架和輪式刑車❼❸——斧頭難得一用❼❹——的一旁，行使著他的職責。在公元一千七百八十年的這一天，參加大人招待會的那些賓客之中，有誰會想到，一種以捲髮，撲粉，穿金邊上衣、淺口薄底鞋和長統白絲襪的劊子手爲根基的制度，有朝一日會一命嗚呼呢！

大人終於卸下了那四條漢子的重負，喝下了他的巧克力，然後下令敞開了那聖堂中之聖堂的

---

❼❷ 當時的法國王宮。

❼❸ 古時用來牽拉分裂受刑者肢體的刑具。

❼❹ 按當時西歐的一般刑律，只有貴族罪犯可享受砍頭的殊榮。

大門，緩步踱了出來。應聲前迎的人，是何等的俯身低首，何等的卑躬屈膝，何等的阿諛奉承，何等的奴顏婢膝，何等的寡廉鮮恥！全身心都在頂禮膜拜，哪裡還有餘力來禮拜上帝呢——大人的崇拜者們從來不敬奉上帝，這大概也是原因之一吧！

在這兒投之一諾，在那兒賜之一笑，一會兒對一個走運的奴才低語一聲，一會兒對另一個奴才揮一下手，大人和藹可親地穿過他的一間間屋子，一直走到邊遠的「眞理的周緣」。然後大人又轉身往回走，預定時間一到，就由那些巧克力神將把他關進他的聖堂，從此便不再露面了。

戲演完了，大氣中振起的輕風完全變成了一陣小小的風暴，那些珍貴的小鈴鐺一路響著下樓去了。衆人中頃刻之間就只剩下一個人，他腋下夾著帽子，手中拿著鼻煙盒，慢慢從兩邊嵌滿鏡子的過道裡走了出去。

「我要讓你——」這人在最後一道門邊站住，轉身朝那間聖堂說：「見鬼去！」

說完，他就像拂袖而去似地抖掉手指上的鼻煙，隨後安然走下樓去。

他約莫六十多歲，衣著華麗，神態高傲，臉像一副做得非常精緻的假面具。這張臉蒼白得近乎透明，五官的線條分明，面部表情呆板。鼻子的模樣很美，只是在鼻孔上方稍微有點凹陷。這兩個凹陷處，或者說肉渦，是這張臉上唯一能顯露出微小變化的地方。它們有時會不斷地變換顏色，偶爾還因輕微的抽搐弄得一張一縮，於是整張臉膛就現出一種背信棄義、陰險凶殘的神情。細看起來，這種表情是因嘴和眼眶的輪廓造成的，它們過於平直，也太細淺了。不過總的來說，這張臉還是漂亮的，引人注目的。

長著這樣一張臉的人走下樓梯，來到院子裡，登上馬車疾馳而去。招待會上和他談話的人不多，他獨自一人站在一旁；大人對他的態度也頗爲冷淡。而此刻，當他看到那些尋常百姓在他的馬車前紛紛逃避，有的險些被馬撞倒時，他心中頗感愜意。他的車夫像對敵衝鋒般地驅車狂奔，不顧一切地橫衝直撞，主人的臉上或嘴上都沒有一點表示或一句話加以制止。即使在這個聾了的城市、啞了的時代裡，有時也還能聽到一些怨言，說那些王公貴族時常在沒有人行道的狹窄街道上驅車亂撞，野蠻地危害小老百姓，使他們致傷致殘。但是他們只把這當成耳邊風，誰也不去認眞對待這種事情，因此，在這種事情上，倒楣的小老百姓也像對所有別的事情一樣，只好盡自己所能來躲避災禍了。

馬車瘋狂地吱嘎響著，在街道上橫衝直撞，掠過街角；像這般毫無人性，恣意妄爲的行徑，在今天看來是難以想像的。婦女們在它前面厲聲尖叫，男人們緊靠在一起，急忙把孩子拉到一邊。終於，當馬車猛衝到一個噴泉旁邊的拐角時，一個車輪突然令人毛骨悚然地微微顚了一下。許多人發出狂喊，馬匹驚跳了起來，高高抬起了前腿。

要不是馬匹受了驚，馬車本來是有可能不會停下來的。這類馬車常常是在壓傷人後揚長而去。爲什麼不呢？可是受驚的跟班已急忙跳下了車，而且已有二十來隻手抓住了轡繩。「出了什麼事？」老爺神態自若地朝車外看了看，問道。

一個戴睡帽的高大漢子從馬蹄下抱起一梱東西，放到噴泉的基座上。他匍伏在爛泥污水裡，趴在那捆東西上面，像隻野獸似地大聲嚎叫著。

「對不住，侯爵老爺！」一個衣衫襤褸的男人必恭必敬地說：「那是個孩子！」

「他爲什麼嚎得那麼難聽？是他的孩子嗎？」

「對不住，侯爵老爺——眞可憐——是他的孩子！」

噴泉離馬車還有一點距離，因爲這兒的街旁是一塊大約十碼或十二碼見方的空地。當那個身材高大的漢子突然從地上爬起，朝馬車奔過來時，侯爵老爺連忙用手握住了劍柄。

「壓死了！」那人用狂亂、絕望的聲音高喊著，兩隻胳臂高舉頭頂，兩眼瞪著侯爵，「死了，死了！」

人們圍攏過來，看著侯爵老爺。從這許許多多盯著他看的眼睛裡，流露出來的只有戒備和焦慮的神情，並沒有明顯的威脅或憤怒。人們也沒有說一句話，在開頭的那一聲喊叫之後，他們就沉默了，現在依然如此。剛才說話的那個恭順的男人，語氣呆板柔順，必恭必敬到了極點。侯爵老爺朝他們大伙掃了一眼，彷彿他們只不過是一群從洞裡出來的老鼠。

他掏出了錢袋。

「我真不明白，」他說道：「你們這班人怎麼連自己和自己的小孩都管不住。你們當中總是有人來擋我的道。我還不知道你們把我的馬弄出什麼傷來沒有哩！喏，把這給他！」

他扔了一個金幣在地上，讓跟班去揀。所有的頭都向前探著，因而所有的眼睛都看到金幣落在地上。那個高大漢子又用撕裂人心的聲音狂喊道：「死了！」

衆人讓開路，一個男人急步走上前來，抓住了大漢。那痛苦不堪的人一頭倒在他的肩上，抽泣、嚎叫不止，一面用手指著噴泉。那兒有幾個女人正俯身照看那捆一動不動的東西，在它周圍輕輕走動。她們也像男人一樣，個個默不作聲。

「我知道了，我都知道了！」那剛剛趕到的人說：「像個堅強的男子漢，我的加斯帕！可憐的小東西這麼死了，倒比活著強。他沒受一點罪一下子就死去了。他活著時像這樣痛快過一個鐘點嗎？」

「哦，你倒是個哲學家哩！」侯爵微笑著說：「你叫什麼名字？」

「人家叫我德華若。」

「做什麼的？」

「賣酒的，侯爵老爺。」

「拿去吧，哲學家兼賣酒的，」侯爵老爺說著，又扔出了一個金幣，「愛怎麼花就怎麼花吧！那些馬怎麼樣，沒傷著嗎？」

侯爵老爺不屑再去搭理那幫人，往座位上一靠，準備繼續上路，那神氣就像是一個偶爾失手打破一件尋常物件的紳士。他已賠了錢，而且他是不在乎花錢的。車輪剛開始轉動，一個金幣突然飛進他的馬車，噹啷一聲，滾落在車內的地板上，擾亂了他的安寧。

「停下！」侯爵老爺喝道：「勒住馬！是誰扔的？」

他朝剛才賣酒的德華若站的地方望去，只見那個不幸的父親臉朝下趴在石鋪路面上，站在他旁邊的是一個黝黑粗壯的女人，正在編織。

「你們這班狗東西！」侯爵語調平靜地說，而且除了鼻子上那兩個肉渦之外，臉色一點也沒有變，「我眞樂意把你們一個個都壓死，把你們從世界上消滅乾淨。要是我知道是哪個混蛋往我車裡扔東西，要是離我的車子又不遠，我一定讓他在我的車輪下碾得粉碎。」

這些平民百姓就是在這樣的淫威下過日子的。多年來的慘苦經歷告訴他們，這種人能夠憑藉法律手段，乃至超出法律的手段，對他們做出怎樣的事來。因而，他們一言不發，手一動不動，連眼睛也沒有抬起來。男人中，一個也沒有。可是女人中，那個站著編織的女人卻堅定地抬起頭，直盯著侯爵的臉。爲這種事和她計較，有失他的尊嚴，侯爵只是用輕蔑的目光掃了她和所有那幫老鼠一眼，便又靠回他的座位，下令道：「走！」

他繼續驅車走了，別的馬車也一輛接一輛飛馳過去了。內閣大臣、國家教士、稅收承包人、醫生、律師、教士、歌劇演員、喜劇演員，整個化裝舞會五彩繽紛的行列都接連不斷地疾馳過去了。老鼠從它們的洞裡爬出來看熱鬧，一連幾個小時站在那兒觀望著。士兵和警察組成一道屏障，把他們和馳過的車隊隔開，而他們則在這道屏障的後面鑽，伸頭窺看。那位父親早就抱起那捆東西，不知躲到哪裡去了。曾在噴泉邊照看過那捆東西的女人們，這時都坐在那兒呆呆望著淙淙的水流和化裝舞會的滾滾車流——只有剛才站在那兒編織的那個女人仍以命運女神[75]堅持不懈的精神一直編織著。

泉水潺潺流動，河流湍急奔流，白天流入黃昏。城市裡有這麼許多生命按照規律進入死亡。時間不等人，那些老鼠又在他們那黑暗的洞穴裡擠得緊緊的睡著了。化裝舞會在晚餐時分歡天喜地地開場，一切事物都在按自己的規律發展著。

---

[75] 據希臘神話，命運女神為三姊妹；亦即摩伊拉三姊妹：紡織生命之線的克洛托、決定生命之線長短的拉克西斯和切斷生命之線的阿特羅波斯。

第八章・侯爵老爺在鄉下

這兒有著一片怡人的景色，各種莊稼點綴其間，但並不茂盛。在本該播種小麥的地裡，長著可憐巴巴的黑麥，還有幾片疏疏落落的豌豆、大豆和幾塊長勢不良的菜地。在這毫無生氣的土地上，也像在它上面耕作的男男女女一樣，全都有一種不願生長繁茂的模樣——委靡不振，自暴自棄，枯瘦乾癟。

侯爵老爺坐在他的旅行馬車裡（車子本該是比較輕快的），由兩名車夫趕著駕車的四匹驛馬，正艱難地走在一段陡峭的山道上。侯爵老爺的臉上一片紅暈；這倒不是由於他體內的血色，不是他的高貴血統有什麼問題[76]，而是他無法控制的外因——那西沉的落日——所造成。

旅行馬車登上山崗，落日的餘暉把馬車裡照得通亮，把車裡的乘客染得滿身腥紅。「會褪掉的，」侯爵老爺看著自己的雙手說：「很快就會褪掉的。」

實在，夕陽已經沉得很低，說話間就隱到山背後去了。待車輪上安上沉重的車閘，馬車帶著焦土味兒，在一溜煙塵中滑下山坡時，那鮮紅的晚霞也在迅速消退。夕陽和侯爵老爺一起下了山，待到卸去車閘時，天邊已經不剩一絲霞光了。

不過，那一片山野的景象仍然依稀可辨。山腳下，有一個小小的村落，村後是一抹綿亙起伏的丘陵，一座鐘樓高聳的教堂，一處風磨磨坊，一片狩獵的森林，還有一堵陡峭的崖壁，懸崖上

---

[76] 當時歐洲貴族以「藍血」為高貴，以面色蒼白為美，視面色紅潤為粗俗低下。

屹立著一所用作監獄的城堡。在蒼茫的暮色中，侯爵帶著一種臨近家門的神色，打量著四周這些逐漸模糊的景物。

小村子裡有一條破敗的街道，一間破敗的酒坊，一個破敗的硝皮作坊，一家破敗的酒店，一處破敗的驛站，一眼破敗的水泉。一切的一切全都那麼破爛寒酸。這兒的人也一樣，一個個都寒酸潦倒。不少人坐在家門口，正在剝著乾癟的洋蔥之類，算是在準備晚飯。還有許多人在水泉邊洗著樹葉、野菜以及地上長的其它可以果腹的東西。他們爲什麼這樣窮，原因並不難找。村裡明文規定，這兒的人必須繳納各種各樣的稅金：國家稅、教會稅、領主稅、地主稅、綜合稅，五花八門，不一而足。人們不禁要問，還有哪個村子能夠保得住不被吞掉？

村裡看不見什麼小孩，也沒有狗。至於那些成年男女，面臨的只有兩種選擇：要嘛住在磨坊下方的這個小村子裡，以最低的生活水平苟延殘喘，要嘛就讓關進懸崖上的那座監獄，在那兒了卻殘生。

暮色中，一個僕役飛奔在前開道，車夫的鞭聲劈啪作響，鞭梢兒像蛇似地在暮色中扭動，那架勢彷彿復仇女神[77]．也隨之駕到。旅行馬車來到驛站的門前，侯爵大人坐直了身子。驛站大門緊挨著水泉，窮民們都停下手頭的活兒朝他望著，他也把目光投向他們，無意間發現了他們那日益憔悴的臉色和瘦弱的身體：這使得英國人在近百年的時間裡，誤以爲法國人都是瘦弱的。

侯爵老爺朝村民們描了一眼，見他們一個個都恭順地低著腦袋，就像他自己在宮廷大臣面前時一樣——唯一不同的是，他們低頭只是逆來順受，並不是爲了討好逢迎。正在這時，一個滿頭塵土的修路工走進了人群。

[77] 據希臘神話，復仇女神爲三姐妹，各執一條由蝮蛇纏成的鞭子，專司懲罰犯罪之人。

「把那傢伙給我帶過來！」侯爵老爺朝那開道的僕役吼道。那人給帶了過來，帽子拿在手中。其他人也都圍攏上來看著，聽著，那神情就像是巴黎噴泉邊觀光的遊客。

「我在路上碰見過你？」

「是的，老爺，一點沒錯！我有幸見到您過去。」

「在上山時和在山頂上，是兩次？」

「是的，老爺。」

「你當時在看什麼，那麼死死盯著？」

「老爺，我在看那個人。」

他稍稍彎下腰，用那頂藍色破帽子指著馬車下面。旁的村民也都彎腰朝馬車底下望去。

「什麼人，臭豬？爲什麼朝車底下看？」

「對不起，老爺，他掛在車閘的鏈子上。」

「誰？」侯爵問。

「老爺，就是那個人。」

「見鬼去吧，這班白痴！那人叫什麼？這一帶的人你們全認識。他是誰？」

「求老爺開恩！他不是這一帶的人，我這一輩子從來沒見過他。」

「掛在鏈子上？想找死嗎？」

「求老爺恕我實說，這事兒是有點蹊蹺。他的腦袋掛著——就像這樣。」

他側身對著馬車，腦袋朝後仰去，臉孔朝天，過後才挺直身子，揉著手中的帽子，朝侯爵老爺鞠了一個躬。

「他什麼模樣？」

「老爺，他比磨麵的還白；渾身全是灰，又白又高，像個鬼一樣！」

他的這番描述在人群中引起了一陣騷動，所有目光都不約而同地投向侯爵老爺，也許是想看看，他的心裡是否有鬼。

「哼，你倒不錯，」乖巧的侯爵說，覺得不值得和這種小人物多費口舌，「看到一個賊掛上我的馬車，也不肯張一張你那張大嘴。呸！叫他滾一邊去，加貝爾先生！」

加貝爾先生是驛站的站長，還兼管收稅的差事。他早就站出來非常巴結地爲這場盤詰幫腔，而且一直以辦公事的神氣，抓住受盤問者的袖子。

「呸！滾一邊去！」加貝爾先生喝道。

「加貝爾，要是那個陌生人今晚到你們村子裡來過夜，你一定得把他抓起來，查明他是不是幹壞事的。」

「是，老爺，能爲您效勞，不勝榮幸。」

「喂，那傢伙跑了？——那個該死的哪兒去了？」

那個該死的已經和五、六個伙伴一起鑽到馬車底下，正用他那頂藍帽子朝鏈子指點著。這時，那五、六個伙伴急忙把他拖了出來，把氣喘吁吁的他推到侯爵老爺面前。

「那個人是不是在我們停下來安車閘時跑掉的，傻瓜？」

「老爺，他一頭就朝山下栽下去了，腦袋朝下，像跳水似的。」

「要把這事放在心上，加貝爾。走！」

那五、六個察看鏈子的人還像羊群似的擠在車輪中間。車輪突然啓動，他們僥倖保住了自己的皮和骨頭。除了一張皮和一副骨頭，他們實在也沒有什麼可保全的了。虧得如此，要不恐怕就沒這麼幸運了。

馬車一溜煙衝出村子，駛上了村後的山岡。山崗很陡，車子的速度馬上就慢了下來；漸漸地，慢到了像步行一樣，在夏夜的芬芳氣息中搖搖晃晃地往上爬著。圍繞著車夫打轉的不再是復仇女神，而是數不清的蚊蚋。兩名車夫都默不作聲，只是揮動鞭子催趕著馬匹。跟班的隨在馬兒旁邊走著，開道的僕役小跑上前，消失在暮色中，得得的馬蹄聲依稀可聞。

在山崗最陡峭處，有一塊小小的墓地，立著一個十字架，上面有一尊新雕的耶穌受難像。雕像是木雕的，很粗陋，顯然是某個沒有經驗的鄉下木匠的傑作，不過他倒是根據現實生活創作了這個形象——也許是根據他自己的生活吧——雕像極其瘦小。

在這象徵苦難日益深重、永無盡頭的雕像面前，跪著一個女人。當馬車駛近身旁時，她回頭一看，迅速地站了起來，走到車門前。

「啊，是您，老爺！老爺，求您一件事。」

老爺不耐煩地哼了一聲，臉上毫無表情地朝外看了看。

「嗯，怎麼啦！，又有什麼事？老是求這求那的！」

「老爺，看在仁慈的上帝份上吧！我男人，那個看林子的。」

「你男人，那個看林子的怎麼啦？你們這班人總是這個樣子。又有什麼交不起了吧？」

「他全交清了，老爺，他死了。」

「好哇！那他就安寧了。我能幫你讓他活過來嗎？」

「哎，不，老爺！可是他就躺在那兒，在一小堆野草下面。」

「唔？」

「老爺，這兒野草堆太多了。」

「那又怎麼樣，唔？」

她看上去像個老太婆，其實還很年輕。她一副悲痛欲絕的樣子，兩個骨節突出，滿是青筋的手不斷使勁互相握捏著，隨後又把一隻手輕輕擱到車門上撫摸著，彷彿那是人的胸膛，會對她的祈求有動於衷。

「老爺，聽我說呀！老爺，我求求您！我的男人是餓死的，那麼多人都是餓死的，還會有更多的人餓死。」

「那又怎樣，唔？我能養活他們嗎？」

「老爺，這只有仁慈的上帝知道了。不過我求的並不是這個，我求的是允許我用一小塊石頭或木頭，刻上我男人的名字，立在他的墳前，好有個標記。要不，這地方很快就會記不清的，等到我也一樣餓死時，就更加找不到，我就會被埋在別的野草堆下了。老爺，長滿野草的孤墳這麼多，還增添得這麼快，受窮挨餓的太多了。老爺，老爺！」

跟班把她從車門旁推開，馬車突然輕快地朝前駛去。車夫揮鞭加速，一會兒就把那女人遠遠拋在後面。侯爵老爺又在復仇女神伴隨下，飛也似地朝一兩里格78外的府邸駛去。

四周彌漫著夏夜的芬芳，就像不偏不倚的雨水一樣。這芬芳也一視同仁地彌漫在離此不遠的水泉邊那群窮人的周圍，他們滿身塵垢，衣衫襤褸，勞累不堪。那個修路工，手中拿著那頂必不可少的藍帽子，指指點點，還在對他們大講特講那個鬼怪似的人。大家都耐著性子聽著。漸漸地，他們不想再聽下去了，一個個逐步散去，於是一扇扇小窗子裡亮起了微弱的燈光。燈光閃爍著。待到窗口變成黑洞時，更多的星星出來了；彷彿燈光並沒有熄滅，而是飛升到天空了。

78 舊時長度單位；一里格約三英里。

這時，侯爵老爺來到一座高大的邸宅和許多低垂的樹木陰影前；當他的馬車停住時，那陰影轉換成一片火炬的光亮。府邸敞開大門迎接他了。

「我等著見查爾斯少爺，他從英國回來了沒有？」

「還沒有，老爺。」

第九章、蛇髮女怪的頭

侯爵老爺的府邸是座龐大、堅固的建築，前面有個大石塊鋪成的場院，兩道石砌的階梯在正門前的石頭平台上匯合。四面八方，什麼全是石頭的：沉重的石欄杆、石甕、石花、石刻人面、石雕獅首，彷彿早在兩世紀前，這座建築剛落成時，蛇髮女怪[79]就曾光顧過這兒。

侯爵老爺跨下馬車，在火炬的引導下，走上寬闊平坦的石級。這一來便攪擾了黑夜，惹得遠處樹叢中馬廄頂上的一隻貓頭鷹大聲抗議。此外，一切都寂靜無聲，連那沿階而上和舉在大門口的火炬，都像在一間緊閉的大廳中燃燒，而不是在夜間的露天裡。除了貓頭鷹的叫聲和噴泉落入石池的叮咚聲，萬籟俱寂。黑夜彷彿一連幾個小時斂聲屏氣，然後輕輕地長嘆一聲，接著又停止了呼吸。

大門在侯爵老爺身後匡噹一聲關上了。他穿過一座大廳；裡面陳列著一些古代的長矛、短劍和獵刀，陰森可怖。更可怕的是那些沉重的馬棒和馬鞭；許多已回到他們的恩人死神[80]那裡去的窮民，在他們的老爺發怒時，曾體驗過它們的分量。

侯爵老爺繞過那些漆黑、夜晚鎖上的大房間，在舉著火炬的僕人引導下，走上樓梯，來到迴廊裡的一扇門前。門打開了，他走進了自己的三套間的內室——一間臥室，另外還有兩間。房間

[79] 希臘神話中頭上長著蛇髮的女妖，她看過的東西都會化為石頭。
[80] 意為生不如死。

有高高的拱頂，地上沒鋪地毯，十分涼爽。壁爐裡安著冬天燒柴取暖用的大柴架。擺設應有盡有，窮奢極侈，完全符合一個奢侈時代的奢侈國度裡的侯爵身分。富麗堂皇的家具中，最顯眼的是上一代路易王朝——那可是傳之永世的帝業啊——即路易十四時代的風格[81]；不過其間也有著許多別的陳設，反映了法國歷史上各個不同時期的時尚風格。

供兩人食用的晚餐擺在第三間屋子裡。這是一間圓形房間，坐落在一座塔樓的熄燭筒形的樓頂。這府邸裡共有四座這樣的塔樓。這間居高臨下的小房間窗戶大開，木板條百葉窗關閉著，因此只能看到一條條形成平行細線的夜色，還有那與黑線相間，寬寬的石青色窗葉。

「我侄兒，」侯爵看了看準備好的晚餐，說：「據說還沒到。」

他是沒到，不過原以爲他會和老爺一起來。

「咳！看來今晚他到不了啦！不過飯菜就這麼擺著別動了，一刻鐘後我就吃飯。」

一刻鐘後，老爺準備就緒，獨自一人坐下來享用那豐盛精美的晚餐。他的椅子面對著窗戶。他喝完湯，剛把一杯波爾多酒舉到唇邊，隨即又放下了。

「那是什麼？」他注視著那一道道黑色和石青色相間的橫條，從容問道。

「老爺，哪兒？」

「百葉窗外面，把百葉窗打開。」

百葉窗打開了。

「老爺，什麼也沒有；只有樹叢和黑夜。」

說話的僕人打開百葉窗，探頭朝外看了看茫茫夜色，轉過身背對夜空站著，等候吩咐。

---

[81] 法國路易十四時代的家具以豪奢綺靡著稱。

「好了，」鎮定自若的主人說：「把它們關上吧！」

百葉窗又關上了，侯爵繼續吃飯。剛吃到一半，手中舉起的杯子又停了下來。傳來了一陣轔轔的車輪聲。車聲輕快，一逕來到府邸的大門前。

「問問是誰來了？」

是老爺的侄兒。午後他比老爺落後了好幾里格路。他在驛站上聽說爵爺就在前面，緊追快趕，始終未能趕上。

老爺令人告訴他，晚餐已經準備好，請他就去用餐。他很快就來了。他就是那個在英國叫作查爾斯．達內的人。侯爵彬彬有禮地接待了他，可是兩人並沒有握手。

「你是昨天離開巴黎的吧，爵爺？」他在桌旁就座時，向侯爵問道。

「是昨天。你呢？」

「我是直接來的。」

「從倫敦？」

「是的。」

「你花的時間很長。」侯爵微笑著說。

「正相反，我是直接來的。」

「對不起！我的意思不是說你路上花的時間長，而是說你準備上路的時間花得長。」

「我是讓——」侄兒回答時停了一下，「各種各樣的事務給絆住了。」

「那當然！」圓滑的叔父說道。

有僕人在場，他們沒有再說什麼。待到送上咖啡，屋子裡只剩他們兩人時，侄兒望著叔父，看著他那精緻面具般的臉上的一對眼睛，開始講起話來：

「正像你已經料到的那樣，爵爺，我這次回來，就是為了要實現那迫使我遠走高飛的目標。為了實現這個目標，我遇到了意想不到的極大危險。但這是個神聖的目標，那怕它把我引向死亡，我也希望它能一直支持著我。」

「不要說到死，」叔父說：「沒有必要說到死。」

「爵爺，」侄兒回敬道：「要是我真的瀕臨死地，還不知道你是否願意拉我一把哩！」

侯爵的鼻子兩側那加深了的肉渦，殘忍的臉上那拉長了的細紋，露出一種不祥之兆。可是他只作了一個表示異議的優雅手勢。這顯然只是出於一種良好的教養，令人難以置信。

「說真的，爵爺，」侄兒繼續說：「據我所知，你甚至會故意設下疑障，使我本已令人懷疑的狀況變得更加可疑哩！」

「不，不，不！」叔父輕快地說。

「不過，不管會怎麼樣，」侄兒接著說，用極不信任的眼光瞥了他一眼，「我知道你會用各種辦法，使盡心計，不擇手段地阻止我。」

「我的朋友，我早就這麼對你說過。」叔父說，鼻翼兩側的肉渦顫動著，「請你費神回想一下，我早就這麼對你說過了。」

「我記得，」「謝謝！」侯爵說——聲音甜美動聽。

他的聲音在空中繚繞，幾乎像樂器發出的聲調一樣美妙。

「說實在的，爵爺，」侄兒繼續說：「我相信，我之所以能逃脫法國的監獄，是因為你運氣不佳，而我福星高照。」

「我不太明白你的意思，」叔父答道，喝了一口咖啡，「請你費神給我解釋一下好嗎？」

「我認為，要不是你在朝廷失了寵，幾年來被這片陰雲罩著，一直翻不了身，你恐怕早就用一紙『空白逮捕令』，把我送去終身監禁了。」

「那有可能！」叔父鎮定自若地說：「為了維護家聲，我很有可能讓你落到那種境地。請你原諒！」

「我看得出來，前天的招待會也像往常一樣，你依然受到冷落。這我很高興。」侄子說。

「我看沒什麼可高興的，我的朋友！」叔父彬彬有禮地答道：「現在還說不準。受冷落也有好處，在孤獨的環境中使人更有利於冷靜地思考問題，這對你的命運的影響，遠比你自己憑性子亂闖有益。不過，現在討論這個問題毫無意義。正像你說的，我眼下的處境確實不佳。這些小小的懲罰手段，這些稍能加強家族權勢和榮譽的微不足道的好處，這些能置人於不利境地的小小特權，如今都只能靠利害關係和苦苦乞求才能得到了。有那麼多人在追求這些東西，可是相形之下如願以償的人卻如此之少！以前並不是這樣。如今的汰蘭西，在這些方面是每況愈下了。我們那些離今天並不久遠的祖先，對周圍的那些賤民百姓還有生殺大權；好多這樣的畜生，就是從這間屋子裡拉出去吊死的。我們大家都知道，在隔壁，我的臥室裡，有個人竟敢出言不遜，說什麼他的女兒——他的女兒？——貞潔不可侵犯，當場就給捅死了。我們已經失去了很多特權；一種新的哲學已經在社會上流行；如今想維護我們原先的地位，就有可能（我不說勢必，而只說可能）給我們惹出真正的麻煩。一切都很糟，糟透了！」

侯爵吸了一小撮鼻煙，搖了搖頭；雖然神情沮喪，但仍不失優雅的風度，讓人覺得國家真還有他這樣一位能重振國威的棟樑之材哩！

「不論是過去還是現在，我們一直都這樣來維護我們的地位，」侄兒憂鬱地說：「結果把我們的家族弄得聲名狼藉，成了法國最令人憎恨的姓氏。」

「但願如此！」叔父說：「對權貴的憎恨，就是下等人對上等人不由自主的敬畏。」

「在我們周圍的整個鄉間，」侄兒繼續用憂鬱的聲調說：「我們看到的面孔，沒有一張有絲毫的敬意，有的只是陰沉沉的恐懼和奴從。」

「那是對我們家族顯赫的尊敬，」侯爵說；「也是家族維護自己顯赫的結果，哈哈！」他又吸了一小撮鼻煙，輕鬆地架起了二郎腿。

可是，當他的侄兒把一隻胳膊肘靠在桌子上，鬱鬱不歡，心事重重地用手捂住眼睛時，侯爵那副精緻的假面具便專注、厭惡地斜眼逼視著他，這神情，和他那故意裝出的滿不在乎的樣子很不相稱。

「壓迫是唯一不朽的哲學，我的朋友，」侯爵說：「只要這座邸宅的屋頂仍能遮住藍天，」他的眼睛朝上看了看，「這種恐懼和奴從就能使那班畜生屈從於我們的鞭子。」

可是這座邸宅的壽命未必有侯爵老爺設想的那麼久長，要是這天晚上，能讓他看到幾年後這座邸宅以及像這樣的五十座邸宅的圖像，恐怕他是很難從那些焦土廢墟、斷牆殘壁中認出自己的府邸來的。至於他所誇耀的屋頂，則會以另一種方式遮住藍天——它的鉛皮將被熔製成鉛彈，從千萬支火槍中射出，打穿許多人的軀體，使他們永遠不能再見天日。

「而且，」侯爵說：「即使你不願意，我還是要繼續維護家庭的榮譽和地位。你一定很累了，今晚是不是就談到這兒？」

「再談一會！」

「要是你高興，再談一小時也無妨。」

「爵爺，」侄兒說：「我們作了孽，如今正在自食其果。」

「我們作了孽？」侯爵微笑著詢問道，優雅地先指了指侄兒，又指了指自己。

「我指的是我們顯赫的家族。它的聲譽對我們兩人來說都至關重要，只是意義截然不同。在我父親的時代，我們就作了不少孽。誰妨礙我們尋歡作樂，我們就傷害誰。我爲什麼要提到我父親的時代呢？那不也是你的時代嗎？我能把和我父親共同繼承遺產的孿生兄弟跟他分開來嗎？」

「死神已經把我們給分開了！」侯爵說。

「可還留下了我，」侄兒回答：「硬把我束縛在一個我感到可怕的制度裡，要爲它負責，卻絲毫無能爲力。我千方百計想要實現我親愛的母親的遺言，按照她臨終時的眼神行事。她要我仁慈待人，彌補罪過，可我因得不到幫助，無能爲力，心中備受折磨。」

「你要是想從我這兒得到幫助，我的侄子，」侯爵說著，用食指點了點自己的胸口——這會兒他們正站在壁爐邊，「你會白費力氣，永遠一無所得的。」

侯爵手持鼻煙壺，默不作聲地站在那兒望著自己的侄兒，白淨的臉上，每一道精細筆直的皺紋都緊緊地擠在一起，顯得殘忍而又狡猾。他又一次點了點侄兒的胸口，彷彿他的手指是一柄短劍的利尖，在以優美的姿勢用它刺穿他的軀體。他說：

「我的朋友，爲了使我賴以生存的制度得以永存，我願意去死。」

說完，他用力吸了一下鼻煙，將鼻煙壺放進口袋。

「還是理智一點的好，」他按了按桌上的小鈴，接著又補充說：「安於你的天命吧！不過我看你是墮入歧途了，查爾斯少爺。」

「這份產業和法蘭西都不屬於我，」侄兒淒然地說：「我放棄它們。」

「你放棄它們！難道這都屬於你的嗎？法蘭西也許是的，產業呢？雖然這簡直不值得一提，可是，它已經是你的了嗎？」

「我的意思並不是說我現在已經擁有這份產業，要是明天你把它傳給我——」

「這我倒還有點自信，大概還不至於吧！」

「——也許再過二十年——」

「那你也未免太恭維我了。」侯爵說：「當然，我還是喜歡這樣的設想。」

「我會放棄這份產業，到別處去，以別的方式生活。其實也沒什麼可放棄的，除了無邊的苦難和廢墟外，還有什麼呢？」

「哈哈！」侯爵大笑起來，朝這間奢華的屋子環顧了一周。

「這裡表面看起來挺富麗堂皇，可要把它放到光天化日之下，從裡到外仔細查看一番，就會發現，它不過是一座搖搖欲墜的破塔而已；它是由奢靡浪費、管理不善、巧取豪奪、累累債務、典當抵押、迫害壓榨、饑寒交迫、受苦受難堆砌而成的。」

「哈哈！」侯爵又心滿意足地笑了起來。

「如果有朝一日眞的成了我的，我就把它交給比我更有資格要它的人，慢慢使它從拖垮它的重負下解脫出來（假如有這種可能），使那些沒法離開它、久已瀕臨絕境的苦難人們能在下一代少受點苦；可是這由不得我。現在，這產業，這整個國家，都是受到詛咒的。」

「那麼你呢？」叔父說：「請原諒我的好奇，根據你的這種新哲學，你還打算過優裕的生活嗎？」

「我要靠自己來謀生。有朝一日，我的所有同胞——甚至是貴族出身——也許都得這樣。」

「比如說，在英國？」

「是的，爵爺。這樣，在國內，家族的名聲不會因我而不得保全；在國外，家族的姓氏也不會因爲我而受到玷污，因爲我沒有再用眞姓名。」

剛才侯爵按過鈴，隔壁的臥室裡已點上了燈，從相連的門裡看得見那兒已是一片明亮。侯爵朝那方向看著，聽著僕役退出去的腳步聲。

「英國對你很有吸引力，看來你在那兒混得不錯嘛！」說著，侯爵若無其事地扭頭朝侄兒微笑著。

「我已經說了，我在那兒幹得不錯。也許還得感謝你哩，爵爺。且不說別的，那兒是我的避難所。」

「英國人說那兒是許多人的避難所，眞是大言不慚。你認識在那兒避難的一個同胞嗎？一個醫生？」

「認識。」

「帶著一個女兒？」

「是的。」

「好吧！」侯爵說：「你累了，晚安！」

他很有氣度地點了點頭，臉上帶著十分詭秘的微笑。他說話的語氣也顯得神秘莫測，使得他的侄兒不得不睁大眼睛，豎起耳朵。與此同時，那一對眼眶上又細又直的線條，那兩片薄薄扁扁的嘴唇，還有那鼻子兩邊的肉渦，無不譏諷地彎了起來，看上去十分陰險凶殘。

「是的，」侯爵又重覆了一句，「帶著個女兒的醫生。沒錯，這套新哲學就是這麼來的！你累了，晚安！」他的臉和府邸外面牆上那些石雕人面一樣莫測高深。

侄兒朝門口走去時，仔細朝他看了看，可什麼也沒看出來。

「晚安！」叔父說：「希望明天早上再見到你，祝你睡得好！給侄少爺掌燈，送他去臥室——願意的話，也可以把他燒死在床上。」他在心裡又加了這麼一句，然後又按了按鈴，令僕人到他的臥室裡來。

僕人來了，又走了。侯爵老爺穿著寬鬆的睡袍，在屋子裡來回踱著步，讓自己的心境平靜下來，爲了能在這炎熱的夜晚好好安睡。他腳上穿著軟底便鞋，走在地板上悄無聲息，只有睡袍在作響。他走動著，活像一隻成精的老虎——就像故事中說的那中了邪、一心作惡、不知悔改的侯爵，此刻剛由人變成老虎，或正由老虎變成人。

他在自己奢華的臥室裡，從這一頭踱到那一頭，不由自主地回想起白天途中經歷的一些片斷：黃昏時緩緩上山的馬車，西沉的落日，下山的情景，磨坊，懸崖上的監獄，山谷裡的小村，水泉邊的窮民，用藍帽子指著馬車車鏈的修路工。那水泉又使他想起巴黎的噴泉，放在噴泉基座上的那一小捆東西，俯身察看那小捆東西的女人，雙手高舉、大叫「死啦！」的那個大漢。

「這會兒涼了，」侯爵老爺說：「可以睡了。」

他只留下一支蠟燭，讓它在大壁爐上點著，放下薄紗帳。正當他安然睡去時，只聽到一聲長嘆打破了夜的寂靜。

府邸外牆上那些石頭面孔茫然注視著夜空，過了深沉的三個小時。在這深沉的三個小時中，廄裡的馬在槽邊躁動不安，狗在狂吠，貓頭鷹發出怪叫，跟詩人描繪的截然不同。不過這些動物畢竟習性難改，沒法說出到底發現了什麼。

在這深沉的三小時中，府邸外面那些石頭人臉和獅面茫然凝視著夜空。四周萬籟俱寂，死一般的黑暗使路上本已無聲的塵土更加寂靜。墳場已經擴展到了路邊，那長著亂草的小墳頭幾乎已連成一片，難以分辨。十字架上的聖像彷彿已走了下來，什麼都見不到。村子裡，徵稅的和納稅的都睡熟了。那些沉睡的面黃饑瘦的村民，也許像饑餓的人常有的那樣，正在睡夢中享用著豐盛的宴席，也像奴隸和耕牛一般，在夢中享受安逸和休息，夢見他們都吃得飽飽的，獲得了自由。

村子裡的水泉默默地在黑暗中通流，府邸中的噴泉也在無聲無息地噴灑。它們像從時光之泉流逝的分分秒秒，全都在緩緩流逝。這樣過了深沉的三個小時，兩股灰白色的泉水才在曙光中漸漸露出朦朧的影子，府邸外牆上那些石臉也開始睜開了眼睛。

天色漸明，太陽終於照上了寂靜的樹梢，把光輝灑滿了整個山崗。在旭日的霞光中，府邸噴泉中的水彷彿變成了血水，那些石雕的臉孔也染得一片腥紅。鳥兒在放聲歌唱，在侯爵老爺臥室大窗那久經日曬雨淋的窗櫟上，有隻小鳥正縱情地唱著一支動人的歌曲。此情此景，使離得最近的一張石臉驚得目瞪口呆，它張大嘴巴，低垂下顎，一副誠惶誠恐的樣子。

此時，太陽完全升起，村子裡開始活動起來了。小小的窗戶打了開來，破爛的門拉去了門閂，人們瑟縮著走出門外——這時，清新的空氣還帶著一絲涼意。接著，村民們又開始了一天繁重的勞動。有的去水泉邊，有的去地裡；男男女女，有的在掘地，有的照料羸弱的牲口，把瘦骨嶙峋的母牛趕到路邊去吃草。在教堂裡，十字架前，有一、兩個人跪著。那母牛等著在十字架前祈禱的人，在腳邊的荒草中覓尋一頓早餐。

府邸醒得較遲，這才符合它的身分，不過它還是漸漸地完全醒過來了。首先是那些寂寞的長矛和獵刀，又像往常那樣被染得腥紅，接著在旭日的霞光中閃出犀利的寒光。這時，門窗打開了，廏中的馬匹轉過頭來，迎著射進門的光線和撲門而入的新鮮空氣。鐵格子窗外，樹葉閃閃發亮，發出沙沙的聲響；幾條大狗使勁的扯著鐵鏈，直立起身子，急不可待地在等著把牠們放開。

這一切全是日常生活中的瑣事，天天早晨如此。可是府邸裡的大鐘卻響得異乎尋常，樓梯上跑上跑下的匆忙腳步，階台上來回奔波的人影，到處是雜踏的皮鞋聲；還有那匆匆備馬，飛馳而去的情景，難道也是天天如此嗎？

是什麼風把這異乎尋常的慌亂情景吹到那滿身塵土的修路工耳中？他已經在村外小山頂上幹活，身邊的石堆上放著他的午餐（少得可憐），裹在一個烏鴉都不屑一啄的小包裡。是不是這些鳥兒到遠處報信時，像撒種子似地在他的頭頂撒下一星半點消息？不管是與不是，總之，修路工在這悶熱的早晨沒命地朝山下奔去，塵土沾及膝蓋，一口氣跑到了水泉邊。

村裡所有的人都在水泉邊，他們無精打采，三三兩兩到處站著，低聲交談，除了陰鬱的好奇和驚訝，沒有別的表情。那些被匆匆忙忙牽進去的牛，隨便找個地方被拴上，呆頭呆腦地東張西望著，有的則躺下來咀嚼剛才閒逛時吃進的野草。府邸裡和驛站裡的人，還有一些稅務官員，或多或少都武裝起來，此刻正漫無目的地聚集在小街的另一頭，無所事事。修路工已擠進他的那一大批朋友中間，用他的那頂藍帽子拍打著胸膛。到底出了什麼事啦？為什麼人們把加貝爾先生舉起來，放到馬背上一個僕人的後面，讓馬匹載著他捷馳而去（雖然馬上是兩個人），簡直就像一齣新編的德國民謠《里奧諾拉》[82]。

因為侯爵的府邸又多了一張石雕的人臉[83]。

昨晚，蛇髮女怪再度光臨這座邸宅，補上了這尚缺的一張石臉。為這張石臉，女怪已等了二百年了。

這具石雕人臉仰臥在侯爵老爺的枕頭上。它像一副精緻的面具，突然驚醒，勃然大怒，化為石頭。與石臉相連的石頭軀體的心窩裡，插著一把尖刀，刀柄上裹著一片紙，上面潦草地寫著幾個字——快打發他進墳墓！雅克。

---

[82] 該民謠敘述女主人公海倫的情人戰死後，海倫痛不欲生。後來情人的鬼魂騎馬前來，帶她到墳墓中成親。

[83] 當時歐洲風尚，貴族家死了人後，常為之雕刻石像，飾於府邸。

第十章・兩個諾言

歲月流逝，又過去了一年。查爾斯・達內先生已經在英國立業，當了一名精通法國文學的高級法文教師。要是在現在，他滿可以成爲一位教授，可是在當時，他僅僅是一個輔導教師而已。他和那些有興趣又有餘暇的年輕人一起，學習這種世界通行的生動語言，培養他們對這種語言所蘊含的豐富知識和想像產生愛好。此外，他還能用正確的英文撰述這些內容，用道地的英文把它們翻譯出來。這樣的教師在當時是非常難得的。曾經當過王子、後來當上國王的人，這時尚未加入教師隊伍[84]，被台爾森銀行註銷的破落貴族也還不肯去當廚子和工匠。作爲一名輔導教師，他的學識造詣使學生學得興趣盎然，學業突飛猛進；作爲一名優秀的翻譯家，他給人們的不僅是字典知識。正因爲如此，年輕的達內先生很快就頗有名氣，受到人們讚賞；而且他還十分熟悉自己祖國的形勢，而法國的局勢已越來越受到世人的關注。他堅忍不拔，孜孜不倦，事業上已經卓有成就。

在倫敦，他既不指望履金蹈玉，也不期待養尊處優。如果他曾有過這種非分之想，他就不可能在事業上有成了。他想要的只是工作；得到了工作，盡力去做，做出成績。正因爲這樣，他取得了成功。

他有相當一部分時間是在劍橋度過的。他在那兒輔導本科生，就像一個被當局默許偷運歐洲

---

[84] 法國王子路易・菲利普一八三〇年繼承王位之前曾流亡瑞士，化名柯比，以教數學爲生。

語言的走私犯，而不是通過海關堂而皇之販運希臘文和拉丁文的客商[85]。其餘時間，他都在倫敦度過。

從四季如夏的伊甸園時代，到常似寒冬的塵世日子，一個男人免不了要走愛上一個女人這條路——查爾斯・達內也是如此。

從他遭難的那一刻起，他就愛上了露西・馬奈特。他從來沒有聽見過像她那樣甜美、溫馨、富含同情的聲音，也從來沒有看見過像她那樣溫柔、漂亮的臉蛋。當時，他站在為他挖好的墳墓邊，面對面地見到她。不過他至今從未對她作過任何表示。波濤滾滾的大海彼岸，塵土飛揚的漫長道路那頭，那座荒涼邸宅裡的暗殺事件已經過去一年多了，堅固的石頭府邸本身也已成了依稀的舊夢，而他還是沒有向她吐露哪怕是隻言片語的心曲。

他心裡十分清楚，他這樣做自有道理。轉眼又到了夏天，他結束了學院裡的功課，遲遲才回到倫敦，來到索霍這幽靜的角落，打算找機會先向馬奈特醫生敞開自己的心扉。這是個夏日的黃昏，他知道露西必定和普羅斯小姐一起出去了。

他看到馬奈特醫生正坐在窗前的扶手椅上看書。他已經恢復了旺盛的精力，這種精力昔日曾支持他經受了各種磨難，也使他更加痛苦難當。他現在又是個精力充沛的人了，意志堅定，辦事俐落，行為果敢。在他恢復精力的過程中，也像別的機能開始恢復時那樣，有時還會突然失神一下，但通常不易察覺，而且這種情況已經越來越少。

他花在看書研究上的時間很多，睡得很少，不怕疲勞，生活過得恬適愉快。查爾斯・達內一進門，他就把書放在一邊，伸出手來。

---

[85] 按當時的英國教育制度規定，希臘文和拉丁文為必修課。

「查爾斯・達內！見到你眞高興。這三、四天來，我們一直在念叨你何時回來。昨天斯特里弗先生和卡頓先生都在這兒，他們也說你這次回來晚了。」

「多謝他們對我的關心！」他回答說，口氣之間對那兩個人顯得有點冷淡，對醫生卻非常熱情，「馬奈特小姐──」

「她很好！」醫生見他住了口，就應聲說道：「你回來了，我們大家都會很高興的。她出去辦點家務事，很快就會回來的。」

「馬奈特醫生，我知道她出去了。我正是想趁她不在家時，來請求和你談談的。」

一陣沉默。

「嗯？」醫生明顯局促不安地說：「把椅子挪過來，說吧！」

他挪過椅子，但覺得很難啓齒。

「馬奈特醫生，我很高興，」他終於開了口，「跟你們親密無間地相處，已經一年半了。我希望我所要說的話題不會──」

醫生伸手止住了他。他的手在空中停了一會，然後才縮了回去。

「是關於露西的事嗎？」

「是的。」

「不管什麼時候，要談她的事我就很爲難。聽到你用這樣的口氣說到她，我非常難受，查爾斯・達內。」

「我的口氣充滿熱烈的仰慕、眞誠的崇拜和深沉的愛，馬奈特醫生！」他恭恭敬敬地說。

又是一陣沉默。末了，她的父親回答說：

「這我相信。說句公道話，這話我相信。」

他的局促不安明顯可見，顯然是因爲他不願談論這個話題。查爾斯．達內猶豫了。

「我可以往下說嗎，先生？」

又是沉默。

「好的，說下去吧！」

「你料到我會說什麼，可是如果你不了解我心中的秘密，不了解我長期以來懷著怎樣的希望、害怕和焦慮，你就無法知道我說這話時有多懇切，感情有多誠摯。親愛的馬奈特醫生，我非常愛你的女兒，熱烈眞切，毫無私心，全心全意愛著她。只要世上有愛，我就愛她。你自己也曾愛過，讓你舊日的愛情爲我說話吧！」

醫生坐在那兒，把臉轉向一邊，兩眼望著地上。聽到查爾斯說的最後那句話，急忙伸手制止，喊道：「別說那些了，先生！過去的就讓它過去吧！我求你了，別再提它了！」

這喊聲猶如受傷時的慘叫，久久地在查爾斯．達內的耳邊迴響。醫生搖動著那隻伸出去的手，似乎在懇求他別再說下去。達內領會了這層意思，便緘默不語了。

「請原諒！」過了一會，醫生才用壓低的聲音說：「我不懷疑你對露西的愛，這點你盡可放心。」他坐在椅子上，轉身對著他，但並沒有看他，也沒有抬起眼睛。他用手托著下巴，白髮披掛在他的臉上。「你跟露西說過嗎？」

「沒有。」

「也沒給她寫過信？」

「從來沒有。」

「要是我佯裝不知你是顧念她的父親才這樣克制自己，那我就太不通情達理了。作爲她的父親，我感謝你。」

他伸出了手，可是目光並未隨著跟過來。

「我知道！」達內恭恭敬敬地說：「我怎麼可能不知道呢，馬奈特醫生！我和你們朝夕相處，知道你和馬奈特小姐之間有一種非同尋常、非常動人的感情，這種感情是在特殊的環境中培養成的，就連在父女骨肉親情中，也是無與倫比的。我知道，馬奈特醫生——我怎麼會不知道呢——她心裡既有成年女兒的孝心和義務，對你還有孩提時的熱愛和仰賴。我知道，她小時候沒有父母在身邊，所以，如今不僅以現在的年齡和性格特有的忠誠和熱情來待你，而且還對你懷有當年你不在時留下的信任和依戀。我很清楚，即使你從另一個世界歸來，你在她眼裡，也不會比她現在心目中的你更加神聖。我明白，當她偎依在你身旁時，那摟住你脖子的，是一雙集嬰兒、小姑娘和成年女子三者為一體的一雙手。我也知道，她在愛你的同時，也在想著和愛著她現在這般年齡的母親，想著和愛著我這般年齡的你；她愛的是痛苦心碎的母親，愛的是歷經磨難而倖存的你。自從我在府上結識了你們以來，日復一日，我已經知道這一切了。」

她的父親坐在那兒，低頭不語。他的呼吸有點兒急；不過他竭力克制著自己，沒有露出絲毫激動的跡象。

「親愛的馬奈特醫生，就因為我知道這一切，看到她和你周圍有這種神聖的光輝，所以我竭盡一個男子漢所能有的耐性，總是忍耐了又忍耐。我一直認為，直到現在也這樣，如果我把我的愛——即使是像我這樣的愛——置於你們中間，就必然會觸及你過去的經歷，引起你一些不太愉快的想法。可是我愛她！蒼天作證，我愛她！」

「這我相信！」她父親憂傷地說道：「在這以前我就這麼想，這我完全相信！」

「要是有朝一日，」達內聽得出，醫生憂傷的語音裡含有責備的意味，「我有幸和她結為夫婦，你千萬別以為，我會在什麼時候使你們倆分開。我要是存那種心，我就不可能也不會說剛才那番話了。那樣不僅行不通，也太卑鄙無恥了。如果我心裡有絲毫這樣的念頭——哪怕在多年之後，哪怕只是一閃念——我現在是絕不敢碰你這隻可敬的手的。」

說著，他把自己的手放到醫生的那隻手上。

「不會的，親愛的馬奈特醫生。我和你一樣，自願離開法國，浪跡國外；和你一樣，由於法國的混亂、壓迫和苦難而被迫出走；也和你一樣，我在國外靠自力謀生，而且相信會有更美好的前途。我只希望和你同甘苦，共命運，同享天倫之樂，忠實於你，至死不渝；不但不會奪走露西作爲你的孩子、伴侶和朋友的那份感情，而且還要加強它，使她和你更加親近——如果還能更親近的話。」

他仍按著她父親的手。她父親摸了摸他的手作爲回答，態度並不冷淡，然後把雙手放到椅子的扶手上，自交談以來第一次抬起了頭。他的臉上明顯地流露出內心的激烈鬥爭，而且竭力想掩蓋住偶爾出現的憂鬱、疑懼的神色。

「你說得這樣有情有意，這樣毅然決然，查爾斯·達內，我衷心感謝你。我也要向你說說我的心裡話——可說是肺腑之言吧！你有什麼理由認爲露西也愛你呢？」

「沒有，現在還沒有。」

「你這樣對我表露你的心情，目的是不是想從我這兒立刻弄清這一點呢？」

「也不是。也許再過幾個星期都沒有希望弄清這一點，但是（不管我的想法是否錯了）也許明天就可以弄清楚。」

「想從我這兒得到些什麼指點嗎？」

「我不這樣要求，先生。不過我想，要是你覺得合適，你是能夠給我一些指點的。」

「你想要我作出什麼許諾嗎？」

「正是。」

「什麼許諾呢？」

「我很清楚，沒有你，我就不可能有希望。我也清楚地知道，即使馬奈特小姐此刻在她純潔的心中有我——請不要認爲我的假設太膽大妄爲——我在她心中的地位，也絕不能和她對父親的愛相比。」

「假如情況果眞如此，那你認爲那時事情會怎麼樣呢？」

「我同樣很清楚，她的父親不論爲哪一個求婚者說句話，它的分量會超過她本人和整個世界。正因爲這樣，馬奈特醫生，」達內謙恭然而堅決地說：「哪怕生死攸關，我也絕不會求你爲我說這句話。」

「這我知道，查爾斯．達內，親密無間的愛也像疏遠的隔閡一樣，會讓人猜不透，而且前者更是神秘莫測，難以捉摸。露西在這方面對我來說眞是個謎，我一點也摸不透她的心思。」

「我是不是可以問一句，先生，你是否認爲還有——」他猶豫了一下，她的父親替他說了出來。

「還有什麼別的人在追求她？」

「這正是我要說的。」

她父親想了想，然後回答說：

「你自己也見過卡頓先生來這兒；斯特里弗先生有時也來。如果眞有什麼人的話，那只能是他們當中的一個了。」

「也許兩個都是。」達內說。

「我不認爲兩個都是，我看一個都不像。你希望我作出許諾，告訴我，什麼許諾？」

「我希望，如果有一天馬奈特小姐向你吐露自己的心事，像我剛才冒昧對你說的那樣，請你證實我確曾說過這番話，並說明你相信我的話。我希望你能對我有個好印象，不致於對她施加對我不利的影響。我要求的只有這點，沒有別的。對於我的要求，你完全有權提出條件，我願意完全照辦。」

「我完全答應你的要求，」醫生說：「不需要任何條件。我相信你的目的像你說的那樣，是純潔、真誠的。我相信你的意圖是要增強我和我的另一半——遠比我的另一半更親——的關係，而不是削弱。如果我女兒有朝一日對我說，只有你能夠使她的幸福圓滿，我一定把她交給你。如果，查爾斯．達內，如果——」

年輕人感激萬分，抓住他的手。兩人的手緊緊握一起。

醫生說：「如果說有什麼猜想、原因、疑慮，不論是新的還是舊的，只要是不利於她真正所愛的人——他並不能負直接的責任——為了她的緣故，全都可以一筆勾銷。她是我的一切，比起她來，苦難算不了什麼，蒙冤也算不了什麼；比起她來——好了，好了，我這不過是隨便說說罷了。」

他突然陷入沉默之中，神情異常，沉默時那呆滯的目光也讓人感到奇怪。達內發覺醫生的手在慢慢抽出去，垂了下來；他自己的手也變得冰涼。

「你剛才對我說了什麼？」馬奈特醫生突然笑著問：「你說什麼來著？」

查爾斯一時不知怎麼回答才好，後來才想起剛才正講到條件的事，於是鬆了一口氣，回答道：「你這樣信任我，我也應當以充分信任相報。我現在的姓氏並不是我原有的，你也許記得，是把我母親的姓稍加修改而來的。我想把我的真實姓氏，以及我到英國來的原因，原原本本告訴你。」

「別說了！」來自博韋的醫生說。

「我希望這麼做，這樣我才更加値得你信任，對你不保留任何秘密。」
「別說了！」
有一會兒，醫生甚至用雙手捂住自己的耳朵，接著竟用雙手捂住了達內的嘴巴。
「現在別說，等我問你時再說。如果你求婚成功，如果露西愛上了你，那你就在你們結婚的那天早上告訴我。你答應嗎？」
「我答應。」
「把手還給我。她馬上就要回來了，最好別讓她看見今晚我們倆在一起。走吧！上帝保佑你！」
查爾斯・達內離開時，天已經黑了；又過了一個小時，天更黑了，露西才回家來。她獨自一人匆匆走進屋子——普羅斯小姐直接上樓去了——發現父親平時坐著看書的椅子空著，不免有點奇怪。
「父親！」她喊了起來，「父親，親愛的！」
沒有回音。可是她聽到他的臥室裡有輕輕的錘子敲打聲。她輕手輕腳地穿過中間的屋子，在他臥室的門口往裡一看，嚇得連忙跑了回來，渾身冰涼，急得直喊：
「這可叫我怎麼辦！叫我怎麼辦呀！」
她這樣不知所措了一會，就急忙回去敲他的門，輕聲地叫喚他。聽到她的叫聲，錘打聲就停止了，他很快走了出來。於是，他倆在屋子裡來來回回踱了很久。
那天晚上，她又從床上起來，去看過他。他睡得很沉，他那套做鞋的工具，還有那以前沒完工的活計，都如往常一樣放著。

第十一章・一幅伙伴圖

「西德尼，」就在那同一天晚上，或者說第二天早晨，斯特里弗先生對他的胡狼說：「再調一缽潘趣酒，我有件事要跟你說。」

那天晚上，頭天晚上，前一天晚上，西德尼一連好幾個晚上都在加班加點，爲的是要在暑期休庭假之前把斯特里弗先生的文件作一番大清理。這項工作終於完成了，斯特里弗事務所裡所有未了的事務都一一處理完畢，一切都安排妥當，要到十一月霧季到來，重新開庭時，再開張賺錢了。

西德尼雖然忙得不可開交，但並沒有因此更加精神，更加清醒。他是靠額外多用了幾條濕毛巾才挨過這漫漫長夜的；在用濕毛巾包頭之前，他還額外地多喝了許多酒。現在，當他扯下頭上的毛巾，把它扔進六小時以來輪番浸著毛巾的臉盆時，顯出一副疲憊不堪的樣子。

「你在調潘趣酒嗎？」胖胖的斯特里弗雙手插在腰帶裡，仰臥沙發上，朝四周掃了一眼。

「是的。」

「喂，聽我說！我要告訴你一件你想不到的事。也許，還會讓你覺得，我這人並不像你平時想的那麼精明。我打算結婚了。」

「是嗎？」

「眞的，而且不是爲了錢。你覺得怎麼樣？」

「我不想多說。她是誰？」

「你猜猜。」

「我認識嗎？」

「你猜猜。」

「我可不想猜。已經早晨五點了，我的腦子裡已像炸了鍋似的。要是你定要我猜，就得請我吃午飯。」

「那好吧，我來告訴你。」斯特里弗慢慢坐起身來，說道：「西德尼，我實在沒辦法讓你了解我，你這傢伙感覺太遲鈍了。」

「是啊！哪像你，」忙著調酒的西德尼回答說：「那麼多情善感，風雅機靈。」

「得了吧！」斯特里弗得意洋洋地笑著說：「雖然我不敢說自己富有浪漫情調（我希望自己有點自知之明），但比起你來，總要多情一點。」

「你這是說，你比我走運。」

「我不是這個意思，我的意思是我這人比你更——更——」

「你大概是想說，你更會討女人喜歡吧！」卡頓說。

「對！我說的就是這個意思，更會討女人喜歡。我的意思是說，」斯特里弗洋洋得意地對正在調潘趣酒的朋友吹噓道：「我這人比你更喜歡去討取女人的歡心，更肯下功夫去討取女人的歡心，也更懂得怎樣去討取女人的歡心。」

「說下去。」西德尼·卡頓說。

「不，在我說下去之前，」斯特里弗神氣活現地晃動著腦袋，「我倒要先和你說件事。你到馬奈特醫生家的次數不比我少，甚至比我還多，可是你在他家的那副陰陽怪氣的樣子眞讓我覺得不好意思！你在那兒總是一言不發，愁眉苦臉，一副倒楣相。說句老實話，我眞爲你害躁，西德尼！」

「讓你這麼個吃律師飯的人都覺得害臊，這倒是天大的好事！」西德尼回答：「你還得大大感謝我哩！」

「你別打岔了！」斯特里弗又拉回了話題，「西德尼，我有責任告訴你——我當面對你說是爲你好——在那種社交圈裡，你的表現糟糕透了。你是個惹人討厭的人。」

西德尼喝了一大杯剛調好的潘趣酒，哈哈大笑起來。

「你瞧我！」斯特里弗拿腔拿調地說：「我的境況比你優越，不像你，用不著去討好別人。我幹嘛要去做那種事？」

「我還從沒見過你向人獻殷勤哩！」卡頓不無譏諷地嘟噥道。

「我那麼做只是一種策略，是有原則的。瞧我！不是發了。」

「你還沒說你婚事的打算哩！」卡頓顯出漫不經心的樣子說：「我希望你繼續說下去。至於我——難道你就永遠不明白我是個不可救藥的人嗎？」

卡頓問這句話時，帶著一種奚落的口吻。

「你沒有權利不可救藥！」他朋友的答話並沒有多少安慰的成分。

「我確實沒有這個權利，這我知道。」西德尼．卡頓說：「這位女士是誰呀？」

「嗯，我可不想宣布了名字讓你難過，西德尼。」斯特里弗先生在對他披露這件事時，故意裝出一種友好的態度，「我知道你這人說話往往不當眞，即使當眞，也無關緊要。我所以先來這麼一段小小的開場白，是因爲你有一次曾用輕蔑的口氣談起這位年輕小姐。」

「是嗎？」

「當然，而且就在這事務所裡。」

西德尼・卡頓看了看自己杯中的潘趣酒，瞥了一眼他那沾沾自喜的朋友；他喝下酒，又朝沾沾自喜的朋友看了看。

「你曾把她說成是金髮的玩具娃娃。這位年輕小姐就是馬奈特小姐。如果你在這方面是個感覺靈敏、感情細膩的人，西德尼，你用這樣的字眼說她，我本來是會有點生氣的。可你不是這種人，你根本沒有這種感情，所以你那麼說，我也就不再惱火了；就跟一個根本不懂繪畫的人批評我的一幅繪畫，一個根本不懂音樂的人批評我的一首曲子一樣，我一點也不會惱火。」

西德尼・卡頓猛喝著潘趣酒，一杯接著一杯，一邊看著自己的朋友。

「現在你全知道了，西德尼！」斯特里弗先生說：「我不計較她是否有錢財，她太迷人了。我決心要讓自己快活快活。總的來說，我覺得我已有資本讓自己快活了。她嫁給我，是找到一個已經混得不錯的丈夫，一個正在迅速發跡，而且有了一定名望的男人。這對她來說是一種福分，不過她也是配享這份福的。你感到意外嗎？」

一直在喝潘趣酒的卡頓反問道：「我爲什麼要感到意外呢？」

「這麼說，你贊成？」

卡頓仍在喝著酒，答道：「我爲什麼不贊成？」

「好！」他的朋友斯特里弗說道：「你聽到我這個消息，沒有我想像的那麼難過，也沒有我料想的那樣從錢財上來爲我盤算。現在你應該看出，你的老朋友其實是個意志堅強的人。是的，西德尼，我已經過厭了這種一成不變的單身生活。我覺得，一個男人，在他想要有個家時，有個家是好事（在他不想要時，他可以走得遠遠的）；而且我還覺得，馬奈特小姐無論從哪方面說都是不錯的，一定能爲我增光。所以我已經打定了主意。聽我說，西德尼，我的老伙計，我想就你的前途對你說句話。你現在的處境很不妙，你要知道，眞的很不妙。你不懂得金錢的價值，你的日子過得很苦，總有一天你會弄得精疲力盡，貧病交迫的。眞的，你也該找個照顧你的人了。」

他說這番話時那種一副救世主的態度，使他的個子彷彿長高了一倍，而那讓人討厭的程度則翻了兩倍以上。

「現在，我要提醒你，」斯特里弗繼續說：「你應該正視這個問題。我按我的方式正視了這個問題，你也應該按你的方式正視這個問題。結婚吧，找個人來照顧照顧你。別管你會不會和女人周旋，懂不懂其中的學問，知不知道怎樣對付，都去找個人吧！找個體面、有點錢的女人——比如女房東、客棧女老板什麼的——跟她結婚，防老防窮，這才是你應該做的事。好好考慮考慮吧，西德尼。」

「我會考慮的。」西德尼回答。

第十二章・知趣的人

斯特里弗先生打定主意要把那份好福分慷慨地賜給醫生的女兒，便決定在離城去度夏季休庭期前，將這一有關她一生幸福的消息告訴她。他在心中細細盤算了一番，覺得最好還是先把一切先要做的事辦妥，然後再從容計議，到底是在米迦勒節開庭期前一兩個星期，還是在米迦勒節開庭期和希拉里節開庭期之間短短的聖誕假期娶她。

至於他對這樁案子的把握，那毫無疑問是勝券在握的。他就一些世俗問題——只有這方面的問題值得認眞盤算——默默在心中和陪審團據理力爭了一番，看來這樁案子是一目瞭然，無懈可擊的。他把自己當成原告，證詞確鑿，無法駁倒，被告律師只得放棄辯訴，陪審團不加合議就確定了案理。

審理過後，斯特里弗大法官非常滿意，這案子再清楚不過了。

因此，夏季休庭期一開始，斯特里弗先生就正式邀請馬奈特小姐同遊沃克斯霍爾公園[86]，結果碰了壁；又邀請她同遊雷內拉[87]，還是沒能成功。這麼一來，他就只好親赴索霍，去宣布他那高尙的決定了。

於是，斯特里弗先生趁夏季休庭期剛開始之際，就穿過熙熙攘攘的人群，從聖堂區向索霍走

---

[86] 位於泰晤士河岸，爲當時倫敦有名的遊覽地。

[87] 倫敦切爾西區泰晤士河畔的前旅遊地。

去。

無論是誰，只要看到他從聖堂柵欄門這邊的聖頓斯坦昂首闊步，推開每個懦弱的人，一路朝索霍走去，都會感到他是多麼穩健，多麼有力量。

半路上，他經過台爾森銀行。他不僅自己的錢存在這家銀行，還知道洛瑞先生是馬奈特家的密友，所以他靈機一動，想到要進銀行一趟，把光明即將降臨索霍的事告訴洛瑞先生。他推開那咯吱作響的大門，踉蹌跑下兩級台階，從兩個老邁的行員身邊走過，闖進了後面那間霉氣沖天的小屋子。洛瑞先生正坐在那兒，面對著幾本橫格子裡填著數字的大帳冊。小屋窗戶上安著一根根垂直的鐵柵，也像是一道道填寫數字的格子；天底下的一切在這兒似乎全都成了數字。

「哈囉，」斯特里弗先生打著招呼，「你好嗎？但願一切如意！」

斯特里弗有一個很大的特點，好像任何地方、任何空間都容納不下他。在台爾森銀行，他顯得更大，更容納不下，以致連遠處角落裡坐著的那些老行員都帶著抗議的神情，抬起頭來看著他，彷彿怨他把他們擠到牆根去了。坐在遠處的行長，原本一臉莊嚴地在檢驗票證，這時也皺起了眉頭，大為不快，彷彿斯特里弗一頭猛撞到他那擔當重任的胸口上。

為人謹慎的洛瑞先生用一種適用於這種環境的標準語調說道：「你好，斯特里弗先生！你好，先生！」邊說邊和他握手。

他握手的樣子很特別；每當行長在場時，台爾森銀行的任何一個行員都是這樣和客戶握手的，使人覺得他自己並不存在，而是在替台爾森銀行握手。

「能為你效勞嗎，斯特里弗先生！」洛瑞先生用買賣人的口吻問道。

「哦，沒什麼，謝謝。這次是我對你作私人拜訪，洛瑞先生。我來是為了有句話要和你私下談一談。」

「哦，眞的嗎？」洛瑞先生一邊湊過耳朵，一邊拿眼睛看著遠處的行長。

「我打算，」斯特里弗先生說著，親熱地把兩隻胳臂撐在寫字抬上。雖說那是張雙人大寫字抬，可是半張桌子給他顯然是不夠的，「我打算向你那位可愛的年輕朋友馬奈特小姐求婚，洛瑞先生。」

「啊，我的天哪！」洛瑞先生喊了起來，撫摸著下巴，將信將疑地打量著來訪的客人。

「啊，我的天哪，先生？」斯特里弗重覆一句，不由地往後一縮，「啊，我的天哪，先生？你這是什麼意思，洛瑞先生？」

「我的意思，」這位買賣人答道：「當然是友好和讚賞。這能大大給你增光。唔——總之，你所希冀的一切都在我這意思之中了。不過嘛——說眞的，你知道，斯特里弗先生——」洛瑞先生停下不說了，用一種非常古怪的神情朝他搖著頭，彷彿被逼無可奈何，暗自罵道：「你這傢伙啊，實在太過分了！」

「哎！」斯特里弗用他那爭論中常使用的手拍打著寫字抬，瞪著眼睛，長長噓了口氣，「要是我明白你的意思，洛瑞先生，那就把我絞死好了！」

洛瑞先生理了理雙鬢的假髮，算是把話的意思說完了，然後咬著筆尾的羽毛。

「眞是見——鬼了，先生！」斯特里弗朝他瞪著眼說：「難道我不夠資格？」

「啊，不，你夠資格。是的，你很夠資格啊！」洛瑞先生說：「要說資格嘛，那你是夠資格的。」

「難道我不夠富裕？」

「啊，不！要論富裕，你是夠富裕的。」洛瑞先生說。

「是我沒前途？」

「說到前途，你知道，」洛瑞先生很樂意再承認一次，「沒有人會懷疑這一點。」

「那你到底是什麼意思，洛瑞先生？」斯特里弗追問道，顯然已經氣餒了。

「好吧！我——你現在就去那兒？」

「現在就去！」斯特里弗說著，在寫字抬上捶了一拳。

「我要是你，我想我是不會去的。」

「為什麼？」斯特里弗說：「我非得問出個結果來不可。」他像在法庭上辯論似地朝對方晃動著食指，「你是個生意人，凡事總得有個理由。把你的理由說出來吧！你為什麼不會去？」

「因為，」洛瑞先生回答：「我要是沒有某種成功的把握，我是不會去做這種事的。」

「見鬼的！」斯特里弗喊了起來，「簡直越說越叫人糊塗了。」

洛瑞先生朝遠處的行長瞥了一眼，又看了看怒氣沖沖的斯特里弗。

「你是個生意人——這麼一大把年紀——在銀行裡已幹了這麼多年，」斯特里弗說：「你承認我有取得成功的三大理由，卻又說我根本沒有把握！你這還是肩膀上扛著腦袋說的哩！」

斯特里弗先生特別強調最後這一點，彷彿洛瑞先生要是沒有扛著腦袋，這種說法也就沒什麼可奇怪的了。

「我所說的成功，是指對那位年輕小姐來說，我所說的可能成功的理由，也是指它們本身可以打動那位小姐而言。我說的是那位小姐，我的好先生！」洛瑞先生說著，輕輕拍了拍斯特里弗的胳臂，「那位小姐，得把那位小姐放在第一位。」

「那麼你的意思是想告訴我，洛瑞先生，」斯特里弗說道，雙手叉著腰，「你完全有理由認為，我們現在說的這位小姐是個裝腔作勢的傻瓜？」

「完全不是這個意思。我是想告訴你，斯特里弗先生，」洛瑞先生脹紅了臉，「我不願聽到任何人對那位年輕小姐說出不恭的話；要是我知道有人——但願沒有這種人——品味低下，態度傲慢，絲毫不懂得克制自己，在這張桌子前說出對她不恭的話來，即使是台爾森銀行也無法阻止我痛斥他。」

斯特里弗先生氣得要命，卻又不得不壓低聲音；他渾身的血管都快爆裂了。至於洛瑞先生，別看他平時慢條斯理，此刻發起火來，也和斯特里弗不相上下。

「這就是我要說的，先生，」洛瑞先生說：「請別弄錯了。」

斯特里弗先生拿起一支尺，在它的一頭吮了一會，接著，站在那兒用它有節奏地叩打著牙齒。這也許會敲疼他的牙齒的。他終於打破了這難堪的沉默，說道：

「這對我來說倒是件新鮮事，洛瑞先生。你鄭重其事地勸我不要去索霍，要我別爲我自己——我，皇家法院的斯特里弗律師去求婚？」

「你想聽我的勸告嗎，斯特里弗先生？」

「是的，我想聽。」

「好，那我就說了！不過剛才你已準確地重述過我的勸告了。」

「那我只好說，」斯特里弗笑得很難看，「這麼一來——哈，哈——就把過去、現在和將來的事全都給搞糊了。」

「希望你能諒解我！」洛瑞接著說：「我是個生意人，按理說，對這類事是沒有資格說話的。作爲一個生意人，我對這一竅不通。不過，作爲這家人的老朋友，我抱過馬奈特小姐，是馬奈特小姐和他父親信得過的朋友，對他們父女倆很有感情，我才這麼說的。請你回想一下，這番話可不是我硬要說的。現在你也許認爲我說得不對吧？」

「哪裡！」斯特里弗吹起了口哨，「按理說，這事我完全沒必要找第三者支持，只需我自己去解決就行。我本以為人家會理智地加以考慮，而你卻認為人家會扭妮作態，像個黃毛丫頭。這對我來說是件新鮮事兒。不過我敢說，你是對的。」

「我的看法，斯特里弗先生，得由我自己來說明。請你理解我的意思，先生，」洛瑞先生說著，臉上又刷地一下紅了，「我不願意別人——哪怕是台爾森銀行——來代我作說明。」

「得啦，我請你原諒！」斯特里弗說。

「不敢當，謝謝。唔，斯特里弗先生，我剛才正想說，你要是發覺自己錯了，會覺得很難堪。要馬奈特醫生對你明白說出，他會感到為難。要馬奈特小姐對你直言不諱，那就更難說出口了。你知道，我有幸和這家人有深厚的交情。如果你願意，我可以為此去做一番小小的觀察，不牽扯你，也不代表你，從而作出判斷，以修正我的看法。要是你對我所作的還不滿意，你可以親自再去試一試。反之，要是你對我所作的滿意，事情也確實和我說的一樣，那樣各方面都可省掉許多無謂的麻煩。你看怎麼樣？」

「你要讓我在城裡等多久？」

「哦，只消幾個小時就夠了。我可以傍晚就去索霍，過後就去你的事務所。」

「那好，」斯特里弗說：「那現在我就不去了。這事本來我就不著急。那好，今晚我等你，再見！」

於是，斯特里弗先生轉身衝出銀行，所過之處掀起一股氣流，使得櫃台後面那兩位朝他鞠躬的年邁行員差一點刮倒。人們老是看到這位年高德劭、體衰力薄的人在那兒鞠躬行禮，總覺得他們在躬身送走一位顧客後，仍鞠躬不停，直到把另一位顧客鞠進來為止。

律師從他的精明乖巧看得明白，如果這位銀行職員沒有切實的把握，他是不會這麼斬釘截鐵地發表意見的。雖然他對這副苦藥還缺乏心理準備，他還是得把它吞了下去。「事到如今，」斯特里弗先生一邊走，一邊像在法庭上辯論似地朝聖堂區搖晃著食指，「擺脫這種困境的出路是，把一切都歸咎於你們。」

老貝利的謀略家想出了這麼一招，心中感到莫大的安慰。「你別想歸咎於我，小姐，」斯特里弗先生說：「我倒是要歸咎於你了。」

因此，那天晚上十點鐘，當洛瑞先生前來造訪時，斯特里弗先生正埋頭於故意攤開的一大堆書籍文件中，似乎早把上午談的事拋到九霄雲外去了。在他見到洛瑞先生時，甚至還露出驚訝的神色，像是正專心致志於別的事情，顯得心不在焉的樣子。

「喂！」敦厚善良的使者整整花了半個小時，始終無法把話引到正題，於是忍不住只好說了出來，「我到索霍去過了。」

「去索霍？」斯特里弗冷冷地重覆了一下，「哦，對了！瞧我都在想些什麼！」

「這下我可以肯定了，」洛瑞先生說：「今天早上我說的話沒錯。我的看法得到了證實，因此現在我再一次提出我的勸告。」

「我只想對你說，」斯特里弗用最友好的語氣回答：「我爲你感到惋惜，也爲那位可憐的父親感到惋惜。我知道這將成爲那家人痛苦的話題。好了，讓我們別再提這件事了。」

「我不明白你的意思。」洛瑞先生說。

「我知道你不會明白，」斯特里弗先生一面點頭，一面用一種勸慰的、不容置疑的口氣說：「沒關係，沒關係！」

「可這是有關係的。」洛瑞先生堅持說。

「不，沒關係！告訴你，這絲毫也沒有關係！我錯把沒見識的當成有見識，把胸無大志的當成胸懷大志。現在我已經放棄了這種錯誤的念頭，一點也沒有受到損害。年輕的女人常常幹這類蠢事，到日後貧賤交迫時，又往往會對此追悔莫及。如果從無私的角度考慮，我爲這件婚事沒能成功感到遺憾，因爲從世俗的觀點看，這件事對對方來說是有好處的；可如果從自私的角度考慮，我爲這件事沒能成功感到高興，因爲從世俗的觀點看，這件婚事明擺著我是吃虧的——不消說，我從中撈不到任何好處。現在根本沒有造成任何損害。我並沒有向那位小姐求婚；而且，老實對你說，仔細想一想，我也未必會蠢到那種程度。洛瑞先生，你是無法控制那班頭腦空虛、裝模作樣、輕浮虛榮的女孩子的。你切莫打算那麼做，要不你是會大失所望的。得了，請你別再提這件事了。我告訴你，在這件事情上，我替別人感到可惜，爲自己感到慶幸。你允許我徵求你的意見，並給予我忠告，我非常感激。你比我更了解那位小姐，你是對的，這件事是成不了的。」

洛瑞先生聽得目瞪口呆，任憑斯特里弗先生用肩把他推擠到門口，把寬容、克制和善意一古腦兒傾注在他那被搞得稀裡糊塗的腦門上。

「好自爲之吧，親愛的先生，」斯特里弗說，「別再提這件事了。再次感謝你允許我徵求你的意見。晚安！」

洛瑞先生身不由己地出了門，來到茫茫黑夜之中；斯特里弗先生則仰身躺倒在沙發上，朝著天花板眨眼睛。

第十三章・不知趣的人

如果說西德尼・卡頓還有過什麼出衆的時候，那可絕不是在馬奈特醫生家。整整一年來，他常去那兒，但每次總是一副悶悶不樂、愁眉苦臉、懶懶散散的樣子。在他願意說話的時候，經常是妙語連珠，可他似乎永遠被一種無所用心的神情所籠罩，很少有讓他內心的光亮衝破這層陰霾而閃現的時候。

然而，他對醫生家周圍的街道，對街上鋪的那些無知無覺的石子，卻備加眷戀。多少個夜晚，當酒精已無法給他帶來短暫的歡樂時，他總是愁眉苦臉、茫然若失地在那兒獨自徘徊；多少個淒涼的拂曉，照現出他在那兒躑躅的孤單身影，直至最初的陽光把遠處教堂的尖頂和其它高大建築的美襯托得輪廓分明時，他還是遲遲不肯離去，彷彿這寂靜的時光使他想起了一些早已忘卻也無法企及的美好事物。近來，聖堂區大院裡那張備受冷落的床他更少光顧，常常是在上面躺不了幾分鐘便翻身而起，去醫生家附近徘徊。

八月的一天，斯特里弗先生（他通知他的胡狼說，他對自己的婚姻大事有了更好的主意）已經帶著他的矜持去了德文郡[88]。當倫敦街頭的花木以它們的色彩和芳香給不幸的人送去幾分溫馨，給病人送去幾分健康，給老人送去幾分青春時，卡頓的腳步又在那些街石上躑躅。開頭，那腳步還有些猶豫不決、漫無目的，後來有了主張，加快了步伐；爲了實現這一主張，兩條腿把他

[88] 英格蘭西南部一郡。

送到了醫生的家門口。

他被請上樓，看到露西獨自一人正在做針線活。他每次和她在一起，總感到有些局促不安。當他挨近她的桌子坐下時，她不由得窘迫起來。他們先寒暄了幾句，而當她抬頭看到他的臉時，發現他的臉色有些不對頭。

「我看你有點不舒服，卡頓先生！」

「沒有，馬奈特小姐。不過我過的這種生活，對健康是不會有好處的。像我這樣放蕩不羈的人，還能指望有什麼好身體啊！」

「難道不能過得好一點——請原諒，我竟提出了這樣的問題——現在這樣過日子豈不太可惜了嗎？」

「上帝知道，這樣的生活實在丟人！」

「爲什麼不改變改變呢?!」

露西又溫柔地朝他看了一眼，發現他眼中噙滿了淚水，感到又驚訝又難過。

他聲音也像帶著淚，回答道：

「太晚了！我已經永遠好不了啦！我還會沉淪下去，愈來愈糟糕。」

他把一隻胳膊肘支在她的桌子上，用手捂住眼。桌子在隨之而來的沉默中顫抖著。

她從來沒見過他這般軟弱的樣子，因而心裡爲他感到難過。

他知道她會這樣，眼睛沒有望她，說道：

「請原諒，馬奈特小姐，想到我要對你說的話，我就支持不住了。你肯聽我說嗎？」

「要是這對你有好處，卡頓先生，要是這能讓你高興，我是很樂意聽的！」

「你的心腸這麼好，上帝會保佑你的！」

過了一會，他拿開捂著臉的手，沉著鎮靜地說：

「聽了我的話別害怕，不論我說什麼你都別畏縮！我就像個年紀輕輕就夭折了的人，也許我一輩子就是這樣子了。」

「不，卡頓先生。我相信你的生活會有美好的時光，我相信你絕不會辜負你自己的。」

「還是說不辜負你吧，馬奈特小姐。雖說我有自知之明——雖說在我這顆不幸且迷茫的心裡一清二楚——我仍然會永遠記住你剛才說的話。」

她臉色發白，渾身打起顫來。他趕忙說明自己早知一切無望，從而釋去她心理上的負擔，這就使得他倆之間的這次談話和以往任何一次迥然不同。

「即使你眞有可能，馬奈特小姐，眞有可能回報你面前這個人的愛情，此時此刻他也明白，這雖然會使他感到幸福，但只會把你引向不幸的境地，給你帶來悲傷和悔恨，作賤了你，使你丟盡臉面，和他一起墮落——因爲正如你所知道的，他是個自暴自棄、虛度年華、酗酒成性的可憐蟲。我很清楚，你對我絕無柔情可言，我對此也沒有任何企求；我甚至因這件事絕不可能而感謝上帝。」

「除了這種感情，難道我就不能挽救你了嗎，卡頓先生？難道我就不能把你——再次請你原諒——不能把你召回到一條更好的路上來？難道我就沒有別的辦法回報你對我的信任了？我知道你這是對我的信任，」她遲疑了一下，流著眞誠的淚水，謙遜地說：「我知道你不會跟任何別的人說這些的。難道我就不能把這變成有利於你的好事嗎，卡頓先生？」

他搖了搖頭。

「我變不了的。不成，馬奈特小姐，怎麼也變不了的。要是你肯再聽我說幾句話，那就是你對我最好的幫助了。我希望你能知道，你是我心中最後的一個夢。我雖然墮落，但是見了你和你父親在一起的情景，見了你營造起來的這個溫暖的家，又在我心中勾起了舊日的幻影，我本以爲這些早已在我心中消逝了。我原以爲悔恨之情絕不會再來責備我，可是自從認識了你，它卻又在咬噬著我的心，我又聽到了我以爲再也聽不到的催我奮發向上的耳語聲。我有了一些模模糊糊的想法，要重新振作，重新開始，克服懶散和放浪形骸的惡習，重振旗鼓。然而，這是一場夢，完全是一場夢，到頭來一無所有，只留下做夢人還在原地躺著。不過，我希望你知道，這夢是你引起的。」

「難道什麼也沒留下嗎？啊，卡頓先生，再想想吧！再好好想想！」

「不，馬奈特小姐，自始至終，我都知道自己不配。不過，我還是忍不住，怎麼也忍不住想讓你知道，你是怎樣一下子把我這堆死灰點燃的——不過，這堆火和我的本性一樣，無法再燒旺，也不能發光，毫無用處，只是白白地燒盡而已。」

「既然我不幸使你，卡頓先生，使你比認識我之前更加不幸——」

「快別這麼說，馬奈特小姐，因爲要是我有任何改好的可能，你一定能使我改邪歸正的。你絕不是使我每況愈下的原因。」

「不管怎麼說，既然你所說的這種心情多少是因爲我的影響——如果我能表達清楚，我要說的就是這個意思——難道我就不能運用我的影響來幫助你嗎？難道我就一點也沒有能力來爲你做點好事？」

「我能得到的最大幫助，馬奈特小姐，來這兒已經得到了。讓我在今後潦倒的餘生中永遠記住，我曾向你敞開我的心扉；你是這世界上最後一個聽到我心聲的人。此時此刻，我這兒至少還留有一點可讓你痛惜和同情的東西。」

「所以我一片至誠，再三懇求你相信，卡頓先生，你是能夠有所作爲的！」

「別再懇求我相信這個了，馬奈特小姐。我已經一再試過，我自己一清二楚。對不起，我讓你難過了，我這就把話說完。將來待我回想起這一天時，你是否能讓我相信，我一生中這最後的一番心裡話，將藏在你那純潔無瑕的心中，永遠留在那兒，絕不和別人同享？」

「如果這能使你得到安慰，我保證做到。」

「就連你最親最愛的人也不說？」

「卡頓先生，」她激動得有些說不出話來，停了一會兒，才回答說：「這祕密是你的，不是我的，我保證會珍重它。」

「謝謝！我再說一遍，願上帝保佑你！」

他把她的手放在唇邊吻了吻，然後朝門口走去。

「別擔心，馬奈特小姐，我不會再提這件事了，我絕不會再吐露一個字。我永遠不會再提它，我一直到死都會守口如瓶。在我臨終的時刻，我會把這個美好的回憶奉爲神聖——還要爲此而感謝你，祝福你——我最後的自我剖白是對你作的，我的名字、過失和不幸都將悄悄地留在你的心中。除此之外，我祝願你永遠輕鬆、幸福。」

這時的他和往常判若兩人。馬奈特小姐想到他是這樣自暴自棄，將會一天天淪落下去，不由傷心地哭了起來。卡頓聞聲停下腳步，回頭看著她。

「別難過！」他說：「我不值得你這麼傷心，馬奈特小姐。過上一、兩個小時，我的那些惡習和下流伙伴就會使我變成一個最不配享有這些眼淚的傢伙，比那些沿街爬的下賤人還不值得同情。那些惡習和伙伴，雖然我十分鄙視，可我又無法擺脫。別難過！不過在我的心中，對你，我將永遠和現在一樣，儘管在外表上我又會回復到以前的那副樣子。我還有一個請求，就是希望你相信這一點。」

「我相信，卡頓先生。」

「這就是我最後的請求。同時，我還要幫你擺脫掉另一個來客的糾纏。我很清楚，你和他毫無共同之處，他和你之間有著不可逾越的鴻溝。我知道，說這話是多餘的，但這確是我的由衷之言。爲了你，爲了你所愛的人，我什麼都願意去做。如果我有幸有機會、有能力作出犧牲，我願意爲你和你所愛的人作出任何犧牲。在寂靜無人的時刻，請想起我吧！我是眞心誠意說這番話的。我知道，總有一天，而且用不了多久，你會建立起一種新的關係——這種關係會使你更加深情、更加緊密地和你使它如此生輝的這個家聯結在一起——這種最親密的關係會使你更加美麗，更加快樂。啊，馬奈特小姐，當一張張和幸福的父親長得一模一樣的小臉仰望著你時，當你看見和你一般美麗的小寶貝繞膝蹦跳時，希望你有時能夠想起，世界上還有這麼一個人，爲了保全你所愛的人的生命，他願意犧牲自己的生命！」

「再見了！」他說：「最後說一遍：上帝保佑你！」說完就離開她走了。

第十四章・本分的生意人

傑里・克倫徹先生坐在弗利特街他那張凳子上，身旁站著他淘氣的兒子。每天都有許許多多各種各樣的行人、車輛打他眼前經過。在一天最繁忙的時刻，又有誰能穩坐在弗利特街而不被那兩大股來來往往的車馬行人弄得眼花耳聾呢！一股總是跟著太陽向西，另一股總是衝著太陽向東。但無論往哪個方向，都是走向日落處紅紫色山巒後面的平原[89]。

克倫徹先生嘴裡叼著一根麥稈，端坐在那兒觀看著這兩股車馬人流，就像傳說故事中那個在河邊守候了幾百年的沒有開化的鄉巴佬——不同的是傑里並不希望它們有流盡的一天。他絕不會有這種願望，因爲他的小部分收入是靠把膽小的女人（大多體態豐滿、年過半百）從台爾森銀行這邊引到對面賺到的。每次護送的時間雖然極短促，克倫徹先生卻從來不放過機會，總是殷勤備至，並極力表示要爲被護送的女人的健康乾杯。這麼一來，他就會獲得一些報酬，以此補充他的收入。從前，曾有這麼一位詩人，他端坐在公共場所的一張凳子上，成天在衆目睽睽之下沉思冥想。如今，這位克倫徹先生也坐在公共場所的一張凳子上，可他並非詩人，想得也很少，他只是朝四下裡東張西望。

可是眼下這個季節行人稀少，遲歸的婦女就更少了，總的來說，他的生意十分清淡，因而使他心中大生疑竇：他太太一定又跪下來「搞那一套」了。正在這時，沿弗利特街從東向西擁來一

[89] 指陰間冥土。

股不同尋常的人流，引起了他的注意。克倫徹先生朝那個方向望去，發現那是一支送葬的隊伍，路上受到人們的反對，正在那兒起鬨。

「小傑里，」克倫徹先生扭頭對兒子說：「是埋死人的。」

「好哇，爸！」小傑里叫了起來。

這小子的歡呼聲意味深長，頗爲神祕。老的聽了大爲惱火，逮住機會給了他一個耳光。

「你這是哪門子事？你嚎什麼？你想對你爹幹嘛，小兔崽子？你這小子對我越來越不像話了！」克倫徹先生朝兒子打量著罵道：「還叫好哩！別讓我再聽到你亂嚎了，要不你還得吃耳光，聽到沒有？」

「我又沒幹什麼壞事！」小傑里摸著臉蛋分辯道。

「那你就住嘴！」克倫徹先生說：「我不想聽你幹壞事或沒幹壞事。站到凳子上去，看看那幫人。」

兒子照辦了。這時人群已經過來。他們圍著一輛黑色的柩車和一輛黑色的送葬馬車叫著，噓著。送葬馬車裡只坐著一個送葬的人，他一身黑色裝束，正符合送葬人的身分。可是周圍的情況卻不大妙，圍在馬車周圍的人越來越多，他們嘲弄他，對他扮鬼臉，朝他亂喊亂叫：「嗨！密探！呸！密探！」還有許許多多沒法重述的恨之入骨的「好話」。

出殯對於克倫徹先生一向具有特別的吸引力，每當有送葬的隊伍從台爾森銀行門前經過，他的全部感官就會被動員起來，人變得非常興奮。因此，這隊非同尋常、有那麼多人圍著的送葬隊伍，自然更讓他激動不已。他看到第一個迎面跑過來的人，就急忙問道：

「怎麼啦，老兄，是怎麼回事？」

「我不知道。」那人說：「是密探！哼！呸！密探！」

他又問另一個人：「那是什麼人？」

「我不知道。」那人說著，用雙手攏住自己的嘴，激動地大聲喊道：「是密探！哼！呸，呸！密——探！」

終於，來了個比較知情的人，他跌跌撞撞地跑了過去。從這人的口中了解到，這是給一個叫羅傑・克萊的人送葬。

「他是個密探？」克倫徹先生問道。

「老貝利的密探。」那知情人回答：「哼！噓！呸！老貝利的密——探！」

「哎，眞的！」傑里想起了他旁聽過的那次審判，驚呼起來：「我見過他！他死了？」

「死得硬梆梆的了，」那人說：「確實死了。把他們拖出來！呸，密探！把他們拖出來！呸，密探！」

大伙正好不知怎麼辦，這個主意馬上就被採納了。於是大家來了勁，鬧烘烘地一再大聲嚷著要把他們拖出來，拖出來，緊緊圍住那兩輛車子，逼得它們只好停了下來。大伙打開馬車的門，揪出那個送葬的人，他一下落到人群之中。可是那人十分機靈，很會利用時機，一眨眼功夫就甩掉斗篷、帽子、長長的帽帶、白手帕以及其它象徵悲哀的東西，從路邊的一條小巷溜走了。

衆人把這些東西撕得粉碎，興高彩烈地把它們扔了一地。路兩旁的店鋪都急急忙忙地關上門，因爲在那種年頭，群衆一經騷動起來就勢不可擋，活像一個十分可怕的怪物。他們甚至已經要打開柩車，拖出棺材了。就在這時，有位更具天才的人提出了另一個主意，提議大家乾脆湊熱鬧把柩車送到墓地。此時人們正好需要一個切實可行的具體建議，自然也就歡呼著採納了這個主張。於是送葬馬車裡裡外外立刻就擠滿了人，裡面坐了八個，外面站了十幾個，許多人甚至攀到了柩車頂上，想方設法扒在上面。傑里・克倫徹先生也是首批志願送葬者之一；他擠上馬車，坐在最靠裡的一個角落裡，非常謙遜地藏起了他那顆鐵蒺藜似的腦袋，不讓台爾森銀行的人看見。

殯儀館的人抗議這樣改變出殯儀式，可河水就近在咫尺，已經有幾個人在叫嚷，要把作梗的人浸泡進冷水清醒清醒頭腦了。結果，殯儀館的人嘟噥了幾句也就不再吱聲。於是，重新組成的出殯行列又出發了。柩車已改由一個掃煙囪的駕御——正式的車夫在人們的嚴密監視之下，蹲在旁邊教他——一個賣餡餅的則駕御送葬馬車，也有一位輔佐大臣侍立在旁。這隊人馬在濱河街沒走多遠，就遇上了一個耍狗熊的。有了這位當時街道常見的角色加入，更加引人注目：那隻熊黑不溜秋，癩皮脫毛，給這支出殯隊伍增加了辦喪事的氣氛。

就這樣，這群烏合之衆一路上灌著啤酒，抽著煙斗，又嚷又唱，假作悲傷地往前走著。途中不斷有新人加入；所有的店鋪聞風都紛紛關上了店門。他們的目的地是遠處野外的聖潘克拉斯老教堂[90]。隊伍終於到達了目的地，一起都擁進了墓地，最後總算照他們的方式完成死者羅傑・克萊的安葬儀式，於是大伙都感到心滿意足。

打發完死人，大家還覺得不過癮，於是又有一位天才人物（也許就是原先那位）想出了一個新花招，把偶然路過的人當作老貝利的密探，拖住報復一番。於是假戲眞做，人們開始追逐起一些一輩子也沒和老貝利沾過邊的本分人來，粗暴地把他們推來搡去，肆意凌辱。接著，又自然而然地發展成砸破窗戶，洗劫酒店。到後來，幾個小時後，好幾座涼亭也被掀翻了，一些地方的木柵欄拔出來當了好鬥者的武器。最後，有消息說警衛隊就要來了，人們才開始慢慢散去。警衛隊也許眞的來了，也許根本沒有來。烏合之衆往往就是這樣。

克倫徹先生沒參加這幕收場鬧劇，他留在墓地，和殯儀館的人交談，向他們表示慰問。這地

[90] 在當時倫敦城的北郊。

方對他有一種安撫、鎮靜的作用。從附近的一家酒店裡，他弄來一只煙斗抽著；他站在墓地的圍欄旁，往裡打量著，仔細琢磨著這個地方。

「傑里，」克倫徹先生和往常一樣，自言自語地說：「那天你還見過這個克萊，你親眼看見他那麼年紀輕輕，好模好樣的。」

他抽完了那袋煙，又待在那兒琢磨了一會，然後就轉身往回走，以便在台爾森銀行關門前再在自己的崗位上露露面。不知是因爲他對人生無常的思慮傷了肝脾，還是因爲他的健康狀況原來就不好，或者因爲他想對一位知名人物表示一點敬意，總之說不清是什麼原因，他在回去的路上到他的醫藥顧問——一位著名的外科醫生——那裡作了一次短暫的拜訪。

小傑里替父親代班，克盡職守，他報告說，在這段時間裡沒有接到什麼差使。銀行關門了，年邁的行員都走了出來；守夜人也來了。

於是，克倫徹先生也帶著兒子回家喝茶。

「喂，我告訴你！」克倫徹先生一進家門就衝著他的妻子說：「要是我這個本分的生意人今晚倒了楣，那一定又是你在咒我；不管是不是讓我親眼看到，我都要好好治治你。」

克倫徹太太喪魂失魄地搖了搖頭。

「怎麼？你敢當我的面搞那一套！」克倫徹先生吼了起來，一副又氣又怕的樣子。

「我什麼也沒說。」

「那好，心裡也不許想。心裡偷偷想和跪著祈禱一個樣，都是在咒我。統統不許。」

「好的，傑里。」

「好的，傑里。」克倫徹先生學著說了一句，坐下喝茶，「哼！又是好的，傑里。就這麼一句話。你就會說：好的，傑里。」

克倫徹先生忿忿地這麼說，並沒有什麼特別的意思，只是像人們常說的那樣，是句表示不滿的反話罷了。

「你呀，還有你那——好的，傑里，」克倫徹先生咬了一口他的黃油麵包，就像從碟子裡拿了一隻無形的大牡蠣就著麵包吞下去似的，「哎！我就這麼想吧：我相信你。」

「你今晚要出去？」等他又咬了一口麵包，他那老實善良的妻子問道。

「嗯，要出去。」

「我跟你一塊去好嗎，爸？」兒子趕忙問道。

「不行，你不能去。我是——你媽知道——去釣魚。就是幹的這個，去釣魚。」

「你的釣魚竿早生鏽了，是不是，爸？」

「這不關你的事。」

「你能釣些魚回來嗎，爸？」

「要是釣不著，你們明天就沒吃的了。」老的搖著腦袋說：「那就夠你們受的了。我要等你睡著之後很久才出去哩！」

這天晚上，在餘下的時間裡，他死盯住克倫徹太太不放，一直繃著臉跟她說話，不讓她有機會在心裡偷偷作對他不利的禱告。爲此，他還慫恿兒子纏著他母親說話。他挖空心思地找出理由來責怪她，不讓她有片刻時間去想心事，把這個可憐的女人弄得精疲力盡。他這樣信不過自己的老婆，可見他比最虔誠的人還要篤信祈禱的神力，就像一個口口聲聲說自己不信神的人會被鬼怪故事嚇得魂不附體一樣。

「你當心！」克倫徹先生警告說：「明天也不許搗蛋！要是我這個本分的生意人能弄一兩塊肉回來，你不許說不吃，只啃你的乾麵包；要是我這個本分的生意人還能弄點啤酒回來，也不許你說什麼喝水就成了。到了羅馬，就得像羅馬人一樣過㉛，要不，羅馬就會對你不客氣。要知道，我就是你的羅馬。」

接著，他嘟噥起來：

「連自己的吃喝都不管了！我真不明白，憑你成天下跪，還有那沒心肝的行徑，怎麼能弄出吃喝的來。瞧瞧你的兒子，他總是你的親骨肉吧，是不是？都瘦成一把骨頭了。你把自己叫做媽，難道你不知道，當媽的首要責任是把孩子養胖？」

這番話使小傑里聽了非常感動，他要求他媽履行她的首要責任。別的事她做不做無所謂，頂要緊的是照他爸溫存體貼地指出的那樣，去盡做媽的責任。

克倫徹一家就這樣消磨著這個晚上，隨後小傑里給打發上床，他媽也得到同樣的命令，遵命去睡了。克倫徹先生獨自抽著煙，消磨了大半夜，直到將近一點鐘時才開始行動。在這鬼魅出沒的時刻，他從椅子上站起身，打衣袋裡掏出一把鑰匙，打開一只鎖著的櫃子，從裡面拿出一只口袋，一根大小適中的撬棍，一條繩子，一根鐵鏈，還有別的這類漁具。他很熟練地把這些東西隨身藏好，以挑釁的目光朝他太太瞥了一眼，然後熄了燈，走出家門。

小傑里剛才上床時，只是裝著脫了衣服。沒過多久，他也尾隨著他爸出門了。他在黑暗中悄悄摸出房門，跟著下了樓，來到院子裡。隨後，又跟著來到街上。他一點也不擔心回來時會遇到麻煩，因爲這幢樓裡住滿了房客，大門整夜都虛掩著。小傑里被一種值得稱讚的雄心壯志所驅使，決心要探清他父親那份本分職業的技術和訣竅。就像他那兩隻挨得很近的眼睛，他緊貼著沿街的房屋、院牆、門廊，始終盯著他可敬的父親，朝前跟去。可敬的父親往北走了沒多遠，就同

㉛ 英國諺語，爲入鄉隨俗之意。

另一位伊薩克・沃爾頓㊴的信徒會合，一起往前進。

開始，他們一直躲避著搖晃閃爍的街燈和睡眼惺忪的守夜人。這樣走了約莫半個小時，來到郊外一條荒僻的大路上。在這兒，又有一個釣魚的加入——他的出現是那麼悄無聲息，要是小傑里迷信的話，真會以爲是那第二個門徒突然幻化出來的哩！

三個人繼續朝前趕路，小傑里也緊跟著往前走去。最後，前邊三個人在路旁一道高高的土堤下停了下來。土堤頂上有一堵低矮的磚牆，上面裝有鐵柵欄。三個人在土堤和磚牆的陰影下離開大路，拐進了一個角落裡，偷偷朝胡同裡望去。在朦朧的月色下，他清晰地看到了他那可敬的父親的身影，只見他正敏捷地爬上一扇鐵門。他很快就翻進去了，接著第二個釣魚的也翻了進去，然後是第三個。他們都悄無聲息地跳到門內的地上，在那兒就地伏了一會——大概是在側耳傾聽。然後手腳並用地朝前爬去。

現在輪到小傑里朝鐵門靠近了。他屏息斂聲地走到門邊，在一個角落裡蹲下來往裡看。只見三個釣魚的正在茂密的草叢中爬行。塊塊林立的墓碑——原來他們是在一片很大的教堂墓地裡——看上去像披著白衣的鬼魂，而那教堂的鐘樓就像一個大得可怕的巨鬼。他們爬了沒多遠，就站起身來。接著，他們開始釣魚了。

開始，他們用鐵鍬釣魚。不久，他那位可敬的父親就改用一種像大螺絲錐似的工具。無論用什麼工具，他們都幹得很起勁，一直幹到教堂的大鐘突然響了起來，把小傑里嚇得撒腿轉身就跑，頭髮嚇得和他父親一樣根根豎起。

可是，長期以來，一直想弄清這事眞相的心情，不僅使小傑里止住了腳步，還把他拖回剛才

㊴伊薩克・沃爾頓（一五九三～一六八三），英國作者，著有《釣魚大全》。

蹲著的地方。當他再次來到鐵門邊偷看時，發現他們還在那兒堅持不懈地釣著，不過現在好像已釣到什麼了。在他們挖開的坑裡，傳來打鑽聲和抱怨聲。他們彎下身子使勁向上拉著。下面的東西好像很重。那重傢伙終於一點一點地拉上來，拉到了地面。小傑里已經猜到那是什麼東西，可是一旦眞的見了，而且看見他那可敬的父親正準備撬開它時，還是嚇得魂飛魄散，急忙拔腿就逃，一口氣跑了一、兩英里地；因爲他畢竟是第一次見到這種場面。

要不是得停下來喘口氣，他是無論如何不會止住腳步的。這是在和鬼魂賽跑，恨不得早點兒跑到終點。他總覺得剛才看到的那副棺材在追趕他。在他的想像中，棺材正小頭朝下豎著，一蹦一跳地緊跟在他後面，馬上要追上他，有時好像已追到他身邊——也許就要抓住他的胳臂了——他非得逃開不可。那棺材也是個變幻無常、無孔不入的魔鬼，它使得小傑里背後的黑夜更加陰森可怖。他急忙奔上大道，避開那些黑咕隆咚的小巷，生怕它會像只沒有尾巴也沒有翅膀的大風箏，突然從小巷裡竄出，朝他撲來。它也藏在一家家的門廊裡，用它那可怕的肩膀擦著門扇，還把肩膀一直聳到耳朵邊，彷彿在聳肩獰笑。它還躲在大路上的陰影裡，狡猾地仰天躺著，想要絆倒他。小傑里感到它一直在他背後蹦跳著，很快就要趕上他，待他跑到自己的家門口時，他已經嚇得半死了。可是直到這時候，那東西還是不肯放過他，一步一步嘎登嘎登地隨他上了樓，跟著他爬上床，直到他迷迷糊糊睡去時，還沉沉地壓在他的胸口上。

天剛亮，太陽還沒上山，在小屋裡睡得很不踏實的小克倫徹就被回家來的父親吵醒了。只見克倫徹先生揪住他媽媽的兩隻耳朵，把她的後腦勺直往床頭的擋板上撞。看來，他一定又碰上什麼倒楣事了。

「我說過我饒不了你，」克倫徹先生說：「我就這樣收拾你。」

「傑里，傑里，傑里！」他的妻子哀求道。

「你反對幹這樁買賣，」傑里說：「害得我和我的伙計都遭了殃。你本應該尊重我，聽我的話；你他媽的爲什麼就不聽呢？」

「我想要做個好妻子呀，傑里！」可憐的女人哭著辯解說。

「不讓你丈夫做買賣，算個好老婆嗎？不尊重你丈夫的買賣，能算尊重他嗎？在做買賣這件大事上不聽你丈夫的，也算是聽他的話嗎？」

「那麼你並沒有去幹那種嚇人的買賣，傑里！」

「你只要當好一個本分的生意人的老婆就得了，」克倫徹先生說：「用不著用你婆娘的腦子去操心他什麼時候做買賣，什麼時候不做買買。一個尊重丈夫，聽丈夫話的老婆，根本就不該去管他丈夫的買賣。你不是說自己是信教的嗎？要是你這樣就算是信教的，那我寧可要個不信教的！你連一點責任心都沒有，就跟泰晤士河底沒有樁子一樣，非要給你狠狠打幾根進去不可。」

這番爭吵聲壓得很低。最後，本分的生意人甩掉了滿是污泥的靴子，直挺挺地躺在地板上，爭吵才告結束。兒子提心吊膽地朝他望去，只見他仰天躺著，滿是鐵鏽的手枕在腦袋下。於是，兒子重新躺下，又迷迷糊糊地進入夢鄉。

早餐並沒有魚，而且別的吃食也很少。克倫徹先生沒精打采，悶悶不樂，手邊放著個鐵壺蓋，準備一發現克倫徹太太打算作飯前禱告，就拿它朝著她扔去。他和平常一樣梳洗完畢後，就帶著兒子出發去幹他的公開職業了。

小傑里胳臂底下夾著那張凳子，跟在他父親身旁，走在陽光燦爛、熙熙攘攘的弗利特大街上。這時的他已和頭天晚上被那可怕的東西追趕著，摸黑獨個兒逃回家的他截然不同了。隨著白天到來，他的聰明伶俐已經恢復，他的恐懼不安已跟著黑夜消逝得無影無蹤——就這方面來說，在這晴朗的早晨，在弗利特街乃至整個倫敦城，和他一樣的人恐怕還不少吧！

「爸，」走著走著，小傑里突然問道。他留神和父親保持著一定距離，還用那張凳子隔在兩人之間，「什麼叫盜屍人？」

克倫徹先生在人行道上收住腳步，答道：「我怎麼會知道？」

「我還以爲你什麼都知道哩，爸！」天眞的孩子說。

「唔，這個嘛！」克倫徹先生一邊走一邊支吾著。他摘掉帽子，讓那頭鐵蒺藜隨意豎起，「那是個生意人。」

「他賣什麼貨呢，爸？」機靈的小傑里又問道。

「他的貨嘛，」克倫徹想了一下，答道：「跟科學有關係。」

「是人的屍體，是不是，爸？」小傑里越問越起勁。

「大概是這類東西吧！」克倫徹先生回答。

「啊，爸，等我長大了，我也要做個盜屍人。」

克倫徹先生鬆了一口氣，但又不相信地搖了搖頭，一本正經地說：「那得看你的才能怎麼發展了。記住，要好好發展自己的才能，別對人多說不該說的話。而且，眼下也還看不出你適合幹什麼。」小傑里受了這樣的勉勵，連忙搶先幾步，在聖堂柵欄門的陰影裡擺好凳子。克倫徹先生又自言自語地接著說：「傑里，你這個本分的生意人哪，這孩子是你的福氣哩！也是爲的有那麼個媽，才給你這麼一份補償。看來這事大有盼頭呢！」

第十五章・編織

幾天以來，到德華若先生的酒店來喝酒的人都比往常早。清晨六點，面帶菜色的人就從酒店的鐵窗外看到，店堂裡已經有不少人來喝酒了。德華若先生在生意好時賣的是很淡的酒，今天賣的酒更淡得不同尋常。他今天賣的是一種酸酒，或者說是一種讓人發酸的酒。誰喝了這種酒，就會對他的情緒產生影響，變得消沉沮喪。

德華若先生的葡萄酒裡沒有酒神狂歡的烈焰，可酒渣裡倒藏有一股暗暗燃燒的悶火。一大早就有人來德華若先生的酒店。這已經是第三天。事情是從星期一開始的，而這天已經是星期三了。

這麼早來酒店的人，多半不是為了喝酒，而是為了來這兒醞釀、策劃。不少人一進門就活動開了，或靜靜傾聽，或竊竊低語，或悄悄走動，誰也沒有掏出一文錢來買酒澆愁。不過他們非常喜愛這個地方，彷彿這兒的一桶桶酒都可以由他們享用似的。他們從這個座位挪到那個座位，從這個角落溜到那個角落，貪婪地把別人的談話當成酒呑咽著。

雖說顧客多得不同尋常，酒店老板卻不見蹤影。沒有人想到他，進店來的人沒一個找他，也沒人問起他，誰也沒有因為只看見德華若太太獨自坐在那兒賣酒而感到奇怪。她面前擱著一碗磨損得很厲害的小錢幣，錢幣上的花紋已經磨得面目全非，就像從他們那破爛的口袋裡掏出這些小錢的人的臉面一般。

那些到處伸頭打探，上至皇宮、下至監牢，處處不肯放過的密探們也許已經覺察到了酒店裡這種志志不安、心神不定的情景。打紙牌的無精打采，玩多米諾骨牌的一面出神，一面用牌搭塔，喝酒的用手指蘸著灑出的酒，在桌上寫寫畫畫。德華若太太用牙籤撥弄著袖子上的花紋，彷彿急於想要看見和聽到遠處什麼看不見、聽不到的東西。

直到正午，聖安東尼區一直處於這樣的酒意之中。日中時分，兩個風塵僕僕的人在聖安東尼區搖晃的街燈下，走過一條條大街；這兩個人，一個是德華若先生，另一個是那戴藍帽子的修路工。他倆風塵滿面，口乾舌燥，一齊進了酒店。他們的到來，給聖安東尼區的人胸中點燃了一把火，火勢隨著他們一路迅速蔓延，使大多數門窗後面的面龐泛起了紅光。然而，誰也沒有跟隨他們前來，當他們走進酒店時，雖然店裡的人一個個都扭頭望著他們，但沒有一個人開口說話。

「日安，先生們！」德華若先生開了口。

這彷彿是讓大伙鬆開舌頭的信號，他們異口同聲地回答：「日安！」

「今天天氣不好，先生們！」德華若先生搖著頭說。

聽了這句話，大家都面面相覷，接著便垂下眼睛，默不作聲地在那兒坐著。只有一個人站起身來，朝門外走去。

「我的太太，」德華若先生對他太太高聲說道：「我和這位好心腸的修路工跑了好多里格路了。他的名字叫雅克，我是在離巴黎一天半路程的地方偶然碰上他的。他是個好小子，給他點酒喝吧，太太！」

又有一個人起身走了。

德華若太太倒了一杯酒放在那個叫雅克的修路工面前。他向大伙抬了抬頭上的藍帽子，開始喝起酒來。在他上衣的胸襟裡揣著一點粗劣的黑麵包，他不時咬上一口，坐在德華若太太的櫃台近旁，吃喝起來。這時，第三個人站起身來，走出去了。

德華若自己也喝了點酒，解過乏來——不過他喝得比那陌生人少。酒對他來說並不稀罕——然後便一直站在那兒，等那鄉下人吃完早飯。他沒有看在場的任何人，別人也沒有看他，就連德華若太太也沒有看他，顧自拿著織物編織著。

「吃完了嗎，朋友？」見那人已吃完，德華若問道。

「吃完了！謝謝。」

「好，那就跟我來吧！我領你去看看我說的可以給你住的房間，那房間給你住可再合適不過了。」

走出酒店，到了街上，從街上拐進一個院子，在院子裡爬上一道很陡的樓梯，再登上一間小小的閣樓——就是當年有個白髮蒼蒼的老人家成天坐在矮凳上，彎著腰，埋頭忙於做鞋的地方。如今，閣樓裡已經沒有白髮蒼蒼的老人，不過剛才從酒店先後出來的三個人全都在這兒。他們和那個遠在異地的白髮老人之間有過小小的聯繫，他們曾透過牆縫窺視過他。

德華若小心地關上門，壓低嗓門說道：

「雅克一號，雅克二號，雅克三號！我是雅克四號。這位是我特意約來的證人，他會告訴你們一切。說吧，雅克五號！」

修路工用手中的藍帽子擦了擦黝黑的腦門，說道：「打哪兒說起呢，先生？」

「就從頭說起吧！」德華若先生的回答不無道理。

「好的，先生們！」修路工開始說了起來，「去年夏天，我見過他，他掛在侯爵馬車下面的鏈條上。事情是這樣的：太陽下山了，我收工回家，正好看到侯爵的馬車緩緩爬上山崗。當時他就掛在鏈條上——就像這樣！」

修路工又把當時的整個情景表演了一番。他的演技已經十分熟練精湛，因爲整整一年來，這已成為村民們百看不厭、必不可少的娛樂。

雅克一號打斷了他的話，問他以前是否見過那個人。

「從沒見過。」修路工直起身子回答。

雅克三號又問他，後來是怎麼認出他的。

「憑他那高大的個子。」修路工輕聲回答，手指指著自己的鼻子，「那天傍晚，侯爵老爺問我：『說，他怎麼個樣子？』我回答說：『又高又大，像個鬼怪。』」

「你應該說，矮小得像個侏儒。」雅克二號說。

「可我哪兒知道呢！那時候他還沒幹那事，也沒向我吐露過心裡的祕密。聽我說！就連在那種時刻，我也沒有出來作證。侯爵老爺站在我們的泉水池邊，拿手指著我說：『把那傢伙給我帶過來！』我可以保證，先生們，我什麼也沒說。」

「他這是實話，雅克！」德華若對打斷修路工話的伙伴嘟囔了一句，「接著說吧！」

「好的！」修路工神氣詭祕地說：「那大個子跑了，他們到處抓他——抓了幾個月？九個月，十個月，十一個月？」

「幾個月沒關係。」德華若說：「總之，他藏得很好，可最後還是不幸被抓了。往下說！」

「那天我又在山坡上幹活，太陽又快下山了，我正在收拾家什，準備下山回家。當時，山下已經黑了，我一抬頭，看見六個當兵的正翻過山梁走過來，他們押著一個反剪雙手的大高個男人——兩條胳臂綁在身子兩邊——就像這樣！」

他用他那頂不可或缺的帽子比劃著，表演出那人雙臂綁在兩側、繩結打在背後的樣子。

「我站在路邊，先生們，緊挨我那堆修路的石頭，看那些當兵的押著犯人走過去（那條路很僻靜，什麼光景都值得一看）。起初，他們沒走近時，先生們，我只看見六個當兵的押著一個反剪雙手的高大漢子，幾乎只看見他們黑乎乎的輪廓——除了在對著下山的太陽一面有一道紅邊外。看見他們長長的影子，巨人的影子般落在路對面的山窪裡和山坡上。我還看見他們渾身塵土，腳步沉重，每走一步就塵土飛揚。直到他們走到我眼前時，我才認出了那個大漢。他也認出了我。唉，他要是能像上回那樣再次跳下山崗該多好啊！上回那個傍晚，我就是在離此不遠的地方碰上他，看他跳下去的。」

他繪聲繪色地說道，彷彿此刻就在現場一樣。顯然，他當時看得十分眞切。也許他這一輩子見的事本就不多。

「我沒讓那些當兵的看出我認識那個大漢，他也不讓他們看出他認識我。我們只是用眼色示意，彼此心照不宣。『走！』那個領頭的指著村子說：『快點送他進墳墓！』於是他們加快了腳步。我在後面跟著。由於綁得太緊，他的兩條胳臂都腫了；他的木鞋又大又笨重，走路一瘸一拐的。因爲他一瘸一拐，走得慢，他們就拿槍逼他快走——就像這樣！」

他學著做出用槍托逼人往前走的樣子。

「他們像瘋子賽跑般奔下山時，他摔倒了，當兵的狂笑著又把他拖了起來。他的臉上淌著血，滿臉是土，可是沒法擦，當兵的見了又狂笑起來。他們押著他走進村子，全村的人都跑出來看了。他們押著他走過磨坊，走上崖頂的監獄。全村的人都看見監獄的門在黑暗中打開了，把他吞了進去——就像這樣！」

他使勁張大嘴，然後猛地合上，牙齒「喀」地響了一聲。

德華若見他不願影響模仿效果，閉嘴不作聲，趕忙催促說：「說下去，雅克。」

「全村的人，」修路工踮起腳尖，壓低嗓門繼續說：「都退了回來，大家在泉水池邊悄悄議論了一番，後來就散開回家睡覺了。全村的人都夢見鎖在崖頂監獄裡那個不幸的人。關進那個監獄，就別想活著出來了。第二天早上，我扛著工具、啃著黑麵包去上工，半道上去監獄外面轉了一圈。我看見了他。他關在高處的一只鐵籠子裡，朝外張望著，還像頭天晚上那樣滿身血污和塵土。他雙手被反綁著，沒法向我招手。我不敢叫他。他像個死人一樣定神地看著我。」

德華若和那三個人陰鬱地對望了一眼。當他們傾聽著這鄉下人敘述時，全都露出陰沉壓抑，復仇心切的神色。他們的態度既顯得神祕，又顯得威嚴。那神氣儼然這兒是個臨時的法庭。雅克一號和雅克二號坐在那張舊草墊上，兩人都用手支著下巴，眼睛盯著修路工；雅克三號在他們身後單腿跪著，同樣全神貫注，他那激動不安的手不時撫摸著嘴角鼻旁纖細的脈絡。德華若站在他們和由他安置在窗前亮處的敘說人之間；他一會看看敘說的人，再看看其他三人；一會兒看看他們，然後又看看敘說的人。

「接著說吧，雅克！」德華若說。

「他在那鐵籠子裡關了好幾天。村民們因為害怕，只敢偷偷地看看他。不過他們總是從遠處朝崖頂的監獄張望。到了傍晚，幹完一天的活，大家聚在泉水池邊閒聊時，人人的臉都朝向監獄的方向；早先，他們總是朝驛站方向看的，如今都轉向監獄的方向看了。人們在泉水池邊悄悄傳說，說那人雖然判了死刑，但不會執行。巴黎已經有人請願，說他是因為兒子被害慘死才氣瘋的。據說已向皇上呈交了請願書。到底怎麼樣，我哪兒知道？這有可能。興許是這樣，興許不是這樣。」

「聽我說，雅克，」雅克一號神情嚴肅地揮話說：「的確向國王和王后呈交過請願書。這兒的人除了你，全都親眼看見國王接了那份請願書，當時他正和王后並排坐在輦車上。冒著生命危險，衝到輦車前去呈交請願書的，就是你眼前的這位德華若。」

「再聽我說，雅克，」單腿跪著的雅克三號又插嘴說。他的手指一直撫摸著嘴角鼻旁的纖細脈絡，一副急不可耐的樣子，彷彿急於要得到什麼東西——但既非吃的，也非喝的，「那些騎馬的和步行的衛兵把呈交請願書的人團團圍住，痛打了一頓。你聽見沒有？」

「聽見了，先生。」

「那就接著說吧！」德華若說。

「另外，他們還在泉水池邊悄悄傳說，」鄉下人接著往下說：「把那人押到我們鄉下來，爲的是要就地處死，而且肯定會把他處死的。人們甚至傳說，那是因爲他殺了侯爵老爺，而老爺是佃戶——或者是農奴，隨你怎麼說吧——的父親，所以要把他按殺父罪論處。有個老人在泉水池邊對我們說，處決這種犯人，先活活地把他拿刀的右手燒焦，再在他的胳膊上、胸口和腿上撕開皮肉，往傷口裡澆灌煮沸的油，溶化的鉛水，熾熱的松脂、蠟和硫磺，最後才由四匹壯馬分屍。那老人還說，當年有個想暗殺先王路易十五的人，眞的就是這樣處死的。不過，我怎麼知道他說的是眞的還是假的呢？我又不是個有學問的人。」

「那你再聽著，雅克！」那個不住地用手摸臉，一副渴望神色的人說道：「那犯人的名字就叫達米安❾❸，的確像傳說的那樣，光天化日之下，在巴黎街頭公開處死的。在趕來觀看這次處決的人群中，最引人注目的是那班雍容華貴、打扮入時的貴夫人們，她們興致勃勃、聚精會神地一直看到最後——看到最後，雅克，一直到天黑。他的兩條腿和一隻胳膊都沒了，可人還在喘氣哩！這是在——唔，你多大了？」

「三十五。」修路工回答。他看上去有六十歲。

---

❾❸ 羅伯特・達米安（一七一五～一七五七）於一七五七年一月五日謀刺法王路易十五未遂，確如文中所述那樣被處死。

「這是在你十多歲時發生的事；你本該可以看到的。」

「得了！」德華若很不耐煩地說：「魔鬼萬歲！接著說吧！」

「好的。反正有人這樣說，有人那樣說，說的都是同一樁事，連淙淙的泉水彷彿也在訴說這件事。終於，到了星期天晚上，當全村的人都睡著時，一些當兵的順著蜿蜒的小路，從崖頂監獄下來了，他們的槍在那條小街的石頭上碰得噹噹作響。工人們又是挖掘，又是揮錘，當兵的又笑又唱。到了第二天早晨，泉水池邊立起了一個四十英尺高的絞刑架，把泉水都給弄髒了。」

修路工好像不是看著低低的天花板，而是透過它看到外面，還用手指指點點，彷彿看見了矗立在空中的絞架。

「所有的活全停下了，大伙都聚集在那兒。誰也沒有把牛牽出來，牲們都就地歇著。到了正午時分，響起了鼓聲。士兵頭天夜裡就開進監獄，現在押著他出來了。他仍像原先那樣綁著，嘴上還加了個馬嚼子——緊緊勒著一條繩子，看上去像是在笑。」說著他比劃起來，用兩隻大拇指勾住嘴角，拉向耳根，使得臉上露出了皺褶，「絞架頂上安著一把刀，刀刃朝上，刀尖指向天空。他被吊死在四十尺高的地方——一直吊在那兒，把泉水都給弄髒了。」

聽的人都面面相覷。修路工用他那頂藍帽子揩了揩臉；在他回憶起當時的情景時，臉上冒出了汗珠。

「太可怕了，先生們。女人和孩子還怎麼去打水啊！傍晚時分誰還敢去那個影子下聊天！到那個影子下，我不是說了嗎？星期一傍晚我離開村子時，太陽正落山，從山崗上回頭看，那影子漫過教堂，漫過磨坊，漫過監獄——好像漫過整個大地，先生們，一直漫到天邊！」

那個一副渴望神色的人看著另外三個伙伴，咬著他那因渴望而激動得發抖的手指。

「說完了，先生們。我是在日落時分動身的（按照事先接到的通知）。我走啊走，走了一夜又半天，才遇到了這位同志（像通知我的那樣）。我又跟著他走了半天又一夜，有時騎馬，有時走路，就這樣來到了這兒。」

一陣憂鬱的沉默之後，雅克一號說道：「好！你做得對，說得也很實在。現在，你好不好到門外去等我們一會兒？」

「好的。」修路工回答說。

於是，德華若陪著他走到樓梯口，讓他坐在那兒等著，自己又回到閣樓。待他回到閣樓時，那三個人已經站起身來，頭湊在一起。

「你們說怎麼樣，雅克？」雅克一號問道：「要記下嗎？」

「記下，作爲消滅的對象。」德華若回答。

「好極了！」那個一副渴望神色的人嗓音嘶啞地說道。

「府邸和全家人！」雅克一號問道。

「府邸和全家人，」德華若回答：「徹底消滅！」

那個一副渴望神色的人欣喜若狂地再次用嘶啞的嗓音說：「好極了！」說完又開始咬起另一隻手指來。

「你有把握，」雅克二號問德華若，「咱們這種記錄方法不會出差錯？當然，這種方法很保險，除了咱們自己，誰也破譯不了。可咱們自己是不是總能解釋出來呢？——或許我得說，她是不是總能解釋出來呢？」

「雅克，」德華若挺直身子答道：「我太太哪怕只憑記憶，記事也能做到一字不漏——一筆一劃都錯不了。現在，她用自己創造的針法和符號，要想從德華若太太的記事織物上抹去名字和罪行，比一個最膽小的懦夫想要自殺還難哩！」

大伙咕噥了一聲，表示完全相信和贊同。那個一副渴望神色的人又問道：「是不是該馬上把這個鄉下人打發回去？我想還是這樣好。他愣頭愣腦的，怕是有點危險吧？」

「他什麼都不懂，」德華若說：「除了會輕而易舉地把自己送上一樣高的絞架外，他什麼也不懂。我親自來管他，讓他跟著我，我會照顧他，送他上路。他想開開眼界，見見世面——看看國王、王后和宮廷大臣什麼的，那就讓他星期天去見識見識。」

「什麼？」那個一副渴望神色的人睜大雙眼，不由喊了起來，「他想見王室貴族，難道是個好兆頭？」

「雅克，」德華若說：「要是你想要貓去喝牛奶，你就得學乖，先讓牠看看牛奶。要是你想要狗有朝一日會捕獵，你就得學乖，先讓牠見識見識獵物。」

於是，大家就沒有再說什麼。他們喚醒已在樓梯口打盹的修路工，叫他躺到那張草墊上，好好歇息一下。他用不著別人敦促，很快便進入夢鄉。

像他這樣一個鄉下窮苦力，巴黎有的是比德華若酒店更糟糕的住處。在這兒，除了終日對德華若太太有一種莫明其妙的恐懼外，修路工感到生活很新鮮，很愜意。可德華若太太一天到晚坐在櫃台旁，裝出一點也沒有留心他，特別是擺出一副不知道他來這兒有什麼祕密使命的樣子，使得他一見了她，兩條腿便不由自主地簌簌發抖。

他心裡七上八下的，不知道這位太太下一步會耍出什麼花招來。他相信，要是她那打扮得閃光耀眼的腦袋忽然想起瞎說她曾看見他殺過人，還剝了那人的皮，她也一定會裝得活靈活現，真像有那麼回事似的。

因此，到了星期天，當得知德華若太太要陪她的先生和他一起去凡爾賽時，修路工並沒有多大的熱情（雖然嘴上說他很高興）。格外使他不安的是，他們乘公共馬車前往時，一路上德華若太太仍編織不停。而更使他不安的是，下午人群等著看國王和王后的輦車駛過時，她的手裡還拿著編織活。

「你眞閒不住，太太！」站在她旁邊的一個男人說道。

「是呀！」德華若太太回答：「我有一大堆活兒得幹。」

「你在織什麼呀，太太？」

「很多東西。」

「比如說——」

「比如說，」德華若太太若無其事地答道：「壽衣。」

那人趕忙走開了一點。修路工則用他那頂藍帽子當扇子扇著；他感到又悶又熱。如果說國王和王后的駕到能使他神清氣爽，那他眞是萬幸，靈丹妙藥就在眼前。不多一會兒，大下巴的國王和容貌姣好的王后乘坐金色的輦車過來了，簇擁著他們的是宮廷中的達官顯貴，他們鮮服華冠，璀璨奪目；還有珠光寶氣、笑語盈盈的貴婦和優雅高貴的爵爺。置身在這一片珠寶綾羅、胭脂花粉、光華耀眼的景象之中，看到那些男男女女優雅瀟灑的身姿和秀麗高傲的容貌，修路工眞是一新耳目，一時間心醉神迷，禁不住高呼：「國王萬歲！」「王后萬歲！」「人人萬歲！」「事事萬歲！」彷彿他從未聽說過當年遍地皆是的雅克黨人。

隨後，他看到的是花園、庭院、露台、噴泉、草坪，又是國王和王后，又是達官顯貴，又是貴婦和爵爺，又是他們全都萬歲！直到他感動得痛哭流涕。

這整個場面約莫持續了三個小時，有很多人和他一起高呼、哭泣，感情衝動。德華若自始至終揪住他的衣領，生怕他會撲到他一時崇拜的對象身上，把他們撕個粉碎。

「太好了！」這場熱鬧結束後，德華若像個監護人似的拍拍他的背：「你是個好小子！」

修路工這時才緩過神來，擔心自己剛才是否出了錯。好在沒有。

「你正是我們需要的人，」德華若湊近他的耳邊說：「你讓這班蠢貨相信，這種場面會永世長存下去。他們越是肆無忌憚，他們的末日也就越接近。」

「嘿！」修路工想了想，喊了起來：「這倒是眞的！」

「這班蠢貨什麼也不懂。他們瞧不起你的聲音，想要你永遠不出聲。在他們眼裡，像你這樣的人，一百個還比不上他們的一匹馬、一條狗，可他們又只相信你們的歡呼聲。那就讓這再蒙騙他們一陣子吧！反正騙不了多久了。」

德華若太太傲慢地打量著這個受庇護的人，點頭表示同意。

「你嘛，」她說，「只要有熱鬧看，就會大喊大叫，激動得掉眼淚。你說，是不是？」

「沒錯，太太，我想是這樣。眼下就是。」

「要是給你一大堆玩具娃娃，讓你去拆開，去撕成布片，撕下歸你，你一定會揀最漂亮、最華麗的撕。你說，是不是？」

「的確是這樣，太太。」

「那好？要是給你一群不會飛的鳥，讓你去拔牠們的羽毛，拔下歸你，你一定會揀羽毛最漂亮的鳥拔，是不是？」

「是的，太太。」

「今天，玩具娃娃和鳥兒你都見到了，」德華若太太說著，朝那隊遠去的人馬揮了揮手，「行了，回家去吧？」

第十六章．仍在編織

德華若太太和她丈夫親親熱熱地回轉聖安東尼的懷抱，而有個頭戴藍帽的人卻正在黑暗中艱苦跋涉，走過塵土飛揚的大道，沿著冗長的小路，慢慢朝侯爵老爺府邸的方向走去。此時，侯爵老爺正躺在自己的墳墓裡，傾聽著樹木的沙沙聲。那些石刻的人臉如今也有了足夠的餘暇，來傾聽樹木的絮語和泉水的低吟了。有幾個衣衫襤褸的村民爲了挖點野菜充飢，找點枯枝取暖，來到這石頭大院和有平台的石階附近時，也許是餓昏了頭，甚至覺得這些石頭臉的表情都有了變化。

村子裡還有一種傳說——這傳說也像這兒的人一樣，有氣無力，半死不活——說是刀子一捅進侯爵的心窩，那些石臉馬上就變了樣，從高傲自得變成了憤怒痛苦；而當那人被吊死在水泉上方四十英尺高的絞架上時，那些石臉又變了樣，變成一副已報仇解恨的殘忍的滿足神情，這種神情也許要一直留著了。

在發生謀殺案的那間臥室的大窗口上方，有一張石刻的人臉，鼻子兩側刻有兩個小小的凹坑，人人都能認出那是誰，可以前，誰也沒注意過。偶爾，有那麼三兩個衣衫襤褸的農民從人群中走出來，朝那已化爲石頭的侯爵的臉匆匆瞥上一眼，用那瘦骨嶙峋的手指指了指；可立刻就會野兔子似的慌忙踩著青苔和落葉逃開——其實野兔要比他們幸運，牠們還能在這兒覓食生存。

府邸和茅舍，石刻的人臉和懸吊的人體，石頭地面上的血跡和村裡水井中的清水——成千上萬畝的土地——法國的一個省——乃至整個法國——都在夜空中濃縮成一絲模模糊糊的細線。整個世界，連同它所有的偉大和渺小，全都寄托於一顆閃爍的星辰。既然人類的知識能夠分離一束光線，分析出它的組成成分，那麼更高級的智慧也能從我們這個星球發出的微弱閃光中，辨明居於其上每個應該盡責的人的一念一行，善行和罪惡。

德華若夫婦坐著搖搖晃晃的公共馬車，藉著星光來到旅途必經的巴黎城門口。車子照例在哨卡前停下，照例有人提著燈出來檢查盤問一番。德華若先生下了車。他認識這兒的一兩個士兵，還認識一個警察。他跟那警察很熟，一見面就親熱地擁抱起來。

當聖安東尼又把德華若夫婦擁在自己那灰色的羽翼之下時，他倆在聖安尼區的區界附近下了車，在那滿街的污泥和垃圾中覓路步行回家。途中，德華若太太向她的丈夫道：

「告訴我，朋友，那個當警察的雅克對你說什麼來著？」

「今晚情況不多，不過他知道的全說了。又有一個密探派來咱們區了。他說也許更多，可他只知道一個。」

「唔，好罷！」德華若太太說，沉著冷靜地抬了抬眉毛，「得把他的情況記下來。他叫什麼來著？」

「他是個英國人。」

「那就更好了！他姓什麼？」

「巴塞德，」德華若回答。他是按法語發音報出的；可他很仔細，為準確起見，又正確無誤地拼讀了一遍。

「巴塞德。」太太重覆了一遍，「好！名字呢？」

「約翰。」

「約翰·巴塞德。」太太先默念一聲，接著又重覆一遍，「好！他的外貌呢，知道吧？」

「年紀，四十左右；身高，約五英尺九；黑頭髮，皮膚黝黑；總的來說，還算英俊；黑眼睛；臉瘦長，灰黃色；鷹勾鼻，但不正，特別怪的是朝左，因而表情顯得陰險。」

「嗨，我敢說，這眞像幅肖像了！」太太笑了起來，「明天我就把他記下來。」

他們回到酒店時，店已打烊（已是午夜時分）。德華若太太立刻在櫃台旁坐下，清點了她不在時收進的酒錢，查看了一下存貨。翻閱了一遍帳本上的帳目，又補記了幾筆自己的帳，仔細盤問了那個雇用的伙計，最後才打發他去睡覺。待他走後，她再次把缽裡的零錢倒出，把它們包在手帕裡，連打了幾個結，以便安全過夜。在她做著這些事時，德華若始終叼著煙斗，在屋子裡來回踱著，怡然自得地欣賞著這一切，但從不插手。說實在地，在買賣和家務方面，他一輩子都是這樣在一旁來回踱步，不聞不問的。

夜很熱，鋪子門窗緊閉，周圍一片污濁，氣味難聞。德華若先生的嗅覺並不怎麼靈敏，可是貯存著的葡萄酒的氣味要比品嘗它時濃烈得多；蘭姆酒、白蘭地和茴香酒的氣味也是如此。他放下已經抽盡的煙斗，噴一口煙，驅開這混合的氣味。

「你累了。」太太邊包紮錢，邊抬頭看他一眼，「這不過是跟平常一樣的氣味罷了。」

「我是有點累了。」丈夫承認。

「你的情緒也不太高。」太太說。她那雙敏銳的眼睛一心留意著帳本，但偶爾也掃他一眼，「哼，你們這些男人，你們這些男人啊！」

「可我親愛的！」德華若開始解釋。

「可我親愛的！」太太學說了一句，有力地點了點頭，「可我親愛的！你今晚信心不足，親愛的！」

「唔，是啊！」德華若似乎好不容易才從內心擠出一句話，「還要很長的時間哩！」

「還要很長的時間！」他太太又學著說一句，「怎麼不要很長的時間呢？復仇、報復都需要很長的時間，事情總是這樣。」

「電閃雷劈就不要很長的時間！」德華若說。

「你可知道，」太太不慌不忙地反問：「積聚成雷電要多長時間？你說說！」

德華若有所思地抬起腦袋，彷彿也挺有想法似的。

「地震吞下一座城市不要多少時間吧！」太太說：「唔，那好！告訴我，準備一場地震需要多長時間？」

「我想要很長的時間吧！」德華若說。

「可是一到準備停當，它就會發作，把面前的一切碾個粉碎。而平常，它一直在準備，雖然看不見，也聽不到。這就是對你的安慰，好好記住吧！」

她目光一閃，打了個結，像是勒死一個仇人。

「告訴你，」太太說，爲了加強語氣，伸出了右手，「雖說路途遙遠，但已經上路，正在走來。告訴你，它絕不會後退，也不會停下。告訴你吧，它一直在前進。你看看周圍，想一想我們周圍那些人的生活，看一看我們認識的那些人的面孔，想一想雅克一天天更加憤怒，更加不滿的樣子，這樣的情形還能一直拖下去嗎？嘿！你太可笑了。」

「我勇敢的太太，」德華若站在妻子面前，微微低著頭，雙手倒背在身後，像個在嚴師面前規規矩矩、非常聽話的小學生，「你說的這一切，我都毫不懷疑。可時間拖得太久了，有可能——我的太太，你也知道，很可能——我們這輩子都見不到這一天了。」

「是啊！那又怎麼樣呢？」太太追問道，又打了一個結，像是又勒死一個敵人。

「得了！」德華若半帶抱怨，半帶抱歉地聳聳肩說：「反正我們是見不到勝利了。」

「我們要加快勝利的到來，」太太回答，伸手作了個有力的手勢，「我們幹的一切絕不會白幹！我一個心眼地相信，我們會看到勝利的；即使看不到，即使我知道肯定看不到，只要讓我看到貴族和暴君的脖子，我還是會——」

說到這裡，太太咬著牙，狠狠打了一個死結。

「行啦！」德華若喊了起來。他的臉有點發紅，覺得她這是在主貝備他膽怯，「親愛的，我也絕不會善罷甘休的。」

「這我知道。不過你有時要眼看敵人落到你手裡，看到時機對你有利，你才能撐住，這是你的弱點。應該沒有這些也能撐住。時機一到，就把老虎和惡魔統統放出去；可是在等待時機的時候，就得把它們用鏈條拴住——不讓人見到——還是時刻作好準備。」

爲了強調這段勸說詞的最後結論，太太用那包捆紮好的錢，重重地在小櫃台上敲了一下，彷佛要敲出它的腦漿來似的。然後，她泰然自若地把那沉甸甸的錢包往腋下一夾，說是該睡覺了。

第二天正午，這位了不起的女人照例坐在酒店裡她的老位子上，專心致志地編織著。她的手邊放著一朵玫瑰花。她不時朝它看上一眼，但並沒有停下手中的兒。店裡只有不多幾個顧客，有的在喝酒，有的沒有喝酒；有的站著，有的坐著，疏疏落落地分布到各個角落。天氣很熱，一群蒼蠅飛來飛去，有的竟然鑽到德華若太太身邊那些發粘的小玻璃杯裡探險，結果葬身杯底。可是牠們的死並沒有嚇住其牠出來遊逛的蒼蠅，牠們漠然地看著死去的同胞（彷佛牠們是大象或是遠爲不同的異類），直到自己也遭到同樣的命運。這些蒼蠅竟會如此掉以輕心，眞讓人百思不得其解！在這烈日炎炎的夏天，也許朝中的權貴們也是如此吧！

門外進來了一個人，影子落到德華若太太身上，她覺出這是個陌生人。她放下手中的編織活，拿起手邊的玫瑰花插到頭上，然後才朝那個人看去。

眞怪，德華若太太一插上玫瑰花，店裡的顧客便都停止了談話，一個接一個溜出酒店。

「日安，太太。」剛進門的人招呼說。

「日安，先生。」

她說得很響，說罷重又拿起活兒來編織，心裡卻暗自思忖：「嘿！日安、年紀四十左右，身高約五英尺九，黑頭髮，總的來說還算英俊，皮膚黝黑，黑眼睛，臉瘦長、灰黃色，鷹勾鼻但不正，特別怪的是朝左歪，使得表情更加陰險！日安！全對上號了！」

「請給找一小杯陳年白蘭地，另外來點涼水，太太。」

太太有禮貌地照辦了。

「這白蘭地妙極了！太太。」

這酒賣到現在還是第一次受到誇獎。德華若太太知道這酒的底細，心裡自然有數。不過她還是說了聲過獎了，就又拿起活兒來做。來人盯著她的手看了一會，趁機朝整個店堂掃了一眼。

「你編織的手藝眞好，太太。」

「我織慣了。」

「花樣也很漂亮！」

「你這樣想嗎？」太太微笑地看著他說。

「當然。可以問織的是什麼嗎？」

「爲了解悶？」太太的手指靈巧地動著，依然微笑地看著他。

「不是爲了使用嗎？」

「這就得看著辦了。也許有朝一日用得上。要是眞有那麼一天——是啊！」太太說著，深深吸了一口氣，點點頭，嚴肅中帶有幾分風情，「我會用它的！」

很奇怪，聖安東尼似乎不喜歡德華若太太頭上插朵玫瑰花。一前一後進來了兩個人，剛想叫酒，一眼看到了這新鮮玩藝兒，就都猶豫了，接著便裝出找人而沒有找到的樣子，先後走出了店門。陌生人進來時，原本在店裡的顧客此時已一個不剩，全部溜走了。這密探雖然一再瞪大眼睛，可什麼也沒看出來。他們全都那麼一副窮極無聊、無目的東遊西蕩的樣子，一個個踱出去，十分自然，毫無可疑之處。

「約翰，」德華若太太眼睛盯著陌生人，一邊編織，一邊在心裡思忖，「你再多待一會兒，我就能在你走前把『巴塞德』也織上。」

「你有丈夫嗎，太太？」

「有。」

「孩子呢？」

「沒有。」

「生意好像不怎麼樣？」

「生意很差。人太窮了！」

「啊，這些倒楣的可憐人！還要受這麼沉重的壓迫——就像你說的。」

「就像你說的！」太太反駁了一句，更正了他的話，然後敏捷地又在他的名下織進一些對他不利的內容。

「請原諒。不錯，這話是我說的；不過你心裡自然也這麼想，這是一定的。」

「我想？」太太提高嗓音回答：「我和我丈夫照料酒店就夠忙的了，哪有工夫想這些。我們想的只是怎麼活下去。這就是我們想的事。這就足夠讓我們從早想到晚了，哪裡還有閒功夫去管別人？不，不！」

這密探本想在這兒撈點什麼或者炮製點什麼，現在碰了一鼻子灰。但他竭力不讓他那陰險的臉上露出受挫的窘相。他站在那兒，裝出一副殷勤討好、隨便閒聊的樣子，胳膊肘支在德華若太太的小櫃台上，不時呷一口白蘭地。

「把加斯帕處死實在太糟糕了，太太。唉，可憐的加斯帕！」嘆息聲中懷著極大的同情。

「老實說！」太太冷漠而又輕鬆地說：「為這等事動刀子，就得付出代價。他是事先知道的，為這樣奢侈的享受必須付出代價；現在他總算付清了。」

「我相信，」密探說著，把他那柔和的聲音放得低低的，想要套出對方的心裡話來，邪惡的臉上每一絲肌肉都裝出一種革命情感受到傷害的樣子，「我相信這一帶的人對這個可憐的人都很同情，也很為他氣憤，是吧？這話只在咱們之間說說。」

「有這樣的事嗎？」太太問道，一副茫然不解的樣子。

「難道沒有？」

「——我丈夫來了！」德華若太太說。

酒店老板一進店門，密探就舉手碰了碰帽沿和他招呼，帶著一種做作的微笑說：「日安，雅克！」——德華若頓時收住腳步，瞪眼朝他看著。

「日安，雅克！」密探又說了一遍。在對方的逼視下，口氣已經不那麼有把握，笑得也更不自然了。

「你認錯人了，先生！」酒店老板說：「你把我錯當成別人了。我不叫雅克，我叫歐內斯特．德華若。」

「反正都一樣，」密探輕快地說，但也顯得有些狼狽，「日安！」

「日安！」德華若冷冷地回了一聲。

「你進來時，我正有幸和你太太聊天。人家告訴我說聖安東尼的人提到可憐的加斯帕的不幸遭遇，都很同情，也很爲他氣憤——這一點也不奇怪！」

「從來沒有人跟我這麼說過，」德華若搖搖頭說：「我一點也不知道！」說完，他走進小小的櫃台，站在他老婆的背後，手扶著她的椅背，隔著櫃台望著那傢伙。夫妻倆都恨透了他，恨不得一槍把他打死。

那密探是個老手，依然裝出那副漫不經心的樣子。他喝乾了杯中的酒，呷了口涼水，又要了一杯白蘭地。

德華若太太給他倒完酒，又拿起活兒編織起來，一邊織，一邊還哼著小曲。

「你好像對這一帶很熟；就是說，比我還熟吧？」德華若說。

「一點也不！我只不過想多熟悉一點罷了。對這一帶受苦的居民我很關心。」

「嗯！」德華若嘟噥了一聲。

「德華若先生，有幸和你聊天，使我想起一些和你的名字有關的事兒。」密探又說道。

「是嗎？」德華若非常冷淡地答了一聲。

「是眞的。我知道，馬奈特醫生剛放出來時，你這位他以前的傭人曾照料過他。人家把他送到了你這兒。你看，我還了解情況吧？」

「沒錯，是這麼回事。」德華若回答道。他那正在編織、哼小曲的太太像無意地用胳膊肘碰了他一下；這是暗示他最好回答這個問題，但要十分簡短。

「後來他女兒來到你這兒，」密探說：「從你這兒把他接到英國去了。同他一起來的還有一位衣著整潔、穿棕色衣服的先生，戴了頂小小的假髮。他姓什麼來著？——對了，姓洛瑞，是台爾森銀行的。」

「是這麼回事。」德華若又說了一句。

「非常有趣的回憶！」密探說：「我在英國認識了馬奈特醫生和他的女兒。」
「是嗎？」德華若說。
「你現在不大聽到他們的消息了吧？必密探說。
「是的。」德華若回答。
「說實在的，」德華若太太停下手中的活兒，也不再哼小曲，抬起頭來掃嘴說：「我們一直沒有聽到過他們的消息，只收到過一封平安到達的信，後來也許還有一、兩封信。不過打那以後，我們就各走各的路，再也沒有聯繫了。」
「的確是這樣，太太，」密探說：「他的女兒快要結婚了。」
「快要結婚？」太太道：「她那麼漂亮早該結婚了。我看，你們英國人個個都是冷心腸。」
「哦，你知道我是英國人。」
「我是從你的口音聽出來的。」太太回答：「哪兒的口音，我想就是哪兒的人了。」
密探並不把這樣認出他的國籍看作是一種恭維，可他還是不加計較，一笑了之。待到呷完白蘭地，他又接著說：
「眞的，馬奈特小姐就要結婚了。不過她嫁的不是英國人，而是跟她一樣的法國人。說到加斯帕，（唉，可憐的加斯帕！這眞是殘酷，太殘酷了！）這事也眞奇了，馬奈特小姐要嫁的竟是侯爵老爺的侄子，也就是現在的侯爵。那加斯帕不就爲侯爵的事吊到幾十英尺高的絞架上去的嗎？他那侄兒現在就隱姓埋名，住在英國，在那兒沒有用侯爵的頭銜，改名叫查爾斯・達內。這是從他母親的姓達奈變來的。」
德華若太太一直不停地編織著，絲毫不爲所動，可是這消息對她的丈夫顯然起了作用。他站在小櫃台後面，不管做什麼事，像擦火柴，或者點煙，都顯得心煩意亂，手也不聽使喚了。那密探要是沒有把這些看在眼裡，記在心上，他就枉爲密探了。

不管這一點有沒有價值，對巴塞德先生來說，這至少也是個收穫。眼看不再有顧客進店裡來供他偵查，他也就付了酒錢，起身告辭。臨走前，他客客氣氣地說，他盼望今後有幸再見到德華若先生和德華若太太。他走到聖安東尼區街上好一會兒，那夫婦倆仍保持著他在時的模樣不變，生怕他又突然闖了回來。

「他說的馬奈特小姐那樁事，」德華若先生站在那兒，手扶妻子的椅背，抽著煙，低頭朝她輕聲問道：「會是眞的嗎？」

「他這麼說，」太太揚了揚眉毛，回答道：「十有八九是假的。不過也可能是眞的。」

「要是——」德華若欲言又止。

「要是什麼？」妻子追問道。

「——要是眞有那麼一天，咱們能活著親眼看到勝利——我希望，爲了她，命運別讓她的丈夫回到法國。」

「她丈夫的命運，」德華若太太照舊泰然自若地說：「會送他去該去的地方，會得到他應有的歸宿。我知道的就這些。」

「不過這事也奇怪了——唔，難道不奇怪嗎？」德華若說，好像在懇求他的妻子贊同這個說法，「我們對她的父親、對她是那樣同情，可現在，你卻把她丈夫的名字編織到剛滾出去的那條惡狗的名字旁邊了。」

「等那時候一到，比這更奇怪的事還有哩！」太太回答：「我把他們兩個全都記下了，分毫不差；兩人的帳都記得清清楚楚，這就夠了。」

說完，她捲起編織活，從包在頭上的手帕上摘下那朵玫瑰花。也許是聖安東尼人憑本能覺察到那令人不快的裝飾品已經摘去，要不就是他們一直在暗中窺探著它的動向；總之，那玫瑰花一摘下，聖安東尼人很快就放心大膽地走進店來，於是酒店又恢復了它平日的景象。

傍晚。每當這時節，聖安東尼人都要走出屋子，坐在門前的台階上和窗台上，或者走到骯髒的街頭和院子裡，呼吸一點新鮮空氣。德華若太太通常都一邊編織，一邊溜達，從一處走到另一處，從一群人走向另一群人，像個傳教士——像她這樣的人有不少——世界上要是不再生出這樣的人，那才好哩！婦女們一個個都在編織，織的都是些沒什麼價值的東西。不過這種機械的活兒可以代替吃喝的機械動作，用手的動作來代替嘴的咀嚼和腸胃的消化。要是那些瘦骨嶙峋的手停下不動，她們的胃就會餓得更加痛楚不堪了。

可是，隨著手指的活動，眼珠子也在轉動，腦子也在轉動。德華若太太從一群人走向另一群人，凡是和她交談過的那一小群女人，在她離開之後，她們的手指、眼珠子和腦子就動得更快、更厲害了。

她丈夫站在門口抽煙，欽佩的目光追隨著她。「一個了不起的女人！」他說：「是個堅強的女人，崇高的女人，崇高得讓人敬畏的女人！」

夜暮降臨了，傳來了教堂的鐘聲和遠處皇家衛隊的軍鼓聲。婦女們仍坐在那兒編呀，織呀。夜色籠罩著她們。另一種夜色無疑也正在逼近。到了那時，全法國教堂巍峨的鐘樓裡此刻正悅耳地響著的大鐘將熔鑄爲怒吼的大炮，軍鼓聲將淹沒淒慘的哀號；在那種黑夜裡，將響起權力與富足、自由與生存的強烈呼聲。那種黑夜，朝坐在那兒編呀、織呀的婦女們已經逼得很近，就要逼使她們身不由已地圍坐到一架眼下還未造出的機器周圍，一邊編呀，織呀，一邊數著那一顆顆落下的人頭。

第十七章・一個夜晚

一個令人難忘的夜晚，醫生和他的女兒同坐在那棵法國梧桐樹下。落日的餘暉從來沒有像今天這般光輝燦爛地照臨過這個幽靜的街角。月亮升起來了，發現他們父女倆仍靜靜地坐在樹下，便透過枝葉，把銀光照在他們的臉上；灑遍偉大的倫敦城上的月光，從來沒有像今晚這般柔和、瑩潔。

明天，露西就要結婚了。她把這最後的一個夜晚留給她的父親，所以此時此刻只有他倆單獨坐在梧桐樹下。

「你高興嗎，親愛的父親？」

「十分高興，孩子。」

他倆已經在這兒坐了很久，可是話卻說得不多。在天色尚早、還有足夠的亮光供她做女紅或者讀書的時候，她沒有像往常那樣埋首於針線活兒，也沒有念書給他聽。有過無數、無數次，她都傍著他坐在這棵樹下，做著這兩件事。可是這一次跟過去的任何一次都不一樣，也絕不能讓它一樣。

「今天晚上我覺得非常幸福，親愛的父親。上帝賜給我的愛情——我對查爾斯的愛，查爾斯對我的愛——使我深深地感到幸福。可是，假如我今後不能像過去那樣把我的一生都奉獻給你，假如我的婚姻會使我們有所分離，哪怕只是幾條街的距離，我都會有說不出的難過和內疚。即使現在這樣——」

即使現在這樣——她也無法控制自己的嗓音了。

在淒清的月光下，她摟住他的脖子，把臉埋在他的懷裡。月光總是淒清的，就像初升或將逝的日光——就像所謂的人生之光。

「最最親愛的！在這最後的時刻，你是不是能告訴我，你十分、十分肯定，我對他的愛情和我對他的義務，絕不會妨礙我們之間的關係？這一點，我心裡十分清楚，可是你心裡是怎麼想的呢？你是不是非常肯定呢？」

她的父親用一種毫不做作，充滿信心的愉快語氣回答說：「十分肯定，我的寶貝！不但如此，」他很溫柔地吻了吻她，又補充說：「由於你結了婚，我的未來會更加光明，露西，比起你可能不結婚來——不，比起你還沒結婚的時候來——會更加光明得多。」

「那就太好了，我的父親——」

「相信我的話吧，寶貝！確實如此。你想想，這是多麼自然、多麼明白的事，親愛的。你很孝順，又還年輕，還不能充分體會我心中的焦慮，我一直怕誤了你的終身——」

她想用手捂住他的嘴，可是他握住了她的手，重複說道：

「——不能為了我，我的孩子，誤了你的終身——違背了自然規律。由於你一點都不考慮自己，所以你不能完全理解在這件事上我的心事有多重！不過你且仔細想一想，如果你的幸福不完滿，我的幸福又怎能無缺呢？」

「要是我從沒有遇見查爾斯，我的父親，那我和你在一起就十分美滿了。」

她的父親笑了，因為這是她不自覺地承認，自從遇見查爾斯以後，沒有他，她就會感到不美滿，於是他答道：

「我的孩子，事實是你已經遇見他了，而且是查爾斯。假如不是查爾斯的話，也會遇見別人的。假如你遇不到別的人，那就是因爲我的緣故了，那我一生之中的那個黑暗時期不僅把它的陰影投到我自己身上，還落到你的身上了。」

除了那次在法庭上作證，這是她第一次聽到他提起過去的苦難歲月。當他的話音縈繞在她耳際的時候，她產生了一種又陌生又新奇的感覺，直到許多年以後，她依然清晰地記得這種感覺。

「看！」來自博韋的醫生舉起手指著月亮說：「當年我曾從監獄的鐵窗裡看過它，我受不了它的光輝。望著它，想到它的光同時也正照著我失去的一切，心裡難受極了，禁不住拿頭去猛撞監獄的牆。我頭腦發麻，昏昏沉沉地看著它，什麼也不想，只想到月圓的時候，我最多能在它上面畫多少道橫線，還能畫多少道豎線和那些橫線交叉。」他望著月亮，沉思默想了一會，接著說：「我記得橫豎都是二十道，而且那第二十道是好不容易才擠進去的。」

她聽他追述往事，隨著他的講述，一種奇異的緊張、激動的心情顯得越來越強烈。好在他提到舊事時的態度並沒有什麼值得她擔心的地方。看來，他只不過是拿過去的悲慘、苦難和今天的歡樂、幸福作一個對比罷了。

「我望著它的時候，不知有多少遍想到我那個還沒出世就被強行拆散的孩子，它還活著嗎？它是活著生下來的呢，還是因它可憐的媽媽擔驚受怕過度而胎死腹中？它是不是一個有朝一日能爲父報仇的兒子？（在我被囚禁的日子，有一個時期，我復仇的欲望強烈得簡直難以忍受！）說不定這個兒子永遠不知道他父親的身世，說不定還會一輩子妄加猜度，認爲他父親可能出於自願而自行遁世。說不定是個女兒，日後會長大成一個婦人。」

她和他挨得更緊了，吻著他的臉和手。

「我想像中的女兒早把我忘得一乾二淨了——或者是根本不知道我，沒有想到有我這個人。年復一年，我計算著她的年齡。我想像她嫁給了一個對我的遭遇一無所知的男人。我已從活人的心目中完全消失了，而在下一代人中，我的地位是一片空白。」

「父親！你想出了這麼個根本不存在的女兒，我聽著很難受，彷彿我就是那個孩子。」

「你，露西？正是因爲你給我帶來了安慰和復蘇，才引起我的這番回憶。在這最後的一個夜晚，這些回憶在我倆和那月亮之間浮現出來——我剛才說什麼來著？」

「她一點也不知道你的事，她一點也不關心你。」

「哦！不過在另一些有月光的夜晚，憂傷和寂靜卻使我產生了另一種感覺——一種寧靜而又悲哀的感覺；任何一種因痛苦而引起的情感都是這樣的——我想像她來到我的牢房，把我領到監獄外面的自由天地。我時常在月光下看到她的身影，清楚得就像我現在看見你一樣，不同的只是我從來沒有把她摟在懷裡；她總是站在那扇小鐵窗和牢門之間。不過，你聽清了沒有？這已經不是我剛才說到的那個孩子了。」

「這個人影不是那個，這——這是幻影，是想像？」

「不，那是另外一回事。我神思恍惚，兩眼模糊。她站在我的面前，可是一動不動。我腦子裡渴念的形象是另一個有血有肉的孩子。關於她的外貌，我只知道她很像她的母親。另外那個也很像她——跟你一樣——但不是同一個。你懂我的意思嗎，露西？我想你不大懂吧？恐怕只有在單身牢房裡關過多年的囚犯才能理解這些難以說清的區別。」

當他試著這樣剖白他當年的狀況時，雖說他的精神那麼集中，神態那麼鎮定，可是她還是覺得心頭陣陣發冷，毛骨悚然。

「在那種比較寧靜的狀態下，我想像她乘著月光來到我跟前，帶我走出監獄，把我帶到她婚後生活的家裡，讓我看到在她家裡，處處都反映出對她失蹤的父親滿懷深情的思念。她的臥室裡掛著我的畫像，每天都爲我祈禱。她的生活過得積極向上，歡樂愉快，富有意義；不過我的悲慘遭遇卻滲透了她的全部生活。」

「我就是那個孩子，父親。雖然我不及她好，可是就我對你的愛來說，那就是我。」

「她還讓我看她的孩子。」博韋的醫生說：「他們早就聽說過我，她教他們要憐惜我。每當他們走過一所政府的監獄，都會遠遠避開那些陰森森的大牆，仰望它那些鐵欄杆，還放低了聲音說話。可是她搭救不了我，我想像中，她每次帶我看了這些之後，總是把我帶回監獄。不過這時我的眼淚會流下來，心裡輕鬆了不少，於是就跪下來為她祝福。」

「但願我就是那個孩子，父親。哦，我親愛的，最最親愛的，明天你也會這樣熱烈地為我祝福嗎？」

「露西，今晚我回憶起這些過去的苦難，是因為我對你的愛已沒法用語言表達，感謝上帝賜給了我這麼大的幸福。當年哪怕我的思想最最無邊無際的時候，也從來沒有想到我能和你一起過這樣幸福的生活，而且我們還有更加美好的未來。」

他擁抱了她，莊嚴地為她祝福，謙恭地感謝上帝把她賜給了他。又過了一會，他倆才回到屋子裡。

＊

除了洛瑞先生之外，沒有邀請別的人來參加婚禮；除了臉色憔悴的普羅斯小姐，連個伴娘也沒有請。婚後他們的住處也不會變，只是擴大了一些，把樓上那個只聽傳聞、未見其面的房客那幾間屋也一併租了過來，除此之外便什麼也不再需要了。

晚餐時，馬奈特醫生高興非常。餐桌前一共只有三個人，那第三個是普羅斯小姐。查爾斯不在，醫生覺得很遺憾。他真想反對大家出於對他的愛作的這個小小的安排：把查爾斯支開。於是他滿懷深情，舉杯為查爾斯祝了酒。

就寢的時候到了，醫生向露西道了晚安，接著就各自回房。清晨三點，正是夜闌人靜的時候，露西又走下樓來，悄悄走進父親的房間。事前，她心中懷著一種莫名的恐懼。

不過，一切如常，萬籟俱寂，他睡得很熟，一頭白髮別緻地鋪落在平整的枕頭上，雙手安詳地擱在被子上。她把已經用不著的蠟燭放到遠處的角落裡，悄悄爬到床上，吻了他的嘴唇，然後俯身朝他凝視著。

長期囚禁中的辛酸之淚侵蝕了他那原本英俊的面容，不過他以堅強的意志極力掩蓋它們留下的痕跡，即使在睡夢中，他也能將它們深藏不露。這天晚上，在整個廣袤的夢鄉，再也找不出一張比這更引人注目的臉了；它默默無聲、不屈不撓、戒心十足地和一個看不見的敵人作著鬥爭。

她小心翼翼地把手按在他親愛的胸口上，對上帝禱告，她要永遠忠於他，因爲她對他的愛要求她這樣，因爲這是他飽受苦難後應得的報償。最後，她抽回了手，又吻了吻他的嘴唇，這才走開。不久，太陽升起來了，梧桐樹葉的蔭影緩緩地移到他的臉上；它是那麼輕柔，猶如她的小嘴在爲他祈禱時的嚅動。

第十八章・九天九夜

結婚那天，陽光燦爛。醫生正在房間裡和查爾斯・達內談話。大家都已作好出門的準備，聚集在緊閉的房門外。美麗的新娘、洛瑞先生，還有普羅斯小姐，全都準備好了，等著去教堂。在這樁婚事上，普羅斯小姐雖然已經逐漸適應這無法避免的結局，只是她心裡多少還有些不甘，覺得若由她的弟弟所羅門來當新郎，那就更加是一樁十全十美的美滿婚姻了。

「好啊！」洛瑞先生對新娘讚不絕口，一直圍著新娘轉，細細打量她那素雅漂亮的衣衫，「我的乖露西，當年我把你這個小乖乖抱過海峽來，原來就是爲的這一天呀！上帝保佑！當時我把我做的看得太不當一回事了，把我給我的朋友查爾斯先生的恩惠看得太輕了！」

「你當時根本想不到這一點。」講究實際的普羅斯小姐說：「那時候你怎麼能知道現在的事呢？眞是胡說！」

「是嗎？那好吧，不過你可別掉眼淚啊！」脾氣和善的洛瑞先生說。

「我可沒掉眼淚，」普羅斯小姐說：「是你在哭。」

「我!?我的普羅斯！」（現在洛瑞先生偶爾敢跟她開開玩笑了。）

「剛才你就哭過，我親眼看見的，而且一點也不覺得奇怪。你送給他們的那套餐具眞好，誰見了都會掉眼淚。昨晚那盒禮物送來後，那一大堆餐具裡，沒有一把叉子或一只調羹不讓我掉眼淚，」普羅斯小姐說：「弄得我淚眼模糊，簡直看不見它們了。」

「我太高興了！」洛瑞先生說：「不過說實在的，我本來就沒有打算不讓人看見我這些微不足道的紀念品。唉！像今天這樣的場合，是很容易讓人聯想起他失去的一切的。唉，唉！心裡想想，過去這五十年來，本來是隨時都會有一位洛瑞太太的。」

「完全不是那麼回事！」普羅斯小姐說。

「你認爲永遠不會有個洛瑞太太嗎？」這位姓洛瑞的先生問道。

「哼！」普羅斯小姐說：「你還在搖籃裡就是個光棍了。」

「喲！」洛瑞先生說著，笑嘻嘻地整了整他那小小的假髮，「這好像也有可能。」

「你還沒躺進搖籃，」普羅斯小姐接著又說了一句，「就已經注定要打一輩子光棍了。」

「那我覺得，」洛瑞先生說：「老天爺對我未免太不厚道了；而且我當不當光棍，我自己本該有發言權的。得啦！我親愛的露西，」他伸出一隻胳臂，溫柔地挽住新娘的腰，「我聽見他們在房裡走動了。普羅斯小姐和我，作爲兩個正式辦事的人，渴望不失去這最後的機會，對你說幾句你希望聽到的話。親愛的，你把你的好父親托付給和你一樣熱誠，一樣愛他的人了，在你們前往沃里克郡[94]一帶旅遊的兩個星期裡，他一定會得到我們的盡心照顧。爲了照顧他，就連台爾森銀行的事務也要讓一讓路（當然是相對而言）。兩周過後，他就來和你、還有你親愛的丈夫會合，然後和你們一起去威爾士旅遊兩周。那時候你們會說，我們是在他身體最健康、心情最愉快的時候把他送到你們那兒的。好啦，我聽見腳步聲朝門口走來了。趁那個人還沒有提出你是他的之前，讓我用老派的單身漢祝福禮，先吻一吻我親愛的姑娘吧！」

他捧著那張漂亮的臉蛋，瞧了好一會兒，仔細察看那前額上他十分熟悉的表情，然後把那頭閃亮的金髮緊貼到他那小小的棕色假髮上，態度溫柔體貼，純潔眞誠。如果說這就是老派作風的

---

[94] 位於英格蘭中部。

話，那可眞老得像亞當一樣了。

醫生的房門打開了，他和查爾斯．達內走了出來。他的臉色煞白——他們剛才一起進去時，可不是這個樣子——整張臉上不見一絲血色。不過他的態度依然鎮定如常，只有洛瑞先生那敏銳的目光看出了一點不祥之兆，發現從前那種躲躲閃閃、惶恐懼怕的神情像一陣凜然的寒風，剛從他的身上掠過。

他把胳臂伸給女兒，帶她下了樓，坐上了洛瑞先生特地爲這一天雇來的輕便四輪馬車。其餘的人都坐在後面的一輛大馬車裡，大家來到附近的一座教堂。沒有外人參加觀禮，查爾斯．達內和露西．馬奈特很快就高高興興地舉行了婚禮。

婚禮完畢後，除了這一小群人微笑中閃爍的晶瑩淚珠，還有一些燦爛奪目的鑽石在新娘的手上閃閃發光。這些鑽石是新近從洛瑞先生負責珍藏的一只小袋中取出來重見天日的。接著，大家回家吃早飯。一切都進行得很順利。

分別的時候到了，那頭在巴黎的閣樓上曾經和可憐的鞋匠那蒼蒼白髮混在一起的金髮，又在午前的陽光下跟那白髮混在一起了，他們在門口告別。

離開的時間雖說不長，卻也難捨難分。父親極力寬慰鼓勵她，最後終於輕輕地從她的擁抱中抽出身來，說道：「查爾斯帶她去吧！她是你的了！」

她從車窗裡伸出手來，激動地不住揮舞著，然後就走了。

這個街角本來就不是個有人閒逛、看熱鬧的地方，而且準備工作又一切從簡，所以只有醫生、洛瑞先生和普羅斯小姐冷冷清清地留了下來。當他們回到那涼爽宜人的古舊前廳時，洛瑞先生發現醫生渾身上下大大變了樣，彷彿大廳裡那隻高舉的金臂給了他致命的一擊。

他顯然一直竭力克制著，可是一旦不需要再克制，某種精神上的反常現象便有可能在他身上出現了。使洛瑞先生不安的是，他的臉上又露出了昔日那種驚恐不安和茫然不知所措的神情。他神志恍惚地抱著腦袋，一上樓就陰鬱地走進自己的房間。這使洛瑞先生想起了酒店老板德華若和那次星光下的旅行。

「我看，」他心急如焚地考慮了一番後，悄聲對普羅斯小姐說：「我看這會兒我們最好別跟他說話，或者說一點也別去打擾他。我得去台爾森銀行看看，所以現在我要馬上去一趟，很快就會回來。然後我們就坐車帶他去鄉下兜兜風，在那邊吃頓飯。到時候一切都會平安無事的。」

洛瑞先生要去台爾森銀行看看，這倒容易，可是要從那兒脫身出來，那就有點難了。他在那兒整整耽擱了兩個小時。回來的時候，沒有向僕人問一句話，就徑自爬上那座年代久遠的樓梯。他正要走進醫生的房間，一陣低沈的捶打聲突然使他停下了腳步。

「天哪！」他大吃一驚，問道：「這是怎麼了？」

普羅斯小姐滿臉驚恐，在他耳邊說：「哦，天哪！哦，天哪！全完了！」她一邊哭喊，一邊絞著自己的雙手，「叫我怎麼跟小寶貝說呀？他不認識我了，正在做鞋呢！」

洛瑞先生儘量勸慰她，讓她鎮靜下來，然後走進醫生的房間。那張板凳已經擺到向陽的地方，就像當年他看見鞋匠做鞋時那樣，他正埋頭忙著幹活。

「馬奈特醫生，我親愛的朋友，馬奈特醫生！」

醫生朝他看了一會兒——半似詢問，半似因跟他說話而氣惱——重又埋頭幹活。

他已脫去上衣和背心，襯衣領口敞開著，跟他當年幹這件活兒時一樣，連他的臉也恢復到昔日那種憔悴枯槁的模樣。他幹得很起勁——也顯得有些不耐煩——好像感覺到人家打擾了他。

洛瑞先生朝他手裡的活兒看了一眼，發現還是那種老尺碼、老式樣的鞋子。他拿起放在他旁邊的另外一隻，問他那是什麼。

「是年輕小姐走路穿的鞋；」他頭也不抬地咕噥了一句，「早就該做好的。別動它！」

「馬奈特醫生啊，看看我！」

他服從了，也是昔日那種機械恭順的樣子，手上的活兒卻並未停下來。

「你認識我嗎，親愛的朋友？再想想，這可不是你的本行呀！好好想想，親愛的朋友！」

說什麼也沒法使他再開口了。你要他說話，他有時抬起頭來看你一眼；可是無論你怎麼開導，都沒法從他口裡掏出一句話來。他一聲不響，只顧埋頭幹呀，幹呀，幹呀！別人和他說話，他像堵沒有回聲的牆或者茫茫大氣，毫無反應。洛瑞先生發現的唯一的一線希望是，有時沒向他問話，他也會偷偷地抬頭看一眼；這時，似乎隱隱約約有一絲好奇或困惑不解的表情——彷彿他極力想要弄清腦子裡某些不明白的事情。

洛瑞先生馬上想到，當前有兩件事最為重要。第一，絕對不能讓露西知道這個情況；第二，這個情況也不能讓所有認識醫生的人知道。他和普羅斯小姐商量之後，馬上採取措施，對外聲稱醫生身體不適，需要徹底休息幾天。為了瞞住他的女兒，由普羅斯小姐給她寫去一封信，謊稱她父親已被人請去出診，因臨行匆匆，草草給她寫了一封兩、三行的親筆信，已同時付郵，云云。

洛瑞先生在採取了這些周密的措施之後，一心盼望醫生能恢復神志。要是這個希望很快實現，他還有另外一個打算，就是針對醫生的病情想出一種他認為最為有效的治療意見。

洛瑞先生盼望醫生能很快復原，盼望自己的第三個打算得以實施，決定親自對醫生進行精心地守護，而且盡可能做得不露聲色。於是他生平第一次作了不去台爾森銀行上班的安排，在醫生房間的窗前安頓了下來。

可是，不久他就發現，硬要和醫生說話，不僅無益，反而有害，因為只要一勉強他，他就變得心神不安。洛瑞先生第一天就放棄了這種做法，決定默不作聲地一直陪在他跟前，像是以此來反對他老是陷在神志昏迷的錯覺之中。因此他坐在窗前的位置上，看看書，寫寫字，以他所能想出的種種愉快自然的方法表明，這兒是個自由自在，沒有約束的地方。

別人給他吃什麼，馬奈特醫生就吃什麼；給他喝什麼，他就喝什麼。犯病第一天，他一直埋頭幹活，一直幹到天黑看不見——一直到洛瑞先生再也看不見，沒法看書，沒法寫字後，他還繼續幹了半個小時。當他把工具收拾到一旁，準備第二天早上再用時，洛瑞先生站起身來對他說：

「想出去走走嗎？」

他像當年一樣，朝自己兩旁的地上左顧右盼了一番，像當年一樣抬起頭來看了看，又像當年那樣用低沈的聲音重覆了一聲：

「出去？」

「是呀！跟我一起出去走走。爲什麼不呢？」

他並沒有費神去說明爲什麼不出去走走，一句話也沒有再說。不過當他在薄暮中躬身坐在凳子上，雙肘支在膝蓋，兩手托著頭時，洛瑞先生覺得醫生似乎正在迷迷糊糊地自己問自己：「爲什麼不呢？」精明幹練的生意人洛瑞先生看到有機可乘，決定抓住這個有利之機。

普羅斯小姐和洛瑞先生兩人輪流值夜，他們不時從隔壁房間過來看看他。他在上床之前來來回回走了許久，可是一躺下就睡著了。第二天早上，他按時起了床，然後就徑直走到凳子跟前，繼續幹起活來。

第二天，洛瑞先生高高興興地叫著他的名字，跟他打招呼，還找出他倆最近常提到的一些話題，跟他講話。他仍不作任何回答，不過看來他聽見了洛瑞先生說些什麼，儘管還有些迷迷糊糊，但他顯然在考慮這些話。這個情況促使洛瑞先生決定要普羅斯小姐一天幾次帶著針線活來醫生房間。這種時候，他倆就像往常一樣，坐在一起若無其事地談到露西，談到近在眼前的她的父親，彷彿什麼事也沒有發生。他倆談話時平心靜氣，不過分冗長，也不過分頻繁，以不會惹起他生厭爲限度。洛瑞先生覺得醫生抬起頭來看的次數比以前增多了，似乎已經有點感覺到自己和周圍的情景不大協調，顯得心神有些不安。這使得洛瑞先生的那顆友愛之心輕鬆了不少。

當暮色再度降臨的時候，洛瑞先生又和先前一樣問道：

「親愛的醫生，想出去走走嗎？」

他還是像先前那樣重覆了一聲：「出去？」

「是呀！跟我一起出去走走。爲什麼不呢？」

洛瑞先生沒有得到回答。這一次，他假裝自個兒走了出去，離開了個把小時才回來。在他離開的這段時間，醫生已經改坐到窗前的座位上，臉朝窗外，直望著院子裡那棵法國梧桐；可是洛瑞先生一回來，他便又溜回到他的凳子上去了。

時間過得非常緩慢，洛瑞先生的希望渺茫，他的心情又漸漸沈重起來了，而且一天比一天沈重。第三天來了又去了，接著是第四天，第五天；五天、六天、七天、八天、九天。

洛瑞先生度日如年，希望愈來愈渺茫，心情也越來越沈重。有關醫生的這個情況，由於嚴加保密，露西一無所知，一直過得很快活。可是洛瑞先生不能不看到，這位鞋匠的手藝開始還有點生疏，後來就令人擔憂地日益熟練起來。到了第九天黃昏，在蒼茫的暮色中，他幹活的態度比以往任何時候都專心致志，雙手的敏捷嫻熟也達到了前所未有的程度。

第十九章・一條意見

洛瑞先生由於焦急不安地日夜守護，弄得精疲力竭，竟在值班時睡著了。夜深時，他昏昏沈沈睡去，直到陽光射進房間才驚醒過來。這時已在提心吊膽中度過第十個早晨了。

他揉著眼睛，站起身來。不過這時他突然犯起疑來，懷疑自己是不是仍在夢中。因爲他走到醫生的房門前往裡一看，發現那張鞋匠用的板凳和做鞋工具又都放到了一邊，醫生正坐在窗前看書。他穿著平時穿的晨衣，臉色（洛瑞先生看得清清楚楚）雖說仍很蒼白，但非常安詳鎮定，一副專心用功的樣子。

甚至在已經弄清自己確實醒著之後，洛瑞先生還是昏頭昏腦地糊塗了好一陣子，鬧不清最近那番做鞋的事是不是他自己做了一場惡夢。因爲，他的眼睛不是明明看見，他的朋友就坐在眼前，穿著平日的衣服，還是原來的神志，忙忙碌碌的樣子也和往常一樣嗎？哪有什麼跡象說明確曾發生過那場令他印象強烈的變故呢？

這只不過是他一時糊塗和驚訝產生的疑問罷了，答案是明擺著的。要是他的印象毫無根據，那場變故不是眞的，他賈維斯・洛瑞怎麼會上這兒來呢？他怎麼會和衣熟睡在馬奈特醫生的沙發上，這麼一大早就在醫生的臥室門外考慮這些問題呢？

幾分鐘後，普羅斯小姐來到他的身旁，悄聲對他說了幾句話。如果這時他心中還有什麼疑團未能解開的話，那她的話應該使他疑慮全消了。不過他此刻已經十分清醒，已不存在任何懷疑。他提議他們應該暫時別進去，等到平日吃早飯的時候，再像什麼事都沒有發生過似的和醫生見面。如果他神志正常了，洛瑞先生準備就他想出的治療意見小心謹愼地向他討教，求得他的指導；這是他在焦慮不安的時候迫切希望做的。

普羅斯小姐對他的主意言聽計從，認眞仔細地執行了這個方案。由於時間很充裕，洛瑞先生照常有條不紊地梳洗打扮了一番；來吃早飯時，他又像平日那樣穿著雪白的襯衫，腿腳都收拾得乾乾淨淨。他們和往常一樣請來了醫生，然後共進早餐。

他們盡可能按照洛瑞先生認爲唯一穩妥可靠的方針，採取周密細緻、循序漸進的辦法，慢慢跟他攀談。起初，醫生以爲他女兒的婚禮是在昨天舉行的。他們就裝出漫不經心的樣子，故意提起今天是星期幾，是幾月幾號，讓他去想去算。可以明顯看出，這使他感到有些不自在。不過在其它方面，他仍顯得鎭定安詳，因此洛瑞先生決定趁機尋求幫助；他要找的幫助的人，就是醫生本人。

於是，等吃完早飯、收拾停當，只留下他和醫生時，洛瑞先生滿懷深情地對醫生說道：

「親愛的馬奈特，我很想就一種非常奇特的病症，私下聽聽你的意見。我對這種病很感興趣；也就是說，在我看來，這病很怪；至於對有專業知識的你來說，也許並不那麼奇特。」

醫生看了看自己的兩隻手。因爲近幾天來幹了活，手變了顏色，他顯得神色不安，但仍注意傾聽著對方說話。他已經不止一次地看自己的手了。

「馬奈特醫生，」洛瑞先生親切地輕按著他的胳臂說：「害這種病的是我的一個特別要好的朋友。請你費神認眞考慮一下，給我提出一個治療意見。這是爲了他——更重要的是爲了他的女兒——爲了他的女兒，親愛的馬奈特。」

「要是我沒理解錯的話，」醫生用一種低沈緩慢的聲調說：「這是某種精神休克——？」

「是啊！」

「請說得清楚點，」醫生說：「別漏掉任何細節。」

洛瑞先生覺得他們彼此間能心領神會，便繼續說下去：

「親愛的馬奈特，這是拖了多年的老毛病了，它對人的情感、感覺，還有──還有──像你所說的──精神方面，影響極其嚴重。在精神方面，得這種病是受了刺激，病人被刺激摧垮了，誰也說不上病了多長的時間；我認為他自己也說不清病了多久，別人更不得而知了。病人後來終於從休克中恢復了神志，可是這恢復的過程，連他自己也弄不清楚──我有一次聽他在大庭廣眾中公開這樣說過，那樣子眞讓人看了難受。他後來總算好了，完全恢復了健康。他是一位才華橫溢、非常能幹、不怕吃苦的人，雖已滿腹經綸，仍能不斷吸取新的知識。可不幸的是，」他停頓了一下，深深吸了一口氣，「他最近又輕度復發了一次。」

醫生低聲問道：「持續了多長時間？」

「九天九夜。」

「症狀怎麼樣？」他又看了看自己的雙手，「我想他又像過去發病時那樣，幹起以前的活兒來了吧？」

「事實正是這樣。」

「嗯，你有沒有見過，」醫生問道，聲音雖說還那麼低沈，但是清晰，鎭定，「他以前埋頭幹那活兒的樣子？」

「見過一次。」

「他這次舊病復發和那時的情況是大致相像呢，還是完全一樣？」

「我看是完全一樣。」

「你剛才說起他的女兒；他女兒知道他這次舊病復發了嗎？」

「不知道，這事一直瞞著她。我希望這件事永遠不要讓她知道。只有我和另外一個可以信賴的友人知道這件事。」

醫生抓住他的手，喃喃說道：「眞是太好了！你考慮得眞周到！」

洛瑞先生也抓住他的手，兩人默默無言地互相對視了一會兒。

「哦，親愛的馬奈特，」洛瑞先生終於開口說道，態度非常體貼，非常眞誠，「我只是個辦事人員，不善於處理這類複雜困難的事情。我缺乏應有的知識，缺乏這種聰明才智，需要旁人指導。在這個世界上，能給我正確指導的，除了你，沒有更能指望的人了。告訴我，這次發病是怎麼引起的？還有沒有再發的危險？能不能預防？再發時應該怎樣治療？這病到底是怎麼得來的？我能爲我的朋友做點什麼？要是我知道該怎麼辦的話，我是打心眼裡比任何人都更樂意爲我的朋友效勞的。可是在現在這種情況下，我實在不知道該從哪兒做起。如果你的眞知灼見和豐富的經驗能給我以正確的指導，我也許還能做不少事情；可要是沒人開導指點，我就寸步難行了。請好好跟我講講，讓我能夠把這件事弄得更清楚一點；也請你教教我，我該怎麼做才能更有用處。」

馬奈特醫生聽了這番推心置腹的話之後，坐著沈思起來。洛瑞先生也沒有催促他。

「我親愛的朋友，」醫生費了好大的勁才打破沈默說道：「我認爲，你所說的這種舊病復發，有可能患者事前並不是完全沒有預感。」

「他怕犯病嗎？」洛瑞先生鼓起勇氣問道。

「很怕！」說著，他不由自主地打了個哆嗦，「你想像不到，這種恐懼心理對於患者是一種多麼沈重的思想負擔；而且對他來說，要強使自己說出那壓在心頭的心事，哪怕是說一句話，都是非常困難的！——幾乎可以說是不可能的。」

「在快要犯病時，」洛瑞先生問：「假如他能迫使自己把心頭的隱疾向什麼人吐露一下，他是不是就會感到明顯地輕鬆了呢？」

「我想是的。不過我已經對你說過，這幾乎是不可能的。我甚至認爲——在某些情況下——是根本不可能的。」

「那麼，」雙方又沈默了一會，接著洛瑞先生把手輕輕放在醫生的胳臂上說道：「你認爲這次發病的原因是什麼？」

「我認爲，」馬奈特醫生說：「一定是當初引起這種病症的一系列想法和回憶又強烈、異乎尋常地回到他的心頭。我想，這使他腦子裡逼眞地聯想起某種非常悲傷痛苦的景象。很可能長期以來，他心中就潛藏著一種恐懼感，害怕聯想起那些事情——比如說，怕在某種情況下會引起他的這種回想——又比如說，怕在某種特殊的場合使他聯想起那些事情。他曾努力想要使自己事先做好準備，但是毫無用處。也許正是因爲他竭力想做好準備，結果反倒使他更加承受不了這個打擊。」

「他是不是還記得，發病那天發生過什麼事？」洛瑞先生自然有些猶豫，但還是問了。

醫生淒然地朝屋子裡環顧了一下，搖了搖頭，低聲回答道：「一點也不記得了。」

「那麼，我們就說說未來吧！」洛瑞先生提醒他。

「對於未來，」醫生說著又鎭定如常了，「我抱有很大的希望。既然上帝慈悲，這麼快就讓他恢復了神志，我對未來的希望也就很大了。他是被某種複雜的事情壓垮的，長期以來爲此提心吊膽，模模糊糊地預見到它，和它抗爭，直到雲開霧散之後，他才恢復了常態。我相信，最壞的情況已經過去了。」

「好，好！那我就放心了！感謝上帝！」洛瑞先生說。

「感謝上帝！」醫生虔誠地低頭應聲說。

「還有兩個問題，」洛瑞先生說：「我也急於想向你請教。我可以說下去嗎？」

「你這樣肯幫朋友的忙，眞是太好了！」醫生向他伸出了手。

「那就先說第一個問題。他一貫勤奮好學，精力過人；他熱衷於獲取新的專業知識，忙於進行各項試驗及別的許多事情。那麼他是不是操勞過度？」

「我想不是的。他的腦子總是不能閒著，也許這是他的腦子的特點。這可能部分是先天生來如此，部分是所受的苦難造成。他的身心用在積極健康的事情上越少，轉向消極不健康方面的危險就越大。可能他對自己作過一番認眞的觀察，發現了這個問題。」

「你能肯定他不是操勞過度嗎？」

「我想，對這一點我十分肯定。」

「我親愛的馬奈特，假如他現在工作過度，那——」

「我親愛的洛瑞，我不相信會那麼容易過度。某一方面受到強大的壓力，就必定要有與之相反的平衡力。」

「請原諒，我是個愛刨根問底、辦具體事務的人。姑且假定他確實是操勞過度了，那會不會引起舊病復發呢？」

「我認爲不會。」馬奈特醫生頗爲自信地說：「我想，只有那一系列的聯想才會使他舊病復發。因此我覺得，今後除非發生什麼異乎尋常的事情，觸動了這根弦，否則是不會再誘發舊病的了。這次發了病，而且恢復過來之後，我覺得很難想像，今後還會再有什麼事能這樣猛烈地觸動這根心弦。我認爲，幾乎可以確信，那些誘發這個病的根由已經不存在了。」

他說這話時心中並沒有多大把握，因爲他知道，哪怕是一點輕微小事，都能攪亂那脆弱的神經；但另一方面，他又頗有信心，因爲他畢竟親身經受過長期的磨難，已經逐步得到了鍛鍊。他的朋友當然不會去挫傷他的這種自信心。洛瑞先生儘管心裡還不那麼踏實，還是儘量裝出放心、寬慰的樣子，然後開始談到第二問題，也就是最後一個問題。他覺得這是棘手的問題。可是，想到那個星期天早上和普羅斯小姐的談話，想到最近九天來看到的情況，他知道這個問題必須解決。

「這次的舊病復發總算康復了。發病時他又重新操起那個行當，」洛瑞先生說到這裡，清了清嗓子，「那行當我們姑且把它叫做——鐵匠活吧！鐵匠活；爲了能把情況說清楚，我們來舉個例子，我們姑且說當年他犯病的時候，習慣到鐵匠爐邊幹活。這一次，他又莫名其妙地跑到鐵匠爐邊幹起活來。那在他身邊保留著那個鐵匠爐，豈不是個禍害嗎？」

醫生一隻手遮住自己的前額，心神不寧地用腳拍打著地板。

「他始終把那東西保留在身邊，」洛瑞先生用焦急的目光看了他的朋友一眼，「那末，要是他讓那東西搬走，會不會更好一些呢？」

醫生仍用手遮住額頭，心神不寧地用腳拍打著地板。

「你覺得在這件事情上給我提出意見很困難嗎？」洛瑞先生說：「我知道這是個難題；不過我總認爲——」說到這裡，他搖了搖頭，住了嘴。

「你知道，」馬奈特醫生局促不安地停頓了一下後，轉過頭來對他說：「要把這個可憐人內心深處活動的來龍去脈解釋清楚是很困難的。當時，他曾非常強烈地渴望讓他幹這種活，願望實現後，他是那麼高興；開始幹這種活時手忙腳亂，腦子無暇胡思亂想，隨著手藝日漸熟練，心思就又用在如何發揮那雙巧手上，不再在精神上折磨自己了。毫無疑問，這就大大減輕了他的痛苦，因此一想到要把那東西放到他搆不著的地方，他就怎麼也受不了。即使在此刻，我相信他對自己比以往任何時候都更抱有希望，說到自己時也充滿信心，可是一想到他有朝一日也許要用到這老家什時卻找不到它，心裡就會突然產生一種恐懼感，像一個迷途的小孩子心靈上受到打擊那樣，張惶失措，驚恐不安。」

當他舉目朝洛瑞先生的臉上望去時，他的神情同他描述的小孩一樣惶恐。

「可是，會不會——請注意！我是一個開不了竅的辦具體事務的人，只會和幾尼、先令、鈔票這類物質方面的東西打交道，我還要向你請教——會不會由於保留了那東西，連那種念頭也保存下來了呢？要是把那東西甩掉，我親愛的馬奈特，那種恐懼感不也就隨之而去了嗎？一句話，保留那鐵匠爐，豈不就是對那種驚恐不安的心理作出讓步嗎？」

又沈默了一會兒。

「你也知道，」醫生聲音顫抖地說：「那是個多年的老伙伴呀！」

「要是我，我就不保留它。」洛瑞先生搖著頭說。他見醫生心神不安，態度就更加堅決，「我要勸他甩掉那東西。我只是想得到你的許可。我敢肯定那東西毫無好處。好啦！親愛的好朋友，請你答應我吧！爲了他的女兒，我親愛的馬奈特！」

要是能看出他內心進行了怎樣的一場鬥爭，那可眞是太不平常了啊！

「好吧，看在她的份上，就這麼辦吧，我答應了。不過，我不贊成當著他的面把它搬走，要趁他不在的時候搬。等他外出時，再送走他的老伙伴。」

洛瑞先生馬上同意這樣做，從而結束了這場談話。他們到鄉間去玩了一天，醫生已完全恢復了健康。在隨後的三天裡，他的狀況一直很好。到了第十四天，他就動身前去和露西及她的丈夫會合。洛瑞先生事先已告訴他，爲了解釋他爲什麼一直沒給女兒去信，他已採取了什麼措施：醫生也按照這一口徑給露西寫了信，所以她沒有起疑。

醫生離家的當天晚上，洛瑞先生拿著斧頭、鋸子、鑿子和鄉頭，普羅斯小姐舉著蠟燭，兩人一起來到他的房間。洛瑞先生關上房門，帶著神秘而又負疚的心情，把那張鞋匠板凳劈成了碎片。普羅斯小姐在一旁舉著蠟燭，像個謀殺案裡的幫凶——說實在的，她那副冷酷無情的模樣，幹這行倒是個頗爲合適的人物。兩人接著就在廚房的爐子裡「焚屍滅跡」（爲了便於焚化，事先已劈成碎片），工具、鞋子、皮子則埋在花園裡。心存忠厚的人總是認爲毀壞東西和背著人做事是邪惡有罪的，因此，洛瑞先生和普羅斯小姐在做這件事情然後滅跡的時候，在感覺上和外表上，都像是一對犯下了彌天大罪的同謀犯。

第二十章・一個請求

新婚夫婦旅行回來，第一個前來道賀的是西德尼・卡頓。他們到家後沒過多久，他就來了。他的外表、行爲、舉止都沒什麼改進，但是他那種眞誠得粗魯的神情卻是查爾斯・達內過去沒有見過的。

他找了個機會，把達內拉到窗前，在沒有旁人在場時，才跟他說起話來。

「達內先生，」卡頓說：「我希望我們能做個朋友。」

「我想我們已經是朋友了。」

「作爲一句客套話，你這樣說已經夠好了，不過我並沒有客套的意思。眞的，我說我希望我們能做個朋友，絕不是那個意思。」

於是，查爾斯・達內——自然會這樣——就非常和氣友好地問他，那他的意思是什麼？「說實在的，」卡頓微笑著說：「我自己心裡很明白，可要說給你聽，那就難了。不過，讓我試試看吧！你還記得嗎，在一個不同尋常的場合，我醉得比——比平常厲害？」

「我記得在一個不同尋常的場合，你硬要我承認，你一直不斷地在喝酒。」

「我也記得。那樣的酗酒是作孽，它沈重地壓在我的心頭，樁樁件件都讓人忘不了。我希望有朝一日，當我走到生命的盡頭時，能算清這筆帳！你不必吃驚，我並不打算說教布道。」

「我一點也沒有吃驚。你的誠懇眞摯絕不會使我吃驚的。」

「啊！」卡頓滿不在乎地擺了擺手，彷彿要把什麼拂去似的，「在剛才提到的那次喝醉酒時

（正如你知道的，那不過是許多次中的一次），我胡扯了一通喜歡你、不喜歡你什麼的，讓你討厭，請你忘了它吧。」

「我早就忘了。」

「又是客套話！不過，達內先生，我可不像你；你說你早忘了，我可沒那麼容易忘。我絕不會忘記這件事；給我一個敷衍了事的回答，也不能幫助我把它忘了。」

「如果我的回答是敷衍了事的話，」達內應聲說：「那我請你原諒我。我的用意無非是想把一件微不足道的小事拋開，並沒有想到這件事會使你這麼不安。我憑人格擔保，我早就把這件事拋到九霄雲外去了。我的老天，拋到九霄雲外的事有的是啊！你那天幫了我那麼大的忙，那才是值得放在心上的事呢！」

「說到幫大忙，」卡頓說：「既然你這樣講，那我就得向你坦白承認，那只不過是職業性的嘩眾取寵的詭辯罷了。當初我給你幫忙的時候，其實我並沒有想到我要關心你的命運——請注意！我說的是當初給你幫忙的時候，我說的是過去！」

「你把你的恩德說得太輕描淡寫了！」達內答道：「不過我並不打算因你輕描淡寫的回答而跟你爭論。」

「眞是太對了！達內先生，相信我吧！我說得太離題了；我剛才跟你說到我們做朋友的事。好，現在你對我了解了，你知道我是個不求上進、不肯學好的人。要是你不信，可以問問斯特里弗，他會告訴你的。」

「我倒願意自己作出判斷，用不著他幫忙。」

「好吧！不管怎麼樣，反正你已經知道，我不過是個放蕩、沒用的人罷了，從來沒有做過什麼好事，以後也絕不會做。」

「我不能說你『以後也絕不會做』。」

「可是我自己心裡明白。你一定要拿我的話當眞。好吧！要是你容得下我這麼一個毫無價值、沒什麼好名聲的人，那我就要求你給我一個特許的待遇，允許我在這兒來往。請你只管把我當作一件沒用的家具（要不是因爲我發現你我長得相像，我還會說，把我當作一件粗埋的家具），因爲它過去派過用場，所以留下它，但不必再費心注意它。我想我也不會濫用這種特許的待遇的，頂多不過是一年四次罷了。我要說，要是我知道我已得到了這種特許的話，我就心滿意足了。」

「你願意試著那麼做嗎？」

「換句話說，你這是把我希望得到的地位給了我了。謝謝你，達內。我可以用你的名義來享受這種自由嗎？」

「我想現在是可以了，卡頓。」

他倆握了握手，接著西德尼就走了。不出一分鐘，從他的整個外表看，又變得和往常那樣吊兒郎當、放蕩不羈了。

他走了之後，一天晚上，查爾斯・達內和普羅斯小姐、醫生還有洛瑞先生閒聊時，泛泛提到了這次談話，並且把西德尼・卡頓說成是個隨隨便便、馬馬虎虎的人。總之，他說到卡頓先生時並沒有惡意，也沒有責備他的意思，只不過像人們見了他那副模樣後通常會做的那樣，議論他幾句罷了。

他沒想到這會引起他年輕美貌的妻子心理上的不安。待他回到自己的房間，發現她正等著他，眉頭又像從前那樣可愛地皺了起來。

「今晚我們像是心事重重呢？」達內一面伸出手去摟她，一面說。

「是呀，親愛的查爾斯，」她把雙手放到他的胸口上，用詢問和專注的神情凝視著他，「我們今晚確實心事重重，因爲今晚我們心裡有事放不下呀！」

「什麼事呀，我的露西？」

「要是我求你別問，你肯不肯答應我什麼也不問呢？」

「我肯不肯答應？我有什麼不肯答應我親愛的人呢？」

他一隻手拂開垂在她臉上的金髮，另一隻手按著那爲他而跳動的心。眞的，他有什麼不肯答應的呢！

「查爾斯，我覺得可憐的卡頓得到的關懷和尊重理應比你今晚表示的更多。」

「眞的嗎，我親愛的？爲什麼呢？」

「這你不用問，不過我覺得——我明白——他理應得到關懷和尊重。」

「既然你明白，那就夠了。你要我做什麼呢，我的寶貝？」

「我親愛的，我要求你永遠對他寬宏大量，即使他不在跟前，對他的短處也要十分寬容。請你相信我，他很少很少敞開他的心扉，他的心上滿是深深的傷痕。親愛的，我看到他的心在流血。」

「這讓我想起來感到很難過！」查爾斯・達內非常吃驚，說道：「說不定我已傷害了他；我從來沒有想到他是這樣的。」

「我的丈夫啊！他確是這樣的。我怕的是他已經無可救藥了；不管從他的性格或者命運看，現在恐怕都沒有什麼挽回的希望了。不過我深信，他還是能夠做出美好、優雅的事情，甚至是高尚的事情來的。」

她對那個意志消沈的人滿懷著純潔眞誠的信心，她的容貌也顯得更加美麗動人，這使得她的丈夫眞恨不得一連朝她看上幾個小時。

「啊，還有，我親愛的！」她呼喚著，向他靠得更攏，把頭枕在他的胸脯上，抬起眼睛朝他望著，「要記住，我們沈浸在幸福之中，是多麼堅強有力；而他深陷在苦難之中，又是多麼軟弱無力啊！」

她的懇求使他深深感動，「我會永遠記住這個，親愛的心肝！我會一輩子記住這件事。」

他向那一頭金髮俯下身來，把嘴貼在她那紅紅的唇上，把她摟在懷裡。要是那個在黑暗的街道上躑躅的孤淒之人能聽到她這番純眞的肺腑之言，看到她的丈夫從她那對他滿含柔情的藍眼睛上吻去她灑下的同情之淚，也許就會對著夜空大喊一聲——這些字眼從他的嘴裡吐出已不止一次——

「她有那麼美好的同情之心，願上帝保佑她吧！」

第二十一章・回響的腳步聲

前面已經說過，醫生住的地方是個能發出回聲的街角。露西就在這回音繚繞的街角上那幢寧靜的房子裡，年復一年地傾聽著回響的腳步聲，一刻不停地忙著纏繞金線，把她的丈夫、她的父親、她自己和與她朝夕相處的老管家都纏繞在恬靜歡樂的生活之中。

雖說她是個非常幸福的少婦，但起初也有過那樣的時候，針線活慢慢從手中落下，眼睛會變得模糊起來。因爲有某種聲音，某種輕微、遙遠、幾乎聽不見的聲音夾雜進這些回音，直攪得她心煩意亂。忐忑不安的期望和疑惑把她的心分成了兩半——期望的是她至今還沒有領略過的一種愛，疑慮的是她是否還能留在人世享受這種新的歡樂。到那時，說不定回聲裡會響起她早逝的墓地上傳來的腳步聲：想到她的丈夫將孤單一人留在世上，爲她悲慟欲絕，種種思潮湧現在她的眼前，恰似滾滾波濤，此起彼伏。

這個時期終於過去了，她的小露西安然躺在她的懷中。後來，在那蕩漾前來的回聲裡，有了她那小腳丫子的腳步聲和她的咿啞學語聲。任憑那些更大的回聲有多響，搖籃旁年輕的母親總能聽見自己孩子的這些回聲傳來。這些聲音一響起，這座濃蔭遮蔽的房子就會因孩子的歡聲笑語而充滿陽光。而且孩子們的聖友[95]——在她痛楚難當的時刻，她曾把自己的孩子托付給他——好像

---

[95] 指耶穌。

已把她的孩子抱在懷中，就像當年抱起那個孩子那樣[96]，使她享受到一種神聖的喜悅。

露西一直忙著纏繞那根把大家聯繫在一起的金線，把她那給人帶來幸福的親睦之力不偏不倚地織進每一個人的生活中。一年復一年地過去了，露西在回聲中聽到的只有友愛、令人欣慰的聲音。她丈夫的腳步堅強有力，生氣勃勃；她父親的腳步沈著穩重，協調均勻。瞧，還有那位普羅斯小姐，她像一匹上了轡頭的烈性戰馬，已被鞭子制伏，在花園裡的梧桐樹下打著響鼻，用蹄兒刨著地，引起了一連串回音！

即便回音中夾雜進一些哀傷之聲，也不會顯得那麼淒慘難受。她的小男孩躺臥在床，那長得和她一樣的金髮光暈似地圍繞著他憔悴的小臉散落枕上，露出可人的微笑說：「親愛的爸媽，我眞捨不得離開你們，也捨不得離開我漂亮的姐姐，可是上帝在召喚我，我得走了！」即使在她曾受托照料的這小小靈魂脫離她的懷抱而去時，濡濕年輕母親雙頰的也不完全是極度的悲痛之淚。「讓他們來，不要禁止他們。」[97]他們能看到天父的聖顏。天父啊，你的話多麼慈愛！

這樣，回聲裡便摻進了天使的鼓翼聲，不完全是塵世的俗音，有的是來自天堂的聲息。微風在花園中一座小小墳墓上的輕拂聲也交織在這些聲音之中。而當小露西模樣可笑，一本正經地在一旁做晨課，或者是坐在媽媽的踏腳凳上給洋娃娃穿衣服，嘴裡喋喋不休地講著她從小就聽慣了

---

[96] 參見《聖經・新約・馬可福音》第9章，十二門徒爭論誰爲大，於是耶穌「領過一個小孩子，叫他站在門徒中間，又抱起他來，對他們說，凡爲我名，接待一個像這小孩子約就是接待我；凡接待我的，並不是接待我，乃是接待那差我來的。

[97] 參見《聖經・新約・馬太福音》第19章。原文爲：「耶穌說，讓小孩子到我這裡來，不要禁止他們。因爲在天國的，正是這樣的人。」

的倫敦話以及巴黎話時，露西也能聽到兩種聲音在輕言細語——猶如夏日的大海在沙灘邊沈睡的聲息。

回聲裡難得聽到西德尼・卡頓的步履聲。一年裡他頂多六次享受不請自來的殊榮，像過去常有的那樣，和大家坐在一起，消磨一個晚上。他每次來的時候都從無醉意。回聲裡還悄悄敘述著有關他的另一件事，那是古往今來所有眞正的回聲裡都會悄悄敘說的故事。

要是一個男人眞心愛上一個女子，在失去了她，當她成了人妻人母之後，仍能對她一往情深、始終不渝而又毫無怨艾，她的兒女們一定會對他懷有一種奇妙的感情——一種出自本能的憐惜之情。這究竟是觸動了潛意識裡哪一根微妙的心弦，任何回聲都沒法告訴你。不過事實的確如此。卡頓也是這樣。除了家人之外，卡頓是小露西對之伸出胖乎乎手臂的第一個人。在她逐漸長大以後，他在她心目中的地位依然不變。那個小男孩，幾乎在他的最後時刻，仍在念叨著他：「可憐的卡頓，替我親親他！」

斯特里弗先生像隻巨大的汽船，乘風破浪，在法律界勇往直前，身後則老是拖著他那有用處的朋友，像隻掩在船尾的小船，小船總是跟在大船後面吃浪，被波濤掩過。西德尼過的就是這樣一種被掩沒的生活。而他隨便懶散慣了，積重難返。不幸的是他聽憑自己遭人冷落，甘願蒙辱含垢而不思奮起，因而落到眼前的這種境況。他安於當獅子的胡狼，就像眞正的胡狼絕不想當獅子一樣。斯特里弗已經發了財，他娶了個滿面紅光的有錢寡婦，她帶來一大筆財產和三個男孩，那幾個孩子除了圓圓的頭上長著筆直的頭髮外，沒有任何出衆之處。

斯特里弗先生像趕羊似的把三位少爺趕到索霍那個寧靜的街角，想讓他們拜在露西的丈夫門下當弟子。他渾身的毛孔都散發出令人作嘔的屈尊就教的氣味，俏皮地說道：「喂，達內！給你送來三塊奶酪麵包，讓你家庭野餐時享用！」可是這三塊奶酪麵包竟遭到對方客客氣氣地拒絕，使斯特里弗氣得暴跳如雷。

這以後，他便以此作爲教育三位少爺的教材，要他們日後和那班教書匠打交道時，多提防他們那種窮要飯的自尊心。在酒酣耳熱的時候，他還對斯特里弗太太吹牛說，達內太太曾費盡心機「追求」他。可是，太太啊！他對她「針鋒相對」，所以才「沒給逮住」。他在高等法院裡的一些熟人，有時和他在一起喝酒，也常聽他吹這種牛。他們爲他開脫說，這是因爲他吹多了，所以到後來連他自己也信以爲眞了——吹牛撒謊本就不對，這樣眞是錯上加錯，更加不可救藥。——眞該把這種傢伙拖到一個僻靜角落吊死了事。

就在這充滿回聲的街角裡，露西傾聽著種種回聲，有時發人幽思，有時引人歡笑，一直到了她的小女兒長到六歲。無須詳說她孩子的腳步、她親愛的父親那一向有勁穩重的腳步和她親愛的丈夫的腳步引起的回聲，對她來說是何等親切；毋庸贅述由她以賢慧、淡雅、儉樸治理的這個和睦家庭發出的哪怕是最輕微的回聲，在她聽來也是悅耳的音樂；也不必多說所有在她四周蕩漾的回聲都是那麼甜美動人。她父親曾多次對她說，她出嫁後比出嫁前對他更孝順了（如果還有可能更孝順的話），她的丈夫也曾多次告訴她，不論她有多少事要操心，不論她有多少責任要盡，他對她的愛情和幫助始終都是專一不二的。他問她：「親愛的，你對我們每個人都關心備至，彷彿我們是一個人；你從來不曾手忙腳亂，或者忙得不可開交。你到底有什麼魔法呢？」

然而，在整個這段時間裡，從遠處傳來了另外一種不祥的回聲，隆隆地震動了這個角落。到了快到小露西六歲的生日時，傳來了一種可怕的聲音，彷彿有一場大風暴席捲了法國，引起了可怕的海嘯。

公元一七八九年七月中旬的一個晚上，洛瑞先生很晚才從台爾森銀行來到這兒，挨著露西和她的丈夫，坐在黑暗的窗口。這是個悶熱的暴風雨之夜，他們三人都想起了在這兒觀看閃電的那個星期日的晚上。

「我本以爲，」洛瑞先生把他的棕色假髮往後推了推說：「今晚我得在台爾森過夜了。今天白天我們整整忙了一天，弄得我們手忙腳亂，暈頭轉向。巴黎的形勢非常動盪，因而財產信託一股風似地落到我們頭上來了！我們在那邊的主顧都迫不及待地把財產託付給我們；有的人簡直像著了魔似地急著把財產轉移到英國來。」

「情況很不妙！」達內說。

「你說情況不妙，親愛的達內？是呀，可是我們弄不清這是什麼原因。人眞是不可理解！我們台爾森的人有的已經上了年紀，這樣無緣無故地打破我們的常規，我們實在受不了。」

「可是，」達內說：「你看天有多陰沈！要變天了。」

「這我知道，沒錯！」洛瑞先生表示同意，他想讓自己覺得他的好脾氣也變壞了，咕噥著說：「忙亂了整整一天，我存心要發發脾氣。馬奈特哪兒去了？」

「我在這兒呢！」醫生正好這時走進黑暗的房間，應聲說。

「你在家我很高興。今天一天我都被忙亂和不祥的兆頭纏著，不知怎麼的心裡老感到緊張不安。我想，今晚你不打算出去了吧？」

「不出去了。如果你樂意，我想跟你玩玩十五子[98]。」

「要是容我直說的話，我不想玩。今天晚上我絕不是你的對手。茶盤還是在老地方嗎，露西？我看不見。」

「當然啦，給你留著呢！」

---

[98] 一種棋子遊戲，雙方各有十五枚棋子，以擲骰子決定走棋格數。

「謝謝你，親愛的。小寶貝睡了嗎？」

「睡得可香哩！」

「那就好，一切平安無事！這兒爲什麼不該平安無事呢！感謝上帝！不過這一整天我眞給折騰得夠嗆，我畢竟已經不是個年輕人了！我的茶呢，親愛的？謝謝你。來，過來吧，坐到一起來，讓我們安安靜靜坐著，聽聽回聲。你對這些回聲有你的見解。」

「不是見解，是想像。」

「好，那就是想像吧，聰明的小寶貝！」洛瑞先生說著，拍了拍她的手，「不過，現在回聲多極了，也響得很，是不是？你一聽就知道了！」

*

就在這一小圈人在黑暗中坐在倫敦一座房子的窗前時，在遙遠的聖安東尼區正響著狂亂的腳步聲。魯莽、瘋狂而又充滿危險的腳步正強行闖入每一個人的生活；而這些腳一旦沾上了腥紅色，就再也不容易擦洗乾淨了。

那天早晨，在聖安東尼區，但見黑壓壓一片衣衫襤褸的人群在來回湧動，如同起伏的波濤，波尖上不時熠熠閃亮；那是太陽照耀下刀槍映出的光芒。聖安東尼發出了怒吼，森林般無數隻赤裸的胳臂在空中揮動，猶如在冬日的寒風中搖晃的枯枝；所有的手都迫不及待地想抓住從人群深處不管多遠的地方扔過來的武器，或者權當武器使用的東西。

人群中誰也說不清這些武器是誰扔出來的，從哪兒來，打哪兒開始，怎樣把它們幾十支幾十支地扔出來，在人們的頭上像閃電般龍飛蛇舞地四處亂竄。正在分發的有火槍——還有子彈、火藥、彈丸、鐵棍、木棒、刀斧和長矛，以及頭腦發熱的聰明人所能發現或發明的各種武器。什麼也沒抓到的人不顧雙手鮮血淋漓，硬是從牆上挖出磚塊和石頭。聖安東尼的每一條血管和每一顆心都緊張到了極限，熾熱到了頂點；每一個活人都已把生死置之度外，狂熱地作好了獻身的準備。

像沸水的漩渦總有一個中心點一樣，所有這場暴動都是圍繞著德華若的酒店進行的。這一大鍋沸水似的人群正被捲進漩渦，德華若就站在漩渦的中心，渾身上下都沾滿火藥，掛著汗水，正在發號施令，分發武器。他推開了這個人，把那個人拉上前來；奪下這個人手中的武器，給了那個人，忙得不可開交。

「守在我身邊別走遠，雅克三號！」德華若喊道：「還有你倆，雅克一號、雅克二號，你們盡力分頭率領好這些愛國同胞，組織起來的人越多越好。我太太呢？」

「嘿，瞧你！我不是在這兒嗎！」太太鎮定自若一如往常，只是今兒個她手裡沒有編織活。太太那隻果斷的右手拿著的已不是平日那輕軟的織針，而是一柄斧頭；腰間還拷著一把手槍和一柄快刀。

「你要上哪兒去，我的太太？」

「現在跟你一起去，」太太回答說：「等會兒你就能看到我衝在婦女的前頭了。」

「那就來吧！」德華若大聲喊道：「愛國的同胞們，朋友們，咱們準備好了！向巴士底獄前進[99]！」

只聽得一聲怒吼，彷彿全法蘭西的呼聲都匯成這一爲人深惡痛絕的字眼。人海翻騰，波濤起伏，洶湧澎湃地漫過整個城市，湧到了巴士底獄。頓時，警鐘齊鳴，鼓聲隆隆，狂怒的人潮呼嘯

---

[99] 在巴黎東南部，原爲一古堡，後用作國家監獄；一七八九年7月14日，爲法國大革命時的群眾攻克並摧毀，是日遂定爲法國國慶日。

著直朝新的海岸衝去，進攻開始了。

深深的壕溝，兩座吊橋，厚實堅固的石頭牆，八座大塔樓[100]，大炮、火槍、烈火、濃煙。酒店老板德華若穿過烈火和濃煙——應該說在烈火和濃煙中，因爲人海把他擁到一門大炮跟前，於是他馬上成了一名炮手——像個英勇的士兵般幹了起來。兩小時浴血奮戰。

深深的壕溝，一座吊橋，厚實堅固的石頭牆，八座大塔樓，大炮、火槍、烈火、濃煙。一座吊橋攻下來了！「幹呀！同志們，幹呀！幹呀！雅克一號，雅克二號，雅克一千號，雅克兩千號，雅克兩萬五千號，幹呀！以所有天使的名義，或者以所有魔鬼的名義——任你選擇吧——幹呀！」德華若就這樣堅持在大炮旁邊，他的那門大炮早就灼熱發燙了。

「跟我來，婦女們！」他的太太大聲喊道：「哼！等把這裡攻下來，我們跟男人一樣也會殺人了。」一大群婦女尖聲叫喊著跟著她衝上去了，雖然她們的武器五花八門，但全都有一顆復仇之心，一樣燃燒著飢餓之火。

大炮、火槍、烈火、濃煙；但依然是深深的壕溝，一座吊橋，厚實堅固的石頭牆，八座大塔樓。洶湧的人海稍微有了一些變動，有人受傷倒下了。閃閃發光的武器，熊熊燃燒的火把，一輛輛裝滿濕麥稈的冒煙大車，附近一帶四面八方全是街壘，裡面的人正在奮力戰鬥，尖聲的喊叫，齊發的射擊，切齒的咒罵，無限的勇猛，轟轟隆隆，乒乒乓乓，稀里嘩啦，還有那人海肉浪的狂嘯怒號；然而，依舊是深深的壕溝，依舊是一座吊橋，依舊是厚實堅固的石頭牆，依舊是八座大塔樓，酒店的老板德華若依舊堅守在他的大炮旁，經過四個小時的激戰，那門大炮加倍地灼熱發燙了。

---

[100] 巴士底獄有一百英尺高，塔樓八座。

堡壘裡伸出一面白旗，要求談判——在這凶猛的風暴中，什麼也聽不見，只是隱隱約約可以看到——突然之間，人海沸騰，波瀾壯闊，無際無邊，滾滾人浪把開酒店的德華若擁上業已放下的吊橋，擁著他穿過厚實堅固的石頭牆，把他擁進那已經投降的八座塔樓當中！

裹夾著他的人潮勢不可當，他透不過氣，回不過頭，像在南太平洋的驚濤駭浪中掙扎，不由自主地一直被席捲到巴士底獄的前院。到了院子裡，他才得以貼著牆角使勁轉過身來，看一看周圍的情況。雅克三號就在他身旁；可以看到德華若太太手裡握著刀，仍領著她那班婦女，在前面不遠的地方。到處是嘈雜騷亂，狂呼亂叫，震耳欲聾的聲音，如痴如狂的行動，嚇人的怒吼，憤怒的手勢。

「犯人在哪兒？」

「檔案呢？」

「秘密牢房呢？」

「刑具呢？」

「犯人呢？」

在所有這些呼聲以及無數斷斷續續的喊叫中，喊得最多最響的是「犯人在哪裡？」高呼的人潮不斷擁入，彷彿人和時間、空間一樣，也是無窮無盡的。第一排浪頭過後，看守人員就被衝了出來；人們警告他們說，倘若他們膽敢把秘密處所隱匿不報，立即就地處死。德華若伸出一隻粗壯有力的手，當胸一把抓住一名看守——此人頰髮花白，手上舉著一支火把——把他從他們當中拖出來，推到牆根。

「帶我去北樓！」德華若說：「快！」

「遵命！」那人回答：「請跟我來。不過現在那兒沒人。」

「北樓一百零五號是什麼意思？」德華若問：「快說！」
「意思嗎，先生？」
「是指犯人還是關犯人的地方？要不，就是你想不想要我把你打死？」
「殺了他！」走上前來的雅克三號吵啞著嗓子吼道。
「先生，那是一間牢房。」
「帶我去看看！」
「那請往這邊走。」

雅克三號仍帶著往常那種迫切表情，眼見這場談話已經轉向，看來已無流血可能，顯然有點失望，便一手抓住德華若的胳臂，像德華若抓住獄吏的胳臂一樣。在進行這場簡短的交談時，他們三個人的頭湊到了一起；即使這樣，也只能勉強聽清對方的話。洶湧的人海湧進了堡壘，滾滾的波濤漫過了院場、過道和樓梯，喧囂之聲眞是震耳欲聾。牆外四周，深沈嘶啞的怒吼也在拍打著牆壁，不時有幾聲斷斷續續的尖叫從中進出，像浪花騰空。

穿過一條條永遠不見天日的拱道，經過一道道黑暗的洞穴和囚籠的陰森可怖的小門，走下一段段陡直而下的樓梯，然後又爬上一個個高低不平的陡峭的磚石台階——這與其說是樓梯，還不如說更像乾涸的瀑布。德華若、看守和雅克三號，你拉著我，我牽著你，以盡快的速度向前走去。那滾滾人流，特別是在開始的時候，時常朝他們衝來，又打他們身邊通過；可是等他們下完階梯，曲折盤旋地爬上一座高塔時，周圍已經杳無一人。厚實的石牆和拱門已把他們與外界隔絕，監獄內外的風暴洪濤，聽起來只是嗡嗡作響的微音，彷彿剛才那些震天動地的響聲已經把他們的耳朵震聾了。

看守在一個低矮的門口停下腳步，把鑰匙插進一把匡噹作響的大鎖，然後慢慢推開了門。大家低頭邁了進去，獄吏說：

「這就是北樓一百零五號！」

牆的高處有一個沒有玻璃的小窗，安著粗粗的鐵窗柵，窗外還有一堵石頭牆擋著，因此只有蹲下身子抬頭仰望，才能看見一線天空。離窗口不到幾尺遠的地方有一個小小的煙囪，也用粗鐵柵欄著，爐膛裡有一堆羽毛似的陳年木灰。屋子裡有一張凳子、一張桌子、一張草鋪。四壁都已發黑，一面牆上有一只生銹的鐵環。

「把火把拿過來，慢慢沿牆照過去，讓我仔細看看。」德華若對看守說。

那人服從了。德華若跟在火把後面仔細看去。

「等等——瞧這兒，雅克！」

「A·M！」雅克急切地辨認著字跡，啞聲說道。

「亞歷山大·馬奈特，」德華若在他的耳邊悄聲說道，一邊用他那沾滿火藥的黑手指指著那兩個字母。「你瞧，他在這兒還寫了『一個可憐的醫生』。毫無疑問，這塊石頭上的年月日也是他刻的。你手裡拿的是什麼？是根鐵棍嗎？給我！」

他手裡拿著點燃大炮的火繩桿，於是立刻用它從看守手裡換來了鐵棍，然後轉身對著被蟲蛀空的凳子和桌子，三兩下就把它們打得粉碎。

「把火把舉高一點！」他怒氣沖沖地對著看守說：「仔細檢查一遍這些碎片，雅克。喏！我的刀，」把刀扔給雅克，「割開草鋪，在麥稈裡好好找一找。把火把舉高點，你！」

他狠狠地瞪了看守一眼，爬上爐子，朝煙囪仔細看了一番，接著用鐵棍朝煙囪的四壁又撬又敲的，還使勁撬開了爛在外面的鐵柵欄。不一會兒，泥灰簌簌落下。他躲過臉去，然後小心翼翼地在落下的泥灰中，在那些陳年的木灰中，還有那用鐵棍桶過、撬過的煙囪縫隙中掏摸著。

「木頭碎片裡和麥稈裡都沒有東西嗎，雅克？」

「什麼也沒有。」

「咱們來把這些東西全都堆到牢房中間。行了！把它們點著。叫你呢！」

看守點著了那堆東西，它們馬上熊熊燒了起來。他們又躬身走出低矮的拱門，任憑那堆東西在牢房裡燃燒，然後從原路走回院子。他們一直朝下走，彷彿又漸漸恢復了聽覺，最後重又回到洶湧的人潮之中。

他們發現人海在起伏翻騰，人們正在尋找德華若。聖安東尼人叫嚷著，要酒店老板來領頭押解那個守衛巴士底獄、槍殺人民的監獄長。沒有他來領頭，就沒法把這個監獄長弄到市政廳[101]去受審；沒有他，說不定這傢伙就會逃走，那人民的血（多少年來一錢不值的東西，如今突然值點錢了）就會白流，沒法報仇雪恨了。

這個冷酷無情的老官僚，身穿灰色上衣，佩著紅色綬帶，十分引人注目。情緒激昂的人群狂呼怒吼著，叫罵爭吵著，把他圍在中間。人海中只有一個人顯得十分鎮靜，那是一個女人。「瞧，我丈夫在那兒！」她指著他喊了起來，「瞧，那不是德華若嗎！」她緊跟在那個冷酷無情的老官僚後面，寸步不離。當德華若和其他人押著他往前走的時候，她仍緊跟在後面，穿過一條條大街；快到目的地時，背後有人開始揍那監獄長，她還是緊跟在後；當刀槍棍棒驟雨般落在他身上時，她突然一躍而起，一腳踩住他的脖子，用她那把毫不留情的快刀——早就準備好了——把他的頭割下來。

時候到了，聖安東尼人要執行他們那可怕的計劃了：把人像街燈似地吊在燈柱上，讓大家看

[101] 法國革命時，作了革命群眾的指揮所和裁判所。

看聖安東尼人是什麼樣兒的人，看看他們能幹出什麼事。聖安東尼的熱血沸騰起來了，暴政和鐵腕統治的血在流淌——淌在市政廳台階上監獄長的屍體躺著的地方——淌在德華若太太的鞋面上，剛才她就是穿著這隻鞋踩住他的屍體，割下他的頭。「把那盞燈放下來！」

聖安東尼人怒目朝四下裡張望，找出個處死人的新方法後喊道：「這個是他手下的兵，讓他留在這兒站崗吧！」於是那個兵就晃晃蕩蕩地給吊起來了。人們又潮水般向前湧去。

這黑壓壓、令人望而生畏的人海，波濤洶湧，浪浪相逐，具有摧毀一切的巨大力量；沒有人探測過它的深度，也沒有人知曉它的力量。這無情的人海裡惡浪翻騰，此起彼伏，復仇之聲地動山搖，到處是一張張在苦難的熔爐中煉得堅如鐵石、絲毫沒有憐憫之色的面孔。

在這人臉的汪洋大海中，張張臉上活現出種種凶狠和憤怒的表情，唯有兩組面孔——各爲七張——卻呆板得如此與衆不同，恰似漂浮在浪尖上令人難忘的沈船殘片。這七張是囚犯的面孔[102]；這場風暴沖垮了他們的墳墓，突然把他們釋放出來。人們把他們高高地舉在頭頂，他們都驚得發呆了，茫然若失，神魂不定，以爲世界末日已經來臨，在他們周圍歡呼的衆人都是死去的亡靈。另外七張是死人的面孔，舉得更高；他們耷拉著眼皮，半睜半閉著眼睛，彷彿在等待末日審判。這些僵死的面孔上還帶有期待！不是絕望——的表情；確切點說，這些面孔讓人害怕，像是暫時停止活動，彷彿有朝一日還會抬起低垂的眼皮，用他們那毫無血色的嘴唇作證道：「這是你們幹的！」

七個被釋放的囚犯，七顆挑在槍尖的血淋淋的人頭，八個大塔樓裡那些讓人深惡痛絕的牢房的鑰匙，早就心碎而死的囚犯們的書信和其它遺物——等等，等等，由聖安東尼人護送著，邁著

---

[102] 史載革命群衆攻克巴士底獄時，獄中關著七名囚犯。

發出驚天動地的回聲的步伐，在公元一七八九年的七月中旬，通過巴黎的街道。啊！願上帝保佑露西．達內的幻想，別讓這些腳步聲闖入她的生活吧！因爲這些腳步是魯莽瘋狂而又充滿危險的！雖說在德華若酒店門口打破酒桶之後已過去多年，但這些腳一旦沾染了猩紅色，就再也不容易擦洗乾淨了。

第二十二章・大海仍在洶湧

形容枯槁的聖安東尼只快活了一個星期。在這一個星期中，人們以友愛的擁抱和互相祝賀當佐料，盡可能把他們那一丁點又硬又苦的麵包調理得鬆軟可口一點。一個星期過去，德華若太太重又坐在櫃枱旁，像往常那樣接待顧客了。德華若太太頭上已經不戴玫瑰花，因爲雖然只經過這短短的一星期，那幫密探已變得異常小心，不敢再依賴這位聖安東尼人的慈悲保佑了。他們覺得，這兒街道上的路燈悠忽悠忽地晃蕩，並不是好兆頭。

這一天早上，天氣晴朗炎熱，德華若太太雙臂抱胸，坐在店堂裡照顧生意，一面留心著街上的動靜。

酒店裡和大街上都有幾堆無所事事的閒人，他們邋里邋遢，窮得可憐，可是在他們貧苦的外表上新增了一種意識到自己力量巨大的表情。最貧窮的人頭上歪戴著最破爛的睡帽，其中也暗含著這樣一層曲折隱晦的意思：「我很明白，我這個戴這頂帽子的人要讓自己活命是多麼困難，可是你知不知道，我這個戴這頂帽子的人要讓你喪命是何等容易？」早就沒有活兒幹的一隻隻骨瘦如柴的光胳臂，如今隨時準備著去幹這麼個活兒，那就是打人。做編織活的女人的手也很凶狠，憑經驗得知，她們的手可以用來撕扯。

聖安東尼的面貌已經起了變化。幾百年來，人們一直在塑造他的形象，可是最近發生的事情已經在他的表情上留下深深的痕跡。德華若太太一副聖安東尼女領袖的氣派，壓抑著心頭的讚許，坐在那兒留神著這一切。她的一位志同道合的姐妹在她的旁邊做著編織活；她是個忍飢挨餓的小販的妻子，兩個吃不飽肚子的孩子的母親，長得又矮又胖。這員副將已經獲得了「復仇女」的美名。

「聽！」復仇女說：「聽呀！是誰來了？」

彷彿有一串鞭炮聲從聖安東尼區最近的邊界一路響了過來，一直響到酒店門口。突然響起的喧嘩聲自遠而近，轉眼就到了跟前。

「是德華若。」太太說道：「靜一靜，愛國同胞們！」

德華若上氣不接下氣地走了進來，一把抓下頭上戴的紅帽子，朝四下裡看了看。

「大伙都聽著！」太太又喊道：「聽他說！」

德華若站在那兒，喘著氣。

他背後是一群瞪著眼、大張著嘴的人。酒店裡的人全都倏地站了起來。

「說吧！我的丈夫，怎麼回事？」

「簡直是從陰間來的消息！」

「嘿，怎麼？」太太輕蔑地喊了起來：「從陰間？」

「大家都還記得老富隆[103]吧？他曾對挨餓的人民說，餓了可以吃草嘛！後來那傢伙死了，下地獄去了。」

「我們都記得！」大家異口同聲嚷道。

「消息就是關於他的。他還沒有死！」

---

[103] 富隆（一七一七～一七八九），一七七一年任法國財政部長，貪贓枉法，無惡不作，一七八九年7月22日被革命群眾處死。

「沒有死！」又是衆口一聲地說道：「他沒有死？」

「沒有死！他非常怕我們——怕得有道理——就假裝說死了，還來了一次大出殯。可是有人看見他還活著，躲在鄉下，就把他給抓來了。剛才看見了他，做了囚犯，正被押往市政廳。我說他害怕我們不是沒有道理的。大家說，有沒有道理呀？」

那個倒楣的七十多歲的老傢伙，要是原先對這個道理根本不懂的話，聽了大家回答時的這聲吼叫，也該十分明白了。

接著是一陣深深的靜寂。德華若和他的太太相互定睛看了一眼。復仇女彎下腰去，從櫃枱後面她的腳下拖出一面鼓；大家聽到了鼓挪動時的嘎嘎聲。

「愛國同胞們！」德華若聲音堅決地說道：「大家準備好了嗎？」

頃刻間，德華若太太已在腰間佩上快刀，鼓已經在街上咚咚敲響，那面鼓和鼓手彷彿神奇地混爲一體了。復仇女嘴裡發出一聲聲可怕的尖叫，兩隻胳臂高舉在頭頂揮舞，就像立即出現了四十個復仇女神，挨家挨戶竄進竄出，在鼓動婦女們。

男人們個個讓人見了可怕，他們殺氣騰騰地從窗戶裡朝外瞧了瞧，有什麼武器就抄起什麼武器，一齊衝向街頭。

女人們的樣子，哪怕是最膽大的人，見了也要心驚膽戰。她們扔下手頭那窮人家得做的家務，扔下自己的孩子，扔下家中蜷伏在地、無衣無食的老人和病人，披頭散髮地跑出家門，互相鼓勵，手舞足蹈，發瘋似地狂呼亂叫。

壞蛋富隆給抓住了，姐姐！老富隆給抓住了，媽媽！惡棍富隆給抓住了，女兒！接著，有二十來個女人跑到她們中間，又是捶胸脯，又是揪頭髮，又是尖聲大叫。什麼，富隆還活著！是那個叫挨餓的人去吃草的富隆！我沒有麵包給我爸吃，富隆跟我爸說，他可以去吃草！我餓得奶頭乾癟，沒有奶餵孩子，富隆對我娃娃說，他可以啜草！啊，聖母呀，就是這個富隆！啊，天啊，我們遭了多少罪！聽著，我死去的寶貝孩子，我垂死的爸爸，我現在跪在這些石頭上宣誓，我要爲你們向富隆報仇！你們這些當丈夫的，當兄弟的，還有你們這些年輕人，把富隆的血給我們，把富隆的頭給我們，把富隆的心給我們，把富隆的肉體和靈魂都給我們，把富隆撕成碎片，把他埋進地裡，讓草從他身上長出來！

許許多多婦女就這樣叫喊著，激動得發了狂，她們打著轉，拉住自己的朋友又打又抓，一直弄到過於興奮而昏過去，只是由於她們的男人把她們救起，才免得給人踩在腳下。

儘管如此，一分鐘也沒有耽誤，一分鐘也沒有！這個富隆現在還在市政廳，說不定會放掉。那可不行，聖安東尼人遭了這麼多罪，受了這麼多辱，有了這麼多冤，絕不能放過他！拿起武器的男男女女，飛速奔離聖安東尼區，連最後的幾個人都被吸引進來了，形成了一支浩浩蕩蕩的大軍；不到一刻鐘，整個聖安東尼區，除了幾個乾癟的老太婆和啼哭的小孩之外，就闃無一人了。

不！這時他們全都擁擠在押著那個又醜又壞的老傢伙的審判廳裡，以及鄰近的空地和街道上。德華若夫婦、復仇女和雅克三號都在大廳裡，站在人群最前面，離富隆不遠的地方。

「瞧！」德華若太太用手裡的刀指著大聲說道：「瞧那老壞蛋正用繩子捆著，背上還綁了一把草。幹得好！哈，哈，哈！幹得太好了！現在讓他吃草吧！」她把刀夾在腋下，像看戲似地鼓起掌來。

緊跟在德華若太太後面的人立刻把她拍手稱快的原因告訴了他們背後的人，那些人又把這話傳給了另一些人，另一些人又傳給了另一些人，結果附近的街上都響起掌聲。同樣，在那嘮嘮叨叨、問長問短的兩、三個小時中，德華若太太頻頻露出的不耐煩表情，也被迅速地傳到外面，而且傳得更快，因爲有那麼多個漢子施展了絕技，爬上了大廳外面的高處，打窗戶裡清楚地看到德華若太太的表情，拍電報似地把她的一舉一動傳給大廳外面的人群。

到後來，太陽升得高高的，一束和煦的陽光像一道希望之光或者保護之光，直射在那個老罪犯的頭上。這樣寬待他，眞叫人難以忍受。轉眼之間，這道已經立了這麼久的衣衫襤褸的人們組成的屛障崩潰了，聖安東尼人抓住了他！

這事立刻就傳到最外圍的群衆。德華若剛剛縱身跳過一道欄杆和一張桌子，把那個倒楣的老傢伙死死抱住——德華若太太才緊跟上去，一手抓住捆著他的一根繩子；復仇女和雅克三號還沒來得及上去，在窗口探望的人也還沒有像猛禽撲食般撲進大廳——喊聲似乎就已響起，響徹了全城：「把他拖出來！把他拖到路燈底下來！」

倒下去又拖起來，頭朝地磕在大樓前的台階上，時而雙膝跪地，時而兩腳著地，時而仰面朝天，拖呀，打呀，幾百隻手拿起一把把青草和麥稈往他臉上塞，悶得他透不過氣來。他給揪扯得狼狽不堪，鼻青臉腫，氣喘吁吁，鮮血淋漓，一味在求饒。一會兒，他使勁掙扎著，由於人們想把他看個仔細，互相拉著往後退，在他四周倒留出了一點空隙。一會兒，他又像一段枯木樁，被拖過林立的人腿，一直拖到一處最近的街角，那兒搖曳著一盞不祥的路燈。

這時，德華若太太放開了他——像貓兒玩弄一隻老鼠——當人們在作準備時，他苦苦向她哀求，她則一言不發，泰然自若地朝他看著。女人們一直朝他又罵又叫，男人們則厲聲高喊，要用草塞進他的嘴裡把他噎死。第一次，把他吊起來，繩子斷了，他慘叫著跌了下來，被人接住；第二次，再把他吊起來，繩子又斷了，他又慘叫著跌了下來，又被人接住；最後一次，繩子總算大發慈悲，吊住了他，於是他的腦袋很快就給挑在槍尖上了，嘴裡還塞滿了草，使所有聖安東尼人看了都跳起舞來。

這一天的惡行並未就此結束，因爲聖安東尼人又叫又跳，胸中的怒火越燒越旺。傍晚時分，聽說那個被處死的老傢伙的女婿[104]，另一個欺壓群眾的人民公敵正押解來巴黎，警衛人員僅騎兵就有五百人。聖安東尼人把他的罪狀書寫在大幅大幅的紙上，而且把他搶到了手——哪怕有一支大軍圍住，也能把他搶出來拉去和富隆作伴——把他的頭和心挑在槍尖上。他們帶著這一天的三件戰利品，像狼群似地穿過街道。

直到天黑以後，男男女女才回到哭叫著要麵包吃的孩子們身邊。接著，那間簡陋的小麵包鋪前排起了長長的隊伍，他們耐心地等待著買一點粗劣的麵包。在他們空著肚子、有氣無力地等著時，他們就互相擁抱，慶祝白天的勝利，並用閒聊來重溫勝利的喜悅，藉以打發時光。漸漸地，這一長排衣衫襤褸的隊伍變短了，散盡了；接著那些高高的窗戶裡閃出昏暗的燈光，街上燃起微弱的爐火，鄰里間幾家人合用一個爐子做好飯，然後就在門口吃晚飯。

他們的飯菜質差量少，根本塡不飽肚子，不但沒有肉，連就著粗劣麵包吃的湯汁也少得可憐。然而，人們的友愛之情給這些磚石般的食物加進了一點營養，使它們迸發出一點歡樂的火花。父母們已在白天幹夠了凶惡事，現在正和藹可親地和他們那些瘦骨伶仃的孩子戲耍；戀人們雖然處身於這樣的環境中無法擺脫，依然相親相愛，憧憬著未來。

德華若酒店送走最後一批顧客時，幾乎已經是早晨了。德華若先生一面關上店門，一面用沙啞的聲音對他的太太說：

「這一天終於來到了，親愛的！」

「唔，是啊，」太太回答說：「差不多！」

聖安東尼人睡了，德華若夫婦睡了，連復仇女也跟她那吃不飽飯的小販一起睡了，那面鼓也

---

[104] 實有其人，名貝蒂埃，係一徵稅人。

休息了。聖安東尼區內唯一沒有讓流血和騷亂弄得聲音嘶啞的就是這面鼓。這面鼓的保管人復仇女能隨時喚醒它，使它發出和巴士底獄攻陷前或抓住老富隆前一樣的聲音；可是睡在聖安東尼裡的那些男男女女，他們那嘶啞的聲音卻再也不能恢復原樣了！

第二十三章・起火了

那個村子裡，泉水仍在流淌，那個修路工還是天天到大路上去敲打石頭，敲打出一份糊口的麵包，使他那可憐無知的靈魂不至於和他那可憐瘦削的肉體分家。可是村子發生了一點變化，懸崖上的那座監獄不像過去那樣威風了，還有士兵守著，但人數不多；有看管士兵的軍官，但他們誰也摸不透自己手下的人到底想幹什麼——只有一點是清楚的，那就是他們多半不會去幹上司要他們幹的事。

這兒是一望無際的破敗的鄉村，什麼也不出產，一片荒涼。每一片葉子，每一株小草和禾苗，都和那些受苦受難的人民一樣，乾癟、枯瘦，一切都彎腰駝背，垂頭喪氣，壓得抬不起頭，破敗得不成樣子。房屋、籬笆、家畜、男人、女人、小孩，以及哺育他們腳下的土地——全都奄奄一息，滿目瘡痍。

老爺（通常是最受尊敬、與眾不同的上等人）是國家的棟樑，他們使得一切事物增光生色，是高雅豪華生活的光輝典範，此外還可以說出一大堆大意與此相同的話；然而，老爺作為一個階級，卻不知道怎麼的，把事情弄到了這步田地。奇怪的是，顯然專門為老爺們設計的這個世界，竟會這麼快就被榨乾刮淨！一定是在作千秋萬世的運籌安排中，有鼠目寸光的地方！肯定是這樣！但是不管怎麼說，事情就是如此；連石頭裡的最後一滴血也給榨出來了，絞榨架上的螺絲擰了又擰，緊得連絞盤都碎裂了，現在再擰也什麼都壓不住了。面對這種難以理解、每況愈下的現象，老爺開始出逃了。

但是，這還不能說明這個村子以及像它一樣的別的村子的變化。在過去的幾十年中，老爺雖說對這個村子又刮又榨的，可是除了狩獵之外，很少屈尊光臨這兒——有時候是來獵取人，有時候是來獵取野獸。爲了保護野獸，老爺讓大片可供開發利用的土地變成荒山野地。不！這也不是它的變化。村子的變化是，出現了一些陌生的下等人的面孔，而不是少了老爺那高貴而又清秀端正、再不就是由別人修飾打扮和自己修飾打扮的尊容。

在這些日子裡，那位修路工隻身孤影地在飛揚的塵土中幹活。他很少自找煩惱地去琢磨什麼他是塵土仍要歸於塵土[105]，心裡老是想著的是晚飯能吃的東西太少了，要是還有吃的，他還能吃下好多好多——在這些日子裡，每當他在獨自一人幹活中，抬起頭向遠處眺望時，常常會看到有個陌生的粗人朝這邊過來；過去這一帶很少有這樣的人出現，現在卻時常可以見到。等那人一走近，修路工毫不奇怪地就看出，這是個蓬頭亂髮的漢子，模樣頗爲粗野，個子很高，穿一雙連修路工看起來也嫌粗陋的木鞋；他臉色陰沈，粗野、黝黑，渾身沾滿了各條道上帶來的泥污和塵土，漬透著各個低窪地裡濕漉漉的潮氣，還沾了不少林間小道上的荊棘、葉子和苔蘚。

七月天的一個中午，當修路工正坐在土堤下的一堆石頭上躲避冰雹時，就來了這麼個鬼怪似的人物。

那人朝他看了一眼，又看了看山坳裡的村子，看了看磨坊，看了看懸崖上的監獄。待他認準了這些全部和他昏昏沈沈的腦子裡的標記一致時，他用一種勉強能聽懂的方言問道：

「情況怎麼樣，雅克？」

---

[105] 見《聖經・舊約・創世紀》第三章，上帝對亞當說：「你必汗流滿面才得糊口，直到你歸了土，因爲你是從土而出的，你本是塵土，仍要歸於塵土。」

「一切都好，雅克。」

「那就握個手吧！」

他們握了握手，那人也在石堆上坐了下來。

「沒午飯吃吧？」

「只有晚飯。」修路工面帶飢色答道。

「到處都一樣，」那人憤憤不平地說：「到處都吃不上中飯。」

他掏出一個發黑了的煙斗，裝上煙草，用火石、火鐮點著了，使勁吸著，直到煙斗中閃出亮光；接著他突然把煙斗從嘴裡拿下來，用拇指和食指捏起點什麼放進煙斗，煙斗一閃，跟著就冒出一縷青煙，熄滅了。

「那就握個手吧！」看了這番舉動，這回輪到修路工這麼說了。他們再次握了手。

「今天夜裡？」修路工問。

「今天夜裡。」那人說著，又把煙斗放進嘴裡。

「在哪兒？」

「就在這兒。」

他和修路工坐在石頭堆上，默默無言地互相打量著，任憑冰雹在他們中間打著，像小人國的刺刀在他們身上亂戳亂刺，直到村子上空漸漸放晴。

「給我指指路！」來人一邊朝山崗上走去，一邊說。

「瞧！」修路工伸手指點著說道；「你從這兒下去，一直穿過那條街，經過泉水池——」

「統統見鬼去吧！」那人打斷了他的話，轉動著眼珠四下張望著，「我才不穿過大街，經過泉水池哩！行嗎？」

「行！打村子旁邊那座小山的山頂翻過去，再走約莫兩里格路。」

「好！你什麼時候收工？」

「太陽落山的時候。」

「你走之前把我叫醒怎麼樣？我已一連走了兩夜，沒歇過一口氣。讓我抽完這袋煙，像孩子那樣美美地睡上一覺。到時候叫醒我行嗎？」

「當然行。」

過路人抽完煙，把煙斗揣進懷裡，脫下他那雙大木鞋，仰躺在那堆石頭上，很快就睡著了。

修路工一直在幹著滿是塵土的苦活兒。烏雲正滾滾散去，露出了條條塊塊的青天，向大地灑下了道道銀光。這個小個子（他現在改戴了紅帽子，不戴藍帽子了）似乎給睡在石頭堆上的人迷住了。他老是轉過頭去打量那個人，手中的工具機械地揮動著；人們會說，這眞不像在幹活。他那古銅色的臉、蓬亂的黑髮和黑鬍子，粗羊毛織的紅帽子，用土布和獸皮胡亂湊成的衣服，被貧困生活折磨瘦了的魁梧軀體，以及在睡夢中賭氣地準備孤注一擲的閉著的嘴巴，都使修路工肅然起敬。

這位行路的人已經走了許多路，腳走痛了，腳踝已擦破，淌著血。他那雙大木鞋裡塞著樹葉和雜草。拖著這麼一雙鞋，走了這麼多里格路，眞是夠受的了。他的衣服上滿是窟窿，身上遍布傷痕。修路工在他身邊俯下身來，想看看他懷裡是不是藏有武器，可是白費力氣，因爲他睡覺時雙臂緊緊抱在胸前，和他那閉著的嘴一樣嚴實。在修路工看來，那些沒有關卡、哨所、城門、壕溝和吊橋的防守森嚴的城鎮，在這個人物面前只不過是陣陣煙霧而已。當他抬起頭朝地平線和四周觀望時，在他那不多的想像中，他看到了許多和這漢子一樣的人，正在勢如破竹地朝全法國的各個中心地點挺進。

那人一直酣睡著，不管下雹還是晴天，不管臉上灑上陽光還是落下陰影，不管冰粒嗶嗶啪啪打在他身上，還是在陽光下變得像晶瑩的鑽石，他都照睡不誤，直到紅日西斜，霞光滿天，修路工收拾起工具和一切準備下山回村時，才叫醒了他。

「好！」剛睡醒的人用胳膊肘撐起身子說道：「你是說翻過山頭還要走兩里格路嗎？」

「差不多。」

「差不多。好！」

修路工動身回家了，一路上塵土隨著風向在他面前飛揚。他很快來到泉水池邊，擠進趕來這兒飲水的瘦弱的母牛群中，悄聲把消息告訴村裡的人，似乎連母牛也通知到了。

村民們吃罷那點可憐巴巴的晚飯，沒有像往常那樣爬上床去睡覺，而是又走出門來，在外面待著。悄悄話不知怎麼的很快就傳遍了全村，而且，大家在黑暗中聚集在泉水池旁時，不知怎麼的都不約而同地朝空中同一方向張望，露出期待的目光。加貝爾先生，這位一方之長開始不安了。他獨自一人爬上自家的屋頂，也朝著那個方向張望。他躲在煙囪後面，又俯視了一番泉水池邊那些逐漸模糊起來的面孔，通知掌管教堂鑰匙的教堂司事說，過一會兒說不定要敲鐘報警。

夜漸漸深了，圍繞著古老府邸，使之與外界隔絕的樹木，在刮起的大風中搖曳，彷彿威逼著黑暗中那座巨大陰森的建築。暴雨肆意沖刷著台階兩側的平台，敲打著那扇大門，像個報急信的使者要喚醒裡面的人；陣陣狂風吹進大廳，從古舊的刀矛之間穿過，嗚咽著沿樓梯而上，搖動末代侯爵寢榻上的帳幔。從東、南、西、北四個方向，來了四個邁著沈重腳步、蓬頭垢面的人，他們穿過樹林，踩倒荒草，折斷樹枝，小心翼翼地跨步前進，一齊來到府邸的庭院中。四道火光在那兒亮了起來，接著朝不同方向散開，然後一切又重新歸於黑暗。

然而，黑暗並沒有持續多久，很快，府邸不可思議地被它自己的什麼亮光照得清晰可見，彷佛成了個發光體；接著，府邸正面的窗洞裡閃出了陣陣火光，把欄杆、拱廊和窗戶照得通明。火光越竄越高，愈燒愈亮。不多時，從二十來扇大窗戶裡噴出了熊熊烈焰，石頭的面孔驚醒了，從火光中朝外注視著。

留在府邸裡的不多幾個人發出了微弱的嚷嚷聲，有人騎上馬，急馳而去，黑暗中只聽得到策馬聲，泥水濺潑聲。馬兒一直跑到村裡的泉水池邊才收住，滿口白沫地停在加貝爾先生的門前。「救火呀！加貝爾，大家去救火呀！」警鐘急切地響了起來，可是別的救援行動一點也沒有。修路工和二百五十位特殊朋友抄著手在泉水池邊站著，觀望著那沖天的火柱。

「準有四十英尺高吧！」他們冷冷地說，誰也沒有動一動。

府邸來的騎馬人和那匹口吐白沫的馬又嘈塔地穿過村子，奔上石頭陡坡，來到懸崖上的監獄門前。一群軍官正在監獄門前觀火；離他們不遠處有一群士兵。「救火呀！軍官先生們，府邸著火了！要是及時去救，還能搶出些貴重物品來！幫幫忙，去救火吧！」

軍官們朝那些士兵看了看，沒有下命令，只是聳了聳肩，咬著嘴唇回答：「該燒！」

當騎馬人又嗒嗒地奔下山，穿過街道時，村子裡燈火通明。原來修路工和他那二百五十個特殊朋友，不管是男是女，全都覺得把燈點亮這個主意很讓人激動，於是都跑回家，在自家的每扇昏暗的小玻璃窗旁都點上了蠟燭。這兒樣樣東西都缺，這些蠟燭是從加貝爾先生那裡強行借來的。這位先生剛顯出有點勉強，稍有遲疑，一向對權勢十分恭順的修路工就說，馬車正好可以用來燒篝火，驛馬可以烤來吃。

人們聽憑府邸自個兒在那兒熊熊燃燒。在那烈焰怒吼的火海中，一股火紅的熱浪突然徑直從地府沖出，似乎想把這座大廈席捲而去。隨著火焰忽起忽落，那些石頭面孔露出像是備受煎熬的表情。大堆的石塊和木料紛紛坍落下來時，那張鼻子邊有兩個凹窪的臉變得模糊了；等它再一次從煙塵中掙脫出來時，彷彿它就是那殘暴的侯爵老爺的臉，正在火刑柱上燃燒，在火中掙扎。

府邸燃燒著；近旁的樹木都被火焰舔到了，燒成枯焦；較遠的樹木，讓那四個可怕的人放了火，在那烈焰沖天的大廈四周形成了一圈新的煙林。熔化的鉛和鐵在大理石的噴水池中翻滾，水熬乾了；塔樓四個熄燭筒形的樓頂，像冰塊遇到高熱，融化了，坍了，變成四口邊沿高低不平的噴火井。堅實的牆壁像結晶體一般，出現了許多縱橫交錯的大裂縫，嚇呆了的鳥兒在周圍團團打轉，跌進大火坑中。那四個可怕的人朝著東南西北四個方向，沿著夜幕籠罩的道路，在他們點亮的燈塔指引下，又朝下一個目標進行了。這個燈火通明的村子裡的人已經把警鐘奪到自己手中，廢黜了法定的敲鐘人，敲響了慶祝的鐘聲。

不僅如此，這些被飢餓、大火和鐘聲沖昏了頭腦的村民忽然想起加貝爾先生和收租收稅的事有關——雖說最近一個時期以來，他只收了一點分期交付的稅款，租子根本沒有收——就迫不及待地要找他說話，把他的房子圍得水洩不通，喊他親自出來答話。這麼一來，加貝爾先生趕忙把大門重重加閂，然後躲到屋子裡打主意。想來想去，結果是加貝爾先生又爬上屋頂，躲到煙囪後面。這次他下了決心，要是那班人破門而入（他是個生性愛報復的小個子南方人），他就跨過護牆，頭朝下跳下去，還要砸死它一兩個人墊底兒。

那一夜，加貝爾先生大概就是在屋頂上度過那漫漫長夜的。遠處燃燒的府邸是供應他照明的燈燭，敲門聲和慶祝的鐘聲是供他欣賞的音樂。對他來說，驛站大門對面街上搖晃著的那盞燈是個不祥之兆的街燈，村民們極力想要把他換到街燈位置上的意圖，那就不必說了。要在這漆黑的人海邊上度過一個漫長的夏夜，隨時準備葬身大海，這滋味可真夠加貝爾先生受的了！不過，友好的曙光終於來臨，村民們的燈草芯蠟燭燃盡了，人們心滿意足地散去；加貝爾先生也從屋頂爬了下來，暫時保住了他的一條性命。

方圓百多英里之內，在那天夜裡和後來的一些夜裡，還有許多處起火。別處的長官沒有加貝爾先生這麼幸運，初升的太陽照見他們給吊死在原本寧靜的街道上，那生他們、養他們的地方；也有一些村民和城鎮居民，他們沒有修路工和他的伙伴那樣幸運，反而讓那些長官和士兵占了上風，結果被吊死了。不過，那些可怕的人還是堅定不移地朝東南西北四個方向挺進，不論誰吊死誰，火照樣在燃燒。絞架究竟要造多高才能起到水的作用，把這些烈火撲滅，長官們絞盡腦汁，用盡了所有的數學方法，結果還是沒有一個人能計算得出來。

第二十四章・吸往磁礁[106]

就在這樣烈火沖天，海濤洶湧之中——怒海狂濤震撼著堅實的大地，不見消退，繼續上漲，越漲越高，使岸上的觀衆看了不由得心驚膽戰——三個風狂雨驟的年頭過去了。小露西又有三個生日用金線織進了她那寧靜的家庭生活輕紗之中。

無數個日日夜夜，這個家庭裡的人都傾聽著街角的回聲；一聽到雜亂的腳步聲，他們就心慌意亂。因爲他們漸漸明白，這是尾隨在一面紅旗下的暴亂人群的腳步聲，他們的國家已經宣布處於危險之中[107]，他們由於長期著了可怕的瘋魔而變成了野獸。

老爺這個階級已經得不到賞識，在法國簡直毫無需要，很有被攆出國門、甚至連老命也一併送掉的危險。就像寓言中那個鄉下人，千辛萬苦召來魔鬼，一見到它卻嚇破了膽，一句話也不敢問，立即拔腳就逃。老爺們也是這樣，過去勇氣十足地倒讀了那麼多年主禱文[108]，還念了那麼多靈驗非常的咒語，著令魔鬼現形，可是一眼見到了魔鬼，便嚇得魂不附體，拔起高貴的腿來溜之

---

[106] 見《一千零一夜》中《第三個僧人的故事》。凡有航船在此礁附近經過，船上的每顆釘子都會被吸走，船便解體。

[107] 法國革命發展至一七九一年年底到一七九二年，國內外勢力相互勾結，發動武裝干涉。一七九二年7月11日，當時的臨時革命政權立法議會宣布「祖國在危險中」的法令。

[108] 倒讀主禱文是巫覡用以召神降鬼的法術之一。

大吉了。

朝廷裡那些顯赫一時的核心人物都已逃之夭夭，要不就要成爲全國槍林彈雨的靶心了。他們本來就不是什麼棟樑之材——早就腐跡斑斑，有魯西弗爾[109]般的自大、薩達那帕拉之死[110]般的奢靡，還有鼹鼠般的盲目——而現在他們全都跑了，無影無蹤了。整個朝廷，從孤傲勢利的內廷近侍，到鬼計多端、貪污腐化、文過飾非的權臣，裡裡外外統統跑光了。王權完蛋了；據最近的消息，王室成員已被圍困宮中，命運「懸而未決」。

公元一七九二年的八月到了，這時老爺們都已作鳥獸散，遠走高飛，天各一方。

很自然地，台爾森銀行成了老爺們在倫敦的總部和聚會的場所。據說，鬼魂常會在他們生前常去的地方出沒，因而不名一文的老爺們也常常光臨這個他們昔日存錢的處所。此外，這兒也是有關法國的消息最可靠、到得最快的地方。再說，台爾森銀行十分寬懷大度，對於失去高位的老主顧非常慷慨大方。還有，有些權貴及時預見到風暴的來臨，估計到會有剝奪或者沒收的事情發生，就頗有預見地把錢財存進了台爾森銀行，因而他們那些手頭拮据的同事通常都能在這兒打聽到他們的消息。除了這些，還得加上一點：每一個新從法國來的人幾乎理所當然地要來台爾森銀行報告自己的情況和他所知道的消息。基於以上種種原因，台爾森銀行當時簡直成了有關法國情報的高級交流所。這是衆所周知的事，因而到這兒來探聽消息的人非常多，於是台爾森銀行有時乾脆把最新消息寫成一兩行，張貼在銀行的窗口，讓所有路過聖堂柵欄門的人都能看到。

在一個熱氣騰騰、霧氣濛濛的下午，洛瑞先生坐在辦公桌前，查爾斯．達內先生緊靠桌子站

---

[109] 基督教中對墮落前的魔鬼撒旦的稱呼。撒旦最初居於天堂，名魯西佛爾，因自大而被逐出天堂。

[110] 薩達那帕拉之死，是德拉克羅瓦在一八二七年繪製的著名油畫。

著，他們倆正在低聲交談。

這間懺悔室似的陰暗小房間本來是專供行長接待訪客用的，如今成了消息交流所，而且頗有人滿之患。這時離銀行關門還有半個小時左右。

「不過，儘管你是健在的人中最年輕的一個，」查爾斯・達內說話時有些猶豫，「我還是得勸你……」

「我懂。你是說我太老了吧？」洛瑞先生說。

「天氣變幻無常，路途又遙遠，再加上靠不住的交通工具和巴黎的混亂局勢，那個城市甚至連安全也不能爲你保證。」

「我親愛的查爾斯，」洛瑞先生高高興興，滿懷信心地說：「你提出的這些正是我應該去的理由，說明我不應該留下來。我去是最安全不過的。値得整肅的人太多了，沒有人會對一個年近八旬的老頭子過不去的。說到巴黎局勢混亂；要是不混亂，那我們的銀行也就用不著從這兒派一個既熟悉那個地方、又熟悉以前的業務、而且是行裡信得過的人去那兒的分行了。至於說到交通不便、路途遙遠、天氣寒冷，假如經過這麼些年，我這個老行員都還不能爲台爾森銀行吃點苦頭，那麼誰該去受這份罪呢？」

「我倒希望我能走！」查爾斯・達內有些不安地說，像是自言自語。

「好哇！你倒眞會動腦筋出主意！」洛瑞先生喊了起來，「你希望你自己去？你不想想你是個土生土長的法國人？你可眞是個聰明的軍師啊！」

「我親愛的洛瑞先生，正因我是個土生土長的法國人，所以我才會時常有這種想法（不過我本不打算在這兒說出的）。作爲一個對受苦受難的人民懷有一定同情，並曾放棄過自己的一些權益給他們的人，當然忍不住會這麼想的。」說到這裡，查爾斯・達內又露出先前那種深思熟慮的神情，「人們也許肯聽他的話，他也許有能力說服他們有所節制。昨天晚上你走了之後，我跟露西說——」

「你跟露西說！」洛瑞先生應聲說道：「是哇！我眞感到驚訝，你竟好意思提到露西的名字！在這種時候，你還想跑到法國去！」

「不過。我現在並沒有去呀！」查爾斯・達內微笑著說：「你說你要去，拿這話問你自己倒更合適。」

「說眞的，我就要去了。事實是，我親愛的查爾斯・達內，」洛瑞先生朝遠處的行長瞥了一眼，壓低聲音說：「你簡直無法想像，我們的買賣遇到了多大的困難，我們在那兒的帳冊文件面臨著多大的危險。老天爺知道，萬一我們的一些文件被搶或被毀，會給多少人造成嚴重的後果。而這種事情隨時都可能發生。有誰敢說，巴黎今天不會有人放火，明天不會有人搶劫呢！現在，得盡快把那些帳冊文件精選出一批，埋起來，或者用別的方法完好無損地保存下來。如果說還有人有能力不失時機地做到這一點的話，那恐怕除了我以外，再沒有別的人了。台爾森銀行知道這一點，並且也這麼說了——我吃台爾森銀行的飯已經吃了六十年了——難道僅僅因為腿腳有點欠靈，我就畏縮不前了？嗨，和這兒那六、七個老人比起來，先生，我還是個小伙子哩！」

「我眞佩服你這種朝氣蓬勃的英勇氣概，洛瑞先生。」

「嗨，你在胡說些什麼，先生——噢，親愛的查爾斯，」洛瑞先生說著又朝行長瞥了一眼，「你該知道，在現在這種時候，要想從巴黎運出東西來，不論是什麼東西，幾乎都是不可能的。今天幫我們把文件和貴重物品帶來的人（我說的這件事十分機密，按規矩即使對你，也不能悄悄透露），是你想像不到的一些最不平常的人，他們個個都是把腦袋提在手裡，通過重重關卡過來的。要是在平時，我們包裹來來往往，就像在有條不紊的老英格蘭一樣容易；可是現在，一切都停頓了。」

「那你什麼人也不帶？」

「人家跟我推荐過各式各樣的人，可我一個都不想要。我只打算帶傑里去。多年來，傑里一直給我當星期天晚上的保鏢，我用慣了他。沒有人會對傑里起疑心的，只會把他當成一頭英格蘭的鬥牛犬⑪，誰冒犯了他的主人，他就會猛撲上去，除此之外，不會有別的心機。」

「我還要再說一遍，我打心眼裡欽佩你的勇氣和忘年的精神。」

「我也要再說一偏，你胡說，胡說！等我完成了這趟小小的使命，我也許要接受台爾森銀行的建議，退休，過幾天舒舒坦坦的日子。到了那時，考慮老不老的問題，有的是時間。」

這番談話是在洛瑞先生平時坐的那張辦公桌旁進行的，離他們一兩碼外就聚集著一幫老爺，正在高談闊論，說他們過不久就要對那幫暴民進行報復了。

處於逆境，逃亡國外的老爺和英國本地的正統派在談起這場可怕的革命時，總喜歡把它描繪成沒有播過種子卻收穫了惡果的天字第一號怪事——彷彿什麼也沒做，或者從未做過什麼，最後卻得到了這麼個結果——彷彿那些明眼人從未看到千百萬法國人的苦難，從未看到本可使人民富足的資源被濫用、被浪費，好像他們不是多年前就預見到革命的必然到來，不曾把他們見到的預示用明白的文字記錄下來。

老爺們的胡言亂語，他們想出的那些荒誕不經的計劃，以及他們想要恢復那本身氣數已盡，天地不容的原狀之企圖，實在使了解真相、頭腦清醒的人很難不予駁斥，默默忍受。他們的一派胡言亂語灌滿了查爾斯．達內的耳朵，弄得他腦裡的血都在胡亂翻騰；何況他本來就心事重重、

⑪一種頭大毛短、身體結實的猛犬。

坐立不安，這一來就更加受不了啦！

在這些高談闊論的人中間，有皇家高等法院的律師斯特里弗，他正在青雲直上，因而聲大氣粗，宏論連篇；他向老爺們大吹他的計畫，既能把老百姓從地面上剿滅乾淨，又能不靠他們而生活下去。他還想出許多諸如此類的妙計，其性質就像是在老鷹的尾巴上撒鹽來消滅老鷹。達內對他的話特別反感。他站在那兒猶豫不決，不知道應該一走了之，不聽爲好，還是留下不去，插言反駁。正在這時，那必然要發生的事終於出現了。

那位行長走到洛瑞先生跟前，把一封沾滿泥污、未曾拆封的信放在他面前，問他有否打聽到這個收信人的下落。行長把信放得離達內那麼近，他一眼就看到信封上的字——那正是他的眞姓名，所以他一眼就看清了。信封上的地址等等已譯成英文，寫的是——

特急。英國倫敦台爾森銀行煩轉，前法國聖埃弟端蒙德侯爵先生收。

原來在結婚的那天上午，馬奈特醫生向查爾斯·達內提出了一條堅決而明確的要求；他的眞實姓名必須嚴格保密——除非醫生本人解除這項約定。誰也不知道他的眞實姓名，連他自己的妻子也不知道，洛瑞先生更不知情。

「沒有！」洛瑞先生回答行長：「在場的人我全都問了，沒人知道這位先生的下落。」

時鐘逐漸指向銀行關門的時刻，剛才高談闊論的人陸續從洛瑞先生的辦公桌旁走過。洛瑞先生舉著信，露出探問的神氣。

這班亡命在外、滿腹怨恨、密謀報復的老爺們，這個朝信看看，那個朝信看看，都用法語或英語對這位不明下落的侯爵說了些輕蔑的話。

「我想，這就是那個遭到暗殺、舉止優雅的侯爵的侄兒——不管怎麼說，他都是個不成器的繼承人。」一個說：「說來有幸，虧得我跟他素不相識。」

「是個膽小鬼，好幾年前就把爵位給放棄了，」另一個說——這位老爺是雙腳朝天躲在一車乾草裡，悶得半死才逃出巴黎的。

「中了那些新學說的毒！」第三個走過去時，透過眼鏡看了看信封上的姓名、地址，「他反對過世的侯爵，繼承了他的產業，後來又放棄了，把它給了那幫暴徒。我希望他們現在能好好報答他。」

「啊?!」大嗓門的斯特里弗喊道：「他眞的這麼幹了？他是這麼個傢伙。咱們來看看他這丟人現眼的名字，該死的傢伙！」

達內再也忍不住了，碰了碰斯特里弗說：

「我認識這個人！」

「我的老天，你認識他？」斯特里弗說：「我眞爲此感到遺憾。」

「爲什麼？」

「爲什麼嗎，達內？你聽見他幹的那些事沒有？在這種情勢下，你就別問爲什麼啦！」

「可我偏要問個明白。」

「那我就再說一遍，達內先生，我爲此感到遺憾。聽你提出如此奇怪的問題，我也感到遺憾。這個人中了最有害、最褻瀆的異端邪說的毒，把自己的財產白白送給了那幫殺人不眨眼的壞蛋，而你倒來問我爲什麼要爲一個爲人師表的人認得他感到遺憾！好吧，我來回答你，我感到遺憾，是因爲我相信這種壞蛋有傳染性。原因就在這裡。」

爲了嚴守秘密，達內費了很大的勁才克制自己，只是說：「也許你不理解這位紳士。」

「我會把你駁得無話可說的，達內先生，」盛氣凌人的斯特里弗說：「這我可以做到。要是這傢伙是個紳士的話，那我確實對他不理解。你就這樣對他說好了，順便替我問個好。你還可以替我這樣告訴他，他既然把財物和地位都拱手奉送給那幫殺人不眨眼的暴徒，怕是已經做了那幫人的頭兒吧！不過，不會的，先生們，」斯特里弗說著環顧了一下四周，還彈了一個響指，「我對人類的性格稍有一點研究，我告訴你們，像他這樣一個人是絕不會把自己的命運交給他的那些寶貝門徒來擺布的。不會的，先生們，這場大混戰一開始，他早就夾起尾巴溜之大吉了。」

斯特里弗先生說完這番話，最後彈了一個響指，在聽衆的一片喝采聲中，擠出門外，走上弗利特街。

衆人都紛紛離開銀行，只剩洛瑞先生和查爾斯·達內留在辦公桌旁。

「這封信請你轉交怎麼樣？」洛瑞先生說：「你知道往哪兒送嗎？」

「知道。」

「你是不是代我們向他解釋一下，這封信寄到我們這兒，大概是人家以爲我們知道收信人的下落；它已經在這兒耽擱了一些時間了。」

「我會這麼做的。你直接從這兒出發去巴黎吧？」

「直接從這兒出發，八點鐘動身。」

「我過會兒回來送你。」

達內懷著對自己、對斯特里弗和大多數人都很不自在的心情，快步走到聖堂區的一個僻靜處所，拆開信讀了起來。

信的內容是這樣的——

前侯爵老爺：

長期以來，我的生死都操在村民手中。我被捕之後，受盡傷害和凌辱，最後經過長途步行，終於被押解到巴黎，一路上受盡折磨。不僅這樣，我的家已經全部被毀，成爲一片平地。

據他們告訴我，前侯爵先生，他們把我關入監獄，還要審問我，殺死我（如果你不開恩來救我的話），是因爲我反對人民，爲一個逃亡貴族做事，違背人民的利益。我再三說明，我按照你的指示，爲他們做了許多好事，沒有反對過他們，可是毫無用處。我還再三說明，早在沒收逃亡貴族財產之前，我已免除了他們拖欠的稅款，沒有向他們收租，也從來沒有去控告過他們，可是絲毫沒有用處。唯一的答覆是，我曾爲一個逃亡貴族做事，那個逃亡貴族現在在哪兒？

啊！最最仁慈的前侯爵老爺，那個逃亡貴族現在在哪兒？我連夢中都在呼喊，他在哪兒？我求告上天，難道他就不來搭救我了嗎？沒有人回答我。

前侯爵老爺，我把我可憐的呼聲送過海峽，但願通過巴黎人人都知道的台爾森大銀行，能把我的呼聲送進你的耳朵！

爲了對上帝，對正義，對仁慈，以及對你那高貴姓氏之榮譽的熱愛，我懇求你，前侯爵老爺，快來救我，把我救出監獄。我的過去是對你一貫忠心，啊！前侯爵老爺，我懇求你也仁厚待我吧！

關在這恐怖的監獄祖，我每時每刻都在走近死亡。前侯爵老爺，我向你保證，我仍將爲你效悲慘不幸之勞。

遭難人　加貝爾

於巴黎阿巴依監獄[112]

一七九二年六月二十一日

讀完這封信，達內心中隱伏著的不安情緒突然激動起來。一個老僕人，又是個好僕人，他唯一的罪行只是由於對他和他的家族忠心耿耿，如今他面臨著生命的危險，他心中感到深深的內疚。當他在聖堂區內來回走動，考慮該怎麼辦時，幾乎不敢把臉對著過往行人。

他很清楚，雖然他深惡痛絕使那古老家族的劣跡惡名登峰造極的罪行，雖然他曾恨而且信不過自己的叔父，雖然他內心十分厭惡人們期望他來支撐的那座正在崩潰的大廈，可他所採取的行動卻是不徹底的。他很清楚，雖說他早就有意放棄自己的社會地位，但是由於愛上露西，在這件事情上做得過於匆忙，不夠周全。他知道，他本該按步就班地加以實現，而且還應該進行監督；他是打算這麼做的，可是始終沒有兌現。

他在英國有一個自己選擇的美滿家庭，他必須一直積極地工作。時局驟變，因難重重，種種變故接踵而來，而且來得那麼迅速，上星期還未考慮成熟的計劃，往往會被這星期的事態推翻，而下星期的事態又會使一切重頭做起。他很清楚，在這種種的環境壓力下？他屈服了——心中並非沒有不安，可是也沒有持續不斷，再接再厲地加以抵制。他一直在等待行動的時機，可是局勢變幻莫測，時間都白白地過去了，而貴族們卻成群結隊地沿著大道小路逃離法國，他們的財產正遭到沒收毀壞，他們的名位正在抹煞取消。這些他都知道得一清二楚，法國任何一個可能爲此指控他的新政權也知道得一清二楚。

[112] 僅次於巴士底獄的巴黎三大監獄之一。

不過，他沒有壓迫過任何人，也沒有關押過任何人，他不但從來不曾橫徵暴斂，而且還自願放棄了這些權益，投身於一個自己毫無特權可享的世界，贏得了一席栖身之地，掙得了一個溫飽。加貝爾先生按照他的書面指示，經管著那業已敗落、困難重重的莊園，體恤人民的困境，把那兒所能給的一點點東西都給了他們——冬天，給他們一點債主沒有拿光的燃料，夏天，給他們一點也是從債主手中救下的生產物——告電無疑問，爲了自身的安全，加貝爾先生必定已經提出這些事實來爲自己辯護，因而這些情況現在是不可能不清楚的。

這一切，促使查爾斯·達內不計後果地下了決心：他得去巴黎。

是的，就像古老傳說中那個航海者一樣，狂風和急流把他驅進磁礁的吸力之內，它吸住了他，他非去不可。他腦子裡浮現出的每一件事都促使著他，愈來愈快，愈來愈堅定地把他推向那可怕的吸力。他內心深感不安的是，在他那不幸的祖國，有人正用種種罪惡的手段來達到罪惡的目的，而自知比他們略勝一籌的他卻不在那兒，沒能做些事情來制止流血，維護仁愛和人道的主張。

他懷著這種半是不安半是自責的心情，拿自己和那位責任感如此強烈的勇敢的老先生作了比較，覺得自己差得太遠了；繼而是老爺們那些深深刺痛他的譏笑，還有斯特里弗那出於宿怨而發昨粗俗惡毒的嘲諷；此外還有加目爾的來信——一個生命危在旦夕的無辜囚徒，向他的正義感、人格和名譽發出的呼籲。

他下定了決心，他必須去巴黎。

是的，那磁礁吸住了他，他必須向前駛去，直到觸礁爲止。他並不知道有什麼礁石，他幾乎看不到任何危險。雖說他以前做得不徹底，可是所做的那一切已足以證明他懷有良好的意願，只要他親自去法國加以表白，人們一定會以感激之情承認他的這種好意。許多好心腸的人往往會一廂情願地過分誇大自己所做的好事，從而產生過分樂觀的幻想。達內先生也是這樣，他甚至幻想自己可以運用某種影響，去左右這場凶猛可怕、失去控制的大革命。

他懷著既定的決心來回踱著，覺得在出發之前絕不能讓露西或者她的父親知道這件事。應該讓露西免受離別的痛苦，而他的父親一向不願回想那凶險的舊地，只能等採取了這一步驟後，再讓他知道這件事了，免得他擔心和憂慮。

由於他一向竭力避免引起醫生對於法國舊事的回憶，因而沒有對他說過自己對產業處理不徹底的情況。而這也影響了他現在打算採取的行動。

他來回踱著，思緒萬千，一直到該回台爾森銀行給洛瑞先生送行的時候。待他到了巴黎，他會馬上去見這位老朋友；可是現在，他絕不能洩露自己的意圖。

一輛套有幾匹驛馬的馬車已經停在銀行的大門口，傑里也已換上靴子，整裝待發了。

「我已經把那封信轉交給收信者本人了。」查爾斯．達內對洛瑞先生說；「我沒有同意讓你帶書面答覆去，不過也許你會答應捎一個口信去吧？」

「好的，我樂意，」洛瑞先生說：「只要沒有危險。」

「絕對沒有危險。不過口信是捎給阿巴依監獄裡的一個犯人。」

「他叫什麼？」洛瑞先生手裡拿著打開的記事本問道。

「加貝爾。」

「加貝爾。要捎什麼口信給這個不幸的犯人加貝爾呢？」

「很簡單！就說；『信已收到，馬上來。』」

「要說時間嗎？」

「他將在明天晚上啓程。」

「要說姓名嗎？」
「不用。」
他幫洛瑞先生穿上層層外衣和大衣，跟他一起從這家老銀行的溫暖房子裡走進斯特里弗街的濛濛霧氣中。
「問露西好，問小露西好！」洛瑞先生在分手時說：「好好照料她們，等我回來。」
查爾斯・達內搖了搖頭，詭秘地笑了笑，馬車就轔轔駛去了。

*

那天夜裡——八月十四日——他睡得很晚，寫了兩封感情熾烈的信：一封是給露西的，向她解釋，由於義不容辭的責任，他必須去巴黎，並且詳細地向她歷數了種種理由，深信自己絕不會遇到什麼危險。另一封是給醫生的，托他照料露西和他的愛女，並且極爲自信地把上述的話又講了一遍。他對他倆說，他一到巴黎，就會立即給他們寫信，證明他安全無恙。
這是難熬的一天，因爲他整天和他們待在一起，卻第一次在他們的共同生活中有了保留。要把這樁出自善意的騙局安排得使他們深信不疑，這是一件棘手的事。他滿懷柔情，看著妻子那無憂無慮、忙忙碌碌的樣子，決心不把即將發生的事情告訴她。（沒有她那安詳從容的幫助，他做起任何事情來都感到不自在，因而好幾次他幾乎想向她和盤托出。）
白天終於很快過去了。傍晚時分，他擁抱了她，也擁抱了和她同名而且同樣可親可愛的小寶貝，裝作出去一會兒就回來的樣子（假托有個約會必須外出一下，私下裡準備好一手提箱衣物），走進了陰沉沉的街上陰沉沉的霧氣中，而他的心情則更加陰沉。
此時，那無形的力量正迅速將他吸引過去，而且急流和狂風更是使勁地在一旁推波助瀾。他把兩封信交給一個可靠的差役，囑他在午夜前半小時送到，不可提前。然後他雇了一匹去多佛的馬，啓程了。

「爲了對上帝，對正義，對仁慈，以及你對那高貴姓氏的榮譽之熱愛：」這是那可憐的囚徒的呼聲。當他拋下這個世上所愛的一切，朝著那磁礁漂去時，他用這個呼聲堅定了自己那顆發沉的心。

第三部・暴風雨的蹤跡

第一章．秘密監禁

公元一七九二年的秋天，這位從倫敦去巴黎的旅客，一路上走得非常緩慢。即使在那位已被推翻、倒楣透頂的法國國王的全盛時期，也會有許多糟糕的道路、破舊的車輛和劣等的馬匹，使這位旅客在旅途中拖延受阻；更何況時局的劇變，又增加了許許多多其它的障礙。每一個城門口和村稅所的門前，都有一群愛國公民，手裡拿著隨時準備射出的國民軍火槍，攔截住過往行人，盤查詰問，檢查他們的證件，在他們早有預備的名單上查找旅客的名字，有的勒令返回，有的放行通過，有的就地扣押。總之，一切全憑他們那變幻無常的判斷或毫無根據的想像，全憑是否最有利於這個「自由、平等、博愛，要不毋寧死的統一不可分割的新生共和國」而定。

查爾斯．達內在法國的土地上才走了幾里格路，他就漸漸發覺，除非他在巴黎被宣布為好公民，否則就休想沿著這些鄉間大道回來了。不論前面會遇到什麼情況，他都只能一直走到底。他知道，他所通過的每一個小小的村莊，在他走過之後重又放下的每一道普通的柵欄都是隔在他和英國之間的另一道鐵門。對他的監視嚴密到了極點，即使他落進羅網，或者給關進囚籠，被押往目的地，他也不會感到比現在失去更多的自由。

這種無所不在的嚴密監視，不僅使他在一站路內停上二十次，而且還會在一天之內耽擱上二十次。一會兒有人騎馬追上前來帶他回去，一會兒有人騎馬在前面截住他，一會兒又有人騎馬和他並轡而行，時刻看管著他。當他來到大路旁的一座小鎮上，精疲力竭地倒在床上時，他已經獨自在法國走了好多天，可是離巴黎還有很遠的路程。全靠出示了遭難的加貝爾從阿巴依監獄寄出的那封信，他才得以走這麼遠。

他在這個小地方的關卡遇到了極大的痲煩，使他覺得這趟行程已經到了危急關頭；因而，當他被扣押在一家小客店裡，半夜給人叫醒時，他一點也不感到驚訝。叫醒他的是一個戰戰競競的當地小官員，還有三個頭戴粗布紅帽、嘴裡叼著煙斗的武裝愛國者；他們全都在床上坐了下來。

「逃亡貴族，」那個小官員說道：「我打算派人護送你去巴黎。」

「公民，我急著去巴黎，不過沒人護送也行。」

「住口！」一個戴紅帽子的粗聲吼了起來，用槍托敲著被子，「安靜點，貴族！」

「這位好愛國者說得對，」那個膽小怕事的小官員說道：「你是個貴族，一定得有人護送——還應該付錢。」

「我沒有選擇的餘地嗎？」查爾斯．達內說。

「選擇！聽他說的！」還是那個滿面怒容的戴紅帽者大聲吼道：「保護你，不讓你給吊在路燈柱上，這莫非不是對你的優待！」

「還是這位好愛國者說得對！」小官員說：「起來，穿好衣服，逃亡貴族。」

達內一一照辦了。於是他又被帶回關卡，那兒另有些戴著紅帽子的愛國者圍在火堆旁抽煙、喝酒、睡覺。他在這兒付了一大筆護送費後，凌晨三點，就在護送的人伴隨下，走上了濕漉漉的大路。

護送他的是兩個騎馬的愛國者，戴著紅帽子，上面有三色帽徽⓭，佩著國民軍的火槍和馬

⓭ 共和國的標誌。

刀。他倆一邊一個，把達內夾在中間。被護送的人可以自己駕馭馬匹，可是有條鬆鬆的繩子繫在他的韁繩上，另一頭牢牢地纏在一個愛國者的手腕上。就這樣，他們冒著迎面撲來的急雨出發了，像龍騎兵般嗒嗒嗒地發出沈重的馬蹄聲，穿過小鎮高低不平的鋪石路面，走上鎮外布滿泥坑的大道。一路上，他們除了換換馬匹和變變步速之外，就這樣一成不變地走完了通向京城的泥濘不堪的路程。

他們只在夜間趕路，天亮後一兩個小時就停下，一直歇息到黃昏時分。兩個護送者衣著襤褸不堪，只好用麥稈裹在赤裸的雙腿上，蓋住滿是破洞的肩頭，以避風雨。這樣被人押著走，查爾斯．達內的心裡當然感到很不舒服；加上有一個愛國者經常喝醉酒，老是馬馬虎虎地提著那支火槍，得隨時提防萬一出現的危險。可是除此之外，他竭力不讓橫加在他身上的這種管押，在自己心中引起任何嚴重的恐懼。他拼命安慰自己，這跟他個人案件的是非曲直毫不相干，因爲還沒有詳述過案情；這跟自己的申辯也毫無關係，因爲他還沒有提出申辯，而他的申辯是完全可以由阿巴依監獄裡的那個囚犯加以證實的。

可是待他們到達小城博韋時——已是黃昏時分，街上擠滿了人——他再也不能哄瞞自己了，事態確實讓人非常擔心。一群人氣勢洶洶地圍了上來，看著他在驛站的院子那兒下馬。只聽到許多人大聲高呼：「打倒逃亡貴族！」

他正要翻身下馬，又坐定了，覺得還是騎在馬上最安全。他說：「逃亡貴族！我的朋友們！我是自願回法國來的，你們沒有看見嗎？」

「你是個該死的逃亡分子！」一個釘馬掌的鐵匠喊著，手裡握著錘，怒氣沖沖地分開衆人，朝他擠上前來，「你是個該死的貴族！」

驛站長趕忙揮身到此人和達內的韁繩之間（此人顯然想撲過來抓韁繩），一面勸說道：「算了，算了！到了巴黎，他會受到審判的。」

「受審判！」釘馬掌的搖晃著手中的錘子重覆了一句，「哼！還要當賣國賊定罪哩！」周圍的人群聽了這話，吼聲雷動，表示贊同。

驛站長正打算拉馬調頭進院子，達內止住了他（那位醉醺醺的愛國者依舊泰然自若地坐在馬背上看著，手腕上仍挽著那條繩子）；等到人們能聽見他講話的聲音，趕忙說道：

「朋友們，你們弄錯了，要不就是受人騙了。我不是賣國賊。」

「他撒謊！」那鐵匠喊道：「打從法令一頒布，他就是賣國賊了。他那條命已經罰給人民處置了；他那條該死的命已經不是他自己的了！」

就在這時，達內看到群衆的眼睛中冒出了一團怒火，轉瞬之間，這怒火就會衝到他的身上。驛站長趕快把他的馬車拉進院子，兩個護送的人緊跟在他的兩側，也騎馬進來。接著，驛站長關上那兩扇搖搖晃晃的大門，上了閂。釘馬掌的又用他的錘子在門上砸了一下，人群又亂哄哄地吼叫了一陣，但也就到此爲止。

「那個鐵匠說的法令是怎麼回事？」達內在院子裡謝過了驛站長，站在他的身邊問道。

「確有這麼回事；是關於拍賣逃亡貴族財產的法令。」

「什麼時候頒布的。」

「十四號。」

「正是我離開英國那天！」

「大家都說有好幾條法令，這只是其中的一條，另外還要頒布一些——要是現在還沒有頒布的話——禁止所有逃亡分子回國，凡跑回國來的一律處死。他說你的命已經不屬於你自己，就是這個意思。」

「可是現在還沒有頒布這樣的法令吧?」

「我哪知道!」驛站長聳了聳肩膀說:「也許已經頒布了,也許將要頒布,反正都一樣。你需要點什麼?」

他們在廏樓的草堆上睡到半夜,乘整個小鎮都沈在夢鄉中時,就又上路了。一路上,看來許多熟悉的事物都發生了劇變,使得他這趟不平凡的騎馬旅行,恍惚如在夢中。一個驚人的現象是人們似乎很少睡覺。他們在沈悶的大道上,孤孤單單地經過長時間地策馬奔馳,眼前出現幾間簡陋的農舍時,裡面往往不是黑壓壓的一片,而是燈火閃亮,還能看到人們像鬼魂似地出現在深夜裡,手拉著手圍著一棵乾枯的「自由之樹」轉圈子,或者聚在一起高唱「自由之歌」。

幸虧這天晚上博韋鎮的人都睡了,使他們得以順利脫身,重新走上淒涼寂寞的旅途。馬鈴叮噹,他們穿行在提前來臨的冷濕空氣中,沿途是當年顆粒無收的瘠地,偶爾還點綴著一些被焚毀的房屋的焦黑遺跡。在路上四處檢查的愛國者巡邏隊有時會突然從暗處鑽出,一把抓住轡繩,擋住他們的去路。

天亮後,終於來到巴黎城下。他們策馬上前,但見關卡的柵欄門緊閉,戒備森嚴。

「這個犯人的證件在哪兒?」一個像是負責的人問道。他是給一個衛兵叫出來的。

這句令人反感的話自然刺傷了查爾斯.達內,他請求說這話的人注意,他是個自由的旅行者,一個法國公民,是因為現在鄉下局勢較亂,他才請人護送,護送的人是他花錢雇的。

「這個犯人的證件在哪兒?」那位大人物根本不加理睬,又問了一遍。

那個喝得醉醺醺的愛國者一直把證件放在帽子裡,這時拿了出來。那位大人物看了加貝爾的信,吃了一驚,顯出不安的神色,把達內仔細打量了一番。

他一言不發地離開護送和被護送的人,回到警衛室去了,他們只好騎在馬上,在城門外等著。在這前途未卜的時刻，達內朝四周看了看，發現把守城門的衛隊由士兵和愛國者混合組成，後者比前者的人數多。農民送貨的大車，以及類似的車輛和商販，進城都很容易；可是出城的，即使是最普通的老百姓，也很困難。一大群形形色色的男男女女，還有各種牲畜車輛，全都擠在城門口等待放行。盤查得很嚴，一個個通過關卡非常慢。有些人看到要過很久才能輪到自己，乾脆就在地上躺下來睡覺或者抽煙；還有一些人則聚在一起聊天或者走來走去。不分男女，他們一律戴著紅帽子和三色徽。

達內坐在馬背上觀看著這番情景，約莫過了半個來小時，那位負責人又出現了。他命令打開柵欄門。然後給護送人員──一個喝醉，一個清醒──開了一張收條，表示送來的人已經收到，最後才叫被護送來的人下馬。查爾斯·達內遵命照辦。那兩個愛國者牽起他那疲憊不堪的馬，沒有進城就撥轉馬頭回去了。

他跟著那人走進了一間警衛室。屋子裡散發著廉價煙酒的氣味，裡面擠了不少士兵和愛國者，有的睡著，有的醒著，有的喝醉、有的清醒，還有的半睡半醒，似醉非醉，他們到處站著、躺著。警衛室裡的光線，一半來自夜間逐漸變暗的油燈，一半來自陰沈沈的天氣，處於一種朦朦朧朧的狀態。辦公桌上攤著一些表冊，由一個舉止粗魯、面色黝黑的軍官掌管著。

「德華若公民，」他一面拿起一張紙來書寫，一面對帶達內進來的人問道：「這就是那個逃亡的埃弗瑞蒙德嗎？」

「就是這個人。」

「幾歲，埃弗瑞蒙德？」

「三十七。」

「結婚沒有，埃弗瑞蒙德？」

「結婚了。」

「在哪兒結的婚？」

「在英國。」

「沒錯。你妻子在哪兒，埃弗瑞蒙德？」

「在英國。」

「沒錯。埃弗瑞蒙德，現在要送你進拉福斯監獄。」

「天哪！」達內喊了起來：「這是根據什麼法律，我犯了什麼罪呀？」

軍官從字條上抬起眼來看了看。

「打你離開以後，我們有了新的法律，定了新的罪名，埃弗瑞蒙德。」他冷笑著說，接著繼續寫他的字條。

「我懇請你注意，我是應一位同胞的書面請求，自願回來的，這份請求書就放在你的面前。我只要求給我這種機會，讓我盡快按他的請求去做。我沒有這種權利嗎？」

「逃亡分子沒有任何權利，埃弗瑞蒙德！」回答冷淡生硬。軍官寫完字條，默讀一遍，撒上些沙子[114]，然後把它交給德華若，說了聲：「秘密監禁。」

德華若舉起字條對犯人晃了晃，示意犯人跟他走。犯人服從了；後面還跟了兩個警衛的武裝愛國者。

「娶馬奈特醫生女兒的就是你嗎？」待他們走下警衛室的台階，朝巴黎城裡走去時，德華若低聲說：「他以前在巴士底獄關過，那監獄現在已不存在了。」

---

[114] 當時多用沙子吸乾墨跡。

「是呀！」達內驚訝地望著他，答道。

「我叫德華若，在聖安東尼區開酒店。也許你聽說過我。」

「我妻子就是到你家接她父親的吧？這就對了。」

「妻子」一詞似乎使德華若想起什麼沮喪不快的事，他突然不耐煩地說：「憑著那位新出生、名叫吉蘿亭115的厲害女人的名義，我問你，你為什麼回法國來？」

「剛才你不是聽我說了！你不相信我說的是實情？」

「實情對你很不利哩！」德華若皺著眉頭說，眼睛直看著前面。

「我眞的給搞糊塗了。這兒所有的一切全是史無前例的，全都變了，而且是這樣的突如其來，毫無章法，把我完全給弄糊塗了。你能不能給我幫個小忙。」

「不能！」德華若回答，眼睛始終筆直朝前看。

「你能回答我一個問題嗎？」

「也許可以，這得看是什麼問題了。你且說說是什麼問題。」

「這樣不公正地把我送進監獄，在裡面，我有沒有一點和外界通訊的自由呢？」

「去了你就知道了。」

「不會不經審判就把我埋進那兒，連申辯一下案情的機會也沒有吧？」

「去了你就知道了。不過那又怎麼樣！從前，也有人給這麼關過，那時監獄裡的條件更壞。」

「可那絕不是我幹的，德華若公民。」

---

115 指斷頭台。該詞法文為陰性。

德華若沒有答話，只是陰鬱地朝他看了一眼。他一言不發，沈著鎮定地往前走去。他越是默不作聲，使他軟化的希望也就越少——也許達內就是這麼想——於是，他趕緊說道：

「我有一件至關重要的事情要做（你也許比我知道得還清楚，公民，這事有多重要），就是我得把我被投進拉福斯監獄的事，不加任何說明，通知現在巴黎的一位英國紳士，台爾森銀行的洛瑞先生。你能幫我做這件事嗎？」

「我什麼也不能幫你！」德華若固執地回答：「我要對我的國家和人民負責，我誓死忠於祖國和人民，反對你們，我絕不能替你做任何事。」

查爾斯．達內感到，再求他也沒有用，何況他的自尊心也不容許他再說下去了。他們默默無言地向前走著。他看得出，人們對於押著犯人過街的景象已經習以為常，連孩子們也很少注意他。只是偶爾有幾個過路人扭過頭來，有個別人朝他指指點點，大概是在說他是個貴族。而且，如今衣著考究的人去蹲監獄，和一個穿工作服的工人去上工一樣平常，沒什麼値得多注意的。

在他們經過的一條狹窄、陰暗、骯髒的街道上，有個慷慨激昂的演說人正站在一張凳子上，對一群慷慨激昂的聽衆發表演說，控訴國王和王室對人民犯下的罪行。查爾斯．達內從這人的口中聽到一言半語，才第一次知道國王已被關進獄中，而且各國外交使節已經全都離開巴黎。這一路上（除了在博韋），他一點消息也沒有聽到。護送人和那到處都有的監視，使他與世隔絕了。

現在，他當然已經明白，眼前面臨的危險要比他離開英國時大多了；他當然也明白，四周的危機正在迅速加深，滅頂之禍正在步步逼近。他心裡不得不承認，要是他能預見到這幾天的局勢變化，他就不會作這番旅行了。然而，從後來實際發生的情況看，他這時的疑懼還遠沒有想到會有那般嚴重的程度哩！雖說前途令人擔憂，但是凶吉未卜，所以還模模糊糊地懷著懵懂的希望。

時針再轉上幾圈之後，就要發生的那場持續幾天幾夜的恐怖大屠殺，他是怎麼也想像不到的，彷彿是離他千百萬年的事；這場大屠殺給快樂的收穫季節抹上了一大片血跡[116]。現在，他對那位「新出生的名叫吉蘿亭的厲害女人」還一無所知，一般的老百姓也還不知道這個名字。不久就要發生的那些可怕的事，恐怕就連那些以後參與其事的人此時腦子裡也還未曾想到。在一個善良心靈的朦朧意識中，那樣的事怎能占有一席之地呢？

他預感到，在監禁中，有可能或者肯定會遭到不公正的待遇和磨難，會飽嘗和嬌妻、愛女分離的痛苦；但除此之外，他並沒有想到會有什麼特別可怕的東西。他心裡這麼想著，來到了拉福斯監獄——懷著這樣的心情，走進陰森可怕的監獄院子，已經是夠受的了。

一個面孔浮腫的人打開了一扇結實的小門，德華若把「逃亡貴族埃弗瑞蒙德」交給他。

「眞見鬼！這號人還有多少呀！」面孔浮腫的人大聲嚷嚷道。

德華若沒有在意他的叫嚷，拿了收條，就和跟他同來的兩個愛國者走了。

「眞是見鬼了！」待身邊只留下他的老婆時，典獄長又大聲嚷了起來：「還有多少呀！」典獄長的老婆對此沒有作答，只是說了一句：「忍著點吧，親愛的！」她打了打鈴，三個看守應聲而入；他們同聲附和她的意見，有一個還加了一句：「爲了對自由的愛嘛！」這種話在此時此地聽起來，就像是一個很不恰當的結論。

拉福斯監獄是座陰森森的監獄，又暗又髒，散發出一股髒被窩的可怕臭氣。很奇怪，所有這類管理不善的地方總會迅速散發出這種難聞的牢房被窩臭味！

「又是秘密監禁！」典獄長看著那張字條咕噥道：「就像我這兒還沒脹破似的！」

他很不高興地把字條朝卷宗上一扔。爲了等他稍爲高興一點，查爾斯・達內在一旁足足等了

---

[116] 即一七九二年9月2日～6日，人稱「九月大屠殺」。

半個小時。他時而在這問堅固的拱頂屋子裡來回踱步，時而在一張石頭凳子上坐下來休息；無論踱步還是坐著，都想要讓那個典獄長和他的下屬想起還有他這麼個人等著。

「來！」典獄長終於拿起一串鑰匙說：「跟我來，逃亡貴族！」

於是，這個新來的囚犯就跟著他，在監獄昏暗的光線下，穿過條條走廊，爬過座座樓梯，通過道道匡噹作響、在他們經過後立即鎖上的鐵門，最後進入一間又大又低的拱頂屋子。裡面擠滿了男女囚犯。女的圍著一張長桌坐著，有的讀書，有的寫字，有的編織，有的縫紉，有的刺繡；男的大多站在她們的椅子背後，或者在屋子裡來回踱步。

這個新來的人看見這些囚犯，馬上本能地把他們和可恥的罪惡及丟臉聯繫在一起，覺得羞與為伍，不禁後退了一步。可是，那些人全都立即起身相迎，一個個都按照時尚，彬彬有禮，溫文儒雅，使他經過夢一般的長途跋涉後，現在更如墜入虛空幻境之中。

監獄的陰森氣氛奇異地襯托著這些優雅舉止，在這極不相稱的骯髒、悲慘的環境中，他們顯得那麼虛幻，以致使查爾斯・達內覺得他似乎正置身於一群死人中間。四周全是幽靈！美麗的、莊重的、文雅的、高傲的、輕浮的、機智的、年輕的、老邁的，統統都是幽靈，全都在等待著把他們從淒涼的此岸打發走，全都用那到了這見就成死人的無神目光看著他。

這使他驚得呆若木雞。站在他旁邊的典獄長，幾個在附近走來走去的看守，就他們平日的身分來說，儀表算是過得去了，可是現在有這些憂傷的母親和妙齡的少女在這兒——有賣弄風情的女子、年輕美貌的姑娘、嬌生慣養的少婦在這兒——相形之下，他們就顯得粗俗不堪了。這種鬼影幢幢的場面，使乾坤顛倒的幻覺更達到了頂點。沒錯，這些全都是幽靈。毫無疑問，那如在夢中的長途跋涉，使他患了一場日益加重的病，現在竟把他帶到這些影影綽綽的幽靈中來了！

「我代表全體難友，」一位彬彬有禮、氣度不凡的紳士走上前來說道：「對你來到拉福斯監獄表示歡迎，對你蒙受禍難，來到我們中間表示慰問。祝願你早日逢凶化吉，得到解脫！如在別處，請教你的大名和案情當屬冒昧，但在此地則又當別論了，你說是嗎？」

查爾斯・達內打起精神，用他能想到的適當措詞，向對方作了回答。

「我希望，」那位紳士目送著走到屋子另一頭的典獄長說：「你不是秘密監禁吧？」

「我不懂這秘密監禁是什麼意思，不過我聽到他們是這樣說的。」

「唉，眞不幸！我們對此深表遺憾！不過你還是要振作精神。我們當中有幾個人起初也是秘密監禁，不過過不多久就撤消了。」接著他提高嗓門向大家報告說：「我很難過地告訴諸位——是秘密監禁。」

典獄長在屋子另一頭的鐵柵門旁等著查爾斯・達內。當他穿過屋子朝那兒走去時，響起了一片同情的竊竊低語，還有許多聲音——其中女人溫柔、同情的語聲更爲清晰——在祝福他，鼓勵他。他到鐵柵門前，回轉身向他們竭誠道謝。典獄長隨手關上了鐵柵門，於是這些幽靈就永遠在他的眼前消失了。

這扇小門通往一道向上的石砌台階。他們往上爬了四十級（這位只當了半小時囚徒的人已經數過了），典獄長打開了一扇低矮的黑門，他們進入一間單人牢房。牢房裡冷得刺骨，而且潮濕，但不太陰暗。

「你的房間。」典獄長說。

「爲什麼要把我單獨關在這裡？」

「我怎麼知道？」

「你能買點筆墨、紙張嗎？」

「這我管不著，會有人來看你，到時你可以提出來。眼下你只能買吃的，別的一律不准。」

牢房裡有一張椅子、一張桌子，還有一條草墊子。典獄長在出去之前，把這些東西和四面的牆大致察看了一遍。這時，倚在他對面牆上的囚徒，腦子裡突然恍恍惚惚地產生了一種幻覺，只覺得那典獄長的面孔和整個身子都大大地腫脹起來，看上去就像一具淹死後被水泡脹了的浮屍。典獄長走了之後，他仍在恍恍惚惚地想著：「現在，我像個死人一樣給扔在這兒了。」停了一下，他低頭看了看那條草墊子，噁心得連忙扭過頭去，心裡想：「死了以後，我的屍體首先就會落到這些到處爬的小蟲子中間。」

「五步長，四步半寬；五步長，四步半寬亡犯人在牢房裡來回走著，丈量著它的大小。城市的喧囂聲像悶鼓般傳來，時而還夾雜著狂吼聲。「他做鞋子，他做鞋子，他做鞋子，」犯人又開始丈量牢房的大小。他加快了腳步，竭力想擺脫開眼前一再侵襲著他的念頭。「小門關上，那些幽靈就不見了。他們當中有一個人，看模樣像是位夫人，穿著黑衣服，倚在窗洞旁，金色的頭髮閃著亮光。她看上去像……看在上帝的分上，讓我們穿過那些人人醒著、燈火輝煌的村子，繼續趕路吧……他做鞋子，他做鞋子，他做鞋子……五步長，四步半寬。」

這些零亂的念頭在他的心中七上八下地翻滾。犯人越走越快，固執地數了又數。城市的喧囂聲也有了變化——依然像陣陣悶鼓般滾滾而來；可是蓋過這些悶鼓聲的，還越來越響地傳來了他的親人的陣陣嚎啕慟哭聲。

第二章・磨刀砂輪

座落在巴黎聖日爾曼區[117]的台爾森銀行，設在一幢大樓的側翼，前面有一個院子，有一堵高牆及一道堅固的大門和大街相隔。這幢大樓屬於一位大貴族，他一直住在這裡，直到在動亂中穿了廚子的衣服，越過國境線逃亡國外。爲這位大人進食巧克力，除了上面提到的那個廚子外，還得有三個壯漢侍候；如今他雖然只是一隻在獵人追逐下逃奔的野獸，但即使是死而復生，也依然是那同一個大人。

大人逃走了。那三位壯漢爲了要使自己贖清曾從大人那兒領過高薪的罪過，一再表示願意切斷大人的喉管，把他獻到這個「自由、平等、博愛，要不毋寧死的統一不可分割的新生共和國」的祭壇上。大人的府邸始而被查封，繼而被沒收。因爲一切事態都發展得如此之快，法令以猛烈的勢頭一道接一道飛速下達，到了秋季九月的第三天晚上，愛國的執法者就占據了大人的這座府邸，塗上了三色標誌，在它的議事廳裡喝起白蘭地來。

要是台爾森銀行在倫敦的營業處也跟巴黎的營業處一樣，早就亂作一團，而且登上《公報》[118]了。因爲，那班責任心強、又要體面的莊重的英國人，見到銀行的院子裡有栽在木箱裡的橘樹，櫃台上方還畫有愛神丘比特像，他們會怎麼說呢？可是這兒就有這些東西。台爾森銀行

---

[117] 大革命前巴黎上流社會人物聚居的一個區。

[118] 英國一份專門登載破產者名單的官方報紙。

把丘比特刷上了白粉，可是天花板上的還能看得出，他裹著一層涼爽的薄紗，從早到晚對著錢拉弓瞄準（像往常那樣）。如果是在倫敦的倫巴第街[119]，這個少年異教徒，還有這小愛神背後那個掛著帷幔的壁櫥，還有嵌在牆上的穿衣鏡，還有那些年紀根本不算老、動不動就拋頭露面去跳舞的職員，非叫台爾森銀行破產關門不可。可是，在法國的台爾森銀行卻能和這一切和睦共處，只要時局穩定，誰也不會對這一切大驚小怪，把款子從這兒提走。

今後，哪些款子會從台爾森銀行提出去，哪些款子會擱在銀行無人提取，哪些金銀器皿和珠寶首飾會因它的主人庾死獄中或遇難暴卒，在台爾森銀行的庫房裡失去光澤，台爾森銀行會有多少帳目今生今世永遠結算不清，只好留待來世，這一切誰也說不清。那天夜裡，儘管賈維斯·洛瑞先生對此作了冥思苦想，同樣也說不清楚。他坐在剛剛生起火來的壁爐邊（在這多災歉收之年，天氣冷得特別早），他那忠厚坦誠而又富有勇氣的臉上有一層陰影，比吊燈所能投射或屋子裡任何東西歪歪扭扭反射出的更深更暗的陰影——這是恐怖的陰影。

他對銀行忠心耿耿，像一株紮下深根的常春藤，已成了銀行的一個組成部分。由於這層關係，他在銀行裡擁有一套房間。主樓由愛國者占領，倒使銀行有了一道保證安全的屏障。不過這位實心眼的先生絲毫沒有想到這一層。他對這一切情況都毫不關心，只知道盡自己的責任。院子對面的一排廊檐下面，是一片寬闊的停車場——沒錯，那兒還停著大人的幾輛馬車。在兩根廊柱上，縛著兩支熊熊燃燒的大火炬，火光中可以看到，露天裡架著一座磨刀的大砂輪；這草草架起的東西，顯然是從鄰近的鐵匠鋪或別的什麼工廠裡搬來的。洛瑞先生站起身來，朝窗外看了看這件無害的物品，不禁打了個寒噤，又回到爐邊的椅子上坐下。他原先不僅已打開了玻璃窗，連外

[119] 英國金融中心。

面的百葉窗也打開了，這時他又把它們全都關上，可是渾身上下還是直打哆嗦。

從高牆和堅固的門之外的大街上，傳來了夜間城市裡常有的嘈雜聲，時而還夾雜著陣陣難以描述、古怪、非人間所有的聲響，彷彿有一種極其可怕的怪聲沖天而上。

「感謝上帝！」洛瑞先生緊握著雙手說：「我所親近的人今晚沒有一個待在這個可怕的城市裡。願上帝憐憫所有身處險境的人！」

不久，大門上的門鈴響了。他想：「他們回來了！」於是坐著諦聽。可是，並不像他預料的那樣，有一大群人吵吵嚷嚷地擁進院子，只聽大門又吱嘎響了一聲，然後一切復歸寂靜。

洛瑞心裡感到既緊張又恐懼，隱約地為銀行擔起心來。時代的劇變自然會使人產生這種想法。銀行是警衛森嚴的，他站起身來，正想去找那些守衛銀行的可靠的人。他的房門突然推開了，兩個人衝了進來。一見來人，他驚得往後直退。

是露西和她的父親！露西對他伸出雙臂，眉宇間依然凝聚著往昔的那種熱情，深切專注，彷彿特地刻印在她的臉上，好讓它在她一生的這一重要關頭顯示出力量和能耐來。

「這是怎麼啦？」洛瑞先生驚慌失措、氣喘吁吁地喊起來：「怎麼回事？露西，馬奈特，出了什麼事了？你們幹嘛來這兒？怎麼了？」

她兩眼定神地看著他，臉色蒼白，神色張惶，撲進他的懷裡喘息求告道：「啊！我親愛的朋友，我的丈夫……」

「你丈夫怎麼了，露西？」

「查爾斯……」

「查爾斯怎麼了？」

「他在這兒。」

「在這兒？在巴黎？」

「到這兒已經有好幾天了——已有三、四天——我說不清究竟有幾天——我已經六神無主了。他出於一種俠義心腸，瞞著我們來到這兒；在關卡上被截住，送到監獄裡去了。」

老人不禁發出一聲叫喊。幾乎與此同時，大門上的鈴聲又響了；接著，一陣雜沓的腳步聲和嘈雜的人聲湧進了院子。

「這是什麼聲音！」醫生一面說，一面朝窗口張望。

「別看！」洛瑞先生叫了起來，「別朝外面看！馬奈特，這和你性命攸關，千萬別碰那百葉窗！」

醫生轉過臉來，手按在窗門上，帶著鎮靜，大膽的微笑說：

「我親愛的朋友，我在這個城裡是有護身符的；我當過巴士底獄的囚徒。巴黎的所有愛國者——豈止巴黎，全法國的愛國者。只要知道我當過巴士底獄的囚徒，就絕不會傷害我，他們只會熱烈地擁抱我，或者興高采烈地把我抬起來。我過去遭受的苦難給了我一種特權，使我們得以順利地通過關卡，還在那兒打聽到查爾斯的下落，並且來到你這兒。我知道事情會這樣，我知道我能幫助查爾斯脫險。我對露西就是這樣說的——這是什麼聲音？」他的手又伸到窗上。

「別看！」洛瑞先生拼命叫了起來，「別看，露西，親愛的，你也別看！」他伸開胳臂緊緊摟著她，「別這麼害怕，我的寶貝。我鄭重地對你起誓，我知道查爾斯沒有遭到什麼傷害；我一點也沒有想到他會到這要命的地方來。他在哪個監獄？」

「拉福斯監獄！」

「拉福斯監獄！露西，我的孩子，既然你生來就這麼勇敢、堅強——你一直如此——現在你就應該保持鎮靜，完全照我說的去做；這一點很要緊，這比你所想像的、我能表達的都要重要。

今天晚上你做什麼都無濟於事，你也根本出不去。我這麼說？是爲了查爾斯。我要你去做的是極難做到的事。你應該立即聽我的吩咐，鎮靜下來，不要作聲。你得讓我把你安置到這後面的一間房子裡去；你得讓你父親單獨和我在這兒待上兩分鐘。這是生死攸關的時刻，你不能遲疑。」

「我聽你的。我從你的臉上看得出來，除此之外，我也做不了別的什麼。我知道你是眞心誠意的。」

老人吻了吻她，匆匆把她帶進他的房間，鎖上門，然後就急忙回到醫生這兒，打開玻璃窗，把百葉窗也打開一點，用手按著醫生的胳臂，和他一起朝院子裡探望。

只見院子裡男男女女擠了一大堆人，還沒有把整個院子擠滿，充其量不過四、五十人。是占有這幢房子的人放他們從大門進來的，他們都擁到那架磨刀砂輪旁磨起刀劍來。這裡既方便又僻靜，砂輪顯然是爲他們架的。

可是，這班人看上去多可怕，他們幹的活也讓人毛骨悚然。

砂輪有一對手柄，兩個男人正發瘋似地搖著。隨著砂輪的飛速轉動，他們揚起了臉，長長的頭髮向後飄散，他們的臉比那些塗抹得最猙獰的野蠻人還要殘忍可怕。他們貼著假眉毛和假鬍子，猙獰的臉上滿是血污和汗水。因爲使勁號叫，臉扭曲著；由於獸性大發，又缺少睡眠，雙目圓睜，兩眼怒視。這兩個暴徒不住地搖著砂輪，他們那纏結成餅的一簇簇頭髮，一會兒垂在前面遮住眼睛，一會兒甩到後面蓋住脖子。幾個女人把酒遞到他們嘴邊讓他們喝，往下直滴的有血，有酒，還有從砂輪上迸濺出來的火花，一片血與火的邪惡氣氛。在這群磨刀的人中，找不出一個身上沒沾血跡的人。你推我搡，爭著要擠到砂輪跟前去的，有赤著上身，四肢和身上都沾滿血污的男人，有的穿著各式各樣的破衣爛衫，上面也滿是血跡，有的男人還怪模怪樣地穿戴著搶來的女用花邊、絲織品和緞帶，上面也無不沾有血污。帶來磨的斧頭、大刀、刺刀和劍，全都被血染得腥紅。有些缺了口的劍，用被單撕成的布條，或者衣服扯開的布片，拴在佩劍人的手腕上，儘管布條質地各式各樣，但是都浸透了同一種顏色。當這些武器的發狂的主人握著它們，離開火花四濺的砂輪，奔出大門時，他們那狂亂的眼睛也是血一般通紅——任何一個尚未失去人性的人看見了，都寧願少活二十年，用一支瞄得很準的槍，來使它們僵化不動。

要是世界能一起展現在人們面前，一個快要淹死的人或者處於生死關頭的人是能夠一眼把世界收入眼底的；洛瑞先生和醫生也是在一瞬間看清了這番情景。他倆從窗口退了回來，醫生詢問地望著朋友那死灰色的臉。

「他們，」洛瑞先生小聲說出這幾個字，擔心地回頭看了看鎖著的門，「正在屠殺囚犯。要是你對你剛才說的話有把握，要是你眞的有你說的那種特權——我相信你是有的——你就出去見見這班惡魔，讓他們把你帶到拉福斯監獄去。也許已經來不及，我說不準，可是一分鐘也不能再等了。」

馬奈特醫生握了握他的手，沒戴帽子就匆匆走了出去，待洛瑞走回到窗口時，他已到了院子裡。

他那隨風飄散的白髮，他那引人注目的面容，還有他那像划水般把刀斧槍劍推開的頗爲自信的態度，使他很快來到聚在砂輪旁那群人的中心。開始時靜默了一下，然後是一陣竊竊低語，還有醫生那聽不清的聲音。接著，洛瑞先生看到所有人都圍著他，列成二十來人長的隊伍，肩並肩，手拉手，匆匆地朝外走，口中高喊：「巴士底的囚犯萬歲！快去拉福斯監獄救巴士底囚犯的親人！給巴士底的囚犯讓路！快去救拉福斯監獄裡的囚犯埃弗瑞蒙德！」無數個喊聲呼應著。

洛瑞先生心中忐忑不安地關上百葉窗，又關上玻璃窗，拉上窗帘，然後急忙趕到露西那兒，告訴她，她父親已經得到人們的幫助，找她丈夫去了。他發現她的孩子和普羅斯小姐也和她在一起；可是過了許久，直到夜深人靜，他坐在旁邊守著她們時，他才對她們的突然出現感到驚異萬分。

這時，露西躺在他腳邊的地板上，昏昏沈沈的，可是一直抓著他的手。普羅斯小姐已把孩子放在她的床上，她的頭也漸漸垂到她照看的可愛寶貝的枕頭邊。啊，這漫漫的長夜，可憐的妻子在嗚咽！啊，這漫漫的長夜，父親尚未歸來，音訊毫無！

黑暗中，大門上的鈴又響了兩次，每次都有一大群人擁了進來，於是那砂輪又呼呼飛轉起來，火花嗶剝迸濺。「這是什麼？」露西驚恐地叫了來。

「噓！是士兵們在這兒磨刀槍。」洛瑞先生說：「現在這地方已歸國家所有，當了軍械庫了，親愛的。」

總共又來了兩次，最後一次大家已沒有什麼勁了，磨磨停停。不久，天色漸亮，洛瑞先生把自己的手輕輕從露西緊抓住的手中抽出，小心翼翼地再次朝窗外張望。一個渾身是血的人，像個剛在戰場上蘇醒過來的重傷士兵，正從砂輪架旁的石板地上爬起來，茫然地朝四周打量著。這個精疲力竭的劊子手，藉著朦朧的曙光，看到了大人留下的一輛馬車。他踉蹌地走到那輛豪華的車子跟前，爬進車子，關上門，倒在精緻考究的坐墊上睡了起來。

待洛瑞先生再次朝窗外張望時，那個巨大的砂輪——地球，已經轉過來了，院子裡陽光一片通紅。可是，那架顯得小了的磨刀砂輪卻孤零零地佇立在清晨寧靜的空氣中，上面有一層腥紅色；那絕不是陽光染的，也絕不是陽光所能消褪的。

第三章、陰影

上班的時間一到，洛瑞先生那生意人的頭腦裡首先想到的是：他沒有權利把一個關在牢裡的逃亡分子的妻子收留在銀行裡，連累台爾森銀行。爲了露西和她的孩子，他可以置自己的身家性命於不顧，但是委託他管理的這家大銀行並不屬於他自已。在履行業務上的職責方面，他是一絲不苟的生意人。

開始，他腦子裡有過念頭，想起了德華若，打算再去找那家酒店，跟那位店主人商量商量，在這個處於混亂狀態的城市裡，爲她們找一個最安全的住所。可是後來，他又打消了這個念頭，因爲德華若住在暴亂最厲害的地區，他在那兒無疑還是個有影響力的人物，在那些危險的勾當裡一定陷得很深。

到了中午，醫生還沒回來。而每拖延一分鐘，都有累及台爾森銀行的危險，於是洛瑞先生就去跟露西商量。她說，她父親曾經說過，要在銀行附近一帶暫時租個住處。這對銀行的業務不會有什麼妨礙。洛瑞先生估計，即使查爾斯安全無恙，獲得釋放，一時也難以離開巴黎，於是就外出尋找房子，最後在一個偏僻的小巷裡找到了幾間合適的樓房。四周一座座死氣沈沈的高樓上，所有的百葉窗都緊緊關閉著，表明住戶都逃走了。

他立即一談露西母女和普羅斯小姐搬進新寓所，而且盡可能把她們安置得舒適一些，比他自己住的要好得多。他把傑里留給她們充當應門頂事的人，然後就回銀行幹自己的事去了。他心緒不定、愁悶難當地工作著；這一天的日子過得特別慢，十分難捱。

一天終於打發過去了，銀行關上了門，他也拖得精疲力盡。他正獨自一人坐在前一晚坐的房間裡，思量著下一步該怎麼辦，忽聽得有人上樓的腳步聲。轉眼之間，一個人來到他的跟前，用銳利的目光朝他仔細打量著，直呼起他的名字來。

「正是敝人！」洛瑞先生應道：「你認識我嗎？」

那人身體壯實，長著一頭黑色捲髮，年紀在四十五到五十歲之間。他沒有作答，用同樣的話、同樣的語調反問道：

「你認識我嗎？」

「我好像在哪兒見過你。」

「也許是在我的酒店吧？」

洛瑞先生不安起來，非常關注地問道：「你從馬奈特醫生那兒來？」

「是的，我從馬奈特醫生那兒來。」

「他說了什麼？給我送什麼來了嗎？」

德華若把一張攤開的便條遞到他急切伸出的手中，便條上有醫生親筆寫的幾句話——

查爾斯安全無恙，但我尚無法安然離開此地。我已獲得特許，請來人帶一張查爾斯的便箋交給他的妻子。請允許來人面見他的妻子。

便條上注明寫自拉福斯監獄，時間是不到一小時之前。

「我們一起去他妻子住的地方好嗎？」洛瑞先生高聲念完這張字條後，寬慰地鬆了口氣。

「好的。」德華若回答。

這時，洛瑞先生幾乎還沒注意到，德華若說話時的態度出奇地拘謹呆板。他戴上帽子，然後下樓到院子裡。他發現這兒站著兩個女人，一個正在編織。

「是德華若太太吧，沒有錯！」洛瑞先生說道。大約在十七年前，他跟她分手時，她就是這個樣子，一點沒變。

「是她。」她的丈夫回答。

「太太也跟我們一起去嗎？」洛瑞先生見她也跟著走，便問道。

「是的，她們去見一見，認識一下。是爲了她們的安全。」

洛瑞先生這時才發覺德華若的態度有異，他懷疑地看了看這個酒店老板，然後在前面帶路。兩個女人都跟著；另一個女人就是復仇女。

他們穿過巷，儘量快走，最後登上了新住處的樓梯。傑里給他們開了門，進門就見露西正獨自一人在哭泣。洛瑞先生告訴她有關她丈夫的消息後，她欣喜若狂，緊緊握住那遞過便條來的手——她絕沒有想到，這隻手頭天夜裡在離她的丈夫不遠的地方幹了什麼，要不是幸運，說不定他的丈夫也已落入他的手中。

> 最親愛的：鼓起勇氣來。我很好。你父親對我周圍的人很有影響。你不能回信。替我吻我們的孩子。

總共只寫了這麼幾句話，可是對接到這一便條的人來說，簡直是無價之寶了。她從德華若轉向他太太，吻了吻那隻正在編織的手；是女性的一種滿懷深情、衷心感激的表示。可是那隻手毫無反應——它冷冷地、不快地伸了開去，重又編織起來。

在接觸到這隻手時，有什麼東西使露西楞了一下。正想把那張便條揣進懷裡，手剛抬到頸邊，卻又停住了，滿懷恐懼地望著德華若太太。德華若太太則用無情的冷眼，迎視著她那上挑的眉毛和皺起的前額。

「親愛的，」洛瑞先生插進來解釋道：「街上常鬧亂子，雖說他們不一定會來騷擾你，可是德華若太太還是想來見見在眼前這種情況下她有能力給予保護的人，也好認識認識——我想是爲了認識一下。」

洛瑞先生說這些寬心話時有點吞吞吐吐，他越來越覺出那三個人冷若冰霜的態度，「我說得對吧，德華若公民？」

德華若臉色陰沈地朝妻子看了看，只是粗嘎地哼了一下，算是表示默認。

「露西，」洛瑞先生竭力以和善的語氣和態度勸說道：「你最好把你的寶貝孩子，還有我們那位善良的普羅斯小姐也領到這兒來。德華若，我們這位善良的普羅斯小姐是位英國女士，不懂法語。」

我們說到的這位女士，深信自己強過隨便哪個外國人，任何艱難險阻都動搖不了她；她交叉抱著雙臂出來了，一眼先看到復仇女，就用英語對她說道：「唔，凶面孔！祝你好！」又用英國派頭對德華若太太哼了一聲。但是她們倆都對她不大答理。

「這就是他的孩子？」德日太太第一次停下手中的活兒說，還用織針朝小露西指了指，彷彿那是命運之神的手指。

「是的，太太，」洛瑞先生回答：「就是我們那個可憐的囚徒的寶貝女兒。他只有這麼一個孩子。」

德華若太太和她的同伴黑黝黝的影子，嚇人地落到孩子的身上，母親本能地跪倒在她身旁的地上，把她緊緊地摟在懷中。於是，德華若太太和她同伴的濃重陰影便可怕地落到這對母女的身上。

「夠了，我的丈夫，」德華若太太說：「我已經看見她們了，我們可以走了。」

然而，在這含而不露的態度中，實際上暗藏著威嚇——不明顯可見，而是模糊含蓄——這態度使露西心驚肉跳，她伸出哀求的手，抓住德華若太太的衣服，說：

「你給我那可憐的丈夫行行好吧！別傷害他。要是你能，就幫個忙，讓我見見他吧！」

「我來這兒，和你的丈夫沒有關係；」德華若太太完全不爲所動，低頭看著她回答說：「我到這兒來，是因爲你是你父親的女兒。」

「那就看在我的分上，對我丈夫發發慈悲吧！也看在我孩子的分上！她會合起雙手懇求你開恩的。比起別的那些人來，我們更怕你。」

德華若太太把這句話當作她的恭維，朝自己的丈夫看了一眼。德華若一直咬著大姆指指甲，不安地望著她，這時趕忙正色斂容，擺出一副更嚴厲的樣子。

「你丈夫在那封短信裡說什麼來著？」德華若太太淡淡地露了露笑容，問道：「影響！他說起影響什麼的？」

「那是說我父親，」露西說著，急忙把那張便條從懷裡掏出來，但是驚恐的眼睛沒有去看便條，而是看著發問的人，「他對周圍的人有影響。」

「憑此一定會放了他！」德華若太太說：「隨它去吧！」

「作爲一個妻子和母親，」露西急切地喊了起來：「我求你可憐可憐我，別以你的權力來反對我那無辜的丈夫，求你盡你的力量幫助他。啊，我們都是女人，求你爲我想一想！我是個妻子，也是個母親！」

「打從我們像這孩子這般大，甚至還要小的時候起，我們天天看到那些做妻子、做母親的又得到什麼照顧？我們這輩子見過多少和我們一樣的姐妹，還有她們的孩子，她們除了一世受苦受窮，沒穿沒著，沒吃沒喝，貧病交迫，受盡各種壓迫和欺侮，還有什麼呢？」

「別的，我們什麼也沒見到。」復仇女答道。

「我們已經忍受得夠久了！」德華若太太說著，又把眼光轉向了露西，「你說說看，現在有一個做妻子、做母親的，她一個人有苦惱，這對我們來說又算得了什麼？」

她重又編織起來，走了出去。復仇女跟在她後面。德華若走在最後，隨手帶上了門。

「鼓起勇氣來，我親愛的露西，」洛瑞先生扶起露西，說道：「要有勇氣，勇氣！到現在為止，我們一切都還算順利——比起許多可憐的人最近的遭遇來，情況不知道要好上多少倍哩！打起精神來，多多感謝上帝吧！」

「我想，我並不是不懂得感謝，可是那個可怕的女人好像投下一道陰影，既罩住了我，也罩住了我的一切希望。」

「嘍，嘍！」洛瑞先生說道：「你那勇氣十足的小胸膛怎麼泄氣了？這只是個陰影呀！裡面又沒什麼實在的東西，露西。」

話雖這麼說，德華若夫婦的態度也在洛瑞先生身上投下了一道陰影，這在他的內心深處引起了極大的不安。

第四章・在風暴中鎮定自若

馬奈特醫生直到第四天早上才回來。在這段恐怖時期內發生的許多事，凡是能不讓露西知道的，他都儘量瞞著她，所以直到很久以後，在她遠離法國時，她才知道，有一千一百個赤手空拳的男女老少囚犯被那班民衆殺害。這一慘無人道的暴行一連持續了四天四夜，直弄得天昏地暗，連周圍的空氣都充滿了血腥。可是當時她只知道，有些監獄遭到了襲擊，所有政治犯都處於危險之中，有的竟被拖出去殺害了。

馬奈特醫生在要求洛瑞先生嚴加保密的條件下——其實這不用他多說——告訴他說，當時人群簇擁著他，穿過屠場般的街道，到了拉福斯監獄。在監獄裡，他看到一個群衆自發組織起來的法庭正在開庭，囚犯一個個被帶來受審，有的很快被判處死刑，立即拉出去執行，有的當場釋放，也有少數人重又被帶回牢房。給馬奈特醫生引路的人把他帶到這個法庭上。他自報了姓名和職業，陳述了自己過去未經審判就被秘密監禁在巴士底獄十八年的情形。一個坐在審判席上的人站起來爲他作證，這人就是德華若。

於是，他翻閱了放在桌上的花名冊，查明他的女婿還列在未遭殺害的囚犯名單中，就苦苦請求法庭免他一死，釋放他——法庭上的那班審判人員有的已睡去，有的還醒著；有的因參與屠殺，一身血跡，有的乾乾淨淨；有的醉了，有的沒醉。起初，因爲他是個在推翻了的舊制度下受過苦難的知名人物，大家對他狂熱歡迎，一致同意把查爾斯・達內帶到這個無法無天的法庭上來訊問。可是，就在他似乎立即就要獲得釋放時，不知什麼緣故（醫生也感到莫名其妙），有利的形勢突然發生劇變，那班人又暗暗地交談了幾句。之後，那個坐在主審席上的人告訴馬奈特醫生說，這個犯人還得繼續監禁；不過看在他的份上，人身安全得到保護，不會受到傷害。一個手勢，犯人又即刻被押回牢房；看到這樣，醫生一再請求讓他也留在監獄裡，以防他的女婿因受人暗算或一時失誤，而被交到門外那班群眾手中，這時他們正殺氣騰騰地在那兒狂呼亂叫，聲音常常蓋過審訊中的語聲。他總算獲得許可，留在那座「血腥的廳堂」裡，直到危險過去。

他在那兒，只敢草草吃點東西，偶而打個盹。至於所見所聞，還是不說為好。人們有時候為一些囚犯得救而欣喜若狂，有時候又殘暴地把囚犯劈成幾塊，這一切都使他吃驚得目瞪口呆。醫生說，有一個囚犯已獲得自由，剛走出監獄，來到大街上，就被一個暴徒用長矛誤戳了一下。他們懇求馬奈特醫生去給他包紮傷口。醫生趕出門來，只見被刺的囚犯正給抱在一群撒瑪利亞人[120]的懷中，他們自己則坐在被他們殺害的囚犯屍體上。情景荒誕離奇，就像在這場可怕的惡夢中出現的任何怪事一樣。他們協助醫生，對這個受傷的人溫柔體貼，關心備至，還特地給他做了一副擔架，小心翼翼地護送他離開現場，接著便又拿起各自的武器，重新投入那場可怕的屠殺之中，嚇得醫生用雙手捂住眼睛，當場昏厥過去。

洛瑞先生傾聽醫生這番私下裡說的話，望著他六十二歲的朋友那張臉，一種擔心油然而生，害怕這種可怕的場合會使他舊病復發。不過，他還從來沒見過他的朋友現在這種樣子，根本不知道醫生竟會有現在的這種性格。現在，醫生第一次感覺到，昔日的苦難給了他力量；他第一次感

[120] 指樂善好施的人。出自《聖經》，有一撒瑪利亞人途中見一路人被強盜打傷，動了慈心，為他包紮好傷口，送他到旅店，親自照顧他，還出錢為他治傷。詳見《聖經．新約．路加福音》第十章。

覺到，他已在苦難的烈火中逐漸鍛鍊成鋼，能夠砸開囚禁他女兒的丈夫的牢獄之門，把他救了出來。

「事情都在向好的方面展開，我的朋友；我過去並不完全是浪費時間，白白受罪。我心愛的孩子幫我恢復了健康，現在我也要幫她，把她最心愛的人還給她；在上蒼的幫助下，我一定能做到這一點！」這就是馬奈特醫生說的話。洛瑞先生看著他那炯炯發光的眼神、堅毅不屈的面容、鎮定有力的神色和舉止，對他有了信心。他覺得這個人的生命就像鐘錶，停走了那麼多年，其間積蓄了巨大的能量，如今正以旺盛的精力重又走動起來。

即使當時醫生有更大的困難需要克服，有了這種不屈不撓的意志，也能無堅不摧。由於他保持著自己的醫生身分，這個職業就使得他可以和形形色色的人往來，不論是在押的還是自由的，富有的還是貧窮的，壞人還是好人，他都聰明地運用了他個人的影響，於是他很快便成了三座監獄的巡迴醫生，其中包括拉福斯監獄。現在他可以讓露西放心，她丈夫已不再單獨監禁，而是和其他囚犯關在一起了；他每週都能見到她的丈夫，還可以直接從他嘴裡給她捎來溫存的口信。有時她丈夫親自寫信給她（不過從不經過醫生之手），但是不許她給他寫信，因爲他們無端懷疑監獄裡有人圖謀不軌：種種懷疑中最無根據的是懷疑逃亡貴族，知道他們在國外有朋友，或者和國外經常有聯繫。

醫生的這種新的生活，無疑是一種提心吊膽的生活，不過精明的洛瑞先生看出，有一種新的自豪感在支持著他。這種自豪感並沒有什麼不好的地方，它是非常自然，十分可貴的，洛瑞先生把他看作是一種珍品。

醫生知道，迄今爲止，在他女兒和他的這位朋友心目中，總是把他的長期受監禁和他個人的苦難、喪失一切以及身體衰弱聯在一起。而現在，情況有了變化，他知道，昔日的苦難給了他力量，他的女兒和朋友都盼望仰仗他的力量來使查爾斯安然無恙，並且獲得釋放。這個變化使他興奮異常！如今是他站在前面帶領他們，給他們指引方向，要他們作爲弱者，信賴他這個強者。他和露西之間的相互關係，就這樣調換了個位置，而這完全出於最誠摯的感激和慈愛，因爲女兒給予他的是那麼多，他要是不對她盡一些力，他就無以自豪。

「這一切看起來非常奇怪，」敦厚、機靈的洛瑞先生心裡思忖：「但都十分自然、合理。親愛的朋友，那就你來領頭，繼續操持下去吧！這是再好不過了。」

不過，雖然醫生竭盡全力，而且始終不懈，想要使查爾斯・達內獲得自由，或者至少能使他得到開庭受審，可是當時的群衆狂潮對他來說實在太強太迅猛了。新紀元[121]開始了。國王[122]受審，判了死罪，砍了腦袋：那「自由、平等、博愛，要不毋寧死」的共和國宣布武裝反抗舊世界，不成功即成仁。黑色的大旗[123]日夜飄揚在聖母院的高塔上；三十萬人從法國各地應召奮起，反抗地球上的各國暴君，勢頭之猛，就像遍地播下的龍牙[124]，在山丘和平原，在岩石上、砂礫

---

[121] 法國革命軍擊退了入侵的普奧聯軍後，於一七九二年9月21日在巴黎召開國民公會，22日宣布廢除君主，建立共和，並於一七九三年10月5日公布了新曆法，以一七九二年9月22日爲新紀元之始，即法國共和曆曆元。

[122] 指路易十六。

[123] 表示國難當頭。

[124] 據希臘神話，腓尼基王阿格諾爾之子、勇士卡德摩斯外出尋找妹妹，路遇一惡龍，將牠殺死後，遵照女神雅典娜指點，將龍牙播種於地，遂長出許多武士，他們互相廝殺，最後剩下五人，幫助卡德摩斯建成忒拜城。

裡、淤泥中，在南方的晴空和北方的陰雲下，在沼澤和森林裡，在葡萄園和橄欖林中，在刈過的草叢和莊稼茬之間，在寬闊的河流兩岸豐腴的土地上，在大海邊的沙灘中，到處都結出了果實。有什麼個人私情能抵擋住這場「自由元年」的大洪水呢——這是一場自地下湧出，並非天上傾瀉的洪水；天上的窗戶都緊閉著，無一敞開[125]！

沒有停歇，沒有憐憫，沒有和平，沒有片刻的鬆弛休息，沒有時間的劃分。雖然晝夜仍如渾沌初開時一樣，有規律地循環不已，元年的第一日也照樣有晨昏，可是別的計時方法卻沒有了。一個民族在發狂熱的時候，也像一個發高燒的病人一樣，失去了時間觀念。一會兒，劊子手打破了全城異常的沉寂，提起國王的頭來給民眾看。一會兒，幾乎過不多久，又讓民眾看他那嬌妻的頭[126]；她在獄中度過了八個多月寡居的悲苦生活，頭髮已經花白了。

遵照著在這一切事變中形成的令人不解的矛盾法則，時光雖在飛逝，卻又顯得漫長。京城裡成立了一個革命法庭，全國各地產生了四、五萬個革命委員會。頒布了一項懲處嫌疑犯的法令，把自由和生命的一切保障都掃蕩無遺，可以隨意把善良無辜的人交給邪惡有罪的人去處置，監獄吞吃了無數並未犯法但又申訴無門的人。這類行徑全都變成成規定則，只經過幾個星期，似乎就成了古已有之的舊章古制了。更有甚者，一個令人毛骨悚然的醜惡形象，彷彿打從開天闢地以來就爲大家所熟知常見，這就是那個叫吉蘿亭的厲害女人。

---

[125] 參見《聖經・舊約・創世紀》第七章：「……過了那七天，洪水泛濫在地上。當挪亞六百歲，二月十七日那一天，大淵的泉源都裂開了，天上的窗戶也敞開了，四十晝夜降大雨在地上。」

[126] 國王路易十六於一七九三年1月21日被斬首，其妻瑪麗・安托瓦內特王后亦於同年10月16日被送上斷頭台。

它是人們日常談笑的話題：它是治療頭疼的特效藥，它防止頭髮變白絕對有效，它能使面色特別白嫩，它是國家牌剃刀，能把一切剃得一乾二淨；所有和吉蘿亭接吻的人，只消伸頭朝那小窗口裡看上一眼，就會咔嚓一聲，掉進口袋[127]。它是人類再生的標誌。它取代了十字架，人們摘去十字架，把它的模型戴在胸前；凡是十字架被摒棄的地方，它就受到人們頂禮膜拜，崇信有加。

它砍下那麼多的頭顱，弄得它渾身上下和那塊被它大大玷污了的土地一片猩紅。它像小妖魔玩的玩具拼板，可以拆成片片，需要時又能拼裝在一起。它能使雄辯滔滔的人緘口無言，把權威赫赫的人打倒在地，也能把美好善良的人斬除殆盡。僅僅一個上午，在二十來分鐘內，它就能切下二十二個頗孚眾望的朋友——二十一個活的，一個死的——的頭顱。《聖經・舊約》中那位大力士的名字[128]已經傳給了它的主要操縱者[129]；不過他的武裝如此精良，比他的同名人更加強而有力，也更加盲目無知，他每天都在拆除上帝的殿堂大門。

馬奈特醫生就在這種恐怖的環境以及這個環境中的那幫人中間，沉著冷靜地周旋著，他對自己的力量充滿信心，謹慎小心地堅持著自己的目標，從不懷疑自己終將救出露西的丈夫。然而時勢潮流發展得如此迅猛深入，它無情地把光陰席捲而去，儘管醫生仍十分堅定自信，查爾斯已在獄中關了一年零三個月。

---

[127] 斷頭台形似一方形窗框，上框裝有活動劃刀，下備口袋，裝盛砍下的人頭。

[128] 指參孫，古猶太人領袖之一，以身強力大著稱。詳見《聖經・舊約・士師記》第十三～十六章。

[129] 法國大革命時，主要劊子手名三孫（Sanson），與參孫（Samson）名字相近。此人曾親自行刑，處決法王路易十六和王后瑪麗・安托瓦內特。

到了這年的十二月，革命變得更加邪惡、狂暴，甚至南方的河流都被夜間拋入的溺死的屍體堵塞了，囚犯們成行成列地被槍殺在南方的冬日陽光下。然而，醫生仍沈著冷靜地周旋在那些恐怖分子中間。在當時的巴黎，沒有人比他更出名，也沒有人比他的處境更奇特了。他是一個超然局外的人，沉默寡言；他是個富於同情的人，醫院和監獄都少不了他，無論對殺人者還是犧牲品，他都一視同仁地施展他的醫術。

在他行醫的過程中，由於他的外表和巴士底獄囚徒的經歷，使得他和所有其他人的處境迥然不同。他沒有遭到過懷疑，也沒有受到過傳訊，彷彿他真的是個十八年前復活的人，或者是一個活動在芸芸衆生中的神靈。

第五章・鋸木工人

一年零三個月。在整個這段時間裡，露西時時刻刻都提心吊膽，唯恐吉蘿亭會在明天一砍下她丈夫的頭。每天都有滿載死囚的囚車，沉重地顛簸著穿過鋪石的大街。美麗可愛的姑娘，光豔照人的婦女，棕色頭髮、黑色頭髮、花白頭髮的，青年小伙、健壯男女和老人，出身高貴的和出身莊戶的，全都成了供吉蘿亭女士喝的紅葡萄酒。人們每天把他們從令人惡心的黑暗牢房中提出來，帶到光天化日之下，穿過大街，送給那不知饜足的吉蘿亭去解渴。「自由、平等、博愛，要不毋寧死！」這末一項來得最是輕而易舉，啊，吉蘿亭！

要是說突如其來的飛災橫禍和風馳電掣的時代巨輪把醫生的女兒嚇得不知所措，只能呆呆地在絕望中等待結果的話，那她的遭遇也不過是和別的許多人一樣罷了。自從她在聖安東尼區的閣樓上，把那白髮蒼蒼的頭抱進她青春煥發的懷中，她就自始至終克盡她的天職；在這些經受嚴重考驗的日子裡，她更是忠心耿耿，正如所有賢良淑靜的人一樣。

一待他們在新寓所裡安頓下來，她父親也開始了日常行醫工作，她就把這個小家庭布置起來，安排得像丈夫也在家一樣。一切都有條不紊，井井有序。她像以前全家團聚在英國時那樣，按時教小露西讀書。她施用種種小使倆哄騙自己，裝出相信全家很快又能團聚——諸如為丈夫的很快歸來作些小小的準備，在一旁放上他的椅子，擺好他的書，等等——每天晚上，她還會特地為那許多身陷囹圄、命在旦夕的不幸者中一個親愛的囚徒認眞祈禱——幾乎只有通過這些，才能稍稍寬解一下她那沉重鬱悶的心情。

她的外貌並沒有多大改變。她和孩子都穿著樸素的暗色衣服，近乎喪服，可是拾掇得像歡樂時日穿的鮮亮衣服一樣整潔。她臉上的紅暈已經消失，昔日那種凝重深沉的表情已經不是偶爾出現，而是常駐臉上了。但除此之外，她依然是那麼漂亮秀麗。有時候，當她在晚上和父親道晚安吻別時，她那整天壓抑著的悲傷會突然爆發出來，常常說父親是這個世界上她唯一的依靠了；而他總是斬釘截鐵地回答：「他要是出事，我事先絕不會不曉得；而且我知道，我一定能把他救出來，露西。」

這種應變的生活過了不多幾個月之後，有一天，她父親傍晚回到家裡時，對她說：

「親愛的，監獄裡有一個高高的窗戶，下午三點鐘時，查爾斯有時候能靠近那兒。他要是能到達窗口旁邊——這取決於許多未知的情況和偶然的機會——他認為，你如果能站在街上我指點給你的某個地方，他或許能看見你。不過，我可憐的孩子，你是看不見他的，而且即使能看見，你要是露出一點兒認出他的樣子來，那對你來說是非常不安全的。」

「啊！我的好父親，快把那地點告訴我吧！我要每天上那兒去。」

從此以後，不管是什麼天氣，她都會在那兒等上兩個小時。每當時鐘敲響兩點，她就已經站在那兒了，一直待到四點，她才無可奈何地離開。要是天氣不太陰濕、不太冷，能帶上孩子，她就帶孩子去；別的時候，她獨自一人去，從來沒有間斷過一天。

那地方是在一條蜿蜒曲折的小巷拐角處，又暗又髒。這角落裡唯一的一所小屋是個鋸木工人的棚屋；其他幾面都是牆。她上那兒去的第三天，那工人注意到了她。

「日安，女公民。」

「日安，公民。」

這種稱呼方法這時已經成了法定之規。前不久，這還只不過是在那些更徹底的愛國者中間自發形成流行開的，而現在，卻已成了人人必須遵守的法律。

「又上這兒散步來了，女公民？」

「你不是看見了嗎，公民！」

鋸木工人是個說起話來手舞足蹈的小個子（他曾經當過修路工人），他朝監獄那邊瞟了一眼，朝監獄指了指，把十個手指擋在臉前當作鐵柵，滑稽地在「鐵窗」後面探頭探腦。

「不過這不關我的事，」他說，接著便繼續鋸他的木頭。

第二天，他等著她；她一露面，他就上前搭話。

「嗨！又上這兒散步來了，女公民？」

「是呀，公民。」

「唷，還有個孩子！小公民，她是你媽媽，是嗎？」

「我該說是嗎，媽媽？」小露西緊挨著母親，悄聲問道。

「是的，我的寶貝。」

「是的，公民。」

「啊！不過這不關我的事，我的事就是幹我的活。瞧我的鋸子！我管它叫小吉蘿亭。喀、喀、喀！喀、喀、喀！瞧，他的頭掉下來了！」

那段木柴應聲掉了下來，他把它扔進一個筐子。

「我管自己叫參孫，掌管砍斷木柴的吉蘿亭。再瞧這兒！嚓、嚓、嚓！嚓、嚓、嚓！她的頭也掉下來了！這兒還有個小孩；嘰咕、嘰咕！吱嘎、吱嘎！好，它的頭也掉下來了。滿門抄斬！」

他又把兩塊木柴扔進了筐子。露西渾身直打哆嗦。可是，鋸木工人在那兒幹活時，去那兒要想不讓他看見是不可能的。所以為了博得他的好感，她總是先跟他打招呼，還時常給他一點酒錢，他也就毫不客氣地收下。

他是個好奇愛問的人。有時她只顧盯著監獄的屋頂和鐵窗出神，一心想著自己的丈夫，把這個人全給忘了，待她猛醒過來時，發現他正盯著她，一條腿跪在板凳上，鋸子插在木頭裡。「不過這不關我的事！」遇到這種時候，他通常都這麼說，接著便又輕快地鋸了起來。

不論什麼天氣，露西每天總要在這兒度過兩個小時，冒著隆冬的霜雪，迎著早春的寒風，頂著炎夏的驕陽，淋著晚秋的的苦雨。每次離開這兒時，都要吻一吻監獄的大牆。在五、六天中，她的丈夫或許能看見她一次（這是她從父親那兒知道的），可能接連兩、三天都看見她，也可能一個星期或者整整半個月看不見。只要有機會，他能夠而且確實看見了她，這就足夠了；為了有這種可能，她願意從早到晚每星期在那兒等上七天。

就這樣，她又熬到了第二年的十二月；她的父親仍然沉著冷靜地周旋於那些恐怖分子中間。一天下午，下著小雪，她又來到那個常去的拐角處。這是個什麼狂歡的日子，是個節日。她一路上看到家家戶戶的房子上都插著小長矛，矛尖上挑著小紅帽，還飾有三色彩帶，刷了規範化的標語（當時最愛用三色的字母）：「統一不可分割的共和國。自由、平等、博愛，要不毋寧死！」

鋸木工人這間寒酸的木柴鋪實在太小了，整個牆面也沒有那麼大的地方能容納下這句銘文。不過他還是請了什麼人草草塗上這條標語，那個「死」字好不容易才擠上去。他按照一個好公民應該做的，在棚頂上揮了小長矛和小紅帽，還在一個窗口擺著他的鋸子，上面標明這是他的「小聖吉蘿亭」——當時，那個非常厲害的女人已普遍被人尊為聖徒了。他的鋪子關著門，他也沒有在那兒。露西感到鬆了一口氣，她可以安安靜靜獨自一人待著了。

但是他並沒有走遠，過不多久，她就聽到一陣騷動和叫喊一路傳來，使她膽戰心驚。轉眼之間，一大群人擁到了監獄大牆旁的這個拐角，鋸木工和復仇女手拉著手，走在人群中間。大約有五百來人，卻像五千妖魔在狂舞。除了他們自己唱歌外，沒有別的音樂伴奏。他們一邊唱著流行革命歌曲，一邊和著一種惡狠狠的節拍跳著舞，彷彿大家一齊在那兒咬牙切齒。男的和女的跳，女的和女的跳，男的和男的跳，碰上誰就跟誰跳。

起初，他們還只是一股粗陋紅帽子和破舊粗毛衣的風暴，可是等大家把這地方擠滿，在露西周圍跳起舞來時，他們中間似乎便出現了狂舞亂叫、形象猙獰的妖魔。他們時而前進，時而後退，互相拍手，互相抱頭，獨自旋轉，或者兩人抱著成對旋轉，一直轉到許多人紛紛跌倒在地。一部分人跌倒後，其他人繼續手拉手圍成圓圈打轉；後來圓圈散了，分成兩人或四人的小圈再轉，然後猛地停住，接著重又開始，拍手、抱頭、甩開，然後倒轉，繼而大家都朝另一個方向轉，突然間，大家又都一齊停下，停頓了一會，重又打起拍子，排成巷道一般寬的隊伍，垂著頭，舉起手，尖聲狂叫著向前撲去。就連打架也沒有這種舞蹈可怕，簡直是種墮落的耍鬧——本是天真爛漫的，最後變成那麼邪惡殘暴——本來是一種健康的娛樂，現在卻成了使血液沸騰、神志混亂、心硬如鐵的手段。其中雖然也有一些優美的動作，但反而使它變得更加醜惡。這說明：一切原本善良美好的東西也會扭曲變質。處女竟在這大庭廣眾之間袒露胸脯，善良稚氣的頭腦變得如此癲狂錯亂，纖巧美麗的小腳在血污泥濘中緩步輕移。這一切全是這個顛倒混亂的時代的種種象徵。

這就是卡曼紐拉舞[130]。這場狂舞過去後，露西驚慌失措地站在鋸木工人的棚屋門前。羽毛般的雪花靜悄悄地飄落下來，落在地上，那麼潔白輕柔，無聲無息。

---

[130] 流行於法國大革命時期的一種在卡曼紐拉歌伴唱下的街頭舞蹈。

「啊，我的父親！」她抬起剛才用手捂住的眼睛，看到父親就站在她的面前，「這場面太凶殘，太難看了。」

「我知道，親愛的，我知道！我見過好多次了。別害怕！他們誰也不會傷害你的。」

「我不是爲自己害怕，父親。我想到我的丈夫要受這幫人的擺布了。我離開那兒時，他正朝那個窗口爬去，我急忙跑來告訴你。現在這兒沒人看見，你可以朝斜屋頂上那個窗戶送一個飛吻。」

「我就這麼做，父親，我要把我的靈魂也一起送給他！」

「你看不見他吧，我可憐的寶貝？」

「看不見，父親，」露西滿懷思念之情，哭泣著送去一個飛吻說：「看不見！」

雪地裡傳來腳步聲，是德華若太太。「向你致敬，女公民！」醫生說。「向你致敬，公民，」這只是順口說出，如此而已。德日發太太過去了，像道陰影掠過雪白的路面。

「讓我挽著你的胳臂吧，親愛的。爲了他，你應該高高興興、勇氣十足地從這兒走開。對，做得對！」他們離開了那個地方，「這不會白做的。明天就要傳訊查爾斯了。」

「明天！」

「沒有時間好耽誤了，我已經作好準備。但是還要採取一些預防措施，以防萬一；這要等到他正式出庭受審時才能採取。現在他還沒有接到通知，不過我已經知道明天就要受審，馬上要把他轉移到候審監獄去。我及時得到了消息。你不害怕吧？」

她僅僅能回答出一句話：「我信賴你。」

「應該這樣，要絕對信賴。你的苦日子快要熬出頭了，我的寶貝。再過幾個小時，他就會回到你身邊了。我用了各種辦法周密地保護著他。我得去見見洛瑞。」

他站住了。傳來一陣沉重的車輪聲。他們倆都十分清楚，這意味著什麼。一、二、三，三輛囚車載著死囚從雪地上駛過。積雪使車輪聲減低了。

「我得去見洛瑞。」醫生又說了一遍，帶她拐向另一條路。

那位忠誠可靠的老先生仍然堅守在自己的崗位上，一直沒有離開。經常有人來找他，查詢那些已被充公、收歸國有的財產賬目。凡是他能爲業主保住的，他都保住了。要論兢兢業業掌管住台爾森銀行經營的錢財，而且守口如瓶，那是誰也比不上他的。

天空中暗紅和橙黃交錯，濛濛霧氣從塞納河上升起。這說明黑夜快要降臨。待他們到達銀行時，天已經差不多黑了。大人那座氣派宏偉的府邸已經破敗不堪，無人居住。院子裡一堆髒土和灰燼上寫著這樣一些字句：「國有財產。」「統一不可分割的共和國。自由、平等、博愛，要不毋寧死！」

和洛瑞先生在一起的會是誰呢。誰是放在椅子上那件騎馬服的主人——這個不肯讓人看見的人是誰呢？洛瑞先生是打哪一位新來者那兒出來，興奮而又驚訝地把他的寶貝抱在懷裡呢？他提高嗓門，轉過頭去對著他剛才出來的那扇門，把露西那結結巴巴說出的話又重覆了一遍：「轉到候審監獄，明天審訊。」他這是在對誰說話呢？

第六章・勝利

五名法官、一名檢察官和一個立場堅定的陪審團組成了一個令人毛骨悚然的法庭，它每天都開庭審案。提審名單頭天晚上先提出，然後由各個監獄的典獄長向犯人宣讀。典獄長常愛說的一句笑話是：「裡面的人，快出來聽晚報吧！」

「查爾斯・埃弗瑞蒙德，又姓達內！」

拉福斯監獄的晚報終於這樣開場了。

凡是叫到名字的人，就得站出來，走到專門指定給這些不幸榜上有名的人站的地方。

查爾斯・埃弗瑞蒙德又姓達內的犯人當然懂得這個規矩，他親眼目睹過幾百人就是這樣一去不復返的。

那個面孔浮腫的典獄長念名單時戴著眼鏡，念完一個就朝囚犯看上一眼，看清念到的人已站到該站的地方，才接著往下念，每念一個名字就停頓一次。名單上共有二十三人，可是只有二十個人應聲；原來其中一人已死在獄中，被人忘記了；另外還有兩個，早已上了斷頭台，也被人忘記了。念名單的地方，就是達內剛來那天晚上看到一群囚犯的那間拱頂屋子。所有那些人全都已經死於那場大屠殺了；每一個他為之關心過、然後又告別了的人，都已一一死在斷頭台上。

大家匆匆說上幾句道別的祝願語，就立刻上路了。這本是每天都有的事，只是那天晚上，拉福斯監獄裡的犯人要舉行一次罰物遊戲和小型音樂會。他們聚在鐵柵欄前流著淚，可是預定節目中的二十個缺額還是補上了。而且不管怎麼說，時間已經不多，牢房馬上就要上鎖，到時候公共活動室和走廊都要由那些守夜的猛犬來把守了。這些囚犯並不是麻木不仁或者沒有人情，他們的這種態度是時勢與環境造成的。同樣，儘管稍有不同，大家知道，某種狂熱和衝動無疑也會使一些人不顧一切地壯起膽子，毫無必要地去和吉蘿亭對抗，結果死在她的手中。這不僅僅是由於負氣，也是受了公衆那種狂亂心理影響產生的狂亂行為。在瘟疫流行時，我們之中有些人就會暗暗受那種病吸引——有時會閃過一個想要死於那種病的可怕念頭。我們每個人的心中都埋藏著類似的奇怪東西，只有在適當的環境中才會暴露出來。

通往候審監獄的路程又短又黑，而在那個跳蚤、虱子橫行的牢房裡度過的夜晚則又冷又長。第二天，在叫到查爾斯．達內的名字之前，已有十五名囚犯受到審判。十五個人全都被判處死刑，而整個審判只用了一個半小時。

「查爾斯．埃弗瑞蒙德，又姓達內。」終於挨到傳訊了。

審問他的法官坐在審判席上，頭戴飾有羽毛的帽子。但是除了他們之外，其他人都戴著粗劣的紅帽子和三色徽。看看陪審團和那些亂哄哄的旁聽群衆，他心裡可能會想，這是是非顛倒，壞蛋審判起好人來了。城市裡一些最下流、最殘忍、最邪惡的居民，一向下流、殘忍、邪惡，今天卻成了法庭上的主宰：他們鬧嚷嚷地對審判結果評頭品足，或高聲喝彩，或表示反對，或胡亂推測，推波助瀾，毫無顧忌。男人多數帶著各式各樣的武器，女人有的帶著短刀，有的佩著匕首，有的一面看熱鬧一面吃喝，還有不少人在編織。編織的人當中，有一個女人在編織的時候，腋下還夾著一卷編織活。她坐在前排一個男人的身邊，這個男人查爾斯．達內自從在城門口的關卡見過以來，一直沒有再看到過，不過他還是很快就認出這是德華若。他注意到那女的在男的耳邊咬了一兩次耳朵，看她的樣子像是他的妻子。但是這兩人最引起他注意的是，雖然他們坐在離他極近的地方，卻從不抬頭朝他看上一眼。他們彷彿在死死地等待著什麼，而且一直盯著陪審團，別的什麼也不看。在首席法官下面，坐著馬奈特醫生，他照常穿著樸素的衣服。就犯人達內所能看到的來說，只有醫生及洛瑞先生和法庭沒有關係，而且穿的是平常的衣服，沒有穿那種粗劣的卡曼紐拉裝[131]。

查爾斯・埃弗瑞蒙德又姓達內的被檢察官指控爲逃亡貴族。根據禁止逃亡貴族回國，違者處死的法令，他的生命應由共和國剝奪。雖然這項法令的頒布是在他回到法國以後，但這無關緊要。他到了這裡，這裡頒布了法令，他在法國境內被捕，就得要他的腦袋。

「砍掉他的腦袋！」聽衆喊著：「他是共和國的敵人！」

首席法官搖鈴要大家肅靜，接著問犯人是不是眞的在英國住了多年。

當然是眞的。

那他不是逃亡貴族囉？那麼他該把自己叫做什麼呢？

他認爲從該項法律的精神實質來看，他不是逃亡貴族。

爲什麼不是？首席法官急於要知道。

因爲他已自願放棄了他所厭惡的頭銜，放棄了他所厭惡的地位，離開自己的祖國——早在逃亡貴族這個詞像現在這樣被法庭應用之前，他就放棄了——在英國靠自己的辛勤工作謀生，而不是靠盤剝法國人民的辛勤勞動爲生。

他有這方面的證據嗎？

他提出了兩個證人的名字：泰奧菲爾・加貝爾和亞歷山大・馬奈德。

他不是在英國結了婚嗎？首席法官提醒他說。

---

[131] 法國大革命時期革命者穿的衣服：大翻領有金屬扣的短茄克衫，配以紅背心、紅帽和黑褲。

是的，不過他娶的不是英國女子。

是法國女公民嗎？

是的，生來就是法國人。

她的姓名和家庭情況？

「露西．馬奈德，在座的好醫生馬奈特的獨生女兒。」

這個回答對聽眾產生了可喜的影響，向這位大家都熟悉的好醫生歡呼的聲音響徹了整個大廳。人們的情緒是如此變幻莫測，有幾張剛才還對犯人怒目而視，好像恨不得立即把他拖到街上去殺掉的兇惡的臉，轉瞬之間竟滾滾地落下了熱淚。

查爾斯．達內在他艱險的歷程中所走的這幾步，完全遵照馬奈特醫生的反覆指導行事。對他此後要走的每一步，醫生也作了謹慎的指點，而且還爲他鋪平了歷程中的每一寸路。

首席法官問，爲什麼他這時才回法國，而不早點呢？

他回答說，他沒有早點回來，是因爲他在法國除了他已放棄的那些產業外、他已無以爲生，而在英國，他可以靠教法語和法國文學來養家糊口。他現在回來是應一位法國公民的書面緊急請求，假如他不來，那位公民就將有生命危險。他不顧個人安危回來，完全是爲了拯救一個人的生命，來說明事實，爲他作證。這在共和國看來是犯罪嗎？

旁聽群衆熱烈高呼：「不！」首席法官搖鈴要大家肅靜。可是大家並沒有肅靜下來，繼續高呼「不！」直到叫夠爲止。

首席法官問，那個公民叫什麼名字？被告說，那個公民就是他的第一個證人。他還頗爲自信地提到這個公民寫給他的信，這封信已在城門口被收走了，不過他相信，在首席法官面前的那堆文件中，一定可以找到。

馬奈特醫生事先已作了安排，信就在那兒——醫生向他保證過，信一定會在那兒——審訊已進行到這一步，於是就拿出信來宣讀。傳加貝爾公民前來作證，他照實說了。加貝爾公民極其委婉禮貌地說，由於法庭得處置共和國的大批敵人，公務繁忙，難免對關在阿巴依監獄裡的他稍有忽略——事實是，他早已被法庭的那些愛國者忘得一乾二淨了——直到三天前才受到提審。三天前，他們傳訊了他。陪審團宣布，既然公民埃弗瑞蒙德又姓達內的已經前來投案，他的案子也就可以了結，予以當庭釋放。

接著傳訊馬奈特醫生。他的個人名望極高，回答又乾淨俐落，給人印象很深。他接著說，被告是他長期監禁獲釋後的第一個朋友；被告一直居留在英國，對流亡中的他和他女兒忠貞不渝；被告不僅沒有受到英國貴族政府的寵愛，而且還被當作英國的敵人和美國的朋友受到審判，幾乎被判處死刑——他極其謹慎地一一擺出這些情況，說得那樣誠實懇切，直截了當，具有說服力，陪審團和旁聽群衆的意見完全一致了。最後，他又提出在場的英國紳士洛瑞先生的名字，說他和自己一樣，也是英國那場審判的證人，可以證實他說的是實情。然而陪審團宣稱，沒有必要再聽證，如果首席法官同意的話，他們現在就可以投票表決。

每投一票（是口頭投票，陪審員逐個大聲說出自己的意見），旁聽的群衆就歡呼一陣，所有的聲音都是支持犯人的，於是首席法官宣布他無罪釋放。

接著，出現了一種異乎尋常的場面。這可能是群衆有時爲了滿足自己反覆無常的心理要求，或者是出於一種慷慨仁慈的良好衝動，要不也許是爲了抵消一下他們的殘暴行徑欠下的累累血債。現在沒有人能說得清，這種異乎尋常的場面究竟出於哪一種動機；很可能三者兼而有之，而以第二種的成分最大。法庭一宣布無罪釋放，馬上就有大量眼淚滾滾湧出，就像別的時候鮮血噴湧那樣。男男女女都爭先恐後地奔上前去友好地擁抱他，而他，由於受了有損身心健康的長期監禁，虛弱異常，此時眞有暈倒的危險；儘管如此，他心裡仍一清二楚，同是這一幫人，要是受另一種情緒的鼓動，也會同樣狂熱地朝他奔過來，把他撕得粉碎，讓他暴屍街頭。

幸虧需要他給別的待審犯人騰出地方，這才暫時把他從這種擁抱中解救出來。接下來有五個犯人作爲共和國的敵人同時受審，罪名是他們沒有用語言或行動來支持共和國。法庭很快就爲自已和國家補上了在查爾斯身上失去的一次機會，還沒有等他離開這兒，他們就都跟著下來了，全被判了死刑，二十四小時內執行。走在頭裡的用獄中慣用代表死刑的手勢——舉起一個手指——告訴了他這個消息，大家還補上了一句：「共和國萬歲！」

眞的，這五個人根本沒有聽衆來拖延審判過程，因爲當查爾斯・達內和馬奈特醫生走出大門時，門口已聚了一大群人，他在法庭上見過的每一張面孔似乎全都擠到這兒來了——只有兩張面孔他沒有找著。他一出大門，人群立刻重又朝他擁了上來，哭泣、擁抱、歡呼，或輪番進行，或一起發作，直到這瘋狂場面之旁的河水也像岸上的人一樣，彷彿發瘋似地奔騰起來，才算罷休。

他們把查爾斯安置在一張大椅子裡；椅子不知是從法庭、還是法庭的某個房間或過道裡弄來的。他們還在椅子上鋪了一面紅旗，在椅背上縛了一支矛尖挑著頂紅帽子的長矛。雖經醫生一再懇求，仍然無法阻止大家把他放在這輛凱旋車上抬回家。他前後左右是一片翻騰著的紅帽子海洋，從狂暴的海洋深處不時拋上人們支離破碎的面影。這使他不止一次地懷疑，自己是否已經神經錯亂，是不是正坐著囚車前往斷頭台。

在這場惡夢般的遊行中，他們一路抬著他，遇上誰就和誰擁抱，還把他指給他們看。人流蜿蜒曲折地穿街過巷，用共和國流行的顏色染紅了積雪的街道，就像他們曾用更深的顏色染紅了雪下的土地一樣。他們一直把他送到露西住的那幢樓房的院子裡。她父親已經先趕回來，爲了使她有個準備。待她丈夫的腳剛剛落地，她就倒在他的懷中，失去了知覺。

他把她抱在胸前，把她美麗的頭轉過來，臉對著他，背向著喧鬧的人群，這樣他的眼淚和她的嘴唇就可以湊在一起，不讓人看到了。這時有個人跳起舞來，立刻，其他人也都加入了跳舞的行列，院子裡到處是卡曼紐拉歌舞。接著，大家讓人群中的一個年輕女子坐到空椅子裡，把她當作自由女神抬著，擁出院子，來到鄰近的街上，沿著河岸[132]，走過大橋。卡曼紐拉歌舞吸引了每一個人，使他們越旋越遠了。

醫生以勝利者的姿態得意洋洋地站在他的面前，查爾斯和他緊緊地握了握手，又和正從卡曼紐拉洪流中掙扎出來、上氣不接下氣的洛瑞先生握了手；他還親了親被舉起來摟住他脖子的小露西，又擁抱了一下舉著小露西的永遠忠誠熱心的普羅斯小姐。之後，他抱起自己的妻子，上樓到他們自己的房間。

「露西！我的親親，我得救了。」

「啊，最親愛的查爾斯，讓我爲此跪下來感謝上帝吧！我向上帝祈禱過。」

他們都虔誠地低下頭傾心祈禱。待她又回到他的懷抱時，他對她說：

「最親愛的，快去謝謝你的父親。全法國再也沒有第二個人能做他爲我做的事情了。」

她把頭靠在父親的胸前，就像很久很久以前，她把他那可憐的頭抱在自己的胸前一樣能對女兒有所報答，醫生覺得非常高興；他的辛苦沒有白費，他爲自己的力量感到自豪。

「你不要這麼脆弱，我的寶貝！」他勸慰道：「別這麼發抖，我已經把他救出來了。」

[132] 指流經巴黎城的塞納河。

第七章·有人敲門

「我已經把他救出來了。」這並不是往日屢屢夢見他回來那些夢中的又一個夢；他確確實實在這兒。可他的妻子還在發抖，一種模糊而沉重的恐懼依然壓在她的心頭。

周圍的氣氛是如此混濁陰暗，人們是如此熱衷於報復，如此反覆無常，無辜的人如此經常地屈死於無端猜疑和惡意中傷。許多像她丈夫一樣清白、一樣有親人疼愛的人，每天都在遭受他遭受過的噩運；按說，她的心中本該感到已經釋去重負，可是她怎麼也不能忘卻這一切。冬日的午後，天色開始漸漸暗下來了；甚至在這種時候，那些叫人膽戰心驚的囚車還在街上轔轔駛過。她的思緒緊隨著它們，在死囚中尋覓他的蹤跡；接著，她更緊地摟住她丈夫那真實的軀體，抖得更厲害了。

她的父親一直在鼓勵她，對她這種女人的脆弱表現既抱著同情，又流露出一點優越感，看上去頗為有趣。如今，不再住閣樓，不再做鞋子，也不再有北樓一百零五號了！他已經完成了他所承擔的任務，實現了自己的諾言，救出了查爾斯。讓他們全都來依靠他吧！

他們的日子過得非常節儉，這不僅因為這是一種可以少遭人忌恨的最安全的生活方式，也因為他們確實並不富裕；查爾斯在整個監禁期間，得為他的粗劣食物付出昂貴的費用，要付錢給看守，還要資助那些更窮的難友。由於這一緣故，也由於怕家裡混進奸細，他們一直都沒有雇傭人。在院子裡看大門的那個男公民和女公民，有時候來他們家幫點忙，傑里（洛瑞先生幾乎把他整個兒交給他們差遣）則成了他們日常的聽差，而且每晚都睡在他們那裡。

這個「自由、平等、博愛，要不毋寧死的統一不可分割的共和國」有一條法令，責成每戶居民必須按規定大小的字母，把本戶居民的姓名書寫在門上或門柱上適當高度的地方，因而傑里・克倫徹先生的名字也被正式寫在這家門柱的下方。在那個天色愈來愈暗的下午，叫這個名字的人也在這兒。他負責監督馬奈特醫生雇來的一個油漆匠，在門上的名單上加上查爾斯・埃弗瑞蒙德又姓達內的名字。

無處不在的恐怖和猜疑，給那個時代蒙上了一層陰影，所有往昔對別人並無害處的生活方式都發生了變化。醫生的這個小家庭也像別的許多家庭一樣，日常必需的消費品得在每天晚上到各家小店裡去零星購買。大家希望避免引起別人注意，盡可能不讓別人眼紅，或者背後說閒話。

幾個月來，普羅斯小姐和克倫徹先生一直擔負著採購的任務。前者管錢，後者提籃。每到傍晚上燈時分，他倆就外出執行任務，採購回日常必需的消費品。普羅斯小姐一直和這家法國人朝夕相處，要是她有心的話，滿可以把法國話說得和她的本國話一樣流利，可是她無心於此，所以她對這種「胡話」（她喜歡這樣稱呼法國話）懂得並不比克倫徹先生多。她買起東西來，總是直截了當地對店主說個物品的名詞，從不對貨品的情況作任何說明；要是碰上她說不出她要的物品的名字，她就東張西望，找到東西，抓在手裡，一直到講好價錢。她總是把東西抓在手裡討價還價。不論店主討價多少，她還起價來，總要比店主少伸一個指頭，她認爲這樣價錢才公道。

「啊，克倫徹先生，」普羅斯小姐說，她的眼睛因爲剛才流了不少快樂的眼淚而變得紅紅的，「要是你準備停當了，我也好了。」

傑里啞著嗓子說，他願意聽從普羅斯小姐的差遣。他渾身的鐵銹味早已去淨，可是那頭鐵蒺藜般豎起的頭髮始終沒法銼平。

「咱們得買不少東西哩！」普羅斯小姐說：「咱們的時間很寶貴。除了別的，還要買酒。

不管咱們上哪兒買，總會遇上那些紅帽子在乾杯。」

「我倒覺得，小姐，」傑里大唱反調，「不管他們是爲你的健康乾杯，還是爲那個老傢伙乾杯，在你看來，反正是一樣的。」

「哪個老傢伙？」普羅斯小姐問。

克倫徹先生吞吞吐吐地解釋說：「是老尼克[133]呀！」

「哈！」普羅斯小姐說：「用不著翻譯，我就懂得那班傢伙說的是什麼。他們全是一路子貨，無非是夜半殺人，無惡不作。」

「噓，親愛的！求你了，千萬小心點！」露西喊了起來。

「好的，好的，我會小心的。」普羅斯小姐回答：「不過我可以在自己人中間說說。我眞希望街上別再到處有那洋蔥味和臭煙味的擁抱了。好了，小鳥兒，坐在爐子邊別動，等著我回來！照看好你那重新找回來的寶貝丈夫，讓你那漂亮的小腦袋就這麼擱著，別離開你丈夫的肩頭，等著我回來！馬奈特醫生，我出門前可以問你一個問題嗎？」

「我想你還是有這份自由的。」醫生微笑著回答。

「看在老天爺的份上，你還是別提什麼自由了，咱們已經領教夠了。」普羅斯小說。

「噓，親愛的！又來了！」露西勸阻道。

「得了，我的寶貝！」普羅斯小姐使勁點著頭說：「不管怎麼說，我是至尊至貴的國王喬治三世陛下的子民。」普羅斯小姐在說到國王的名字時，恭恭敬敬地行了一個屈膝禮，「作爲一個

---

[133] 指魔鬼。

子民，我的信條是：挫敗他們的陰謀，破壞他們的詭計；他是我們的希望，上帝保佑吾王！[134]」了一遍。

克倫徹先生一時也忠心大發，像在教堂裡做禮拜一樣，跟著普羅斯小姐，低聲下氣地重複念了一遍。

「看到你有這麼多英國人的氣質，我很高興。不過我希望你說話的聲音絕不是因爲得了感冒。」普羅斯小姐讚許說：「還是聽我提問題吧，馬奈特醫生。」——這位好心人總是愛把大家掛慮的事說得輕描淡寫，像是偶然想起似的——「咱們有希望離開這兒嗎？」

「眼下恐怕沒有！那樣做對查爾斯很危險！」

「唉——嗬——唔！」普羅斯小姐一眼看見她的寶貝兒在火光映照下的金黃頭髮，就高興地把一聲嘆息壓了下去，「那咱們就得耐心等待了，只能這樣。正像我兄弟所羅門常說的，咱們必須昂起頭來，戰鬥到底。走吧，克倫徹先生——小鳥兒，你別動呀！」

他倆走了，留下露西，還有她的丈夫、父親和孩子坐在熊熊的爐火旁。洛瑞先生馬上就會從銀行裡回來。普羅斯小姐已點上燈，可是她把它放在一邊的牆角，好讓他們不受干擾地享受一番爐火的火光。小露西坐在外祖父旁邊，雙手抱著他的胳臂；他正用耳語般輕柔的聲音在給她講一個神力無窮的小精靈的故事：這個小精靈打開了一座監獄的牆壁，把一個曾爲他做過好事的囚犯救了出來。周圍一片靜謐，露西也比剛才寬心了一點。

「那是什麼聲音？」她突然喊了起來。

「我親愛的？」她父親停下他的故事，伸出一隻手按在她的手上說：「要鎮靜。你太緊張了！一點點小事——什麼事也沒有——也會嚇你一跳！你呀，還算是你父親的女兒哩！」

---

[134] 引自英國國歌歌詞。

「我覺得，父親，」露西臉色慘白，聲音顫抖著爲自己辯解說道：「我聽到，有生人上樓的腳步聲。」

「親愛的，樓梯那兒死一般的靜。」

話剛說完，突聽到有人敲門。

「啊，父親，父親！這會是什麼事！快把查爾斯藏起來！快救救他呀！」

「我的孩子，」醫生站起身來，把一隻手按在她的肩頭上說：「我已經把他救出來了。你怎麼這樣脆弱呀，我親愛的！讓我開門去。」

他拿起燈，穿過兩間外屋，打開了門。只聽到樓板上一陣雜沓的腳步聲，四個頭戴紅帽，腰佩馬刀、手槍的粗魯漢子走進了屋子。

「找埃弗瑞蒙德又姓達內的公民。」爲首的說。

「誰要找他？」達內問。

「我要找他；我們要找他。我認得你，埃弗瑞蒙德，今天我在法庭上見過你。你又成了共和國的犯人了。」

四個漢子把他團團圍住。他站在那兒，妻子、女兒緊緊摟著他。

「告訴我，我怎麼又成了犯人了？爲什麼？」

「你直接回候審監獄就得了，別的明天就會知道。明天傳你受審。」

不速之客的到來，使馬奈特醫生變成了石頭一般。他手裡拿著燈站在那兒，好像一座持燈的雕像，直到聽了他們的對話之後才活動起來。他放下燈，走到說話的人跟前，並非不禮貌地拉了拉他那紅色羊皮毛衫寬鬆的前襟，說道：「你說你認得他；你認得我嗎？」

「是的，我認得你，醫生公民。」

「我們都認得你，醫生公民。」另外三個人也跟著說。

他茫然地從這個看到那個，停了停後低聲問道：

「那你能回答我他剛才提的問題嗎？這是怎麼回事？」

「醫生公民，」爲首的人勉強地說：「聖安東尼區的人告了他。這位公民，」他指了指第二個進來的人，「就是聖安東尼區的。」

被指到的那個公民點了點頭，補充說：「是聖安東尼區的人告了他。」

「告他什麼？」醫生問。

「醫生公民，」爲首的和先前一樣，勉強地說道：「別再問了。如果共和國要求你作出犧牲，毫無疑問，你作爲一個好的愛國者，是會樂於作出這種犧牲的。共和國高於一切，人民至高無上。埃弗瑞蒙德，我們得趕快了。」

「再問一句，」醫生懇求說：「請告訴我，是誰告了他？」

「這是違反紀律的，」爲首的回答：「不過你可以問問聖安東區的這一位。」

醫生的目光轉向那個人。那人不安地挪動著腳，持了持小鬍子，終於說道：「好吧！這的確是違反紀律的。不過我可以告訴你，告他的是德華若公民夫婦——情節還挺嚴重哩——還有另外一個人。」

「另外那個人是誰？」

「你問這個嗎，醫生公民？」

「是呀！」

「那，」聖安東尼區的人臉上有一副古怪的表情，說：「你明天就會得到答覆的。現在我不能說！」

第八章・鬥牌

普羅斯小姐根本不知道家裡新發生的這場災禍，她興沖沖地穿過狹窄的街道，從納夫橋[135]上過河來到對岸，心中盤算著有多少非買不可的東西。克倫徹先生提著籃子走在她旁邊。他們倆左顧右盼，打量著一路經過的許多店鋪，提防著那些聚集在一起的人群。爲了避開那些慷慨激昂、高談闊論的人們，他們寧可繞道而行。

這是個陰冷的夜晚，霧濛濛的河上閃著耀眼的燈光，傳來刺耳的聲音：這是駁船上的鐵匠在替共和國製造槍炮。

讓利用那支軍隊搞陰謀詭計，或者不該在那支軍隊中得到提升的人遭殃得禍吧！最好使他的鬍子不再長，讓國家牌剃刀把他剃個精光！

他們買了些雜貨，又買了點燈油。普羅斯小姐想到還得買點葡萄酒。她一路往好幾家酒店裡探頭張望了一通，最後在一家掛著「古代傑出的共和派人布魯特斯」[136]招牌的酒店門前停了下來。這家酒店離一度（或兩度）是杜伊勒利宮的國家宮不遠。普羅斯小姐覺得這兒的景象頗合她的心意，看上去比他們一路經過的其它酒店都安靜，雖說店堂裡愛國者的紅帽子也不少，但不如別處那麼一片通紅。她問了問克倫徹先生，他的看法也和她一致。於是，她就在她的騎士陪同

---

[135] 位於巴黎塞納河上，建於一五七八～一六〇七年。

[136] 公元前六世紀末古羅馬大將、政治家，推翻暴君，建立羅馬共和國。

下，跨進了「古代傑出的共和派人布魯特斯」酒店。

他們朝裡面匆匆描了一眼，只見店堂裡的燈火煙霧騰騰，一些人嘴裡叼著煙斗，在玩軟熟了的紙牌和發黃的骨牌；一個袒胸露臂、渾身煙灰的工人正在朗聲讀報，旁邊圍著一些人在聽；他們還看見了人們佩在身上和放在一旁的武器，還有兩、三個人趴在那兒打瞌睡，他們穿著當時流行的高墊肩黑毛短大衣，那模樣像是在打盹的狗熊或是大黑狗。他們這兩位來自異邦的顧客，走到櫃　跟前，要了待買的東西。

就在爲他們打酒時，角落裡有一個人跟一個人道了別，站起身來離店。出門時，正好和普羅斯小姐打了個照面。普羅斯小姐一看見他，就拍著雙手尖聲叫了起來。

一時間，店裡的人全都站了起來。當時，常常發生觀點不同的人互相殘殺的事。大家朝四下裡張望，想看看是誰倒下了，可是只見一個男的和一個女的面對面站著，驚得月瞪口呆。

那男的，看外表完全是個法國人，還是個徹頭徹尾的共和派；那女的，顯然是個英國人。看到這種讓人掃興的場面，大家都沒了勁；至於這些「古代傑出的共和派人布魯特斯」的信徒們究竟還說了些什麼，普羅斯小姐和她的騎士即使傾耳靜聽，也會像聽希伯來語或閃族語[137]一樣莫名奇妙，無非是嘰哩呱拉、響聲一片罷了；何況當時他們已經驚得呆住了，什麼都顧不上聽了。

必須交待的一點是：不僅普羅斯小姐激動萬分，不能自己，就連克倫徹先生也驚訝異常，儘管這似乎另有原因。

「怎麼啦？」那個引起普羅斯小姐驚叫的男人用十分惱人的口吻粗魯地問道（雖然聲音很

---

[137] 希伯來語爲古代希伯來人語言，閃族語爲古代巴比倫的迦勒底人語言，均以難懂著稱。

輕）。他說的是英語。

「啊，所羅門，親愛的所羅門！」普羅斯小姐喊著，又拍起手來，「這麼久沒見到你，也聽不到你的消息，想不到竟在這兒碰上你了！」

「別管我叫所羅門！你想要我死嗎？」那人驚恐萬狀、鬼鬼祟祟地說。

「弟弟呀，弟弟！」普羅斯小姐喊著，淚水奪眶而出，「你怎麼說出這樣沒良心的話來，難道我什麼時候虧待你了嗎？」

「那就快閉上你那多管閒事的臭嘴！」所羅門說：「要想跟我說話，到外面去。快把酒錢付了，上門外去。這人是誰？」

普羅斯小姐朝她那毫無感情可言的兄弟，滿懷親情而又沮喪地搖了搖頭，含著眼淚答道：

「是克倫徹先生。」

「讓他也到外面去！」所羅門說：「他是不是把我看成是個鬼了？」

從克倫徹的表情看，他的確把所羅門看成鬼了。不過他什麼也沒說。普羅斯小姐淚眼模糊，好不容易才從手袋中掏出錢來付了帳。所羅門轉身朝「古代傑出的共和派人布魯特斯」的信徒們用法語解釋了幾句，於是大家便又回到自己原來的位子，幹自己原來的事去了。

「喂，」所羅門走到一個陰暗的街角站住了，「你有什麼事？」

「太可怕了！我一直都愛著你，你卻這樣對我無情無義！」普羅斯小姐囔囔說：「竟這樣同我打招呼，一點感情都沒有。」

「噢，真見鬼！喏！」所羅門說著，用嘴唇在普羅斯小姐的唇上碰了一下，「現在該滿意了吧？」

普羅斯小姐只是搖了搖頭，默默地啜泣著。

「也許你以爲我會大吃一驚，」她的兄弟所羅門說：「我可一點也不吃驚。我早知道你在這兒。這兒的大多數人我都認識。要是你眞的不想害我的話——我對你是半信半疑——那就趕快走你的路，讓我走我的路。我很忙，我當官了。」

「我的英國弟弟所羅門啊！」普羅斯小姐抬起汪汪的淚眼，痛心地說：「他在自己的祖國本是個最了不起的人，現在卻跑到外國人這裡當起官來了，而且是這樣的外國人！我眞寧願看到我親愛的弟弟躺在他的——」

「我早就說了！」她兄弟打斷她的話，大聲嚷了起來，「我知道你會這樣。你是要我死。我的親姐姐害我成了嫌疑犯，而且正在我事業發達的時候！」

「慈悲的上帝可不容你這麼說啊！」普羅小姐喊了起來，「親愛的所羅門，那樣的話我寧願再也不見你了，雖說我一直眞心愛著你，以後也永遠愛你。只要你再跟我說句親熱的話，告訴我你並沒有生氣，我們姐弟間也沒有什麼過節，我就再也不會打擾你了。」

多善良的普羅斯小姐啊！彷彿他們姐弟之間的疏遠，全是她的過錯似的，彷彿幾年前洛瑞先生在索霍那個僻靜的角落，得知她這位寶貝兄弟花光了他姐姐的錢後不告而別的事，完全不是事實似的！

雖然他說了幾句親熱話，可那副屈尊賞臉的樣子，即使把他們的功過和地位顚倒過來，恐怕也不過如此罷了（不過世界上的事總是這麼顚而倒之的）。這時，克倫徹先生突然碰了碰他的肩膀，用沙啞的嗓音，出奇不意地插嘴問了個奇怪的問題：

「我說，能讓我提個問題嗎？你到底叫約翰．所羅門，還是所羅門．約翰？」

當官的朝他轉過身來，突然顯出戒備的神情。在此以前，這人還一直沒開過口哩！

「說呀！」克倫徹先生催促道：「說出來吧，這事你自己清楚（順便提一句，他本人也做不到這一點）。到底是約翰．所羅門，還是所羅門．約翰？她管你叫所羅門，她是你姐姐，她一定清楚。可我知道，你的名字叫約翰，這你知道。這兩個詞哪個在前呢？還有普羅斯這個姓，又是怎麼個關係？你在英國可不叫這個名字。」

「你這是什麼意思？」

「唔，我也不知道這是什麼意思！我想不起你在英國叫什麼名字了。」

「想不起了？」

「想不起了。不過我敢起誓你的姓是三個字的。」

「是嗎？」

「是的！而名字是兩個字的。我認識你。你就是那個在老貝利作證的密探。憑你的老祖宗『謊言之父』138的名義，你說說，你那時姓什麼？」

「巴塞德，」另一個聲音突然插了進來。

「這名字值一千磅！」傑里喊了起來。

揮進來說話的人是西德尼．卡頓。他站在克倫徹先生身旁，倒背的雙手插在騎馬服的下襬底下，那副隨隨便便的樣子跟在老貝利的法庭上一模一樣。

「別吃驚，親愛的普羅斯小姐。昨天晚上我出其不意地到了洛瑞先生家。我們商定，不到萬事大吉，我絕不到別的地方露面，除非有用得著我的地方。我在這兒露面，是想同你兄弟談一談。但願你兄弟現在的職業要比巴塞德先生體面一點。我看在你的份上，但願巴塞德先生還不是一隻獄羊。」

138 即魔鬼撒旦。

「獄羊」是當時的一個隱語，專指在典獄長手下當密探的人。那密探的臉色本就蒼白，這時變得更蒼白了；他責問西德尼怎麼竟敢——

「我告訴你吧！」西德尼說：「一個多小時前，我在候審監獄的大牆外觀望時，正好看到你從監獄裡走出來。你這張臉很容易讓人記住，而我，記別人的長相又特別在行。看到你和這兒的監獄有關係，我心裡感到奇怪，自然而然把你和我一個不幸的朋友的種種厄運聯繫在一起了。於是我就跟上了你。我緊跟你進了那家酒店，坐在離你不遠的地方。憑著你那毫無顧忌的談話，以及爲你捧場的那幫人公開散布的謠言聽來，我毫不費力就推斷出你幹的是哪一行。這麼一來，我無意中做的這些事漸漸地好像使我形成了一個主意，巴塞德先生。」

「什麼主意？」密探問題。

「在大街上講這種事是會引起麻煩的，也太危險。是不是可以請你私下和我談幾分鐘——

「比如說，到台爾森銀行辦事處？」

「強迫我去？」

「喲！我這麼說過嗎？」

「那我爲什麼要上那兒？」

「眞是的，巴塞德先生，要是你不能去，我也就沒法說了。」

「你是說你不想在這兒說，先生？」密探遲疑不決地問道。

「你很清楚我的意思，巴塞德先生，我是不想在這兒說。」

卡頓那副隨隨便便、滿不在乎的樣子，非常有助於他發揮自己的聰明才智，來對付眼前這個他不得不與之打交道的人，完成他心中暗暗策劃的那樁事。他那老練的眼睛看出了這一點，也就盡可能利用這一點。

「瞧，我不是跟你說過了嗎？」密探朝他姐姐投去責備的目光，說道：「要是出了什麼麻煩，那就是你惹起的。」

「得了，得了，巴塞德先生！」西德尼提高了嗓音，「別不知好歹了。要不是因爲我非常尊敬你姐姐，我也許還不會想出這麼個希望你我雙方都會滿意的小小建議哩！你到底願不願意跟我去銀行？」

「我願意聽聽你打算說點什麼。好吧，我跟你去。」

「我提議，我們還是先把你姐姐安全地送到她住的那條街的街口吧！讓我攙著你，普羅斯小姐。在這種時候，要是沒有人保護，你在這個城裡走動是很不安全的。既然護送你的人認識巴塞德先生，我想請他也跟我們一起去洛瑞先生那兒。都準備好了嗎？那就走吧！」

普羅斯小姐不久以後回想起——她至死也沒有忘記——在她雙手按著西德尼的胳臂，仰起頭來望著他的臉，懇求他不要傷害所羅門時，她感到他的胳臂堅實有力，眼睛中閃爍著一種靈感，這不僅和他馬馬虎虎的外表完全相反，而且使他整個人發生變化，變得高大起來。當時，她只顧爲簡直不配她疼愛的弟弟擔驚受怕，又只想著西德尼所做的友好承諾，沒有充分留意她所看到的一切。

他們把普羅斯小姐送到她住的那條街的街口，然後由卡頓領路前往洛瑞先生的住處。那不過是幾分鐘的路程。約翰·巴塞德，或者說所羅門。普羅斯和他並肩走著。

洛瑞先生剛吃罷晚飯，正坐在燃燒著一兩根木柴的壁爐前——透過那歡快的火焰，他也許看到了多年以前，比現在年輕的那位台爾森銀行的老先生，坐在多佛的皇家喬治旅館壁爐前望著爐火出神的情景。聽到他們進來，他轉過身，一見有個陌生人，露出了驚訝的神色。

「先生，這是普羅斯小姐的弟弟，」西德尼說：「巴塞德先生。」

「巴塞德？」老先生重覆了一遍，「巴塞德？我好像聽過這個名字——也見過這張臉。」

「我說過你這張臉很容易記住嘛，巴塞德先生！」卡頓冷冷地說：「請坐吧！」

待他自己找了把椅子坐下後，他又皺著眉頭提醒洛瑞先生說：「就是那次審判的證人。」

洛瑞先生馬上想起來了一用一種毫不掩飾的厭惡表情打量著這個新來的客人。

「巴塞德先生讓普羅斯小姐給認出來了，他就是你聽說過的那位她鍾愛的弟弟。」西德尼說：「他也承認了這層關係。告訴你一個壞消息，達內又給抓走了。」

聽到這個消息，老先生驚得目瞪口呆，接著大聲叫了起來：「你說什麼！不到兩小時前我離開時，他還是好好的，自由的，我正打算再去看他哩！」

「可他的確又給抓走了。什麼時候抓的，巴塞德先生？」

「假如已經抓走的話，那就是剛才。」

「這事的內幕巴塞德先生可能最具權威，先生，」西德尼說：「我是從巴塞德先生和他的一位獄羊哥兒們喝酒聊天中聽說的，說是逮捕已經執行。他在大門口和那班派去抓人的人分的手，親眼看到門房放他們進去的。毫無疑問，達內又給抓起來了。」

洛瑞先生那老練的眼睛從說話人的臉上看出，再去討論這個問題只是浪費時間。他雖然心亂如麻，但還是意識到，事情還得取決於他必須有清醒的頭腦，於是便控制住自己，一聲不吭地留心聽著。

「唔，我相信，」西德尼對他說：「憑著馬奈特醫生的名望和影響，明天也許仍能像今天一樣使他處於有利的地位——你說他明天又得出庭受審，是嗎，巴塞德先生？」

「是的，我相信是這樣。」

「——明天也許仍能像今天一樣處於有利地位，不過也有可能做不到。說實話，洛瑞先生，我感到吃驚，馬奈特醫生怎麼竟沒能阻止住這次的重新逮捕呢！」

「他可能事先不知道這件事。」洛瑞先生說。

「那樣的話，更讓人擔心！你想想，馬奈特醫生跟他女婿的關係有多好。」

「是啊！」洛瑞先生承認。他用顫抖的手托著下巴，不安的眼睛望著卡頓。

「總而言之，」西德尼說：「這年頭是個冒險玩命的時代，要下冒險玩命的賭注，才能贏得這種冒險玩命的賭博。讓醫生去打穩牌，我來打險牌吧！這兒誰的命都值不了什麼；任何人都有可能今天放回家，明天又會被處死。好吧，到了萬不得已時，我就玩它一次命，把關在候審監獄裡的朋友贏回來；而和我鬥牌的對手，就是這位朋友巴塞德先生。」

「你手裡得有好牌才行，先生。」密探說。

「那我得把牌看一遍，看看手裡有些什麼牌——洛瑞先生，你知道我的劣根性，我希望你能給我一點白蘭地。」

白蘭地放到了他的面前，他喝了滿滿一杯——又喝下滿滿一杯——然後，若有所思地把酒瓶推開。

「巴塞德先生，」他接著說，那口氣眞像在看一手牌，「獄羊，共和國委員會的密探，一會兒當獄吏，一會兒當囚犯，但始終是個奸細、密探。因爲是英國人，他在這兒更値錢，因爲一個英國人來做這種僞證可以比法國人少受懷疑。他在雇主面前用的又是一個假名。這張牌很妙。巴塞德先生，眼下受雇於法國共和政府，過去卻爲法國和自由的敵人——英國貴族政府效勞。眞是張絕妙的牌。在這個懷疑一切的國度裡，人們可以明白無誤地推斷出，巴塞德先生眼下仍受雇於英國貴族政府，是皮特[139]的密探，是個打入共和國心臟的狡猾的敵人，是人們常說的那種壞事幹盡又難以捉拿的英國間諜和特務。這是一張絕對不會輸的牌。你弄清我的牌了嗎，巴塞德先生？」

「我不懂你怎麼打法？」密探有些不安地回答。

「我會打出我的王牌，向最近的區委員會告發巴塞德先生。看看你手上的牌吧，巴塞德先生，看看你有些什麼牌。別著急！」

他拿過酒瓶，又給自己滿滿倒了一杯，一飲而盡。他看出密探很怕他喝多了會馬上去告發，便又倒了滿滿一杯，喝了下去。

「仔細看看你手上的牌，巴塞德先生。慢慢來。」

密探手上的牌比他預料的還要糟。巴塞德先生看到的是必輸無疑的牌。對此，西德尼．卡頓是不知道的。由於多次作僞證失敗，他丟掉了在英國那份體面的職業——倒不是那兒不需要他這號人了；英國人誇耀自己不爲密探特務所左右還是新近不久的事——於是，他只好渡過海峽，到法國來當差。起初，他在自己旅法的英國同胞中間下釣餌，搞竊聽；後來慢慢地在法國人中間也搞起這類勾當來。

在被推翻的前政府時期，他作爲密探，曾到聖安東區和德華若的酒店刺探消息，還從主管的警察那兒知道了有關馬奈特醫生的經歷，以及他坐牢、釋放的種種情況；他想用這些材料和德華若夫婦攀談，在德華若太太那兒試了試，結果敗下陣來。每當他想起那個可怕的女人一面跟他說話，一面飛動著手指編織，眼冒兇光地望著他的樣子，就不由自主地感到害怕，渾身顫抖起來。

---

[139] 皮特（一七五九～一八〇六）英國政治家，一七八三～一八〇一年任英國首相。

後來，他在聖安東區一再看見她拿出她的編織記錄，告發一些人，把他們送上了斷頭台。他知道，幹他們這一行的人是沒有安全可言的，想逃也逃不了，始終被緊緊地捆在那利斧的陰影之下。雖說他已投靠了新主子，竭盡討好巴結之能事，給當今無處不在的恐怖火上加油，可是只消一句話，利斧就會落到他的頭上。要是有人拿他剛才想到的那些嚴重問題告發他，那可怕的女人一定會拿出她那份要命的紀錄來致他於死地。那個女人的冷酷無情，他早已多次得到見證。除此之外，所有幹這類見不得人的勾當之人都極易被嚇倒，難怪巴塞德先生見了自己的一手臭牌，便不由得面如死灰了。

「你好像不大喜歡你那手牌！」西德尼悠然自得地說：「打嗎？」

「我想，先生，」密探低聲下氣地轉向洛瑞先生說：「我想請你這位德高望重的老先生勸勸這位比你年輕得多的先生，他是否一定要降低自己的身分，不顧一切地打出剛才說的那張王牌。我承認我是個密探，這是個被人認爲不光彩的工作——雖說這種事總得有人幹。可是這位先生並不是密探，那他又何必降低身份來幹這一行呢？」

「巴塞德先生，」卡頓接過話頭，看了看錶說：「再過上幾分鐘，我就要不顧一切地打出我的王牌了。」

「兩位先生，我希望你們，」密探千方百計想把洛瑞先生拖進這場談判，「能尊重我的姐姐——」

「尊重你姐姐的最好方法，莫過於讓她永遠擺脫她的這個弟弟。」西德尼・卡頓說。

「你不會這麼想吧，先生？」

「這事我已經拿定主意，絕不動搖。」

密探的溫和態度，和他那身粗劣扎眼的衣服很不協調，和他平日的舉止更是大相徑庭。他在不可捉摸的卡頓面前大受挫折——即使比他聰明正派的人，也難以猜透卡頓——弄得支支吾吾，無計可施。正當他不知所措時，卡頓又擺出剛才看牌時的悠然自得神態，說道：

「噢，我又想起了一件事。其實，我還有一張好牌沒亮出來哩！那個和你一起當獄羊，自稱在國家監獄裡吃草的朋友是誰呀？」

「一個法國人；你不認識他。」密探回答得很快。

「法國人，嗯？」卡頓重覆了一遍，接著便顧自沉思起來，好像根本沒有注意他，「唔，也許是個法國人！」

「沒錯，這我可以向你保證，」密探說：「雖說這無關緊要。」

「雖說這無關緊要，」卡頓同樣機械地重覆了一遍，「雖說這無關緊要——是的，這無關緊要。是的！不過我認得那張臉。」

「我想不可能！肯定不可能！不可能！」密探說。

「不——可——能，」西德尼·卡頓一邊喃喃自語，一邊竭力回憶著，然後又給自己滿滿倒了一杯酒（幸好那是個小杯子），「不可——能！法國話說得很好，可我總覺得他像個外國人。」

「是外省人。」密探說。

「不對，是外國人！」卡頓突然想起什麼，用手掌在桌子上用力拍了一下，喊了起來：「是克萊！雖然改了裝，人卻沒變。我們在老貝利見過他。」

「這就是你的輕率了，先生，」巴塞德說著微微一笑，他的鷹勾鼻歪得更厲害了，「這一來，你讓我佔了上風了。我可以毫無保留地承認，克萊確是我的同伙，可這是以前的事了，他已經死了好幾年了。我在他病危時還照料過他。他埋在倫敦聖潘克拉斯老教堂的墓地裡。由於他生前和那幫無賴不和，搞得我沒法給他送葬，不過我還是幫著把他放進了棺材。」

說到這兒，洛瑞先生從他坐的地方忽然發現，牆上出現了一個非常奇怪的怪影，仔細一看，原來是克倫徹先生那頭筆直豎著的硬髮現在顯得更豎更硬了。

「讓我們說話還是理智一些，公正一些吧！」密探說：「爲了證明你的錯誤，說明你的推斷純粹是捕風捉影，我可以給你看看克萊的喪葬證明書，它正好夾在我的筆記本裡。」他急忙掏了出來，把它攤開，「喏，在這兒，你看，你看看！你可以拿去仔細看看，這可不是假造的。」

這時，洛瑞先生發現牆上那個影子伸長了，克倫徹先生起身走上前來。他的頭髮根根豎得筆直，即使傑克小屋裡的那頭牛用彎角給他梳過[140]，也不過如此吧。

密探沒有發現，克倫徹先生已站在他的身旁，還像個拘魂鬼似的碰了碰他的肩膀。

「那個羅傑．克萊，先生，」克倫徹先生一本正經地鐵板著臉說：「這麼說，是你把他裝進棺材的？」

「是的。」

「那麼又是誰把他弄出來的呢？」

巴塞德朝椅背上一靠，結結巴巴地問道：「你這是什麼意思？」

「我的意思是，」克倫徹先生回答：「他壓根兒不在棺材裡。沒有！絕對沒有！要是他在裡面，我願意砍下我的腦袋。」

密探轉頭望著另外兩位先生，他倆都無比驚訝地望著傑里。

「告訴你吧，」傑里說：「你在那棺材裡裝的盡是些鋪路石子和泥土。別再跟我說什麼你埋

---

[140] 此典出自英國童謠。

葬掉克萊啦！這是騙人！我和另外兩個人都知道。」

「你這是怎麼知道的？」

「這關你什麼事？啊哈！」克倫徹先生怒氣沖沖地回答：「勾起我的舊恨的是你，是你這不要臉的騙了買賣人！我眞想指住你的脖子，把你指死爲止！」

西德尼．卡頓和洛瑞先生一樣，都被這個意外的轉折弄糊塗了。他請克倫徹先生先壓一壓火氣，解釋一下事情的原委。

「以後再說吧，先生，」他躲躲閃閃地回答說：「眼下解釋不合適。我要說的是，他很清楚，克萊壓根兒就不在那口棺材裡。要是他再敢說在裡面，哪怕只說一個字，我就要掐住他的脖子，把他掐死爲止。」接著，克倫徹先生又慷慨地添了一種方法，「要不我就去告發。」

「嗨，我明白了！」卡頓說：「我手上又多了一張牌了，巴塞德先生。你和另一個同你一樣是英國貴族政府的密探狼狽爲奸，那人心懷鬼胎，假裝死去，卻又活了過來！在這充滿猜疑的瘋狂的巴黎，你想逃過告發，保住性命，是不可能的！外國人在監獄裡搞陰謀，反對共和國。這可是一張厲害的牌！是張眞正能送你上吉蘿亭的大牌！和我打嗎？」

「不！」密探答道：「我認輸了。我承認，我們在那些無法無天的暴民中很不得人心，我只好冒著淹死的危險逃離英國，克萊則被人四處搜尋，要不是那樣裝死，很難脫身。可這人怎麼會知道他的死是假的呢，我覺得這眞是太蹊蹺了。」

「你別在這個人身上多費腦筋了，」好鬥嘴的克倫徹先生反駁道：「好好聽這位先生說的話就夠你忙的了。聽著！我再說一遍，」——克倫徹先生忍不住還要表現一下他的寬宏大量——「我眞想掐住你的脖子，把你掐死爲止。」

獄羊轉過身面對著西德尼．卡頓，更堅定地說：「就到這兒吧！我馬上要去當班，不能再在這兒耽擱時間。剛才你跟我說你有個主意。是什麼主意？對我過分要求是行不通的。要我利用我的職務去爲你做事，要我拿腦袋去冒天大的風險，那我還不如乾脆拒絕，聽天由命。總之，我得作出選擇。你說到冒險玩命，我們都在這兒冒險玩命。別忘了！要是我覺得合算的話，我也會去告發你的。我可以靠作僞證逃出那堵石頭牆，別人也會那樣做的。好吧，你到底要我幹什麼？」

「事兒不多。你是候審監獄的看守吧？」

「我明白告訴你吧，越獄是絕對不可能的。」密探堅決地說。

「我沒問你的事你幹嘛要告訴我呀？你是候審監獄的看守嗎？」

「有時候是。」

「你想去當就可以當。」

「我可以隨便進出。」

西德尼．卡頓又倒了一杯白蘭地，慢慢地把它倒進壁爐裡，看著它一滴滴落下。等到滴盡了，他才站起身來說道：

「到現在爲止，我們都是當著這兩位先生的面談的，因爲這些牌的用處不能只限於你我知道。現在，到那間黑屋子裡去吧！讓我們倆單獨談一談，把最後的話說完。」

第九章・定局

西德尼・卡頓和獄羊在隔壁的黑屋子裡密談，聲音輕得外面什麼也聽不見。

洛瑞先生在外屋用相當懷疑和不信任的眼光望著傑里。在他的注視下，這位本分的生意人的神態實在叫人不放心。他輪番用一條腿支撐著身子，不斷變換姿勢，彷彿他有五十條腿，正在全部一一加以試用。他專心致志地細看著自己的指甲，可是當洛瑞先生的目光和他的目光相遇時，他就用一隻手虛掩著嘴，古怪他乾咳一聲。據說，心胸坦蕩的人是很少有這種毛病的。

「傑里，」洛瑞先生說：「你過來。」

克倫徹先生一個肩膀在前，側著身子走上前來。

「除了當聽差，你還做些什麼？」

克倫徹先生想了想，又仔細看了看他的主人，想出一個堂而皇之的回答：「幹點農活。」

「我很擔心！」洛瑞先生生氣地對他晃著食指說：「你拿受人尊敬的台爾森銀行當幌子，幹著見不得人的非法勾當。如果眞是那樣，回英國後，你就別指望我認你做朋友。要是你眞幹了，也休想我替你保守秘密。絕不能讓台爾森銀行抹黑。」

「先生，」窘迫不安的克倫徹先生懇求說：「我給你老先生幹雜活幹到現在，頭髮都幹花白了，即使我眞的幹過那種事——我不是說眞的幹過，只是說即使我眞的幹過——也盼望你在做出對我不利的事之前，能再仔細替我想一想。再說，即使眞的幹過，也不能淨說一面，事情都有兩面的呀！就在這會兒，說不定有哪個醫生掙進了不少錢，可一個本分的生意人卻連幾個子兒也沒撈著——幾個子兒也沒撈著！不，連半個子兒也沒撈著——半個子兒也沒撈著！不，連四分之一子兒也沒撈著——那些醫生一溜煙似的來台爾森銀行存錢，還斜起眼睛朝本分的生意人偷偷瞟上一眼。他們坐著自己的馬車進進出出——嘿！也像一溜煙。啊，這可也是在蒙騙台爾森銀行。你總不能一樣事情兩樣對待呀！再說，還有一位克倫徹太太，老是躺在地上禱告，咒他的生意，弄得他一敗塗地——徹底完蛋！至少以前在英國時是這樣，今後要是有事，還會這樣。可是那些醫生太太是不會跪下來禱告的——絕不會！就算她們跪下來禱告，也是祈求有更多的病人。你只說這個，不說那個，怎能算公道呢？再說，還有那些殯儀館的人，教區的辦事員，教堂的執事，私人雇的守夜人什麼的（一個個都貪心得很，都要從這裡撈一把），即使眞有那麼回事，一個人也落不下多少好處。憑他得到的那麼一丁點兒錢，洛瑞先生，是永遠發不了財的。他永遠得不到多大好處的，要是有別的出路，他早就不幹那種行當了——即使眞有那麼回事的話。」

「哼！」洛瑞先生喊了起來，不過已經比剛才溫和了，「一看見你就讓人厭惡。」

「哦，我要恭恭敬敬地向你獻上一條建議，先生！」克倫徹先生繼續說：「即使眞有那麼回事——不過我不是說那是眞的——」

「別再支支吾吾，吞吞吐吐了。」洛瑞先生說。

「沒有，我不會的，先生，」克倫徹先生回答，那口氣彷彿他絕沒有這樣想，也絕不會這樣做，「我不是說那是眞的——我要恭恭敬敬向你獻上的建議，先生，是這樣的：在聖堂柵欄門旁的凳子上坐著我的兒子，他已經長大成人，只要你樂意，就讓他幫你跑腿，幫你送信，幫你幹雜活，一直伺候到你老人家瘸腿的時候。即使眞有那麼回事，我還是不說那是眞的（因爲我不想對你支支吾吾，吞吞吐吐，先生）。讓那孩子頂他爹的班，照料他媽吧！別去告發那孩子他爹——別那麼幹，先生——就讓那個當爹的去做個正正當當的掘墓人吧！好讓他彌補過去盜墓的罪孽——要是眞有那麼回事的話——他會誠心誠意地去埋人，保證從此不再去打擾他們的安寧，洛瑞先生。」

克倫徹先生說著，用胳臂擦了擦腦門，像是宣告他的這通演說即將接近尾聲，「這就是我要恭恭敬敬向你獻上的建議，先生。一個人看到自己周圍這種嚇人的情景，到處都有沒腦袋的屍體，價錢跌得連搬運費都不値，是不能不對這些事情正經八百地琢磨琢磨的。我這會兒說的，就是我琢磨出來的。即使眞有那麼回事，我也求你了，求你能把我剛才說的話放在心上；我站出來揭發完全出於好意，我本來是可以不說的。」

「這倒是眞的！」洛瑞先生說：「現在別再說了。只要你知過能改——在行動上，而不是在口頭上——我還可以做你的朋友。我不想聽你多說了。」

克倫徹先生剛用手指節敲了敲自己的腦門，西德尼．卡頓和那個密探就從那間黑屋子裡出來了。

「再見，巴塞德先生，」卡頓說：「我們就這麼說定了！你對我沒什麼好害怕的。」

他在壁爐邊洛瑞先生對面的一張椅子上坐了下來。待屋子裡只剩下他們兩人時，洛瑞先生問他說定了些什麼。

「不多。要是那個被抓的人有什麼不測，我可以進去見他一面。」

洛瑞先生的臉色沈了下來。

「我只能做到這點。」卡頓說：「要求過多，就會把他的頭推到刑斧下面，就像他自己說的那樣，即使被告發了，也不過如此。顯然，這是形勢不利的地方。這件事看來是沒有辦法了。」

「可要是在法庭上遭到不測，」洛瑞先生說：「進去見一面也救不了他。」

「我從沒說過這能救他。」

洛瑞先生的目光慢慢地轉向爐火，他爲他親密的朋友傷心，爲他的再次被捕感到萬分沮喪，他的眼睛漸漸模糊起來。這些天來的焦慮折磨了他，使他顯得特別蒼老。他落下了傷心之淚。

「你是個好人，是個眞正的朋友！」卡頓說著，聲音都變了，「原諒我看到你這麼傷心。我不能坐視我的父親哭泣而無動於衷。看到你這樣悲傷，我像看到自己的父親傷心一樣，心裡對你充滿了崇敬。其實，這場災難本和你毫不相干。」雖然他說最後一句話時又出現平日的那種態度，可他的語氣和神情中卻流露出一種眞摯的感情和敬意。洛瑞先生從未見過他這美好的一面，因而完全出乎意料。他朝卡頓伸過手去，卡頓輕柔地握住了它。

「再來說說可憐的達內吧！」卡頓說：「別把我和巴塞德的這次談話和安排告訴她，反正也不可能讓她去見他。她也許會以爲這是預作安排。我要在他被判決之前把自殺工具偷偷交給他哩！」

洛瑞先生根本沒有想到這一層，聽他這麼一說，急忙看了卡頓一眼，看他是否眞有這種打算。看來他的確是這麼想的。

卡頓也回看了洛瑞先生一眼，顯然清楚洛瑞先生心裡想的是什麼。

「她也許會有許許多多想法，」卡頓說：「可是每一個想法都只會增加她的痛苦。別對她提起我。還像我剛來時說的那樣，我最好不見她。這樣我才能放開手腳，爲她做一點我力所能及，對她有益處的工作。我想，你正打算上她那兒去吧？她今晚一定非常孤苦。」

「我現在馬上就去。」

「這讓我很高興。她是那樣依戀你，信賴你。她看上去怎麼樣？」

「又焦慮又痛苦，可是仍然非常美。」

「啊！」

這聲音悠長而悲哀，像一聲嘆息——幾乎像一聲嗚咽。這聲音引得洛瑞先生不由得轉過頭去看卡頓的臉，可是那張臉卻已轉向爐火。只見一道光，或者是一道陰影（老先生說不清到底是哪一種）在那張臉上一閃而過，就像萬里晴空之下一陣疾風突然掠過山坡；只見他伸出一隻腳，把爐膛裡滾下來的一小根燃著的木柴截住。他穿著當時流行的騎馬服、高統靴，火光映照著他這身淺色的裝束，再加上他那未經梳理，紛披的棕色長髮，使他的臉色顯得更加蒼白。對於腳下的那團火，他似乎毫不在意，洛瑞先生不得不提醒他小心。那塊燒著的木柴在他的腳下斷裂了，他的靴子還踩在那燒熱的餘燼上。

「我把它給忘了。」他說。

洛瑞先生的目光又給吸引到他的臉上。他發現一種頹廢的神情掩蓋住他那原本英俊的面容，使他驀地聯想起近來常見的那些囚犯臉上的表情。

「你在這兒的事都辦好了吧，先生？」卡頓轉過臉來問他。

「是的，昨晚露西不期而至時，我不是正告訴你，我終於竭盡全力地把我要在這兒辦的事都辦完了。我本來希望把他們夫妻倆在這兒安頓好，再離開巴黎。我已經領到通行證，隨時都可以離開。」

他們倆都陷入了沈默。

「你的一生是值得回憶的漫長一生吧，先生？」卡頓若有所思地問道。

「我已經七十八歲了。」

「你這一生都過得很有意義，一直都在踏踏實實地努力工作，受人信任，受人尊敬，也受人仰慕，是吧？」

「我自從長大成人，就一直是個生意人。實際上，甚至可以說，我在少年時代就是一個生意人了。」

「瞧，你都七十八歲了，還這麼受人器重。你離開這個世界時，會有多少人懷念你啊！」

「我只不過是個單身孤老頭罷了，」洛瑞先生搖著頭說：「沒有人會爲我哭泣的。」

「你怎麼能這樣說呢？難道她不會爲你哭泣？難道她的孩子不會爲你哭泣？」

「會的，會的，感謝上帝！我說的不完全是這個意思。」

「這就是一件值得感謝上帝的事，難道不是嗎？」

「那當然，那當然。」

「如果你今晚眞的對著你孤寂的心說：『從來沒有人愛過我，喜歡過我，感激過我，尊敬過我；我從來沒有在任何人心中占過一席之地，我從沒做過值得別人記住的好事！』那你這七十八年就是該詛咒的七十八年了，是不是？」

「你說得對，卡頓先生，我想是這樣的。」

西德尼又轉過頭去望著爐火，沈默了一會，又接著說道：

「我想問問你——你是不是覺得你的童年好像已經很遙遠了？你坐在母親膝頭的日子是不是覺得好像是很久以前的事了？」

洛瑞先生也和他一樣態度溫和地回答說：

「二十年前是這樣，可是到了我現在這個年紀卻不然了。因爲，我就像在兜一個圓圈，越是臨近終點，就越是靠近起點了。這似乎是人生旅途上一種給人慰藉，使人在行將就木時心中有個準備的仁慈安排。現在，我的心又常爲久已忘懷的許多往事而激動。我想到了我年輕漂亮的母親，（我自己都這麼把年紀了！）也回憶起我對這個社會還涉足不深，我的毛病也還沒有這般根深柢固時的那些歲月。」

「我懂得這種感情！」卡頓突然容光煥發地喊了起來，「有了這種感情，你變得更加善良了，是嗎？」

「我希望如此。」

卡頓起身幫助洛瑞先生穿上外衣，結束了這場談話。

「可你，」洛瑞先生又提起這個話題，「你還年輕。」

「是啊！」卡頓說：「我還沒老，可我這個年輕人絕不可能活到老。我已經活夠了。」

「我也活夠了，眞的！」洛瑞先生說：「你打算出去嗎？」

「我陪你一塊兒到她家門口。你知道我東遊西蕩慣了，要是我在街上逛久了，你別不放心，明天早上我又會出現的。明天你去法庭嗎？」

「是的，眞不幸。」

「我也去，不過只是作爲一個旁聽的群衆。我那位密探會給我找個地方。來，扶著我的胳臂吧，先生。」

洛瑞先生照辦了，於是他倆下樓出門來到街上。幾分鐘功夫，他們就到了洛瑞先生的目的地，卡頓在那兒和他分了手，不過他在附近逗留了一下。待大門關上後，他又回到門口，輕輕撫摸著大門。他聽說她每天都去監獄附近。

「她從這兒出來，」說著他朝四下打量了一下，「朝這邊拐，一定老在這些石頭上走來走去。讓我也沿著她的足跡走一趟吧！」

待他走到拉福斯監獄跟前站住時，已是夜裡十點了。這是她已經站了幾百次的地方。一個小個子鋸木工關了店門後，正站在門口抽煙。

「晚安，公民，」卡頓走過時，發現這人好奇地盯著他看，就停下來打了個招呼。

「晚安，公民。」

「共和國怎麼樣？」

「你是說吉蘿亭吧！不壞！今天是六十三個。很快就達到一百大關了。參孫和他的手下有時抱怨說太累了。哈，哈，哈！那個參孫，眞有趣。那麼個剃頭匠！」

「你常去看他——」

「看他剃頭？常去！每天都去！了不起的剃頭匠！你見過他幹活嗎？」

「沒有。」

「等他活兒多時去看看吧！你算一算，公民，今天他不到兩袋煙工夫就剃了六十三個！還不到兩袋煙工夫，眞的！」

齜牙咧嘴的小個子伸出正抽著的煙斗，比劃著向他解釋怎樣給那劊子手計算時間時，卡頓的心中突然產生一種衝動，眞想一拳打他個靈魂出竅，因而他急忙轉身走開。「你不是英國人吧？」鋸木工說：「儘管你一身英國人的穿著。」

「我是英國人。」卡頓收住腳步，扭頭回答道。

「聽你說話像個法國人。」

「我以前在這兒上過學。」

「啊哈，像個地道的法國人！晚安，英國人。」

「晚安，公民。」

「你可得去看看那個有趣的傢伙啊！」那個小個子還在他的身後一個勁地喊著：「帶只煙斗去！」

西德尼走出沒多遠，就在街心一盞閃爍不定的路燈下停了下來，用鉛筆在一張紙條上寫了幾個字，然後以一個熟悉路徑的人的堅定步伐，穿過幾條又黑又髒的街道——這些街道比平時髒得多，因爲在那個恐怖的年月裡，即使最好的主要大街，也無人打掃——來到一家藥店門口。店主正在親自關店門。這是家又小、又暗、又不正派的店鋪，開設在一條彎彎曲曲的上坡路邊，老板長得矮小、黝黑，一看便知是個不正派的人。

卡頓走到櫃 前，向他道了晚安，把寫的紙條放到他面前。

「噓！」老板看看紙條，輕輕吹起了口哨，「嘻！嘻！嘻？」

西德尼・卡頓沒有理他，藥店老板問道：

「是你用的嗎，公民？」

「是我用的。」

「當心，要分開用，公民。你知道混在一起用的後果嗎？」

「完全知道。」

給了他幾個包好的小紙包，他把它們一一放進貼身上衣的口袋，數錢付了帳，不慌不忙地離開店鋪。

「明天早晨以前沒什麼事要做了！」他抬頭看了看月亮，說：「可我睡不著。」

他在飛馳的流雲下大聲說出這話時，絲毫沒有滿不在乎的樣子。他的臉上沒有漫不經心的表情，而是有著一種挑戰的神色。

這是一個灰心喪氣的人決心已定的態度。他徘徊過，掙扎過，如今終於踏上了正路，並且看到了路的盡頭。

很久以前，當他還是個前程遠大的青年，在那些年輕伙伴中出類拔萃時，他到父親的墳前去給他送葬。母親在那之前幾年就去世了。此時此刻，當他在明月和飛馳的流雲下，徘徊在黑影幢幢的陰暗街道上時，心裡想起當時在父親墳前念過的莊嚴經文：「耶穌說，復活在我，生命也在我；信我的人，雖然死了，也必復活；凡活著信我的人，必永遠不死。」[141]

在這座刀斧統治的城裡，他深夜獨自一人躑躅街頭，一反傷之情不覺油然而生。他想到了白天被處死的六十三個人，想到了現在尙在牢中，明天、後天、大後天要被處死的那些犧牲者。這一串聯想，又使他想起了《聖經》中的這些詞句，如同從大海深處撈出一只誘跡斑斑的舊鐵錨。但他並沒有去追溯往事，只是念叨著這些詞句，朝前走去。

他以一種莊嚴肅穆的心情望著那些亮著燈的窗口。人們正準備就寢，在那幾個小時的安睡中忘卻周圍的恐怖。他看到了教堂的鐘樓，已沒有人再去那兒祈禱；教士們多年來的欺詐掠奪和荒淫無恥，激起了民眾的極度憤恨，使教堂到了自我毀滅的地步。他看到了遠處的墓園，正如園門上寫的，那是專供「長眠」之地。他還看到了人滿爲患的監獄；看到了六十多人同赴刑場經過的街道，這種事已經習以爲常，司空見慣，以致民眾中沒有流傳任何死於吉蘿亭手下的冤魂不散的悲慘故事。西德尼·卡頓以一種莊嚴肅穆的心情，想到夜晚在狂暴中暫時平息下來的這座城市裡的生生死死。他又走過塞納河，來到燈光明亮的街道上。

街上很少有馬車駛過，因爲坐馬車很容易受到懷疑。就連那些紳士也都把頭縮進紅色睡帽，穿著笨重的鞋子，徒步而行。可戲院仍然場場客滿；他路過時，人們正興高采烈地從裡面擁出來，一路談笑著回到馬路對面去。在一家戲院門前，一個小女孩正要跟母親覓路穿過一片泥濘，走到馬路對面去。他把這孩子抱過了街，在她怯生生的小胳臂還沒有鬆開他的脖子之前，向她討了一個吻。

---

[141] 見《聖經·新約·約翰福音》第十一章。

「耶穌說，復活在我，生命也在我；信我的人，雖然死了，也必復活：凡活著信我的人，必、水遠不死。」

此時街上寂靜無聲，夜色深沈，這些話音在他的腳步聲中迴響，在空中蕩漾。他的心十分寧靜、堅定，他一邊走，一邊不時重覆著這幾句話，這些話始終在他的耳邊縈繞。

夜色即將散盡，他佇立橋頭，傾聽河水拍打著巴黎島[142]的堤岸。島上的房屋和教堂錯落如畫，在月光下閃著白光。白晝冷冷地來臨了，天上猶如出現了一張死人的臉；接著，黑夜連同月亮和星星，都變得蒼白，死去，一時間，彷彿天地萬物都歸死神統治了。

然而，燦爛的太陽升起來了，彷彿要用它那長長的霞光，把他徹夜一再背誦的經文射進他的心裡，爲他帶來溫暖。他虔誠地手搭涼棚，順著霞光望去，只見他和太陽之間架著一道光橋，橋下的河水發著閃閃銀光。

在清晨的寂靜中，強有力的潮水湧了上來，那麼急切、深沈而又堅定，就像一個知心的朋友。他順流走去，遠離了那些房舍，後來躺在堤岸上，沐浴著溫暖的陽光睡著了。醒來後，他站起身來，又在河岸邊躑躅了一會，看著一個漩渦漫無目的地轉了又轉，直到最後被水流吞沒，一起帶向大海——「像我一樣。」

這時，一隻商船進入他的眼帘，船帆有著淺淡的枯葉色。它慢慢地從他身旁駛過，直到無影無蹤。當默默無聲的水紋在河中消失時，他在內心深處開始禱告，求主寬恕他所有的愚行和過錯。禱詞的結束語是：「復活在我，生命也在我。」

待他轉回台爾森銀行時，洛瑞先生已經出去了。不難猜出，這位善良的老人上哪兒去了。西

[142] 塞納河中一小島。

德尼．卡頓只喝了點咖啡，吃了點麵包；飯後，梳洗了一下，換上衣服，以振作起精神，然後就出發前往開庭審判的地方。

法院裡人頭攢動，人聲鼎沸。那隻獄羊——許多人見了他怕得連忙退避三舍——帶他擠到人群中一個不顯眼的角落裡。洛瑞先已在那兒，馬奈特醫生也在那兒。她也在那兒，坐在她父親的身旁。

當她的丈夫被人帶進來時，她望著他，眼神裡流露出那麼深情的鼓舞和支持，充滿了愛憐和溫情，也充滿了勇氣和信心，使他一見之下臉上立刻恢復了健康的血色，目光變得炯炯有神，精神大爲振奮。此時，如果有人留心注意一下，就會發現，她的眼神對西德尼．卡頓也產生了同樣的影響。

在這毫無公正可言的法庭上，很少或者根本沒有任何法律程序，讓被告能有合理的申訴機會。可要是當初不是那麼極度地濫用法律程序和形式，這場革命也就不會發生，也就不會用這種革命的自殺性報復行爲來把它們統統砸爛無餘了。

大家的目光都轉向陪審團。還是昨天和前天的那些堅定的愛國者和優秀公民，明天和後天無疑仍將是他們。其中有個顯得迫不及待、頗爲引人注目的人，他一副渴望的神色，一隻手不住地在嘴唇邊摸著。他的出場使旁聽者大爲滿意。這個嗜殺成性，像食人生番似的兇殘的陪審員就是聖安東尼區的雅克三號。整個陪審團就像是一群挑選出來審判小鹿的猛犬。

接著，大家的目光又轉向那五位法官和檢察官。今天，這班人絲毫沒有偏袒徇情的模樣，全是一副兇狠殘暴、毫不留情、殺氣騰騰、鐵面無私的神氣。隨後大家的目光又在人群之中尋覓自己的熟人，彼此使著會意的眼色，相互點頭，然後才伸長脖子聚精會神地傾聽著。

查爾斯．埃弗瑞蒙德又姓達內的，昨日獲釋，當天再度被控，再度被捕。起訴書已於昨晚交給本人。該犯涉嫌並被控爲共和國之敵人，係貴族分子，出身惡霸家庭，爲應當誅滅的家族之一員。此家族曾利用其現已廢除之特權殘酷地欺壓人民。據此，查爾斯·埃弗瑞蒙德又姓達內的必須依法處死。

檢察官用不多的幾句話就這樣起訴完畢。

首席法官問，被告是被公開告發，還是秘密告發？

「公開告發，首席法官。」

「由誰告發？」

「共有三人。聖安東尼區酒店老板歐內斯特·德華若。」

「好。」

「他的妻子泰雷斯·德華若。」

「好。」

「還有醫生亞歷山大·馬奈特。」

法庭裡頓時發出一陣喧嘩。只見馬奈特醫在一片哄鬧聲中從自己的座位上站了起來，臉色蒼白，渾身顫抖。

「首席法官，我向你提出嚴正的抗議。這是僞造的，是場騙局。你知道，被告是我女兒的丈夫。我女兒，還有她所愛的人，對我來說，遠比我自己的生命還寶貴。是誰說我告發我孩子的丈夫？這個搞陰謀撒謊的人是誰？他在哪裡？」

「馬奈特公民，安靜！不服從法庭的權威就是犯法。至於說到比你的生命更寶貴的東西，對一個好公民來說，最寶貴的莫過於共和國了。」

這幾句指責的話獲得了震耳欲聾的喝彩聲。首席法官搖了搖鈴，激動地接著往下說：

「即使共和國要求你犧牲自己的女兒，你也有義務那麼做。往下聽吧，聽時保持肅靜！」又是一陣瘋狂的喝彩聲。馬奈特醫生只得坐了下來，眼睛朝四下張望著，嘴唇不住地顫抖。女兒朝他靠得更緊了。

陪審團裡那個面帶渴望神色的人搓了搓雙手，又習慣地伸手摸起嘴唇來。

待法庭安靜下來，能聽到他的說話聲時，德華若開始在庭上作證。他很快講述了醫生被長期監禁，以及他在少年時代曾給醫生當僕人的事；後來又講到醫生獲釋出獄後，人們把醫生送到他那兒的情況。

法庭的工作進行得很快，他一說完，馬上對他作了一番簡短的質詢。

「在攻占巴士底獄時，你作出了卓越的貢獻，是嗎，公民？」

「我想是這樣的。」

這時，一個非常激動的女人從人群中發出刺耳的尖叫聲：「你是個最傑出的愛國者。爲什麼不這麼說？那天你是炮手，也是第一批攻進那個該死的堡壘中的一個。愛國同胞們，我說的都是實話！」

這就是那個復仇女，她在聽衆的一片熱烈讚揚聲中，就這樣爲審判過程吶喊助陣。首席法官搖鈴了。可是復仇女因爲受到人們的鼓勵，勁頭更大了，她尖聲大叫：「我才不怕你搖鈴哩！」又招來了一陣喝彩聲。

「告訴法庭，那天你在巴士底獄中做了些什麼，公民。」

「我本來就知道，」德華若說著，低頭看了看他的妻子；她正站在他上來的那個台階的最低一層，鎭定地仰望著他，「我本來就知道，我要提到的這個犯人曾被關在一間叫北樓一百零五號的牢房裡。這是他自己告訴我的。當他在我的照料下只知埋頭做鞋時，他只知道自己叫『北樓一百零五號』。攻占巴士底獄那天，我是炮手，我決定在攻下這個地方之後去看看那間牢房。監獄攻下來了，我就在一個看守的帶領下，去了那間牢房。同去的還有我的一個同伴，他現在是陪審團中的一員。我非常仔細地檢查了那間牢房。煙囪上有個洞，有塊石頭給挖出來又安上了，我在石頭後面的洞裡找到了一份手寫的材料。這就是那份手寫的材料。我曾認眞查看過馬奈特醫生的筆跡，這確實是馬奈特醫生寫的東西。現在我把馬奈特醫生親筆寫的這份材料交給首席法官。」

「宣讀這份材料。」

一片死寂，大家一動不動——受審的犯人愛戀地望著自己的妻子，妻子只看了他一眼便焦慮地望著自己的父親。馬奈特醫生定定地望著宣讀材料的人。德華若太太的眼睛始終沒有離開犯人，德華若先生的目光則一直望著異常痛快的妻子。其餘所有人的眼睛都聚精會神地盯著醫生，而醫生對他們則誰也沒有看見——那份材料宣讀了，內容如下——

第十章・陰影的內容

「我，不幸的醫生亞歷山大・馬奈特，原籍博韋，後移居巴黎。在這一七六七年的最後一個月裡，我在巴士底獄這間淒慘的牢房中寫下這份悲傷的材料。我是在極端困難的條件下偷偷寫成的。我計劃把它藏在煙囪的內壁裡；我費了許多時間和心血，已在那兒挖了一個藏匿的地方。在我和我的苦難都化爲煙塵時，也許會有一隻同情的手找到它。

「在我被囚禁的第十個年頭的最後一個月裡，我用一枚生鏽的鐵釘，蘸著用鮮血調和，從煙囪裡刮下的煤煙炭末，極其艱難地寫下這些文字。我心中的希望早已破滅。從我身上一些可怕的徵兆看來，我的理智能保持完好無損已經不會太久了。不過我要鄭重聲明，此時此刻我的神志絕對正常！我的記憶精確詳盡——我寫的全是事實，不管以後是否有人看到，在末日審判席上，我也將爲自己最後寫下的這些文字負責到底。

「一七五七年十二月的第三個星期（我想是這個月的二十二號），在一個月色朦朧的夜晚，我正在塞納河碼頭旁一個僻靜處散步，想呼吸一下寒冷的空氣提提神。那地方離我在醫學院街的住處大約有一小時路程。一輛馬車飛快地從背後駛來。我怕馬車把我撞倒，急忙退到一旁讓它過去。不料車窗裡探出一個頭來，還聽到了喝令車夫停車的聲音。

「車夫趕緊勒住馬，車停下了。剛才的那個聲音喚起我的名字來，我答應了一聲。馬車停在我前面很遠的地方，沒等我走到馬車跟前，車上已下來兩位先生。我發現他們倆都裹在斗篷裡，像是有意把自己遮掩起來。他們並肩站在車門旁，看上去他們的年齡和我不相上下，或許還年輕一點。兩人的身材、舉止、聲音和面貌（我能看到的部分）都十分相像。

「『你是馬奈特醫生嗎？』其中一個問道。

「『是的。』

「『馬奈特醫生，原籍博韋，』另一個說：『是位年輕的內科醫生，原先是外科專家，這一兩年來在巴黎的名氣越來越大了，對吧？』

「『先生們，』我回答說：『本人就是承蒙二位誇獎的馬奈特醫生。』」

「『我們去過你的住處，』第一個人說：『不巧沒有在那兒找到你。聽說你可能在這一帶散步，我們就跟著來了，希望能趕上你。請你上車好嗎？』

「兩人的態度都很專橫，一邊說著，一邊就過來把我逼向車門。他們都帶著武器，而我則手無寸鐵。

「『先生們，』我說：『請原諒！不過，我通常都要問清楚是哪一位賞光請我去出診，要我去看的病人病情又怎麼樣？』

「答話的是第二個人，『醫生，請你出診的是有地位、有身分的人。至於病人的病情，我們相信你的醫術，你作的診斷一定會比我們的陳述準確。行了，請你上車好嗎？』

「我只好順從，默默地上了車。他們倆也跟著上了車——最後一個是收起踏腳板後跳上車的。馬車掉轉頭，又照原先的速度飛馳起來。

「我如實記下了這番對話，逐字逐句，一字未漏。我竭力不讓自己走神，使每件事都準確地如實敘述。下面凡是標有中斷符號的地方，皆因我不得不暫停記述，藏起文稿。」

＊

「馬車飛快駛過一條條大街，出了北門，駛上了鄉間大道。出城後大約走了三分之二里格地——當時我並未計算距離，是後來再走時估算的——馬車駛離大道，不久就在一座孤零零的宅院前停了下來。我們三個人都下了車，沿著花園裡一條又濕又軟的小徑，走過一座乏人管理、池水滿溢的噴水池，來到一幢房子門前。按過門鈴，由於門沒有立即應聲打開，帶我來的兩個人中的一個就用他那厚重的騎馬手套打了開門的人一個耳光。

「這個舉動並沒有引起我特別關注，因爲我知道，老百姓挨打比狗挨打還普通。這時，另外那個也一樣發起火來，伸手同樣打了開門的人一個耳光。這兄弟倆的神情舉止竟如此相像，這時我就開始意識到他們倆是一對孿生兄弟。

「我們在宅院大門口一下車（大門鎖著，兩兄弟中的一個打開鎖讓我們進去之後，重又鎖上了），便聽到從樓上的一間屋子裡傳來陣陣叫喊聲。兩兄弟徑直帶我朝那間屋子走去。隨著我們一步步爬上樓梯，那叫喊聲越來越響。最後我看到一個躺在床上發高燒的病人。

「病人是個非常漂亮的女人，年紀很輕，肯定才二十出頭。她頭髮蓬亂，兩隻胳臂用腰帶和手帕綁在身體兩側。我注意到，這些捆綁用的全是上等男人身上的東西。其中一條是禮服上用的有流蘇的綬帶，我看到上面有個貴族的紋章和一個字母『E』[143]。

「我一開始仔細觀察病人，就看到了這個情況。因爲在她焦躁不安的掙扎當中，她翻轉身子，臉伏到了床沿上，把綬帶的一頭吸進了嘴裡，此時正有窒息的危險。我第一個舉動就是伸手從她的嘴裡拉出綬帶。就在這時，我看到繡在角上的紋章。

「我輕輕地將她翻過身來，雙手按住她的胸口，想讓她平靜下來，躺著不動，然後察看她的臉。她兩眼圓睜，神色狂亂，不斷發出刺耳的尖叫，反覆叫著：『我的丈夫，我的父親，我的兄

---

[143] 「E」爲埃弗瑞蒙德家族姓氏的第一個字母。

弟啊！』然後從一數到十二，還發出一聲『噓！』過後，她稍稍停頓了一下，像是側耳靜聽，接著便又開始那刺耳的尖叫，又喊：『我的丈夫，我的父親，我的兄弟啊！』然後又從一數到十二，再發出一聲『噓！』如此周而復始，順序不變，神態也不變。除了有規律地停頓那麼一會兒外，她的這種喊叫聲從未休止。

「『她這樣有多久了？』我問。

「爲了把這兄弟倆區別開來，我把他們叫做哥哥和弟弟。所謂哥哥，是指最有權威的那個。答話的是哥哥，『大約從昨晚這個時候開始。』

「『她有丈夫、父親和兄弟嗎？』

「『有個兄弟。』

「『我不是在跟她兄弟談話吧？』

「他帶著滿臉鄙夷的神氣回答：『不是。』

「『她最近和十二這個數有什麼關係嗎？』

「弟弟不耐煩地插嘴說：『是和十二點鐘吧！』

「『瞧，先生們，』我的手仍按著那女人的胸口，『你們這樣把我帶來，我什麼也幹不了！要是我事先知道來看什麼病，就可以有所準備。像現在這樣，時間就得浪費了。在這麼個偏僻的地方，到哪兒去弄藥呀！』

「哥哥朝弟弟看了看，弟弟傲慢地說：『這兒有一箱藥。』說著從櫃子裡取出一只藥箱，放到桌子上。」

＊

「我打開幾只瓶子，嗅了嗅，又把瓶塞放到嘴邊嘗了嘗。如果我要用的不是有毒性的麻醉藥，那箱子裡的藥是一樣也用不上的。

「『怎麼，你信不過這些藥？』弟弟問。

「『瞧，先生，我正準備用呢！』我回答了一句，就沒有再說什麼。

「我費了好大的勁，作了種種努力，才給病人灌進我要她服的劑量。我在她的床沿坐了下來。我想過會兒再給她服一次藥，同時還需要觀察一下服藥後的效果。屋裡原先有個戰戰兢兢的膽小女人（是樓下那開門人的妻子）在服侍，這時已退縮到屋角。這房子潮濕破舊，草草地放著幾件家具——顯然是最近才住人，而且只是暫時用一用。為了掩住尖叫聲，窗上釘了些厚厚的舊帷幔。喊聲仍然有規律地繼續著，先喊『我的丈夫，我的父親，我兄弟啊！』接著從一數到十二，最後發出一聲『噓！』她還是那麼瘋狂掙扎著，所以我沒敢給她的胳臂鬆綁，只是留心不勒痛她。唯一給人希望的是，我按在病人胸口的手起了很大的鎮定作用，能使她的身子安靜幾分鐘。可是這對抑制叫喊毫無作用，她的叫喊比鐘擺還有規律。

「由於我的手有這種鎮定作用（我想是這樣），我便在床邊坐了半個來小時。那兩兄弟一直在旁看著。後來那哥哥說：

「『這兒還有一個病人。』

「我吃了一驚，忙問：『病情嚴重嗎？』

「『你最好去看一看。』他滿不在乎地回答，拿起了一盞燈。」

*

「另一個病人躺在二樓樓梯對面的一間後屋裡，是馬廄頂上的一間閣樓，屋子的一部分有個低矮的粉刷過的頂棚，其餘部分都敞開，看得見瓦屋的屋脊和橫樑。沒有頂棚的地方堆放著乾草、麥稈、柴禾和一堆埋在沙子裡的蘋果。我必須經過這一部分，才能走到有頂棚的地方。我的記憶清晰詳盡，明確無誤。我在巴士底獄這間牢房裡囚禁了快滿十年，現在回憶起這些細節來依然歷歷在目，和那天晚上看到的一模一樣。

「在地上的一堆乾草上，躺著一個英俊的農家少年，最多不過十七歲。他頭下塞了一只坐墊，仰天躺著，牙關緊閉，右手緊握著放在胸前。他那對怒火爛熠的眼睛直盯著上方。我單腿跪下，俯身察看，看不出他的傷在哪裡。不過我能看出，他是被利刃刺傷的，已經奄奄一息。

「『我是醫生，可憐的小伙子，』我說：『讓我看看傷口。』

「『我不想讓人看，』他回答說：『隨它去吧！』

「傷口在他的手底下，我沒法勸他讓我挪開他的手。傷口是劍刺的，受傷時間約在二十至二十四小時之前。即使未加拖延，當即治療，也沒法救活他。他很快就要死了。我扭頭看看那個哥哥，只見他正低頭俯視著這個瀕臨死亡的英俊少年，那神情就像在看一隻受傷的鳥，或是野兔、家兔，而不是他的同類。

「『這是怎麼回事，先生？』我問。

「『一隻下賤的小瘋狗！一個農奴！逼得我弟弟拔劍刺他，結果倒在我弟弟的劍下——居然像個上等人似的。』[144]

「這話沒有一點兒憐憫和內疚，可說毫無人性。說話的人似乎認為，讓這個不屬同類的生物死在這兒極不合適，應該讓他和那些賤類一樣悄悄死去才好。他對這個少年的命運根本不可能有任何同情。

「在他說話時，少年的眼睛慢慢地轉向他，然後又慢慢地轉向我。

---

[144] 按當時習俗，平民無資格與貴族決鬥，貴族與平民交鋒即有辱身分。

「『醫生，他們這班貴族驕傲得很，可我們這些賤民也有驕傲的時候。他們搶我們，欺我們，打我們，殺我們；可我們有時還是剩有一點傲氣。她——你見到她了嗎，醫生？』

「雖然因爲離得遠聲音輕了，可是她的尖叫和喊聲，這兒依然可以聽見。他這麼一提，彷彿她就躺在我們面前。

「我說：『我見到她了。』

「『她是我姐姐，醫生。多少年來，這班貴族老爺對我們的姐妹們的貞操都享有無恥的特權。可我們當中也有好樣的姑娘。這我知道，我父親也這樣跟我說過。我姐姐就是一個好樣的姑娘。她和一個也是好樣的青年訂了婚，他是那個人家的佃戶。我們都是那個人家的佃戶——我說的就是站在那兒的那個人。那另外的一個是他的弟弟，是個最壞的壞蛋。』

「那少年異常艱難地聚集全身的力氣才說出這些話，可他的精神卻使他說得格外有力。

「『正像我們所有賤民都受那班高貴的人搶奪一樣，我們受盡站在那兒的那個人的搜刮——他黑心地向我們收租抽稅，強迫我們白白替他幹活，硬要我們在他的磨坊裡磨我們的糧食，逼著我們用那點可憐的糧食替他餵養大群大群的家禽，可是卻禁止我們養任何家禽。他搜刮我們到這樣的地步，連我們偶爾弄到一點肉吃的時候都提心吊膽，不得不關門閉戶，生怕被他的人看到搶走。我說了，我們給搶得精光，刮得乾乾淨淨，窮得不能再窮，弄得我們的父親告訴我們說，生個孩子到這個世界上來是樁可怕的事情，我們應該祈求上帝，別讓我們的婦女生兒育女了，讓我們這些可憐的人全都滅種吧！』

「我以前從來沒想到受壓迫的情感會像火一樣爆發出來，我原先總以爲它必定隱伏在人民心中。可是在這個垂死的少年身上，我看到了這種情感的爆發。

「『不過，醫生，我姐姐還是結了婚。當時我那可憐的姐夫正生著病，可她還是嫁給了她心愛的人，這樣她就可以在我們的草舍裡——那個人大概把它叫做狗窩吧——服侍他，安慰他了。可是結婚之後經過了不多日子，我姐就讓那個人的弟弟看上了，他要求那個人把她租來給他——因爲我們這種人之中的丈夫算得上什麼！那個人當然很樂意，可我姐姐是好樣的，貞潔的，她像我一樣，恨死了那個人的弟弟。你知道那兩個傢伙用什麼手段威逼她的丈夫，想要他叫她順從的嗎？』

「那少年的眼睛本來一直盯著我，說到這兒，他慢慢地把目光轉向那在一旁觀看的人。我從他們兩個的臉上看出，他說的全是眞話。兩種截然相反、互相對立的傲慢和自尊，即使在這巴士底獄的牢房裡，依然歷歷在目。那老爺是副滿不在乎、漠然置之的態度，而農民則是滿臉橫遭蹂躪，憤而渴望復仇的神色。

「『你知道，醫生，這班貴族老爺有權把我們這些賤民套在車子上，趕我們拉車。他們就這樣把我姐夫套在車子上，趕他，要他拉車。你知道他們有權要我們整夜守在他們的地裡，不讓青蛙叫，免得打擾他們尊貴的睡眠。晚上，他們就要我姐夫去有害的夜露裡守夜，白天，又命他套上籠頭拉車。但他還是沒有屈服。沒有！有一天中午，人們解下籠頭，讓他吃東西——要是他還能找到東西吃的話——他隨著報時的鐘聲，鐘敲一下，他便哽咽一下；待哽咽了十二下之後，就死在我姐的懷裡了。』

「要不是他決意傾吐冤情，任何人爲的力量也維繫不了這少年的生命。他使勁握緊右拳不讓鬆開，掩住傷口，竭力驅開朝他圍繞過來的死亡陰影。

「『接著，在那個人的同意甚至幫助下，他弟弟把我姐給搶走了。我知道，她一定把她的情形對那人的弟弟說了——說了什麼，醫生，要是你現在還不知道，你很快就會發現的——可那人的弟弟還是把她給搶走了，供他一時享樂解悶。我在路上看到她從我旁邊過去。我把這個消息帶回家後，我父親傷心得死去了，滿肚子的話，一句也沒有說出來。我把我的小妹妹（還有一個妹妹）送到這個人管不著的地方，使她至少不會做他的奴婢了。然後我就追蹤那個弟弟來到這兒，昨天夜裡爬了進來——我，一個賤民，可手裡有劍——這閣樓的窗在哪兒？就在這旁邊吧？」

「在他眼裡，這屋子越來越暗了；他周圍的世界越縮越小。我朝四下裡看了看，只見地上的乾草，麥稈踩得一片狼藉；這兒像是有過一場格鬥。

「『我姐聽到我的聲音，跑了進來。我叫她別過來，別靠近我們，待我殺了那傢伙再說。他進來了，先是扔給我幾個錢，後來又用鞭子抽我。我雖是個賤民，可我奮力回擊，逼得他不得不拔出劍來。那柄沾上我這平民鮮血的劍，讓他愛折成幾段就折成幾段吧。他只好拔出劍來自衛——爲了保命，他使出渾身解數來刺我。』

「就在剛才，我已看到地上的乾草裡有幾截斷劍。那是老爺用的武器。另一個地方，躺著一柄舊劍，看樣子是士兵用的。」

「『來，扶我起來，醫生，扶我起來。他在哪兒？』

「『他不在這兒。』我扶住他說，知道他指的是那個弟弟。

「『哼，這班貴族儘管傲氣十足，可是就怕來見我。在這屋子裡的那個人在哪兒？把我的臉轉過去對著他。』

「我照辦了，扶起他的頭，讓它靠在我的膝蓋上。可是霎時間，他突然有了一股異常的力量，竟挺身完全站立起來，使得我也不得不跟著站起，要不就無法扶住他了。

「『侯爵，』少年雙目圓瞪，舉起右手，對著他說：『等到算總帳的日子，我要向你，向你那萬惡家族中的每一個成員討還血債。我要用鮮血在你身上畫下這個十字，作爲我討債時的標記。等到算總帳的日子，我特別要向你的兄弟，你們那萬惡家族中最壞的壞蛋討還血債。

我要用鮮血在他身上畫下這個十字，作爲我討債時的標記。』

「他兩次用手在胸部的傷口上蘸了蘸，然後用食指當空畫了個十字。他就這樣舉著手指站了一會，待它垂下時，人也隨之倒下。我把他放倒，發現他已經死了。」

＊

「我回到那年輕女人的床邊，發現她還在按原先的順序一再說著那幾句胡話。我知道，這種情況還會持續許多時候，也許只有在死的寂靜中才能結束。

「我又給她吃了幾次原先吃過的藥，坐在她的床邊，守到深夜。她的尖叫聲始終那麼刺耳，那幾句話還是那麼清楚，順序也一直沒有錯亂，總是『我丈夫、我的父親、我的兄弟啊！一，二，三，四，五，六，七，八，九，十，十一，十二。噓！』

「從我見到她的時候起，這種情形持續了二十六個小時。待我兩次來去，重又在她身旁坐下時，她的口齒開始含糊起來。我竭盡全力想挽救她，可她漸漸地陷入昏睡狀態，像死人一般躺著。

「就像持續多時的可怕的暴風雨已經過去，終於風停雨歇了。我鬆開她的雙臂，叫那女僕幫我把她的身體放平，理好撕破的衣服。這時我才發現，她已經有了做母親的初步徵兆。就在這時，我對她僅存的一線希望也完全破滅了。

「『她死了嗎？』侯爵問，我以後還是稱他爲哥哥。他剛剛騎馬回來，穿著靴子進了屋。

「『沒有死，』我說：『不過快要死了。』

「『這些賤民的身體怎麼這樣結實！』他有些好奇地低頭看著她說。

「『傷心和絕望中有無窮的力量。』我回答說。

「他聽了我的話，先是笑了笑，接著，便皺起了眉頭。他用腳把一張椅子踢到我的椅子旁邊，命那女僕退下，然後壓低聲音對我說起話來。

「『醫生，我發現我兄弟和這兩個農民有了麻煩，就提出請你來幫忙。你名氣大，而且作爲一個前途無量的年輕人，你大概會顧及你自己的利益。你在這兒看到的事情，不能往外說的。』

「我傾聽著病人的呼吸，避而不作回答。

「『你肯賞光聽我說嗎，醫生？』

「『先生，』我說：『做我們這一行的，對於病人的情況總是嚴守秘密的。』我小心謹愼地回答，心裡對看到和聽到的感到很不安。

「她的呼吸已微弱到幾乎聽不到了，因此我又仔細試了試她的脈搏，聽了聽她的心跳。她還活著，但僅此而已。待我重又坐回椅子上，朝旁邊一看，發現兄弟倆都盯著我。」

*

「我寫這篇東西時困難重重，嚴寒刺骨，又怕給人發覺，把我關進漆黑一團的地牢。因而往下我只能簡要地敘述了。我的思維沒有混亂，記憶力也沒有喪失，我和那兩兄弟的談話，字字都能記起，句句都能詳盡敘說。

「她捱了一個星期。在她臨終時，我把耳朵貼近她的嘴唇，才勉強可聽到她對我說的片言隻語。她問我她在什麼地方，我告訴了她；又問我是誰，我也告訴了她。我問她姓什麼，她沒有回答，只是在枕頭上微微搖了搖頭，也像那個少年一樣，不肯吐露她的秘密。

「我一直沒有機會再問她什麼問題，直到我告訴那兩兄弟她已處於彌留狀態，活不到第二天了。在此之前，雖然進那屋子的只有我和那個女僕，沒有旁人，可只要我在那兒，那兩兄弟中總有一個坐在床頭的幔帳後面，小心提防著。到了這時，他們似乎不再怕我會跟她談什麼了，彷彿——我腦子裡突然閃過這個念頭——彷彿我也快死了。

「我一再看出，最使他們痛心疾首的是，那個弟弟（按我的叫法）竟和一個農民，而且還是個少年農民比劍交鋒，這傷害了他們的自尊心。他們腦子裡唯一考慮的是，這件事大大辱沒了他們的家聲，實在太荒唐可笑。每當我和那弟弟的目光相遇，我都從他的眼神中看出，他對我極其憎恨，因爲我知道了從少年口中聽到的一切。雖說他對我比那哥哥隨和客氣，但我清楚地看出這一點。我也看出，在那哥哥的心目中，我也是個痲煩。

「我的病人在午夜前兩小時死去了——照我的錶，正是我第一次看見她的時間，幾乎一分鐘也不差。當時只有我一個人在她身邊，她那年輕可憐的頭無力地垂倒在一邊，結束了她在這塵世上遭受的種種冤屈和苦難。

「那兩兄弟正在樓下的一間屋子裡等著，很不耐煩地急著要騎馬出門。在我單獨守候在床邊時，就聽到他們用馬鞭抽打著靴子，來來回回地走著。

「『她總算死了！』我進去時，那哥哥問道。

「『她死了！』我說。

「『祝賀你，弟弟！』他轉過頭去這麼說。

「在這以前他給過我錢，我一直遲遲沒有接受。這時他又給了我一筒金幣。我從他手中接過，放在桌子上。我已經考慮過這個問題，決定什麼也不接受。

「『請原諒，』我說：『在這種情況下，我不能接受。』

「他們倆交換了一下眼色，在我向他們鞠躬時，也對我鞠了鞠躬，於是我們就分手了，雙方都沒有再說一句話。」

*

「我累極了，累極了，累極了——讓苦難給折磨垮了。我用這隻瘦骨嶙峋的手寫下的這些文字，連再讀一遍都沒有力氣了。

「第二天清晨，我的門口放著一只小盒子，裡面是那筒金幣，盒子上寫著我的名字。從一開始，我就焦急不安地考慮，這事該怎麼辦。那天，我決定私下給那位宮廷大臣寫封信，向他陳述我給喚去診治的兩個病人的實情，以及我去過的那個地方。總之，把一切情況都告訴他。我知道宮廷的權勢是怎麼回事，也知道什麼是貴族的豁免權；我也料到，這件事絕不會有人理睬，可是我希望解除我良心上的負擔。這件事我一直嚴守秘密，就連對我的妻子也守口如瓶；關於這點，我也在信中作了說明。我並不害怕自己會遭到什麼真正的危險，但是我意識到，要是別人知道了我所知道的這些事，是會受到牽連，遭到危險的。

「那天我很忙，晚上沒能寫好那封信。第二天早上，爲了寫完這封信，我起得比平時早得多。這天正好是一年的最後一天。我剛寫完信，就聽說有一位太太等著要見我。」

*

「我越來越感到難以勝任自己定下的這項任務。天氣這麼冷，光線這麼暗，我的知覺這麼麻木，心頭的憂傷又這麼難以忍受。

「要見我的太太年輕、漂亮、優雅，但沒有長壽之相。她神情非常激動，對我作了自我介紹，說自己是埃弗瑞蒙德侯爵的妻子。我把那農家少年對那哥哥的稱呼，和繡在綬帶上的那個字母聯繫起來，不難斷定，她說的侯爵就是我最近見到的那個貴族。

「我的記憶仍很確切，但是我無法把我們的談話都一一寫下來。我猜測，對我的監視更嚴密了，而且我根本不知道什麼時候會受到監視。她部分是根據猜測，部分是根據發現的情況，總之她知道了這個殘酷事件的主要事實，也知道了她丈夫在這個事件中應負的責任，以及曾請我去診治的事，但她還不知道那個年輕女子已經死了。她非常痛苦地對我說，希望私底下對她表示一個女人的同情，希望不因這無數苦難者長期痛恨的家族而遭到上天的懲罰。

「她說她有理由相信那女子還有一個妹妹活著，而她最大的願望就是幫助這個妹妹。我說我能告訴她的也只是她確有一個妹妹，除此之外，我就一無所知了。她說她私下來見我，是出於對我信賴，希望我能告訴她那妹妹的姓名和住址。可是直到現在這悲慘的時刻，我對這兩點還是一無所知啊！」

＊

「我的紙不夠用了。昨天被他們拿走一張，還受到警告。我必須在今天完成我的記述。

「她是位心地善良、富有同情心的太太，她的婚姻並不幸福。她怎麼能幸福呢！那弟弟不信任她，也不喜歡她，受他左右的人全都反對她。她既怕他，也怕她丈夫。我扶她下樓，送她到門口時，看到她的馬車裡坐著一個兩、三歲的漂亮男孩。

「『為了他，醫生，』她含淚指著孩子說：『我要盡我所能作一點補救。要不，日後他繼承了這份產業也興旺發達不了。我有一種不祥的預感，要是不為此做些好事來贖罪，有朝一日會報應到他頭上的。如果能找到那個小妹妹，我要把我僅有的屬於我的一點東西——不過是一些珠寶、首飾——作為他生平應負的第一項經濟義務，連同他母親的同情和哀悼，一併給予那個受害的家庭。

「她吻了吻那男孩，撫摸著他說：『都是為了你這個寶貝。你願意照我所說的去做嗎，小查爾斯？』那孩子慨然回答：『願意！』我吻了吻她的手。她把孩子摟在懷裡，撫摸著，驅車走了。從此我再也沒有見過她。

「她是以為我一定知道才提到她丈夫的姓氏的，所以我沒有在信中加上這個姓氏。我封好信，因為交給別人不放心，就親自在當天送走了。

「那天晚上是除夕之夜，約莫在九點鐘時，一個穿黑衣的人來我家敲門，要求見我。他跟著我的年輕僕人歐內斯特・德華若輕輕地走上樓來。當我的僕人走進我的房間時，我正和我的妻子坐在一起——啊，我的妻子，我心愛的人！我年輕漂亮的英國妻子啊——我們發現來人一聲不響地站在德華若身後；本來還以爲他待在門口哩！

「他說，聖奧納雷街有個人得了急病，請我去出診；說是不會要我耽擱很久的，樓下有輛馬車等著。

「結果馬車把我載到了這兒，送進了這座墳墓。我一離開家，一條黑圍巾就從身後緊緊勒住了我的嘴，我的雙臂也給捆住了。那兩兄弟從一個暗角裡閃出，來到馬路這邊，打了個手勢，表示是我沒錯。侯爵從自己的口袋裡掏出我寫的那封信，給我看了看，然後就著手裡提的燈籠的燭火，把它給燒了，燒完還用腳踩滅了紙灰，一句話也沒有說。我就給帶到了這兒，送進這座把我活埋的墳墓。

「在這麼久的恐怖歲月裡，如果這鐵石心腸的兩個兄弟之中，有一個想到要告訴我一點我親愛的妻子的消息——哪怕用一句話讓我知道，她是死是活——我也會認爲上帝還沒有完全拋棄他們。不過現在我相信，那鮮血畫下的十字是要置他們於死地的了，上帝絕不會寬恕他們。在這一七六七年的除夕之夜，我，亞歷山大・馬奈特，一個不幸的囚徒，懷著難以忍受的極度痛苦，決心要在算總帳的日子控告他們，控告他們的後代，直到他們這個家族的最後一個子孫；我要向上天和人世控告他們。」

＊

材料一讀完，就掀起一片兇猛的聲浪。這急切渴望的聲音，明白無誤地只要血，別的什麼也不要。這番訴說激起了當時最強烈的復仇情緒。面對這種情緒，在這個國家裡，沒有人敢不低頭。

在這樣的法庭和聽衆面前，已經沒有必要說明，爲什麼德華若夫婦沒有把這份材料和在巴士底獄中繳獲的其它東西一起公之於衆，而是保存起來，等待時機；也沒有必要說明，這讓人詛咒的家族姓氏早就受到聖安東尼人的深惡痛絕，並把它編織進了那本索命簿。在當時當地，絕對沒有人能憑自己的德行和功績抵擋住這樣的控告。

對這個注定必死無疑的人來說，更糟糕的是，控告他的是一位聲譽卓著的公民，是他的親密朋友，又是他妻子的父親。當時，人們的一個狂熱願望是，效仿古時一個頗成問題的公德，要求把自己和自己的親人作爲犧牲，奉獻到人民的祭壇上。因此，當首席法官說（要不這麼說，他自己的腦袋也就搖搖欲墜了），這位共和國的優秀醫生由於根除了一個萬惡的貴族世家，更應該受到共和國的尊敬，而且，由於使女兒成了寡婦，使外孫女成了孤兒，他無疑會感到一種神聖的光榮和喜悅時，法庭上下有的只是瘋狂的激動、愛國的熱情，沒有絲毫人類的同情。

「那個醫生不是很有影響力嗎？」德華若太太微笑著低聲對復仇女說：「現在去救他呀！我的醫生，去救他呀！」

陪審員每投一票，就掀起一陣吼叫；投出一票又一票，吼叫一陣接一陣。

一致通過。從本質到血統都是貴族，共和國的敵人，臭名昭著的壓迫人民的分子。押回候審監獄；二十四小時內處決！

第十一章・暮色蒼蒼

無辜的人就這樣被判處了死刑。他可憐的妻子聽到這個判決，像受到致命的一擊，癱倒了。可是她一聲沒吭，她內心有一個強有力的聲音在告誡她：在他蒙難之時，她應該第一個站出來支持他，而不是加劇他的痛苦。這聲音是如此強而有力，竟使她在這樣的打擊下仍能很快站了起來。

由於法官要上街參加群眾遊行，法庭到此休庭。人們正熙熙攘攘從各條通道朝外擁去，法庭裡還充滿嘈雜急切的人聲，露西就站在那兒向她的丈夫伸出雙臂，臉上滿是愛憐和撫慰的表情。

「但願我能碰到他！要是我能擁抱他一次該有多好！啊，好心的公民們，你們要能給我們一些同情該多好啊！」

法庭上只留下一個看守、昨晚去抓他的四人中的兩個，還有巴塞德。人們全都到街上看熱鬧去了。巴塞德向另外幾個人提議：「那就讓她擁抱他一下吧！只是一會兒的事。」那幾個人默許了。他們把她舉過一排排坐位，舉到一個高台上。在那兒，他只要俯身探出被告席的圍欄，就可以把她摟在懷裡。

「永別了，我親愛的心上人。我要給我的愛人作訣別的祝福。我們會在困乏人得享安息[145]的地方重又相聚的！」

---

[145] 見《聖經・舊約・約伯記》第三章。

這是她的丈夫把她摟在懷裡時說的話。

「我經受得住，親愛的查爾斯。我有上天保佑，別爲我擔心。給我們的孩子作最後的祝福吧！」

「你代我向她祝福，代我吻她，代我向她道別。」

「我的丈夫！別忙，等一會！」這時他正待戀戀不捨地離開她的懷抱，「我們不會分開太久的。我知道這會讓我漸漸心碎。但只要我活著，我一定會盡我的責任。等我離開她時，上帝會賜給她朋友的，就像他待我那樣。」

她父親已跟著她走了過來，當他正要向他們倆跪下時，達內伸手一把抓住了他，喊道：

「不，別這樣！你有什麼過錯，爲什麼要向我們下跪！現在我們知道了，爲我們倆的事你經歷了多激烈的心理掙扎。現在我們知道，當你懷疑我的身世，直到弄清底細，你忍受了多大的痛苦。現在我們知道，爲了你親愛的女兒，你極力克服內心必然有的憎惡。我們衷心感謝你，以全部的愛心和孝心感謝你。願上帝與你同在！」

她父親沒有答話，只是雙手抓住滿頭白髮，一邊擰絞著，一邊發出痛苦的呼號。

「這是沒有辦法的，」囚犯說：「事情全都湊在一起了，弄成了現在這個樣子。我一直想完成我那可憐的母親的囑咐，可是始終沒能如願。就是爲了要完成這件事，我才來到你們身邊，這是命中注定。我們家族有這麼多罪孽，絕不會有好結果，不幸的開端自然不會有美滿的結局。別難過了，原諒我吧！願上帝保佑你！」

他被拖走，他妻子放開他，站在那兒目送他離去，雙手合十作祈禱狀，臉上容光煥發，甚至帶著令人寬慰的笑容。待他從囚犯進出的門走出去後，她轉過身來，深情地把頭靠在父親胸前，正想跟他說話，卻倒在他的腳下了。

西德尼・卡頓急忙從他一直坐著的那個不起眼的角落裡奔出來，抱起她。這時在她身旁的只有她父親和洛瑞先生。當他抱起她，用胳臂支著她的頭時，他的胳臂顫抖了。不過他臉上的神色不全是憐憫——其中還閃著自豪。

「我可以把她抱到馬車上去嗎？我覺得她一點也不重。」

他輕輕地抱著她出了門，小心翼翼地把她放進一輛馬車。她父親和他們家的老朋友也上了車；他則坐在車夫的身旁。

他們來到大門口——幾小時前，黑暗中他曾在這兒徘徊，想像著她曾踩踏過哪些凹凸不平的街石——他又抱起她，上了樓，進了房間，把她放在一張長沙發上。她的孩子和普羅斯小姐都伏在她的身上哭了起來。

「別把她弄醒，」他輕聲對普羅斯小姐說：「這樣反而好一些。她只是昏過去了，先別把她叫醒過來。」

「啊，卡頓，卡頓，親愛的卡頓！」小露西喊著，激動地跳起來抱住他，傷心地說：「你來了，我知道你會想法幫助媽媽，救我爸爸的！啊，看看我媽，親愛的卡頓！你和大家一樣愛她，能忍心看著她這樣嗎？」

他俯下身子，把她紅紅的小臉蛋按到自己的臉上，然後又輕輕地把她推開，望著她昏迷不醒的母親。

「我走之前，」他說著遲疑了一下——「可以吻她一下嗎？」

後來人們回憶說，當他俯下身去，用嘴唇碰了碰她的臉時，低聲說了一句話。那孩子離他最近，據她事後告訴大家，她聽見當時他說的是：「你所愛的人的生命。」在她成了一位慈祥端莊的老太太時，她也是這樣告訴她的孫子、孫女們。

他走出屋子，來到隔壁房，突然轉身面對著跟出來的洛瑞先生和她的父親，對後者說：

「就在昨天，你都還有很大的影響，馬奈特醫生，不妨再試一試。那法官，還有那些當權的，全都對你很友好，也很賞識你的醫術，不是嗎？」

「有關查爾斯的事，他們一點都沒有瞞我。原來我信心十足，認為一定能救他，而且也確實救出來了。」醫生痛苦不堪，非常緩慢地回答。

「再試一試吧！從現在到明天下午，時間已經不多了，但不妨再試一試。」

「我是要試的，我一分鐘也不會耽擱。」

「那就好。我知道，有你這樣的幹勁，以前是什麼大事都能辦成的——儘管，」他微笑著嘆了口氣，接著說：「儘管像這樣的大事，恐怕還沒有人辦過哩！不過還是試一試吧！年華如果虛度，生命就毫無價值，這件事是值得一搏的。要是這點都做不到，那就死不足惜了。」

「我這就去，」馬奈特醫生說：「直接去找檢察官和首席法官，還要去找幾個不便說出姓名的人。我還要寫信，還要——不過等等，街上正在舉行慶祝活動呀！天黑以前誰也找不到的。」

「這倒是真的。好吧！這最多也只是個渺茫的希望，拖到天黑，也不見得會更渺茫。我是想知道你活動的進度。不過請聽我說，我並不抱什麼希望！你大概在什麼時候能見到那些可怕的當權者呢，馬奈特醫生？」

「我希望天一黑就能見到他們。離現在還有一兩個小時。」

「四點多一點天就黑了。我們把時間放寬一兩個小時。要是我九點去洛瑞先生那兒，大概可以從洛瑞先生或者你那兒得知你進行的情況了吧？」

「是的。」

「祝你成功！」

洛瑞先生跟著西德尼走到外間的門口，在西德尼剛要離去時，拍了拍他的肩膀，使他轉過身來。

「我不抱希望！」洛瑞先生悲傷地悄聲說。

「我也一樣。」

「即使那些人裡面有人，或者所有人都想赦免他——這是個大膽的假設，因爲他的生命，或者任何人的生命，在他們看來又算得了什麼呢——經過了法庭上的那種場面之後，只怕也不敢赦免他了。」

「我也這樣想。在那片吼叫聲中，我聽到了刑斧下落的聲音。」

洛瑞先生一隻胳臂靠著門框，臉伏在上面。

「別泄氣，」卡頓非常溫和地說；「別傷心！我所以鼓勵馬奈特醫生再去試一下，我覺得這樣做，在這一天之內對她也許是種安慰。要不，她會認爲『他的一條命就這樣隨隨便便給白扔了』，這會讓她很難過的。」

「對，對，對，」洛瑞先生擦乾眼淚，回答說：「你做得對！可他還是會死的，實在是沒有希望了。」

「是啊！他還是會死的，實在是沒有希望了。」卡頓應聲說著，邁著堅定的腳步，走下樓去。

第十二章・夜色茫茫

西德尼・卡頓停在街上，一時拿不定主意該到哪兒去。「九點才去台爾森銀行，」他一臉若有所思的神情，自言自語地說：「在這段時間裡，我最好是不是去亮亮相？我想應該來這麼一下。最好讓那些人知道有我這麼個人在這兒。這是個重要的預防措施，說不定還是必不可少的準備工作哩！不過要小心，小心，又小心！讓我再仔細想想！」

他已開始朝一個目的地走去，可突然又止住了腳步。在已經黑下來的街上來回走了一兩趟，心中考慮著可能產生的種種後果。最後，他肯定了自己最初的想法，終於拿定了主意，「最好還是讓那些人知道有我這麼個人在這兒。」於是，他轉身徑直朝聖安東尼區走去。

那天，德華若曾說自己是聖安東尼區一家酒店的老板。但凡熟悉這座城市的人，不需問路，就能輕而易舉地找到他的酒店。卡頓在確定了它的所在之後，就走出那些狹窄的街道，到一家小吃店裡吃了晚飯，飯後還睡了一大覺。多年來，他第一次沒喝烈性酒。打從昨天晚上起，他只喝過一點淡酒。昨天晚上，他像個決心戒酒的人那樣，把那杯白蘭地慢慢倒進了洛瑞先生的壁爐。

待他一覺醒來，又來到街上時，已經是晚上七點鐘了。他一路朝聖安尼區走去，半路上在一家店鋪的櫥窗前站住，對著裡面的鏡子，整了整鬆開的領結和衣領，理了理蓬亂的頭髮，然後徑直朝德華若的酒店走去。

店裡恰好沒有什麼顧客，只有那個手指老是動著、聲音沙啞的雅克三號。此人是陪審團的成員之一，他見過。他正站在那個小小的櫃枱旁喝酒，一邊和德華若夫婦聊天。復仇女也在一旁搭腔，就像是這家店裡的人員。

卡頓走進酒店，找了個位子坐下，有意用十分整腳的法語要了一小量杯葡萄酒。德華若太太先是漫不經心地瞥了他一眼，接著認眞朝他看了看，然後又將他仔仔細細打量了一番，最後親自走到他跟前，問他要的是什麼。

他把剛才說的話又重說了一遍。

「是英國人？」德華若太太問道，探詢地揚起她那兩道黑眉毛。

卡頓看著他，彷彿就連這麼一個簡單的法國字，他也要老半天才聽懂似的。過了一會，他才用剛才那種濃重的外國腔回答：「是的，太太，是的，我是英國人！」

德華若太太回到櫃枱那兒取酒。卡頓拿起一張雅各賓黨的報紙，裝成非常費勁地讀著。這時他聽到她在說：「我敢向你們起誓，他活像埃弗瑞蒙德！」

德華若給他送來了酒，並對他說了句：「晚安！」

「什麼？」

「晚安！」

「哦！晚安，公民！」他給自己的酒杯倒滿酒，「啊，好酒！爲共和國乾杯！」

德華若回到櫃枱旁，說：「的確有點像。」

太太嚴厲地駁斥道：「我說是很像。」

雅克三號勸解說：「因爲你心裡老想著他，是吧，太太。」

和藹可親的復仇女，笑著加了一句：「是呀，我相信是這麼回事！你正滿心歡喜地巴望著明天再見他一面哩！」

卡頓用食指慢慢點著報上的字，一字字，一行行讀著，臉上一副勤奮好學、全神貫注的樣子。那幾個人，胳臂支在櫃枱上，緊湊在一起悄聲議論著。有一會兒他們都沒說話，扭頭朝他看著，沒去打擾他聚精會神地讀那篇雅各賓報上的文章。接著，他們又繼續談了起來。

「太太說得對，」雅克三號說：「幹嘛停止？勁頭正足哩，幹嘛要停止？」

「好，好！」德華若說出理由，「可凡事總得有個完嘛！一句話，到底要什麼時候才歇手呢？」

「直到斬盡殺絕。」太太說。

「好極了！」雅克三號聲音嘶啞地叫了起來。復仇女也大爲讚許。

「斬盡殺絕雖是個好主意，我的太太，」德華若頗感爲難地說：「總的說來我並不反對。可這個醫生受苦太多。今天你們看見了，讀那份材料時，你們注意到他的臉色了吧！」

「我注意到他的臉色了！」太太用輕蔑的口吻憤憤說道；「是的，我注意到他的臉色了；我注意到那不是一個共和國眞正朋友的臉色。讓他小心他的臉色吧！」

「你也注意到他女兒悲痛的樣子了吧，我的太太，」德華若的口氣很像在求情，「這會使他更加痛苦萬分啊！」

「我也注意到他女兒的樣子了！」太太回答說：「是的，我也注意到他女兒的樣子了，而且不止一次。我今天注意她了，以前也注意過她。我不僅在法庭上注意到她，還在監獄旁的街道上注意過她。只消讓我舉起一根手指——」她大概舉起了一根手指（那個聽著他談話的人兩眼一直盯著報紙），然後「咔」的一聲像柄刑斧般落下，劈在她面前的櫃枱邊上。

「我們這位女公民眞了不起！」那位陪審員聲音嘶啞地喊了起來。

「眞是位天使！」復仇女說著擁抱了她。

「至於你，」接著，太太毫不留情地對丈夫說：「要是事情由你作主——幸虧沒由你作主——哪怕到現在，你也還想救他哩！」

「不！」德華若辯解說：「即使這事只需舉手之勞，我也不會去救他！不過，我會把事情做到這步就歇手的。我說，到此爲止吧！」

「那就聽好了，雅克；」德華若太太勃然大怒，說道：「還有你，也聽好了，我的小復仇女。你們倆都注意了！聽著！他們都是惡霸，壓迫者，犯了種種罪行；我早就把這個家族的罪行記在我的帳本上了，發誓要消滅他們，斬盡殺絕。問問我丈夫，是不是這樣？」

「是這樣。」沒等他們問，德華若就肯定了。

「從這偉大的時代開始，當巴士底獄攻陷時，他找到今天讀的這份材料，帶回家裡。到了半夜，顧客散盡，關上店門，我們就在這兒，就著這道燈光，看了這份材料。問問他，是不是這樣？」

「是這樣。」德華若肯定道。

「那天晚上，當我們看完材料，燈油點盡，晨光從那些百葉窗和鐵窗柵中透進來時，我對他說，我有樁秘密要告訴他。問問他，是不是這樣？」

「確是如此！」德華若又肯定地說。

「我把這樁機密告訴了他。我雙手捶胸，就像現在這樣，對他說：『德華若，我是在海邊的漁民中長大的。醫生在巴士底獄寫的這份材料裡所說的，那個給埃弗瑞蒙德兄弟害得家破人亡的農民家庭就是我家。德華若，那個受了致命傷躺在地上的少年的姐姐，也是我的姐姐，她的丈夫是我的姐夫，那個沒出世的孩子是他倆的孩子，那兄弟是我的哥哥，那父親是我的父親，那些死去的全是我的親人。現在，爲這些向他們討還血債的責任落在我身上了！』問問他，是不是這樣？」

「是這樣。」德華若再一次肯定。

「那你就對狂風和野火說去，該到哪兒爲止，」太太說：「別來跟我說！」

她這種怒不可遏、不共戴天的感情，讓她的兩個聽衆獲得了一種可怕的快感——在一旁偷聽的人用不著看就知道，她此刻的臉色一定鐵青——他們倆把她的這種感情大大讚美了一番。德華若是個軟弱的少數派，他插了幾句，說別忘了侯爵那個富有同情心的妻子。可這只惹得他自己的妻子把剛才的話重說了一遍：「你對狂風和野火說去，該到哪兒爲止，別來跟我說！」

這時，進來一些顧客，他們幾個就散開了。

卡頓付了帳，纏不清似地數了一通找給他的錢，又像個初來乍到的人那樣，打聽去國民宮的路。德華若太太帶他到門口，給他指路時，她的胳臂擱到他的胳臂上。當時他眞恨不得一把抓住那隻胳臂，當胸狠狠地打她一拳。

可他還是走了，過不多久就被那監獄高牆的陰影所吞沒。到了約定時間，他才走出陰影，重又來到洛瑞先生的房間。只見這位老先生正焦急不安地在那兒走來走去。老先生說，他一直和露西在一起，剛離開她回來赴約。她父親將近四點時離開銀行，可到現在還沒回來。她還抱著一線希望，盼望他的斡旋能救出查爾斯。不過，這種希望非常渺茫。他已去了五個多小時，上哪兒去了呢？

洛瑞先生一直等到十點，馬奈特醫生還是沒有來。他不想離開露西太久，商量後決定先回去陪她，到午夜再回銀行。在這段時間裡，由卡頓獨自一人在火爐邊等候馬奈特醫生。

他等了又等，鐘敲了十二點，馬奈特醫生還是沒有來。洛瑞先生回來了，仍沒有醫生的音訊，也沒有帶來任何消息。他上哪兒去了？

正當他們討論著這個問題，並因醫生遲遲未歸幾乎產生一線希望時，聽到了他上樓梯的聲音。他一進屋，屋裡的人就明白：一切都完了。

他是否真的去找過人，還是一直在街上徘徊，誰也無法知道。當他站在那兒呆呆地望著他們時，他倆什麼也沒有問，他臉上的表情已告訴他們一切。

「我沒找到它，」他說：「我一定得找到它，它在哪兒呢？」

他光著頭，圍巾也不見了，說著用孤立無助的眼神朝四周打量著，一邊脫下外衣，任它掉落在地板上。

「我的小板凳呢？我到處找我的小板凳，就是找不到。他們把我的活兒弄到哪兒去了？時間緊迫，那些鞋子我得趕緊做好呀！」

卡頓和洛瑞先生面面相覷，心如死灰。

「好了，好了！」他可憐巴巴地嗚咽著：「讓我幹活吧！快把我的活兒還給我！」見沒有回答，他就揪扯頭髮，使勁頓腳，像個撒潑的孩子。

「別再折磨我這個孤苦的可憐人了，」他大聲哭號著，苦苦哀求他們，「快把我的活兒還給我！今晚要是做不好那些鞋子，那可怎麼得了呀！」

完了，徹底完了！

要想勸說他，或者使他恢復神志，顯然毫無希望。於是他們倆——不約而同地——都伸手按住他的肩頭，哄他在火爐旁坐下，答應馬上把他的活兒給他。他縮在椅子裡，憂傷地對著餘燼出神，默默地淌著眼淚，彷彿離開那間閣樓後發生的一切，全是瞬息即逝的幻覺，是一場夢。洛瑞先生眼看他又萎縮成德華若照料時的那種形象。

這種慘絕人寰的景象使他們倆感慨萬千，五內俱焚。但眼下不是流露這種感情的時候，他那孤苦無告的女兒已經失去最後的希望和依靠，迫切地在向他們求助。於是，他們又不約而同地互相對看了一眼，臉上的表情含著同一個意思。卡頓首先開口：

「最後的一線生機已沒有了，希望本來也就不大。是的，最好還是先把他送到她那兒。不過，在你走之前，是不是可以靜靜聽我說幾句？別問我爲什麼我要做這些安排，而且還要得到你的承諾。我自有我的道理——有著充分的理由。」

「這我不懷疑，」洛瑞先生說：「你說吧！」

醫生癱坐在他們之間的椅子上，不住地搖晃著，呻吟著。他們交談的聲音很輕，就像夜間在病床邊守護著病人時一樣。

卡頓彎下身子，從地上拾起那件幾乎纏住他腳的外衣。醫生一只平日帶著用來放工作日程表的小夾子輕輕滑落到地板上。卡頓撿起一看，見裡面有一張折著的紙。「得打開看看！」他說，洛瑞先生也點頭同意。他打開一看，不由得喊了起來：「感謝上帝！」

「那是什麼？」洛瑞先生急切地問。

「等一等！這事讓我過一會再說。」他把手伸進自己外衣的口袋，掏出另一張紙來，「先看看，這是一張准許我出城的許可證。看看這，你看到了吧！西德尼·卡頓，英國人？」

洛瑞先生攤開紙，拿在手上，注視著他那張懇切的臉。

「代我把它保存到明天。你總還記得明天我要去看他；我還是別把它帶進監獄爲好。」

「爲什麼？」

「我也不知道。我不想帶著它。好，現在你把馬奈特醫生身上的這一份也拿著。這也是一張許可證，准許他和他女兒，還有她的孩子隨時離城出境。你明白了嗎？」

「明白了！」

「可能這是他爲了防止不測，昨天才弄到的。簽發的日期是幾號？不過沒關係，用不著看了。把它和我的，還有你自己的許可證一起小心收好。現在請注意！在這之前一、兩個小時，我從不懷疑他本該有或者可以有這樣一份許可證。現在看來不行了。不過吊銷之前，這份許可證還是有用的。只是很快就要給吊銷了，我有理由相信，一定會給吊銷的。」

「他們不會有危險吧？」

「他們的處境很危險，很可能受到德華若太太的告發。我是聽她親口說的。今天晚上我從旁聽到了那女人說的一些話，使我清楚地看到他們處境的危險。我沒有耽誤時間，在那以後立即去見了那個密探。他證實了我的看法。他知道，監獄的大牆外住著一個鋸木工，完全受德華若夫婦控制。德華若太太一再教他，要他告發說曾親眼見到她——卡頓從不提露西的名字——對犯人做手勢，打暗號。不難預料，這會成爲一個老一套的藉口：陰謀越獄。這將危及她的生命——也許還有她的孩子、她的父親的生命——因爲有人見到他們倆都曾和她一起到那兒待過。別這麼害怕，你會把他們全都救出來的。」

「但願如此，卡頓！可我怎麼做呢？」

「我就告訴你。這事全靠你了，再沒有更好的人可依靠了。新的控告肯定要到明天以後才會進行。很可能得過兩、三天，更可能是在一星期以後。你知道，凡是哀悼或者同情處死犯人的人，就是犯了死罪。他和她的父親無疑都會犯這條罪。而那個女人（她的那種頑固的偏見簡直無法描述）一定會等待時機，把這條新罪狀加到他們頭上，使自己的控告更有分量，更有把握。你聽懂我的話了嗎？」

「我正全神貫注地聽著哩！對你的話深信不疑，一時間，我甚至連眼前這件不幸的事都拋到一邊了。」說著，他碰了碰醫生的椅背。

「你有錢，可以弄到能以最快的速度到達海岸的旅行工具。你不是幾天前就已作好回英國的準備了嗎？明天一早你就讓人備好馬，一到下午兩點就可以動身。」

「一定辦到！」

卡頓的態度那麼熱情洋溢，激動人心，洛瑞先生也受到了感染，變得像年輕人一樣活躍了。

「你是個心地高尚的人。我不是說過嗎，沒有比你更可靠的人了。今天晚上你就去把你知道的情況告訴她，說她的處境很危險，還牽連到她的孩子和她的父親。你一定得把這點跟她說清楚；要不，她必然情願讓她美麗的頭和她丈夫的滾落在一起。」說到這裡，他顫抖了一下，然後才接著說：「爲了她的孩子和父親，一定要勸她帶著他們，到那時必須和你一起離開巴黎。對她說，這是她丈夫的最後安排。告訴她，爲了要作出她不敢相信、不敢祈望的事，關鍵在此一舉。即使處在眼前這種悲慘的狀況，她父親也會聽她的。你說是嗎？」

「我相信是這樣。」

「我也這麼想。你悄悄地在院子裡把一切都安排妥當，就連你自己也要坐在馬車裡等著。等我一到，就拉我上車，馬上出發。」

「我想你是說，在任何情況下，我都得等你來？」

「你知道，我的許可證和其他人的許可證全在你手裡。給我留個座位。只等我的座位上有了人，就立即出發，去英國！」

「這麼說，」洛瑞先生抓住他急切但沈著堅定的手說：「這事不只靠我一個老頭子了，我身邊還有個熱心的年輕人幫著哩！」

「靠老天爺保佑，你會有的！你要鄭重地向我保證，不管發生什麼事，都不能改變我們現在約定的行動部署。」

「我保證不改變，卡頓。」

「明天千萬記住我的這些話：改變行動部署，或者拖延——不管出於什麼原因——就救不了人的命，而且還會犧牲許多人的生命。」

「我一定記住；我會忠實地盡我這份責任。」

「我也會盡我這份責任的。好了，再見啦！」

儘管他帶著誠懇莊重的笑容說了再見，甚至還吻了吻老人的手，但他並沒有立即離開。他幫著老人扶起那坐在已經熄滅的爐火前搖來擺去的醫生，替他穿上大衣，戴上帽子，哄他去找他一直念叨著要找回來的凳子和活計。他走在醫生的另一邊，一直把他護送到他住的那幢房子的院子裡。在那幢房子裡，有一顆受盡磨難的心——當年在那個難忘的時刻，他曾多麼幸福地對它坦露過自己孤淒的心啊——正在這可怕的漫漫長夜裡受著煎熬。

他走進院子，獨自在那兒逗留了一會兒，仰望著她的房間窗口射出的燈光。他輕聲對著窗口作了祝福，說了聲「永別了！」便出門離去了。

第十三章・五十二個

在巴黎裁判所陰森森的附屬監獄裡，當天被判死刑的人在等待著末日的到來。他們的數目正好和一年的周數相等，五十二個。第二天下午，這五十二個人將乘著這座城市的生命洪流，湧向無邊無際、亘古不變的大海。不等他們騰出牢房，新的房客已經選定；不等他們的鮮血匯入昨日的血流，明日將和他們的血流匯合的鮮血就已經準備在一旁了。

選定的五十二個人，從有錢不能買命的七十歲稅收承包人，到貧賤難以贖命的二十歲女裁縫。由於人的惡習和疏忽引起的生理上的疾病，會不分貧富貴賤地使所有人感染，而由難以名狀的苦難、無法忍受的壓迫和毫無心肝的冷漠產生的心理上的紊亂，同樣也會不加區別地侵襲每一個人。

查爾斯・達內從法庭上回到自己的單人牢房後，已經不抱任何聊以自慰的幻想了。在宣讀那份材料時，他已聽出，每一行都在判他有罪。他完全清楚，任何個人的威望都救不了他，實際上他已被廣大群眾判了刑，少數幾個人想救他也不可能了。

然而，愛妻的臉影一直浮現在他的眼前，要靜下來忍受必須忍受的一切，畢竟不是件容易事。他緊緊抓住生命不放，要鬆開真是難上加難。經過一再努力，這邊漸漸鬆開了一點，可那邊卻又撐得更緊了。待他竭盡全力鬆開了那隻手時，這一隻手又握攏了。他的思緒在疾速飛馳，心頭百感翻騰，不甘心就這樣放棄生命。只要他一想到準備聽天由命，在他死後不得不繼續活下去的妻兒，好像就會出來反對他，責備他這樣做太自私。

不過，這些都是最初的情況。過不多久，他思忖自己這種無法避免的結局並沒有什麼可恥之處，許多人和他一樣蒙受不白之冤，每天都有人堅定地昂然走上這條道路，這種想法使他打起了精神。接著他又想到，只有他表現得安詳、剛毅，他的親人日後才能有寧靜的心情。這樣一來，他的思想境界提高了，心裡得到了一些安慰，漸漸進入了更為寧靜的狀態。

在他被判死刑的那天，天黑以前，他心裡想的就是這些。得到獄方准許，他買了一盞燈和一些文具，於是便坐下來寫信，一直寫到獄方規定的熄燈時分。

他先給露西寫了一封長信，向她說明他根本不知道她父親入獄的事，直到她對他說了才知道。在宣讀那份材料之前，他和她一樣，對自己的父親和叔父在這樁慘案中應負的責任一無所知。他已經向她解釋過，他之所以對她隱瞞他那早已放棄的姓氏，是因為這是她父親在他們訂婚時提出的一個條件——其目的現在已很清楚——而且在他們結婚的那天早上，又再次要他作出保證。他懇求她，為了她的父親，千萬不要再去刨根問底，去弄清究竟他父親是完全忘記了有這麼一份材料，還是聽了倫敦塔的故事曾使他一時想起過它，或者一直沒有忘記（在多年前的那個星期天，在那棵可愛的梧桐樹下，曾說起過倫敦塔的故事）。假如他確實還記得這份材料，他也一定以為它已經和巴士底獄一起毀掉了，因為在監獄中找到的囚犯遺物早已公諸於世，從未提到其中有這麼一份材料。他請求她——他又添上一句說，他知道這是不必多說的——安慰她的父親，用她能想出的一切委婉方法好好安慰他，讓他明白，他的確沒有做過任何需要自責的事；相反，為了他倆的結合，他一向是克己忘我的。他向她表達了最後的感激、愛戀和祝福，希望她節哀，撫養好他倆的愛女。最後，他又要她安慰她的父親，說以後他們還會在天堂相聚的。

他又以同樣的口氣給她父親寫了一封信，但著重說的是他把自己的妻子和孩子托付給他的事。他對他說這件事時，強烈希望他從對往事的沈湎中解脫出來，振作精神。他擔心老人家會陷入那種沮喪、危險的境地。

在寫給洛瑞先生的信中，拜託他照顧他們全家，並向他交待了一些具體事務。

寫完這些，又加了許多表示感激和友情的熱情話語。要寫的都寫了。他根本沒有想到卡頓。他的腦子裡想到的全是別的人，一次也沒有想到卡頓。

熄燈之前，他寫完了這些信。當他在草鋪上躺下時，覺得自己和這個世界的緣分已經了結了。

不過，到了夢中，這個世界卻又把他召回來，讓他看到了它種種光明燦爛的形象。他又自由自在、高高興興地回到索雷的那幢老房子裡（雖說它和現實中的那幢房子迥然不同），不知怎麼的已經獲得釋放，又滿心歡喜地和露西在一起了。她告訴他，這一切只不過是一場惡夢，他根本沒有離開過家。渾渾沌沌了一會兒之後，他發現自己已被處死，又回到她的身邊。他死了，恬靜安詳，可他一點也沒有感到有什麼異樣。又渾渾沌沌地過了一會兒，他在昏暗的晨曦中醒了過來，想不起自己身居何處，發生過一些什麼事情。接著他猛然想起：「今天是我死的日子啊！」

就這樣，他捱過了幾個小時，到了五十二顆人頭就要落地的這一天。此時，雖說他已經平靜多了，希望自己能懷著從容的英雄氣概去迎接死亡，可是一種新的思緒又活躍起來，非常難以控制。

他從未見過那即將結束他的生命的殺人機器。它離地面到底有多高，有幾級台階，要他站在哪兒，人家會怎樣擺弄他，那擺弄他的手會不會鮮血淋淋，他的臉將朝著哪個方向，他會不會是第一個，或者是最後一個。諸如此類的種種問題，一點也不聽從他的意志的控制，無數次地反覆冒出來。這些念頭的出現和害怕無關，他一點也不覺得害怕。這完全出於一種奇怪的無法擺脫的欲望，想知道到時候自己得做些什麼。這種欲望竟如此強烈，和那件事所需的那點時間相比，實在是太不相稱了。這種好奇心彷彿不是出自他本人，而是他內心之中別的什麼精靈。

他來來回回地踱著，時光一小時一小時過去，時鐘一次又一次敲著。這些鐘點以後他再也聽不到了。九點永遠過去了，十點永遠過去了，十一點永遠過去了，十二點也快要到來，快要過去了。他和那使他困惑的古怪思緒作了一番艱苦鬥爭，終於占了上風。他踱來踱去，反反覆覆輕聲叨念著親人們的名字。最險惡的一場戰鬥已經過去，現在他可以擺脫那些令他苦惱的胡思亂想，來來回回踱著，爲自己祈禱，也爲親人祈禱了。

十二點也永遠過去了。

已經有人通知他，那最後的時刻是三點。他知道，他們會提前把他押走，因爲笨重的囚車還要緩慢地在街上顚簸好一陣子。因此他決定以兩點爲界，在這之前自己先振作起精神，以便在這之後可以去鼓勵別人。

他雙臂交叉抱在胸前，有節奏地來回踱著。這時的他，和以前在拉福斯監獄裡踱步的那個囚犯已經判若兩人。他聽見一點鐘敲響了，可心中並沒有引起任何震驚。這個鐘點也和其它鐘點一般長短。他衷心感謝上帝使他恢復了自制。「現在只有一個鐘頭了。」他心裡想，繼續踱起步來。

門外石砌的過道上傳來腳步聲，他站住了。

鑰匙插進鎖孔，轉了一下。門還沒有開，或許是正在打開時，他聽到有人用英語低聲說道：「他從沒在這兒見到過我；我一直躲著他。你自己進去吧！我在這附近等著。要快，別耽誤時間！」

門很快打開又關上了。面對面站在他跟前的是西德尼·卡頓，他的臉上閃著微笑，一言不發地注視著他，一根手指放在嘴唇上，告誡他不要說話。

他的神情顯得那麼神采飛揚，引人注目，乍見之下，使達內幾疑是自己想像中出現的幻影。可是他說起話來了；這確實是他的聲音。他握住囚犯的手；這眞的是和他在握手。

「在世界上所有人中，你最沒有想到會看見我吧？」他說。

「我簡直不能相信這會是你。到現在我還難以相信。你該不會──」──他突然想到──「也是個犯人吧？」

「不是的。我碰巧有那麼點權力，能夠支配這兒的一個看守，所以我就進來看你了。我從她──從你的妻子那兒來，親愛的達內。」

達內緊緊握住他的手。

「我給你帶來了她的一個請求。」

「什麼請求？」

「一個最誠懇、最緊急、最重要的請求，是你最親切、最熟悉的聲音以最感人的聲調向你提出的。」

達內把臉轉向了一邊。

「你已經沒有時間問我爲什麼帶來這個請求，這是怎麼回事；我也沒有時間來對你說明了。你必須按照她的要求去做──脫下你的靴子，穿上我的這雙。」

牢房的牆邊有一把椅子，就在達內的身後。卡頓向前逼近，以閃電般的速度把他推在椅子上，自己則已脫掉靴子，赤腳站在他面前。

「快穿上我的靴子！雙手拿好，使勁用力穿。快！」

「卡頓，這地方是逃不出去的，絕對逃不出去。你這樣只是來陪死。你簡直瘋了！」

「我要是叫你逃跑，那也許是瘋了。可我叫你逃跑嗎？假如我叫你逃出門去，你可以說我是瘋了，你儘管留在這兒。解下你的領帶，換上我這條，上衣也換一下。你快換，我來把你的束髮帶解掉，把你的頭髮弄得跟我一樣散亂！」

他以驚人的速度，用超乎自然的意志和行動，強使達內換了所有這些東西。達內則像小孩般聽憑他的擺布。

「卡頓，親愛的卡頓，你這是瘋了！這不會成功，絕不會成功的。有人這麼試過，可都失敗了。我求你，別以你的死來增加我的痛苦。」

「親愛的達內，我要你從這道門逃出去了嗎？要是我要你那麼做，你再拒絕吧！桌子上有筆墨紙張，你的手發不發抖，還能寫字嗎？」

「你進來時是好好的。」

「那你就再穩住手，把我口述的話寫下來。快，朋友，快！」

達內用手捂著不知所措的腦袋，在桌子前坐下來。卡頓的右手插在懷裡，緊挨他站著。

「完全照我說的寫。」

「寫給誰呢？」

「不寫給誰。」卡頓的右手仍插在懷裡。

「要寫日期嗎？」

「不用。」

每問一句，達內都抬頭看看卡頓。卡頓的右手插在懷裡，站在他身旁，眼睛朝下看著。

「『如果你還記得，』」卡頓口述道：「『許久以前我們之間說過的話，那你看到這個，馬上就會理解的。我知道你一定還記得那些話；照你的性格，你是不會忘記的。』」

他正要從懷中抽出手來，恰逢達內在匆忙書寫中疑惑地抬起頭來。他急忙停住手，手裡緊捏著什麼東西。

「你寫完『不會忘記的』這一句了嗎？」卡頓問。

「寫完了。你手裡拿的是武器？」

「不是，我沒有武器。」

「你手裡拿的是什麼？」

「你馬上就會知道的。寫下去，只有不多幾句話了。」他又繼續口述道：「『我感謝上帝給了我這樣的機會，使我能證實自己說過的話。我這樣做，不值得惋惜，也不值得悲痛。』」他一面口述著這幾句話，眼睛盯著寫字的人，一面輕緩地把手伸到達內的臉孔近旁。

筆從達內的手中掉落到桌子上，他茫然地看看周圍。

「這是什麼氣味？」他問。

「氣味？」

「有什麼東西從我面前過去？」

「我沒覺出有什麼。這兒不可能有什麼東西。快拿起筆來，寫完它。快，快！」

好像記憶力已受到損害，神志也有些昏迷不清，達內費了好大的勁才集中起注意力。他仰望著卡頓，眼前一片朦朧，呼吸也和先前不一樣了。卡頓——他的手又插進懷裡——則目不轉睛地看著他。

「快，快！」

達內又俯身到紙上。

「『如果不這樣，』」卡頓的手又慢慢地悄悄伸下來了，「『我就利用不上這個難得的機會了。如果不這樣，』」他的手已伸到達內的面前，「『我就得承擔更重更大的責任了。如果不這樣——』」卡頓看到達內手上的筆在胡亂地畫出一些無法看懂的筆跡。

卡頓的手不再伸回懷裡了。達內面帶責備的神情跳起身來，可是卡頓用右手緊緊捂住他的鼻孔，左手抱住他的腰。達內虛弱無力地和前來替死的人抗爭了幾秒鐘，可是不到一分鐘他便失去知覺，躺倒在地上了。

卡頓用那雙和他的心一樣忠誠於他的計劃的手，飛快地穿上達內脫下的衣服，把頭髮捋到腦後，用達內解下的束髮帶紮好頭髮，然後輕聲叫道：「進來，快進來！」那密探便閃了進來。

「你看見了吧？」卡頓單腿跪在不省人事的達內身旁，把那張寫好的紙放進他的懷裡，然後抬頭看著密探說：「你要冒的風險很大嗎？」

「卡頓先生，」密探說著，輕輕地彈了一個響指，「這兒的工作很混亂，只要你遵守你答應過的全部條件，我冒的風險倒也不算很大。」

「你別怕，我到死都會遵守的。」

「卡頓先生，要讓五十二個一個不缺，你只能這樣了；只要你能穿上這身衣服去頂數，我也就不怕了。」

「不用怕！上帝保佑！我很快就不能加害於你了，別的人也很快就要遠離這兒。好啦！快叫人來幫忙，把我抬上馬車。」

「把你？」密探緊張不安地問道。

「把他，跟我換了身分的這個我。你還是從帶我進來的那個門出去嗎？」

「那當然。」

「你帶我進來時，我已經虛弱無力，昏昏沈沈，出去時就更加人事不省了。我受不了這最後的訣別。這是這兒常有的事不是嗎？太經常了。現在，你的生命就掌握在你自己手裡。快，快叫人來幫忙！」

「你發誓不會出賣我嗎？」密探哆哆嗦嗦地問道，在最後關頭他又遲疑起來。

「你呀，你！」卡頓頓著腳回答：「我不是已經鄭重發過誓，這件事我做定了，現在你倒浪費起寶貴的時間來了！你要親自把他送到你知道的那個院子裡，親自把他放進馬車，親自把他交給洛瑞先生，親自告訴他不要給他吃解藥，只要有新鮮的空氣就行；要他記住昨天晚上我說的話，以及昨天晚上他作出的保證，然後立即動身！」

密探出去了，於是卡頓在桌前坐了下來，雙手支著前額。

不一會兒，密探就帶了兩個人進來。

「這是怎麼啦？」兩個人中的一個看著倒在地上的人說：「見自己的朋友中了聖吉蘿亭彩票，就難過成這樣了？」

「要是這個貴族沒中彩，一個真正愛國者的傷心程度恐怕也不過如此吧！」另一個說。

他們抬起這個不省人事的人，把他放在門口他們帶來的擔架上，彎下身子準備把他抬走。

「時間快到了，埃弗瑞蒙德。」密探用警告的口吻說。

「我知道！」卡頓回答；「請你好好照料我的朋友。走吧！」

「好吧！伙計們，」巴塞德說：「把他抬起來，走！」

門關上了，留下卡頓獨自一人。他側耳細聽，想聽聽是否有懷疑或報警的聲息。什麼也沒有。只聽見轉動鑰匙，開關牢門以及遠處過道上的腳步聲，沒有驚呼聲，也沒有異常的紛沓聲。他的呼吸平靜了一些，就在桌旁坐了下來，繼續側耳聽著，直到時鐘敲了兩點。

這時，傳來了響動聲。他猜出這意味著什麼，但一點也不害怕。幾扇牢門接連打開了，最後輪到了他。一個看守手裡拿著一張名單，朝裡頭望了望，只說了聲：「跟我走，埃弗瑞蒙德！」

於是他便跟著來到遠處一間又暗又大的屋子裡。

這是個陰沈沈的冬日，屋子裡漆黑一團，屋外也一片昏暗，他只能依稀分辨出那些給帶到這兒來的綁著胳臂的人。他們有的站著，有的坐著；有的哭號不止，不停走動，但大多數人都一言不發，一動不動，兩眼凝視著地面。

他站在一個昏暗的角落裡。五十二個人中，還有人陸續被帶了進來，其中一個走過他面前時突然站住，擁抱了他，像是認識他。這使他嚇了一大跳，生怕被人識破，幸虧那人馬上就走開了。過後不多一會，一個年輕女子從她坐著的地方站起，走過來和他說話。她身材瘦小，像個女孩，那張甜甜的瘦臉上沒有一絲血色，一對善於忍受的大眼睛睜得大大的。

「埃弗瑞蒙德公民，」說著，她用冰冷的手碰了碰他，「我是個窮苦的小裁縫，和你一起蹲過拉福斯監獄。」

他含糊其辭地回答：「不錯！可我忘了他們控告你什麼了？」

「搞陰謀。不過公正的老天爺清楚，我什麼罪也沒有。怎麼會呢？誰會來跟我這麼可憐的小人物一起搞陰謀呢？」

她說話時那種淒慘的笑容使他深爲感動，淚水不禁奪眶而出。

「我並不怕死，埃弗瑞蒙德公民，不過我什麼壞事也沒有做。要是我死了，對這個要爲我們窮人做好事的共和國有好處，那我心甘情願。可我實在不明白，埃弗瑞蒙德公民，我死了對共和國會有什麼好處呢？我不過是個窮苦可憐的小人物呀！」

如果說在這個世界上還有什麼人他要最後關心和安慰的話，那就是這個可憐的姑娘了。

「我聽說你給釋放了，埃弗瑞蒙德公民，我原先希望那是眞的。」

「是眞的。不過，我又給抓了回來，還判了死刑。」

「要是我和你同坐一輛車，埃弗瑞蒙德公民，你能讓我握著你的手嗎？我並不害怕，不過我又小又弱，握著你的手能給我增添勇氣。」

她抬起那雙善於忍受的大眼睛，望著他的臉。他發現她的眼睛中突然出現疑惑的神情，接著是驚訝。他趕緊握住她那因勞累和飢餓而消瘦的年輕的手，放在自己的嘴唇上。

「你替他去死嗎？」她輕聲問道。

「也為了他的妻子和孩子。噓！是的。」

「啊，能讓我握著你勇敢的手嗎，素不相識的人？」

「噓！好的，我可憐的小妹妹，直到最後——」

＊

朝著監獄落下來的陰影，在午後的同一時刻也朝著人群熙攘的城門口落下。一輛準備駛出巴黎的馬車來到了關卡前，停下來接受檢查。

「來的是誰？車裡是些什麼人？證件！」

證件遞了出來，檢查人員查看著。

「亞歷山大．馬奈特。醫生。法國人。是哪一個？」

這就是他。有人指了指那個神志不清、低聲嘟囔著什麼的不能自理的老人。

「這位醫生公民看起來是神經不正常了吧？是不是革命熱潮太高他受不了啦？」

確實高得讓他受不了啦！

「哈！許多人都受不了啦！露西。他的女兒。法國人。是哪一個？」

這就是她。

「一看就知道是她。露西，是埃弗瑞蒙德的妻子，是嗎？」

是的。

「哈！埃弗瑞蒙德另有任用了。小露西，她的女兒。英國人。這是她吧？」

正是她。

「吻我一下，埃弗瑞蒙德的孩子。好，你吻了一個忠誠的共和派啦！這對你們的家族可是件新鮮事，千萬別忘了！西德尼・卡頓。律師。英國人。是哪一個？」

他在這兒，躺在馬車的角落裡。有人朝他指了指。

「這個英國律師看樣子是昏過去了？」

希望他吸了新鮮空氣後就會醒過來。據說他本來身體就不太好，剛才和一個得罪了共和國的朋友訣別，傷心過度了。

「就爲這個？嗯，這算得了什麼！很多人因爲得罪了共和國，不得不把頭伸進吉蘿亭的那個小窗子。賈維斯・洛瑞。銀行家，英國人。是哪一個？」

「我就是。我是最後一個了。」

剛才回答所有問題的就是這個賈維斯・洛瑞。檢查時，他下了車，雙手扶著馬車門，站在那兒回答那一群當官之人的問話。他們悠哉遊哉地在馬車旁踱著步子，又慢吞吞地爬上車廂，查看了車頂那不多的幾件行李。一些鄉下人圍在四周，有的還到車門邊，貪婪地朝著裡頭張望。有位母親抱著個小孩，讓他朝馬車伸出小胳臂，想讓他摸一摸這個已上吉蘿亭那兒去的貴族的妻子。

「收好你們的證件，賈維斯・洛瑞，全都簽過字了。」

「可以走了嗎，公民？」

「可以走了。走吧，趕車的！一路順風！」

「向你們致敬，公民們——這第一道險關總算通過了。」

賈維斯．洛瑞說這幾句話時，雙手合掌，仰望著上天。馬車裡有恐懼，有哭泣，還有那失去知覺的人沈重的呼吸。

「我們是不是走得太慢了？能不能叫他們走快點？」露西緊挨著老人問道。

「那就像是逃跑了，親愛的！我們不能催得太緊，那會讓人起疑心的。」

「朝後面看看，朝後面看看，看看是不是有人追來了。」

「路上空蕩蕩的，我的寶貝。到現在爲止，還沒有人追我們。」

三三兩兩的房舍從我們身邊掠過，還有孤零零的農莊，傾塌的建築物，染坊，硝皮作坊，等等；空曠的田野，一排排沒有樹葉的樹木。我們下面是高低不平的堅實路面，兩旁是深深的爛泥。有時，爲了要避開會使車子劇烈顛簸搖晃的石塊，不得不駛進路邊的爛泥地。有時，我們又陷在車轍和爛泥中動彈不得。這時，我們就心急如焚，驚慌失措，一心只想跳出車去逃跑——躲藏起來——怎麼都可以，只要不停下來。

走過空曠的田野，又經過傾塌的建築物，孤零零的農莊，染坊，硝皮作坊，等等；三三兩兩的農舍，沒有樹葉的一排排樹木。是不是這些車夫在騙我們，從另一條路把我們往回送？這地方是不是已經第二次經過了？感謝上帝，不是的！到了一個村莊，回頭看看，回頭看看，是不是有人追上來了州噓！驛站到了。

我們的四匹馬給慢條斯理地解下來了，卸去馬的馬車悠哉遊哉地停在小街上，彷彿再也不走了。新換的馬一匹，一匹，慢吞吞地走進我們的視線；新的車夫跟著款款而來，一邊走一邊還編著鞭梢。原先的那幾個車夫磨磨蹭蹭地數著錢，自己算錯了，還滿心不高興。整個這段時間，我們一顆顆提著的心都怦怦直跳，比最好的快馬的奔馳還要快得多。

終於，新車夫坐上了駕馭座，馬車上路了，把原先的車夫留在後面。我們穿過村莊，上山又下山，來到了一片潮濕的低窪地帶。突然，車夫們激動地打著手勢爭論著，馬猛地被勒住了，幾乎直立起來。是有人追上來了嗎？

「喂！坐車的，你們說說！」

「什麼事？」洛瑞先生朝著窗外問道。

「他們說是多少？」

「我不明白你的意思。」

「——剛才在驛站上，他們說今天有多少人上了吉蘿亭？」

「五十二個。」

「我就這麼說嘛！就有這麼個數！我的這位伙計公民硬說是四十二個。還得加上十顆腦袋哩！吉蘿亭幹得眞漂亮，我愛它！嘿，走！嗬！」

黑夜降臨了。他動得更加頻繁。他開始蘇醒，說的話也可以聽得懂了。他以爲他還和卡頓在一起，他喚著他的名字，問他手裡拿的是什麼。哦，可憐可憐我們吧！仁慈的上天，救救我們！快看看外面，看看外面，是不是有人追上來了。

風在我們後面狂奔，雲在我們後面飛騰，月亮在我們後面猛衝，整個狂野的黑夜在追趕我們。不過，除此之外，到現在爲止，還沒有別的什麼追上來。

第十四章・編織到頭

在那五十二個人等著大限臨頭的時候，德華若太太正和復仇女，還有那位革命的陪審員雅克三號在開一個不祥的秘密會議。這次，德華若太太和兩員大將商量問題的地點不是在自己的酒店裡，而是在當過修路工的鋸木工的棚屋裡。鋸木工本人沒有正式參加會議，他只是像顆衛星般待在一旁，問到他時才敢說話，徵求他的意見時才敢開口。

「不過，我們的德華若，」雅克三號說：「沒說的該是個好樣的共和派吧，呃？」

「在法國沒有人比得上他！」愛說話的復仇女尖著嗓子嚷道。

「別嚷了，復仇女！」德華若太太說著眉頭微微一皺，用手捂住了她的副手那張嘴，「聽我說，我丈夫確實是個好樣的共和派，非常勇敢，爲共和國立過功，也得到它的信任。可是我丈夫也有他的弱點，軟弱到竟去憐憫那個醫生。」

「眞可惜！」雅克三號嗓音沙啞地說，一面將信將疑地搖著頭，凶殘的手指摸著那張永遠飢渴的嘴，「這可就不像個好樣的公民了。這眞是太可惜了！」

「要知道，」太太說：「我對這個醫生可一點也不在乎。不管他長著腦袋還是掉了腦袋，都跟我沒有關係，對我全一個樣。只是埃弗瑞蒙德家的人必須斬盡殺絕。他的老婆、孩子都得跟他一樣，不能放過。」

「她還特意長了顆漂亮的腦袋哩！」雅克三號聲音沙啞地說：「我見過，那上面長著藍眼睛和金色的頭髮。到時候參孫把她的腦袋提起來時，看上去一定是挺迷人的。」他是個吃人的魔王，說話時一副饞涎欲滴的樣子。

德華若太太垂下了眼簾，沈思了一會兒。

「還有那孩子，」雅克三號嘴上說著，心裡想得有滋有味，「也長著藍眼睛、金色的頭髮。那兒很少有孩子。到時候一定很好看！」

「總之——一句話，」德華若太太出了一會兒神後說道：「在這件事情上，我信不過我丈夫。從昨天晚上起，我覺得，不但不能把我的詳細計劃告訴他，而且要是我不盡快動手，他說不定會去通風報信，讓他們逃跑哩！」

「那可絕對不行，」雅克三號嗓音沙啞地嚷了起來：「一個也不許逃掉。就這樣，我們都還沒湊足半數哩！每天總得有那麼一百二十個才行。」

「總之——一句話，」德華若太太繼續說：「我丈夫沒有我這樣的深仇大恨，定要把這家人斬盡殺絕；我也不像他那樣感念舊情，對那個醫生心慈手軟。所以我一定得自己動手。過來，小公民。」

鋸木工怕她怕得要死，一向對她恭恭敬敬，服服貼貼。他把手舉到紅帽子上，走上前來。

「關於她向犯人發信號的事，小公民，」德華若太太厲聲道：「你今天就能出庭作證嗎？」

「哎，哎，怎麼不能呢！」鋸木工大聲回答：「每天，不管刮風下雨，從兩點到四點，她總在那兒發信號。有時帶著那小東西，有時一個人。我全都知道，沒錯。我親眼看見的。」

他邊說邊做著各種手勢，彷彿在模仿那些其實他從未見過的信號。

「明顯是要謀反，」雅克三號說：「這再清楚不過了！」

「陪審團方面不會有問題吧？」德華若太太問道，把眼睛轉向他，陰沈沈地笑了笑。

「親愛的女公民，相信愛國的陪審團吧！我可以替我的那些陪審團同事們打包票。」

「嗯，讓我想想，」德華若太太說著又琢磨起來，「再想一想！爲了我丈夫，我是不是可以饒了那個醫生？我不知道該怎麼辦。要放過他嗎？」

「他的頭也可以湊個數，」雅克三號低聲提醒道：「我們的人頭真還不夠哩！放過他，我想怪可惜的。」

「我那次看見她時，他也跟她在一起發信號，」德華若太太肯定地說：「我不能說到一個卻不提另一人；再說我也不能不作聲，把這個案子整個兒交給這個小公民。我也不是個沒用的證人嘛！」

復仇女和雅克三號爭先恐後地熱烈表示，她是一位最值得敬佩、最了不起的證人；小公民也不甘落後，吹捧她是天仙似的證人。

「讓他聽天由命吧！」德華若太太說：「不，我可不能饒了他！你們兩個三點鐘有事，要以去看今天處死的那批人——你呢？」

她問的是鋸木工。他急忙作了肯定的回答，並乘機表白了一番，說自己是個最熱誠的共和派。他說要是有什麼事妨礙了他，使他不能在午後邊抽煙邊欣賞國家剃頭匠的表演，那他就成了個最寂寞的共和派了。

在這一點上，他實在渲染得太過分了，未免讓人懷疑（德華若太太那對輕蔑地盯著他的黑眼睛裡，恐怕就有這個意思），他一天到晚無時無刻都在爲自己的安危提心吊膽。

「我也要上那兒。」太太說：「等完事以後——就定晚上八點吧——你們就上我那兒，來聖安東尼。我們要在我這個區對這些人提出控告。」

鋸木工人說他能來侍候這位女公民，感到非常榮幸。女公民兩眼盯著他。他大爲惶恐，像條小狗似地急忙避開她的視線，縮回自己的木柴堆中，拿起鋸子來掩飾自己的局促不安。

德華若太太用手勢招呼陪審員和復仇女走近門邊，進一步向他們闡述了自己的看法：

「她這時候一定在家裡等她丈夫的處死時刻。她一定很傷心難過。照她現在的情緒，一定會指責共和國的審判不公平。她對共和國的敵人一定充滿同情。我要上她那兒去一趟。」

「啊，你眞是個了不起的女人，眞讓人敬佩！」雅克三號狂喜地喊了起來。

「啊，我親愛的！」復仇女叫著擁抱了她。

「把我的編織活帶去，」德華若太太說著，把編織活交到她的副手手中，「在我平日坐的地方給我占個座位。把我常坐的椅子給我留著。現在就去吧！今天的人可能比往常多。」

「樂意聽從頭兒的命令。」復仇女高興地說著，在她的頰上吻了一下，「你不會遲到吧？」

「開場之前一定到。」

「還是在囚車到來之前到吧！你可一定要趕到啊，我的靈魂！」復仇女在她背後喊道，因爲她已轉身走到街上，「要在囚車到來前趕到啊！」

德華若太太輕輕擺了擺手，表示她聽見了，一定會及時趕到；接著便踩著污泥，拐過監獄的牆角，走了。

復仇女和雅克三號目送著她，對她那綽約的身姿、高尙的道德和超凡的天資讚嘆不已。

當時，有不少女人由於受時代潮流的影響，可怕地變了樣，可她們當中，沒有一個比此時沿街走去的這個冷酷的女人更讓人望而生畏了。她個性剛強，無所畏懼，機警敏銳，堅定果斷，還有漂亮的容貌。她的那種美貌不僅使她變得更加潑辣狠毒，而且還能讓人不由自主地賞識她的這種性格。總之，動亂的時代特別容易使她這種人嶄露頭角。況且，打從幼年以來，她就受屈含冤，對敵對階級懷有深仇大恨，時刻一到，就逐漸變成一隻母老虎。她毫無惻隱之心；即使她原先有過這種美德，現在也已蕩然無存了。

一個無辜的人得爲他先輩的罪孽去死，在她看來這算不了什麼。他看到的不是他，而是他的先輩。他的妻兒成爲孤兒寡母，在她看來也算不了什麼。她覺得這種懲罰還太輕，因爲她們天生是她的仇敵，是她的獵物，根本沒有生存的權利。向她懇求是毫無用處的，因爲她沒有任何惻隱之心，甚至對她自己也是如此。

哪怕她在經歷過的無數次戰鬥中橫屍街頭，她也不會憐憫自己；要是下令要她明天去上斷頭台，她也不會有半點柔情，只會強烈渴望和那個置她於死的人換個位置。

德華若太太粗劣的長袍中裹著的就是這麼一副鐵石心腸。那長袍可眞合身，她隨隨便便披在身上，模樣兒顯得頗爲古怪。粗布的紅帽子下露出的黑髮非常濃密。她懷裡藏著一支實彈手槍，腰間插了一把鋒利的匕首。她這樣裝備著，邁著合乎她性格的堅定自信的步伐，以一種從小慣於赤腳裸腿走在棕色沙灘上的輕盈自在，快步沿大街走去。

此時此刻，洛瑞先生安排的馬車正在等待它的最後一名乘客。昨天晚上，在安排這次旅行時，爲了是否帶普羅斯小姐同行的事，著實使洛瑞先生費了一番心思。他考慮不僅要避免馬車超載，更重要的是得讓檢查馬車和乘客的時間減到最低限度，因爲他們是否能逃脫，可能就取決於這兒那兒省下來的幾分幾秒。洛瑞先生考慮再三，決定讓隨時都可出城的普羅斯小姐和傑里在三點鐘時乘坐當時最輕便的馬車出城。因爲有行李拖累，他倆很快就能趕上他們這輛馬車，而且還可以超過它，到前面的驛站預先雇好馬匹，這樣就可以在夜間寶貴的時間裡大大方便馬車的行程。在這種時候，耽擱時間是最可怕的事。

普羅斯小姐覺得，這樣的安排有可能讓她在這危急關頭眞正盡到一份力，高興得叫了起來。她和傑里目送那輛馬車起程，而且知道所羅門送來的是誰。他們提心吊膽地熬過了十來分鐘，現在正收拾停當，準備隨後追去。就在這時，德華若太太正穿街過巷，一路走來，離這座寓所越來越近。要不是他倆還在裡邊商議，這兒早就空無一人了。

「你有什麼想法，克倫徹先生？」普羅斯小姐異常激動，幾乎連話都說不出來了；她站也不是，坐也不是，簡直不知道該怎麼辦了，「我們別從這個院子裡出發，你看怎麼樣？今天已經從這個院子出去一輛車，再從這兒動身，可能會讓人起疑心的。」

「我的意見是，小姐，」克倫徹先生回答：「你說得完全對。再說，不論你對不對，我都聽你的。」

「我為我們那些親愛的人擔驚受怕，盼望他們平安無事，心裡弄得亂糟糟的，」普羅斯小姐說著放聲大哭起來，「簡直一點主意都沒有了。你能拿出點主意來嗎，我親愛的克倫徹先生？」

「要說往後的生活打算，小姐，」克倫徹先生答道：「我心裡倒有了個譜。可眼下要我這顆上帝保佑的老腦袋瓜子動腦筋想辦法，我看是不行。我倒想請你幫個忙，小姐，在這危急關頭，你能不能聽我說說我要許的兩個誓願？」

「啊，看在上帝份上！」普羅斯小姐仍在大哭不止，「馬上把它們說出來吧！然後把它們擱到一邊，像個眞正的男子漢那樣。」

「第一，」克倫徹先生渾身打戰，面如死灰，神情嚴肅地說：「只要那幾個可憐人這次能逃脫，我就再也不幹那種事了，再也不幹了！」

「我完全相信，克倫徹先生，」普羅斯小姐說：「你再也不會幹那種事了，不管那是什麼事；而且我還求你，別以為一定要說明那是什麼事。」

「是的，小姐，」傑里說：「我不會向你說明的。第二，只要那幾個可憐人這次能逃脫，我就再也不反對克倫徹太太跪地了，再也不反對了！」

「不管是什麼家務事，」普羅斯小姐邊說邊揩乾眼淚，竭力使自己平靜下來，「我相信最好還是完全讓克倫徹太太自己去作主——啊，我可憐的親人哪！」

「還有，我還有話要說，小姐！」克倫徹先生的那副神氣，儼然是在講經壇上——不絕地布道，「記住我的話，並請你親自轉告克倫徹太太——我對她跪地的看法已經改變，我誠心誠意希望克倫徹太太這陣子正跪在地上為我們祈禱。」

「好啦，好啦，好啦！我也希望她這樣，我親愛的，」心亂如麻的普羅斯小姐大聲說道：「還希望她的祈禱能夠靈驗。」

「千萬不能讓我以前說過的話，做過的事，妨礙我現在誠心誠意為這些可憐的人祝願！」克倫徹先生更加嚴肅、更加緩慢、更加堅定地說道：「絕不能不讓我們一齊跪下來（如果方便的話）祝願他們逃脫這場大難！絕不可以！小姐！我說了，絕不——可以！」克倫徹先生拖長話音，本想找出一個更合適的詞兒來作結束語，卻沒能如願，就此打住。

而此時此刻，德華若太太穿街過巷，一路前來，離他們越來越近了。

「你說得這麼感人，要是我們終於能回到家鄉，」普羅斯小姐說：「你放心，你剛才說的話，凡是我記得和聽懂的，我一定會告訴克倫徹太太。而且不管怎樣，你都可以放心，我一定會證明你在這危急關頭是表現得十分忠誠的。好啦，我尊敬的克倫徹先生，現在讓我們來好好想一想，好好計劃一下吧！」

德華若太太還在穿街過巷，一路前來，離他們更近了。

「要是你先走一步，」普羅斯小姐說：「攔住車子，不讓它到這兒來，而在別的什麼地方等我，這樣是不是更好一些？」

克倫徹先生也認為這樣更好。

「那你在哪兒等我呢？」普羅斯小姐問道。

克倫徹先生心亂如麻，只想得起聖堂柵欄門。天哪！聖堂柵欄門遠在幾百里之外，而德華若太太已經近在眼前了。

「就在大教堂門口吧！」普羅斯小姐說：「在大教堂兩座塔樓之間的大門旁邊，你在那兒接我上車，好不好？」

「好的，小姐。」克倫徹先生答道。

「好，那就拿出男子漢的樣子來，」普羅斯小姐說：「馬上去驛站，照這樣去改動路線。」

「可你知道，離開你，」克倫徹先生搖著頭，猶猶豫豫地說：「我放心不下。很難說會發生什麼事啊！」

「是啊，天知道會發生什麼事。」普羅斯小姐回答說：「不過不用爲我擔心。三點鐘在大教堂門口，或者盡可能在那附近，接我上車。我敢說，這肯定要比從這兒出發好。我肯定這樣。好了！祝福你，克倫徹先生！你要想著的——不是我，而是那些也許得靠咱們倆才能得救的人！」

這番話，加上普羅斯小姐緊撐他雙手萬分痛苦地懇求，使克倫徹先生下定了決心。他朝她點了一兩下頭，表示鼓勵，然後轉身出門，更改驛車的路線去了，按她說的留下她一人，隨後再趕去和他會合。

想出了這麼個以防萬一的措施，而且正在付諸行動，普羅斯小姐大大鬆了一口氣。她感到有必要梳洗一下，整理一下外表，以免在街上引起旁人的注意。想到這裡，她又舒了一口氣。她看看錶，已經兩點二十分。不能再耽誤時間了，必須立刻作好準備。

獨自一個待在這空蕩蕩的屋子裡，普羅斯小姐心亂如麻，非常害怕，總覺得有人在每扇敞開的門背後窺視她。她打來一盆冷水，開始洗起自己紅腫的眼睛來。她膽戰心驚，生怕順著臉流下來的水迷糊了眼睛，不時停下來朝四下裡張望，看看是不是有人在監視她。一次，在她停下來張望時，突然嚇得大叫一聲，往後直退。她看到屋子裡站著一個人。

臉盆掉在地上，摔破了，水流到德華若太太的腳邊。這雙腳一路踩過灘灘血漬，跨著堅定的步伐，走到這灘水前面。

德華若太太冷冷地看著她，問道：「埃弗瑞蒙德的妻子在哪兒？」

普羅斯小姐猛然想到，門全開著，逃走的事會被發現。她的第一個行動就是去關門。屋子裡共有四扇門，她急忙一一都給關上，然後把守在露西的房門前。

德華若太太的黑眼睛隨著她快速的動作直轉，待她做完這一切，又盯著她看。普羅斯小姐一點都不好看，歲月並沒有使她粗野的外表變得馴順，也沒有使她凶悍的面貌變得溫和。可見她也是個堅強的女人，只是方式不同而已。她舉目上上下下仔細打量著德華若太太。「瞧你這副模樣，活像是魔鬼的老婆。」普羅斯小姐喘著氣說：「不過，你也別想占我的上風。我是個英國女人。」

德華若太太輕蔑地看著她，但心裡也和普羅斯小姐想的一樣：她們倆都是決一死戰的架勢。她看到面前這個精壯結實、身材挺拔的女人仍像當年洛瑞先生看到的那個用壯實有力的手推他一掌的女人一樣。她很清楚，普羅斯小姐是這家人的忠實朋友；普羅斯小姐也很清楚，德華若太太是這家人不共戴天的敵人。

「我正要去那兒，」德華若太太說著，朝那殺人的地方稍微擺了擺手，「她們已在那兒給我留了位子，我的編織活也帶去放在那兒了。我是順路來拜訪她的，想見見她。」

「我知道你沒有安好心。」普羅斯小姐說：「你放心吧，我不會讓你得逞的。」

她們倆說的全是自己的本國話，誰也聽不懂另一個說的是什麼。兩人都警覺地注視著，竭力想從對方的神情舉止中揣度出那些聽不懂的話的意思。

「在這種時候她躲著不見我，對她沒好處；」德華若太太說：「忠實的愛國者都知道，她這是什麼意思。讓我見她，去告訴她我要見她。你聽到了沒有？」

「即使你那雙眼睛是吊床的吊車，」普羅斯小姐說：「我可是張英國式的四柱大床，你休想動我半分。休想，你這歹毒的外國婆子，我對付得了你。」

德華若太太一點也聽不懂她說的這些話的意思，不過，她明白自己受到了輕慢。

「笨女人，像頭蠢豬！」德華若太太皺起眉頭說：「用不著你來跟我囉嗦。我要見她。你要嘛去告訴她，我要見她，要嘛給我躲開，別擋在門口，讓我進去見她！」說著，怒氣沖沖地用右手比劃了一下。

「我從來沒想到要聽懂你們那種亂七八糟的話，」普羅斯小姐說：「不過眼下我倒眞願意拿我的所有東西——除了我身上的這身衣服外——求得弄清你是不是猜到了眞情，或者一部分眞情。」

兩人都目不轉睛地盯著對方的眼睛。德華若太太一直站在普羅斯小姐最初看見她的地方沒動，這時她向前跨了一步。

「我是個英國人，」普羅斯小姐說：「我和你拚了。我才不在乎自己哩！我知道，我把你拖在這兒越久，我那小寶貝逃脫的希望就越大。要是你敢用一個手指碰我一下，我就把你那頭黑頭髮拔得一根不剩！」

普羅斯小姐說得飛快，每說一句就搖了搖頭，瞪了瞪眼，而且每句話都一口氣說完。一輩子都沒打過人的普羅斯小姐竟說出了這樣的話。

可她儘管勇氣百倍，卻是個易於衝動的人，說著說著，眼淚禁不住湧了出來。這本是勇敢的表現，可是德華若太太不懂，誤把這當成怯懦。「哈，哈！」她大笑起來，「可憐的東西！你算個什麼！我自己來叫那個醫生。」於是，她提高嗓門，大聲喊道：「醫生公民！埃弗瑞蒙德的妻子！埃弗瑞蒙德的女兒！隨便你們哪一個，快來和德華若公民答話，只要不是這可憐的笨蛋就行！」

也許是隨後的一片死寂，也許是普羅斯小姐臉上的表情露出了什麼，也許是跟這兩者都無關的突然產生的疑惑，使德華若太太意識到，那些人已經走了。她飛快打開那三扇門，朝裡面張望了一下。

「這幾間屋子裡都亂七八糟的，看來剛匆匆忙忙收拾過東西，零碎物品滿地都是。你身後那間屋子裡也不會有人吧！讓我看看。」

「休想！」普羅斯小姐說。她完全知道對方想幹什麼，就像德華若太太完全明白她的回答一樣。

「如果他們不在那間屋裡，那一定是跑了，現在還追得上，能把他們抓回來。」德華若太太自言自語地說。

「只要你搞不清他們是不是在這間屋子裡，你就拿不定主意該怎麼辦。」普羅斯小姐也自言自語地說：「要是我不讓你知道，你就別想知道。而且，不管你知道也罷，不知道也罷，我只要能拖住你，你就休想離開這兒。」

「我可是從小就在街面上混的，沒有什麼能治得住我。我要把你撕得粉碎！我要你離開那扇門！」德華若太太說。

「現在就咱們倆在這孤院裡的高樓頂上，誰也聽不見咱們。我要盡一切力氣把你拖在這兒。你在這兒多待一分鐘，對我那個寶貝來說，能值十萬幾尼金幣哩！」普羅斯小姐說。

德華若太太朝門口過來了。說時遲那時快，普羅斯小姐猛地撲上去抱住她的腰，緊緊箍住不放。德華若太太拚命掙扎、踢打，依然無法脫身。普羅斯小姐懷著對醫生一家無限的愛——愛總是比恨有力得多——緊緊抱住了她。在她們爭鬥中，她甚至把德華若太太抱離了地面。德華若太太的兩隻手朝她的臉上又抓又打，可是普羅斯小姐低下頭，死死箍住她的腰，比一個溺水快死的人纏得還緊。

過不多久，德華若太太的手就停止了抓打，朝被箍住的腰間摸著。「在我的胳臂底下壓著呢！」普羅斯小姐用懲住的聲音說：「你休想把它拔出去。我比你力氣大，這得感謝老天爺。我要這樣一直箍住你，直到咱們倆有人昏倒或者死去爲止！」

德華若太太的手又往懷裡伸去。普羅斯小姐抬頭一看，看清了那是什麼傢伙，便一拳打去，打出了一道火光和一聲巨響，接著便只剩下她一個站在那兒——硝煙迷住了她的眼睛。

這只是一刹那的事。硝煙散盡，留下的是一片死寂。那個悍婦的靈魂也像硝煙一樣，在空中飄走了，她的軀體則躺在地上，沒有一絲生氣。

普羅斯小姐先是一陣驚慌，接著便儘量遠離那具屍體，沒命地跑到樓下呼救，但毫無反應。幸好她想起這樣做後果不堪設想，及時控制住了自己，回到樓上。再走進那間屋子實在讓人害怕，可她還是進去了，甚至走到屍體旁邊，去拿了她非戴不可的帽子和一些別的東西。穿戴停當後，她走出屋子，關好門，上了鎖，拔下鑰匙。隨後她又在樓梯上坐了幾分鐘，喘了喘氣，哭了一會，然後站起身來，匆匆離去。

幸虧她的帽子上有一塊面紗，要不，說不定在街上走不多遠就會給人叫住的。加之她天生長相特別，即使鼻青眼腫，也不會像別的女人那樣顯眼。這兩個有利的條件對她來說十分重要，因爲她的臉上已經抓痕累累，頭髮又給揪得蓬亂不堪，衣服（雖用顫抖的手匆匆整理過一下）也給拉扯得亂七八糟。

過橋時，她把房門的鑰匙扔到了河裡。她比她的保鏢早幾分鐘到達教堂門前。在那兒等待時，她的心裡一直在想：萬一那把鑰匙碰巧給漁網撈起，萬一人家查出那把鑰匙是哪一家的，萬一房門被打開，發現了屍體，萬一她在城門口給扣住，被送進監獄，告她謀殺罪，那可怎麼辦呢！正當她這麼胡思亂想時，保鏢到了，把她接上馬車，疾馳而去。

「街上聲音嘈雜嗎？」她問他。

「跟往常一樣。」克倫徹先生回答，對她的問題和她那副模樣感到意外。

「我聽不見，」普羅斯小姐說：「你在說什麼呀？」

克倫徹先生又把話重覆了一遍。可是沒用，普羅斯小姐還是聽不見。「那我就點點頭。」克倫徹先生先生想著，心裡感到奇怪，「不管怎麼說，她總該看得見吧！」她確實看見了。

「現在街上聲音嘈雜嗎？」普羅斯小姐過了一會兒又問。

克倫徹先生又點點頭。

「我可什麼聲音也沒聽見。」

「才一個鐘頭就變成聾子？」克倫徹先生怎麼也想不通，「她怎麼啦？」

「我只覺得，」普羅斯小姐說：「火光一閃，轟的一聲，然後我就什麼也聽不見了。」

「但願她不會出什麼事吧！」克倫徹先生說著，越來越感到不安，「莫非她爲了壯膽喝了點什麼？聽，那些可怕的囚車隆隆地過來了！你能聽見嗎，小姐？」

「我什麼也聽不見！」普羅斯小姐看見他在對她說話，才說道：「啊，我的好人喲！先是轟的一聲巨響，接著便一點聲息也沒有了，一直就那麼靜靜的，什麼聲音都沒有。看來我這輩子是再也聽不到聲音了。」

「要是她連這隆隆的囚車聲都聽不見——它們已經快到了，」克倫徹先生說著，回頭看了看，「我看這輩子恐怕眞的再也聽不見什麼了。」

她眞的再也聽不見了。

第十五章．足音永逝

囚車沿著巴黎的街道隆隆駛過，聲音沈重淒厲。六輛囚車給吉蘿亭女士送去這一天的美酒。古往今來，人類的想像力創造出無數貪得無厭、不知饜足的妖魔鬼怪，如今全都匯集於吉蘿亭一身了。而在法蘭西，由於土壤各易、氣候萬變，還沒有一草一木、一根一葉、一枝一果，具備了比產生這種吉蘿亭恐怖更爲有利的生長和成熟條件。用相似的大鍾再一次把人性擊得走樣，人性肯定扭曲成畸形；再一次播下同樣是掠奪和壓迫的種子，結出的必然是相同的果實[146]。

六輛囚車沿著大街隆隆駛過。時間啊！你這法力無邊的魔術師，把這些變回原狀吧！那樣人們就會看到，它們本是專制君王的御輦，封建貴族的車馬，驕奢放蕩的耶洗別[147]的梳妝抬，已非我主的聖殿，而是賊窩的教堂[148]，也是千百萬忍飢挨餓農民的草舍！不，嚴格執行造物主指令的時間魔術師絕不會逆轉變化。在那充滿睿智的阿拉伯民間故事中，先知對中魔變形的人說：「如果你是按照上帝的旨意變成這樣，那就得一直這樣了！可是，如果你只是一時中魔變了形，那你就恢復原形吧！」毫無變化，毫無希望，囚車依然一直朝前駛去。

---

[146] 作者認爲法國大革命和封建專制一樣，對平民進行掠奪和壓迫，是對人性的又一次打擊、摧殘。

[147] 耶洗別，以色列王亞哈之妻，以驕奢、放蕩聞名，參見《聖經．舊約．列王紀》。

[148] 參見《聖經．新約．馬太福音》第二十一章，耶穌說：「我的殿必稱爲禮告的殿，你們倒使他成爲賊窩了。」

六輛囚車灰暗的車輪隆隆滾過，彷彿在擠滿街道的人群中犁出一長道彎彎曲曲的深溝。一排排的人臉，有的被翻到這邊，有的被掀向那邊，而犁鏵則穩穩地不住向前。街道兩旁屋子裡的居民對這種場面已習以爲常，許多窗口都不見有看熱鬧的人；有的窗口雖然有人在俯視囚車裡的那些面孔，可手上的活兒並沒有因此停下。偶爾有那麼一兩戶，家裡來了看熱鬧的客人，主人便像博物館館長或老資格的講解員一樣，得意洋洋地伸手朝囚車指指點點，像是在解說誰昨天坐過這輛，誰前天坐過那輛。

坐在囚車裡的人，有的漠視地看著這一切，看著人生最後旅途的景象，有的則對生活和人世流露出戀戀不捨之情。有的垂頭喪氣地坐著，有的陷入沈默的絕望。還有的人十分注重自己的外表形象，他們用在戲院裡和圖畫中見過的那種目光，朝周圍的人群打量著。有幾個人在閉目沈思，也許想集中起紛亂的思緒。只有一個人，可憐巴巴、瘋瘋顚顚的，嚇得精神已經崩潰，像喝醉了酒，唱著歌，還想跳舞。所有囚犯中，沒有一個想用表情或手勢喚起民衆的同情。

和囚車並行的是一隊由各式各樣騎馬的人組成的衛隊。一路上，不時有人仰起頭向他們打聽什麼。看來問的都是同一個問題，因爲人們問了以後，總是朝第三輛囚車擁去。和那輛囚車並行的那幾個騎馬的人時常用他們的劍指點著囚車裡的一個人。人們主要打聽的是，想弄清哪一個是他。他低著頭，站在囚車後部，正和坐在車邊拉著他的手的一個姑娘交談著。他對周圍的情景毫不在意，也不關心，顧自一直和那姑娘說著。長長的聖翁諾雷大街上，不時有人衝著他高聲叫罵。如果說這對他有所觸動的話，他也只是淡淡一笑，微微搖了搖頭，讓頭髮披散到臉上。他的雙臂綁著，手很難碰到臉。

那密探兼獄羊站在教堂的台階上，等待囚車到來。他看看第一輛囚車，沒有。又看看第二輛囚車，還是沒有。他不由得問自己：「難道他出賣了我？」待他看到第三輛囚車時，他的臉色豁然開朗了。

「哪一個是埃弗瑞蒙德？」他的身後有個人問道。

「就是那個，站在車子後部的。」

「那個和姑娘拉著手的？」

「沒錯。」

那人突然高聲喊了起來：「打倒埃弗瑞蒙德！把所有貴族送上吉蘿亭！打倒埃弗瑞蒙德！」

「噓，別喊了！」密探怯生生地求他。

「爲什麼，公民？」

「他馬上就要處決，再過五分鐘就沒命了，讓他安靜一會吧！」

可是，那人還是繼續喊著：「打倒埃弗瑞蒙德！」埃弗瑞蒙德轉臉朝他看了一眼，於是看到了密探。他不經意地盯著他看了看，就過去了。

時鐘敲了三點。人群中犁出的那道深溝拐了個彎，到了目的地——刑場。被翻掀到兩邊的一排排面孔，這時都聚攏過來，跟著最後一輛囚車，來到吉蘿亭跟前。在吉蘿亭的前面有一群婦女坐在椅子上，像在公園裡看遊藝節目似的，一個個都忙著在編織。復仇女正站在最前排的一張椅子上，朝四下張望著尋找她的朋友。

「泰雷斯！」她尖叫著喊道：「有誰看見她了？泰雷斯．德華若！」

「她以前總是到場的呀！」一個正在編織的姐妹說。

「是的，今天她一定會到場的。」復仇女氣呼呼地說：「泰雷斯！」

「再大聲點！」那女人提議說。

哎！再大聲點，復仇女！不管你叫得多響，她都再也聽不見了。復仇女又提高嗓門喊了一聲，還加上了一句粗話，可還是不見蹤影。派幾個女人四下去找她，看看她是不是在哪兒耽擱住了。不過，雖說這班女人都幹過可怕的事，但是不是願意跑那麼遠找她卻是個問題。

「眞倒楣！」復仇女叫著，急得在椅子上直跺腳，「囚車都到了，再過一會兒埃弗瑞蒙德就要上斷頭台，她卻不在這兒！瞧，她的編織活還在我手裡，給她留著的椅子也空著。我叫得心都煩了，眞掃興！」

復仇女從椅子上跳下來時，囚車已經開始下人。聖吉蘿亭的侍者們已經穿戴就緒，準備停當。咔嚓——一顆人頭給提了起來。剛才，當這顆人頭還能思索，還能講話時，這班埋頭編織的婦女連眼皮都沒朝它抬過一下。這時她們數了起來：一。

第二輛囚車也已下空，拉走，第三輛過來了。咔嚓——埋頭編織的婦女們依然無動於衷地忙著手中的活計，口中數道：二。

那個被當作埃弗瑞蒙德的人下了車，女裁縫接著也被抱了下來。下車時，她一直沒有鬆開她那隻勤奮的手，仍照他原先答應過的那樣握著他的手。他體貼地有意讓她背對著那架呼呼著不斷起落的殺人機器。她望著他的臉，向他道謝。

「親愛的陌生人，要是沒有你，我一定不會這麼鎭靜，因爲我生來就是可憐的小人物，膽小得很。要是沒有你，我也就不可能提高我的思想，想到那位被人處死的主，使我們今天在這兒還能懷著希望，感到安慰。我覺得你是上天賜給我的！」

「你也是上天賜給我的！」西德尼・卡頓說：「眼睛一直看著我，親愛的孩子，別的什麼都不要在意。」

「我一握住你的手，就什麼都不在意了。要是他們動作快，我把手鬆開時，也會什麼都不在意的。」

「他們的動作很快，別怕！」

他倆站在迅速少下去的受難者中間，旁若無人地交談著；眼對著眼，嘴對著嘴，手拉著手，心連著心。這對萬物之母——大地——的兒女，原本天各一方，迥然有異，如今卻在冥冥之路上邂逅相遇，同歸故土，一起安息在大地母親的懷抱之中。

「勇敢高尚的朋友，能讓我最後問你一個問題嗎？我很無知，這件事總讓我不安——只是有點兒不安。」

「告訴我那是什麼事？」

「我有個表妹，像我一樣是個孤兒。她是我唯一的親人，我非常愛她。她比我小五歲，住在南方農村的一個農民家裡。貧窮使我們不得不分離，她對我的遭遇一點也不知道——因為我不會寫信——再說，就是我會寫信，我該怎麼對她說啊！還是像現在這樣的好。」

「是的，是的，還是像現在這樣的好。」

「一路上，我一直在想，而且直到這時候，在我看著你那和善堅強、給了我這麼多支持的臉孔時，心裡還是在想：要是共和國真的能為窮人辦好事，讓他們少挨餓，少受各種苦，那我表妹就會活得長一些，甚至還能活到老。」

「那又怎麼樣呢，我好心的妹妹？」

「要是那樣，」她那毫無怨艾、富有忍耐精神的眼睛裡噙滿了淚水，嘴唇微啓，顫抖著說：「你認為，在你我都會受到庇護的那片樂土上等她，我會覺得時間長得難挨嗎？」

「不會的，我的孩子！那兒沒有時間，也不會有煩惱。」

「這就讓我放心了！我真無知！現在我可以吻你了嗎？時間到了嗎？」

「是的。」

她吻了他的嘴唇，他也吻了她。兩個人莊嚴地互相祝福。當他鬆開她的手時，她那消瘦的手並沒有顫抖，她那富有忍耐精神的臉上只有甜美而燦爛的堅貞。她先他一步而去——走了。編織的婦女們數道：二十二。

「耶穌說，復活在我，生命也在我。信我的人雖然死了，也必復活。凡活著信我的人，必永遠不死。」

嗡嗡的人聲，無數張仰望的臉，外圍的人群向前擠的腳步聲，一齊向前湧來，猶如捲來一股巨浪。刹那間，一切都逝去了。二十三。

＊

那天晚上，全城到處都在談論他，說他是所有上吉蘿亭的人當中臉色最爲寧靜、安詳的一個；許多人甚至認爲他神態莊嚴得有如——先知。

在這之前不久，有一位非常著名的受難者——是個女人[149]——死在這同一柄刑斧之下：就在這同一具斷頭台前，她曾要求允許她寫下當時的感受。如果西德尼·卡頓也有機會發表他的感想，而且能預卜未來，那他的話大概會是這樣的——

「我看到巴塞德、克萊、德華若、復仇女、那個陪審員，還有那法官等一大批從舊壓迫者的廢墟上興起的新壓迫者，在這冤冤相報的機器被廢除之前，一一被它消滅。我看到從這個深淵裡升起一座美麗的城市，一個卓越的民族。經過未來的悠悠歲月，在他們爭取眞正自由的鬥爭中，

[149] 指羅蘭夫人（一七五四～一七九三），法國大革命時吉倫特派領袖之一，後被捕入獄，一七九三年十一月八日被處死。臨上斷頭台前，她要求寫下自己的感受，未獲准許，於是她說出了一句名言：「自由啊，多少罪惡是假稱你的名義幹出來的！」

在他們的勝利和失敗裡，我看到前一個時代的罪惡，以及由它產生的這一個時代的罪惡都逐漸受到懲罰，消亡殆盡。

「我看到我為之獻身的人們在我再也見不到的英國，過著寧靜有益、富裕幸福的生活。我看到她懷抱一個以我的名字命名的孩子。我也看到了她的父親。他老了，背駝了，但已恢復了健康；他無憂無慮，在自己的診所裡全心全意地為大家服務。我看到那位善良的老人，他們家多年來的老朋友，十年之後，他安然長逝，把所有遺產全給了他們。

「我看到，在他們心中，在他們世世代代的子孫心中，我始終占有神聖的一席之地。我看到她成了一位老太太，可每年的今天她依然為我哭泣。我看到她和她的丈夫走完了他們的人生旅程，並排躺在永久的安息之地。我知道，他倆彼此在對方心中深受尊重，視為神聖；可我在他們的心目中，更受尊重，更為神聖。

「我看到她懷中那個以我的名字命名的孩子長大成人，沿著我曾經走過的生活道路奮力攀登；我看到他取得了成功。他的輝煌成就使我的名字大增光彩。我看到我在自己名字上留下的污點都已褪盡消失。我看到他成了一位傑出且公正的法官，備受人們尊敬。他帶了一個和我同名、長著我所熟悉的前額和金髮的男孩來到這兒──到那時，這兒的一切都變得非常美好，不再有今天諸多醜惡的絲毫痕跡──我聽到他用溫柔發顫的聲音，對那男孩敘述有關我的故事。

「我現在做的，是我一生中做過的最好、最最好的事情；我即將得到的，是我一生中得到過的最安寧、最最安寧的休息。」

〈全書終〉

附錄・國外評論選譯

《雙城記》並不是一場個人的夢魘，而是一本不斷給人以樂趣的作品。狄更斯的動力和衝突就是他的原材料，而不是他的藝術力量的源泉，而且小說把法國革命曲解成高度個人的幻想這件事也並不能說明什麼；其實正像《猩紅色的海綠屬植物》一般，一切都取決於寫作的質量——在談到狄更斯時，人們常有的意向是對他的豐富多彩表示敬意。

狄更斯的才華在於他刻劃入微的細節；稍晚一些我們可以看到他的象徵手法和形象化描述的格式，這種手段比情節還要深刻，可是首先給我們以深刻印象的是精確的觀察、驚人的明喻、豐茂的描述、詳盡的繡飾，凡此等等，洋洋灑灑地堆集起來。

狄更斯的每一本小說都是如此，只有《雙城記》例外；《雙城記》的寫作風格是灰黯的，不事修飾的，因此許多讀者都不情願在狄更斯的正宗裡給它一席之地。如果沒有下面這樣一些偶然的筆觸，狄更斯就不成其爲狄更斯，如：「那鏡框上有一長排殘缺不全的黑色小愛神，全都缺臂少腿，有的還沒有頭。」這是洛瑞先生在旅館房間中的鏡框上所看到的（或者在三百頁以後，出現在他的巴黎辦公處「裹著一層涼爽的薄紗」的愛神，雖然經過粉刷，仍然留在天花板上）。但是就大部分來說，本書的質量使人傾向於讚賞而不容易解釋或探討；速度很快，從第一句開始就始終沒有放慢，一種憂鬱的雄辯使得卡頓不致給人情節劇人物的印象。像候爵的馬車撞倒小孩這種情節以一種原始的強度給人留下印象。這在狄更斯早期以後的小說中是少見的，很像童話中發生的暴行。

——約翰・格勞斯：《狄更斯和二十世紀》

《雙城記》是一個有兩個主人公的故事。這種雙重主題對於一個頭腦中充滿喬裝打扮、敵對的衝動，以及藏而不露的密切關係的作家來說，顯然是有吸引力的，奇怪的是狄更斯倒沒有在其它地方使用這種手法。誰也不能說他把這種手法在這裡使用得很成功，或者說他把小說的主要力量安排在卡頓和達內兩個人身上。達內可以說是狄更斯在小說中授權的代表，是「正常的」主人公，可以有個美好的結局。很有趣而爲人們所注意到的是，達內和他的創作人享有共同的名字縮寫——這也是有關他的唯一有趣的事。此外，他就是一個紙板般的角色，毫無發展可言。他作爲放逐者的處境，他作爲語言教師的鬥爭，他對喬治．華盛頓的景仰，這許多開端都給棄置不用了。

卡頓當然是一個遠爲引人注意的人物。他屬於那類有教養的浪蕩子，他們在狄更斯的生涯後半期，在他的小說中愈來愈佔有重要的地位，在尤金．雷朋身上登峰造極；他的最明顯的前輩，如他的名字所顯示的那樣，是《荒涼山莊》中的不幸的理查．卡斯通。他浪費了他的才能，因酗酒而喝掉了他早年的天賦；他的意志垮掉了，但是他的智力未受損害。在一種意義上說，他的對立面並不是達內，而是肆無忌憚的斯特里弗，這人工於心計，以此發財致富。可是他在失敗面前又毫無作爲，這又顯得有些空洞，例如他在露西面前的卑躬屈膝就是如此。（「我就像一個年紀輕輕就要夭折的人……我知道你對我絲毫沒有柔情可言……」）卡頓儘管是一個戲劇式的人物，他還是顯示了托馬斯．哈代所稱的「可怕的不滿足」；他還是充滿生命力的，很難相信一點也不掙扎地就沉淪下去。整個的效果是精力不自然地受到阻遏的效果：卡頓代表了一種像塞進了瓶子似的挫折？這種挫折感總要在什麼地方迸濺出來。

——約翰．格勞斯：《狄更斯和二十世紀》

狄更斯說《雙城記》使他深受感動，無比激奮；他認爲這是他所寫的最出色的小說，並表示渴望在舞台上扮演書中西德尼・卡頓這個人物。

單就故事而論，狄更斯把《雙城記》視作自己的最佳作品是完全有道理的。自《雙城記》問世以來，它受歡迎的程度簡直堪與《大衛・科波菲爾》相媲美，甚至有過之而無不及。不過這很可能與根據它改編的劇本《別無出路》一直備受推崇有關。約翰・馬丁・哈韋就是在這齣劇中嶄露頭角、蜚聲舞台的。把第一流的小說改編成劇本，這是最成功的一部。這一事實對我們評價《雙城記》在狄更斯生平創作中的地位有十分重要的意義。

有些批評家認爲，《雙城記》是一部最缺乏狄更斯特色的作品。其實，在某種意義上，我們可以說這部作品最富有狄更斯的特色，因爲作者身上的戲劇氣質在這部作品裡表現得最爲淋漓盡致……確實，有史以來唯有狄更斯能把大演員和大作家兩者集於一身，既能栩栩如生地把西德尼・卡頓形諸舞台，又能生動逼眞地把它訴諸筆墨。小說的情節充滿戲劇性，恣肆開展，一無羈絆。像《哈姆雷特》一樣，書中也有一個科諢打諢的掘墓人——確切地說，一個掘墓人，名叫傑里・克倫徹。

這部構思生動逼眞、情節驚心動魄的作品，直接發源於狄更斯這個時期的感情生活：當時，他一方面墜入情網，另一方面他覺得一些受過他許多恩惠的人可恥地背叛了他，無端地凌辱了他。他的許多朋友，有的公開批評他，有的投以無聲的譴責，所以他感到孤獨，感到被人誤解。爲了抵禦這似乎充滿敵意的外部世界和安慰自己的良心，他在實際生活和小說中都把自己戲劇化了，自視爲一個備受冤屈、歷盡磨難但仍傲然不屈的英雄。《雙城記》的成功證明世上確有大量蒙冤負屈、歷盡磨難但仍傲然不屈的人。

——赫・皮爾遜：《狄更斯傳》

國家圖書館出版品預行編目資料

雙城記／狄更斯／著　-- 二版 -- 新北市：
新潮社文化事業有限公司，2021.08
面；　公分
譯自：A TALE OF TWO CITIES
ISBN 978-986-316-802-7（平裝）

873.57　　110008623

雙城記

狄更斯／著

【策　劃】林郁
【譯　者】宋兆霖
【制　作】天蠍座文創
【出　版】新潮社文化事業有限公司
電話：(02) 8666-5711
傳真：(02) 8666-5833
E-mail：service@xcsbook.com.tw

【總經銷】創智文化有限公司
新北市土城區忠承路 89 號 6F（永寧科技園區）
電話：2268-3489
傳真：2269-6560

印前作業　菩薩蠻、東豪印刷事業有限公司

二　版　2021 年 10 月